本書出版得到國家古籍整理出版專項經費資助
全國高等院校古籍整理研究工作委員會重點項目

中山大學中國古文獻研究所 編

全粵詩

第二十六冊

嶺南美術出版社
中国·广州

圖書在版編目（CIP）數據

全粵诗. 第二十六册 / 中山大學中國古文獻研究所編. —廣州：嶺南美術出版社，2020.9
ISBN 978-7-5362-6363-5

Ⅰ.①全… Ⅱ.①中… Ⅲ.①古典詩歌—詩集—中國
Ⅳ.①I222

中國版本圖書館CIP數據核字(2020)第056940號

責任編輯：徐　凱
　　　　　左　麗
責任技編：鍾智燕
封面設計：李　穎

全粵詩（第二十六册）
QUAN YUE SHI DI ERSHILIU CE

出版、總發行：嶺南美術出版社
（廣州市文德北路170號3樓 郵編：510045）
經　　銷：全國新華書店
印　　刷：廣州市嶺美文化科技有限公司
版　　次：2020年9月第1版
2020年9月第1次印刷
開　　本：889mm×1194mm　1/32
印　　張：16.5
印　　數：1—1000册
字　　數：332千字
ISBN 978-7-5362-6363-5

定　　價：88.00元

主　編：陳永正
副主編：吕永光　楊　權　史洪權
審　校：黄國聲

顧問：黄天驥　張桂光　李昭淳　程焕文

編纂委員會

主任：劉斯奮

副主任：陳永正　黄仕忠

委員：劉斯奮　陳永正　黄仕忠　吕永光　楊權

鍾東　林子雄　倪俊明　史洪權　林明

出版委員會
主　任：曹利祥　李健軍
副主任：辛朝毅　劉斯翰
委　員：曹利祥　李健軍　戴　和　辛朝毅　林　鋒
　　　　劉斯翰　左　麗
文字録入：韋　燕

本册主編：　李永新
主要整理者：
李君明　史洪權

全粤詩第二十六册總目

卷七八一

釋今無 …… 一

釋今無一 …… 二

卷七八二

釋今無二 …… 二三

卷七八三

釋今無三 …… 四六

卷七八四

釋今無四 …… 七三

卷七八五

釋今無五 …… 一〇〇

卷七八六

釋今無六 …… 一二七

卷七八七

釋今無七 …… 一五六

卷七八八

釋今無八 …… 一八五

卷七八九

釋今無九 …… 二一九

卷七九〇

釋今無一〇 …… 二五〇

卷七九一

釋今無一一 …… 二六六

卷七九二
釋今鏡……二八一
釋今嚴……二八二
釋今墮……三〇三
釋今音……三〇五
釋今離……三〇七
釋今如……三〇七
釋今湛……三〇八
卷七九三
釋今沼……三一〇
卷七九四
釋今攝……三三九
釋今覞……三四〇
釋今帾……三五一
釋今身……三五九
釋今壁……三六〇
釋今辯……三六七
釋今足……三七二
釋今摩……三七三
卷七九五
釋今嵩……三七五
釋今應……三七七
釋今全……三七八
釋今白……三七九
釋今印……三八三
釋今四……三八三
釋今儆……三八五
釋今稚……三八六

釋今龍……三八六
釋今邡……三八九
釋今二……三九二
釋今荎……三九二
釋今回……三九三
釋今鷲……三九七
釋今從……四〇〇
釋今黿……四〇一
釋今但……四〇五
釋今佛……四〇五
釋今端……四〇六
釋今錫……四〇七
釋今普……四〇七

卷七九六

釋古卷……四〇九
釋古汝……四一〇
釋古電……四一一
釋古通……四一四
釋古行……四一五
釋古詮……四一五
釋古蔭……四一八
釋古易……四一九
釋古邈……四二六
釋古毫……四三〇
釋古雲……四三二
釋古義……四三二
釋古奘……四三六

卷七九七

釋慧度……四三七
釋霽月……四三七
釋慧機……四三八
釋印元……四三八
釋超雪……四三九
釋德薪……四四〇
釋源昆……四四一
釋海會……四四一
釋定祖……四四二
釋行敏……四四二
釋寒山……四四三
釋南野……四四四
釋性曉……四四四
釋代賢……四四六
鄧羽……四四六
梁珍……四四七
羅素月……四四七
曹仙姑……四四九
峽山中仙……四五〇
無名仙……四五〇

全粵詩第二十六冊目次

卷七八一

釋今無……一
釋今無 一……二
馬潛菴憲副以折柬訊予參禪下手工夫及天堂地獄所以生起之因欲得二詩……二
應命賦之……二
劉兩大入學宮作此勖之……三
陳閔孝入泮宮作此勖之……四
壽曉湘李大司寇八十一一百韻……四
壽江若海……七
南池篇壽徐仲遠……八
壽周伯昌……八
壽劉煥之總戎……九
送姚嗣昭太守復任雄州……九
平黎曲……一〇
瓊山諸秀才秋闈不第詩送之歸……一一
古渡漁翁……一一
寄訶衍……一二
唁知即……一二
清明時寓瀋陽南塔寺……一三
鳥……一三
送王伯子還寧晉……一三
壽姚六康明府……一四
榴花歌贈王九如……一四
壽陳蕉源……一五

題王伯子四雅亭……一五
別張子修……一五
別陳人白……一五
丘太史曙戒過訪海幢將歸風雨大作留
同王震生程周量梁蘭友梁芝五澹歸
夜話分賦……一六
題伍鐵山牡丹轉贈李言兌……一七
贈高文斗……一七
壬寅春三月石鑑覞弟奉師命入閶門為
先師翁乞塔銘於錢牧齋先生賦此為
贈……一八
壽程萬閒……一八
題趙裕子繪衛天山壽山圖……一九
樓閣篇為彭明府退庵壽……一九
寄送鄭季生赴都補選……二〇
與胡潛夫乞藥戲贈……二〇
王觀察齋頭有石壽星伴鹿而坐作此長
歌……二一

卷七八二

釋今無 二……二三
誦祝唵嗟公……二三
壽固山永言尚將軍……二三
重九前三日彭退庵詮部汪漢翀水部招
同王象先朱監師張辦隱梁芝五遊蒲
澗寺分賦得士字……二三
賀高總戎移鎮高州……二四
壽趙太守雨三……二四

壽陸太守孝山……………………………………二一五
荔枝行送彭進士駿孫歸海鹽……………………二一五
合浦歌為強佑人壽………………………………二一六
壽淩司李髭放……………………………………二一六
白蓮華頌三十三韻壽朱明府……………………二一七
書生入戎馬之場歌贈夏繼先兼送還鎮
海安………………………………………………二一八
壽李慧庵…………………………………………二一八
壽鄺檗庵…………………………………………二一九
壽王瑞圖…………………………………………二一九
壽樊月藏…………………………………………二一九
壽劉敬吾…………………………………………二三〇
壽汪子厚…………………………………………二三〇
懽喜歌……………………………………………二三一
瑞光歌為谷電非作………………………………二三二
贈鄭元白…………………………………………二三三
壽陳照江篇………………………………………二三四
贈張羽皇…………………………………………二三四
禪山歌……………………………………………二三五
壽葉公旦…………………………………………二三六
黎子以英州山見貽作供石歌……………………二三六
李鍊師伏妖歌……………………………………二三七
送西堂石鑑覞弟領衆住棲賢……………………二三八
送石鑑覞弟領衆住怡山…………………………二三九
寄澹和尚…………………………………………二三九
解虎以洗蠟石失腳幾絕作此嘲之………………二四〇
壽瑞生禪者………………………………………二四〇
壽實行上人………………………………………二四一

浮沙……四一
上河採蓮行……四二
雨雪……四三
戊申冬舟過英州阻風追憶行役之難因
賦北風篇……四三
登通天塔……四四
黄犬行……四四
颶風歌……四四
卷七八三
釋今無 三
登九江鎖江樓……四六
泊山東界口……四六
中秋泊濟寧……四六
曉發楊村……四七
同寓諸夜入藍田……四七
過豐潤縣……四七
過山海關……四七
本師誕日……四八
宿沙嶺遣寓諸先入牛莊……四八
宿三岔河……四九
到遼陽呈剩師叔……四九
遼陽懷頓修……四九
歲晏……五〇
雪……五〇
且過庵……五二
小除……五二
宿南塔……五二

燈下讀梁同庵上剩師叔書因傷白庵石師……五三
贈郝侍御雪海……五三
塞下逢江東陳十一柱江……五三
丁酉生日宿瀋陽南塔寺……五三
送陳柱江還長安……五四
宿千山龍泉寺……五四
夜……五四
初秋夜懷山中諸兄弟……五四
無題……五五
丁酉九日南還別剩師叔……五五
將渡遼海先題牛莊寺……五五
宿海州城聞砧……五六
曉發牛莊……五六
遼海舟中……五六
過菊花島……五七
達淮上……五八
無終山下作……五八
曉發露臺……五八
過壓鳳橋……五八
遊盤山……五九
遊盤山中盤寺尋普化禪師塔……五九
鑿龍池……五九
淨業庵……五九
宿上方寺……六〇
雲罩寺……六〇
戊戌長安元日同陳中翰忝生諸公作……六〇

人日與諸子登觀星臺……六〇
初春送姚巨六鄧立人歸循州……六一
再遊燕山……六一
登秘魔崖……六一
長安逢韓掌邦時韓子擬出遼陽訪剩師叔……六一
燕臺秋日……六二
送韓子入秦……六二
哭秋山……六三
哭臺設闍黎……六三
九日留别吴太僕春坪……六三
留别陳路若……六四
將出長安作……六四
邯鄲道中……六四
泊挂劍墳……六四
分水龍王廟……六四
臨嶧山湖……六五
哭無方闍黎……六五
漂母祠……六五
宿鄭元白樓卻贈……六五
雨花臺逢馮大……六六
望五老峯殘雪……六六
井陘道中……六七
偕露庭松山諸子尋西山精舍……六七
再過亂落星……六七
酬徐秀才棲賢韻……六七
壽黄子……六八
壽監寺旋兄……六八

南海神祠……六八
浴日亭……六八
登西臺……六九
送頓修還棲賢隨省親茗上……六九
掃先師翁塔大雨賦此……六九
送祖印遊靖安……六九
題波羅廟達奚司空……六九
送記汝入棲賢……七〇
送陳牧止遊筸山……七〇
聞見一病愈戲成……七〇
頓修省覲茗上痛堪家難事後返棲賢久未入嶺詩以速之……七〇
托鉢佛山……七一
寄凌髭放……七一
壽張母……七一
頓修自茗水丁家難後掩關匡廬復歸雷峯即以是日入侍寮詩以誌喜……七一
聞凌髭放脫白丹霞此寄……七二
入肇慶峽……七二

卷七八四

釋今無 四……七三
初發瓊州道中恭懷本師……七三
天堂驛……七三
陽春道中……七三
陽春縣……七四
曉發……七四
車上……七四

羅蛋……七四
電白縣……七五
熱泉……七五
經化城庵見憨大師遺筆……七五
三橋贈別王太初……七五
贈張三……七六
苦竹驛……七六
徐聞縣……七六
譚兌子以檳榔皮製鞋遺余謝之……七六
白衣庵新居……七六
遊潭口放舟……七七
泊邕陽……七八
潭口尋仙洞……七八
送人還五羊……七八
別吳特公……七八
別洪培自……七九
九日高文斗招同諸公登浮粟……七九
別李暘谷……七九
別王九如……七九
梁孝廉敦五公車北上辱書見辭詩以送之……八〇
壽汪水部漢翀……八〇
送余立人歸江寧壽其尊人余澹心……八〇
答陳喬生……八一
壽張進若……八一
寄賀呂明府宸銘……八一
送鄭襄孫歸安肅……八一
壽劉內史奇公……八二

贈李婉若……八二
送陳焦源還山陰……八二
壽錢霞蔚……八二
梁孝廉畫石教授壽康……八二
吴司李錦雯偕令弟我蕃並陸麗京張宗緒顧祥士過訪……八三
喜潘明府澹庵至……八三
壽何鳴玉……八三
沈融谷從雄州至五羊相見且言歸浙送行二章……八三
送陳石人歸閩……八四
壽張夢回……八四
壽彭明府退庵……八四
彭明府退庵招同江若海諸公茶集……八五
韶石舟中……八五
大士石……八六
射黿魚者……八七
詠鸕鷀……八七
旅舟遇人之京……八七
相江嘆……八八
往來胥口不得登岸柬王明府默庵……八九
壽樊大願……九〇
送吴伯子歸瓊海……九〇
送陳白祿之京……九〇
屈五明秋捷……九〇
陳表學秋捷……九〇
壽朱説梅明府……九一
贈陸仲僕……九一

題蔣徂來明府八駿圖……九一
贈汪漢翀水部……九一
送羅學製守閩……九二
為劉子兩大命名示此……九二
祝詞……九二
張全之將歸桐城同姚梅長行過宿海幢詩以送之……九二
送任玉書之秦中……九三
張穆之買瀧水山移家索贈……九三
送劉漢臣歸鳳城……九三
築堤詩……九三
海幢基趾即予少年賣餅地也……九五
戊申夏日喜張百庵中秘過訪卻贈即送還朝……九五
送沈存西歸浙……九六
賦得石琴覺幻……九六
送方世五歸白下……九六
寄贈王崇芳……九六
孫鶴林居士為狂人所累赴理五羊今得脫然詩送之歸……九七
梁海文初度……九七
答吴石林……九七
送光半遊山東……九七
敬人六十又一……九八
壽池月五十又一……九八
送依石老僧入丹霞並謝其贈端州石……九八
己酉端陽前五日喜汝得侍者歸自陵陽吉水因作四十字……九八

贈屍林……九九

卷七八五

釋今無 五……一〇〇
十一遊羅浮詩……一〇〇
寶積寺……一〇一
朱孔暉澹歸俗壻也來自武林時澹歸與予度夏海幢孔暉因從予品戒於其歸送詩三章……一〇二
送彭飛雲歸武昌……一〇三
和采臣吳糧憲道中老翁售琴之作……一〇三
送管鐘石使君榮赴崇安時值覽揆……一〇三
送沈石友醝使之任三衢郡丞……一〇四
送馮孔武進士……一〇五
送鮑雲從……一〇五
喜姚雪庵出貢……一〇五
送李世鼎明府之任福清……一〇六
贈文源……一〇六
壽汪漢翀……一〇六
林太君節烈詩……一〇六
壽柴雲薦……一〇七
寄壽秦左星使君……一〇七
壽李天御……一〇七
從韶州取道平圃……一〇八
從平圃入始興江口……一〇八
山東道中……一〇八
官橋……一〇八
過黃河……一〇八

歲盡出恩縣……一〇九
王淑華文學以感遇詩一首見貽即步元韻奉和三章誌贈……一〇九
贈王中翰……一一〇
送關甫田……一一〇
予二次入金陵禮塔俱從燕臺南歸心力折於風塵行踪撓於鼎沸不嘆緣慳乃訟福薄偶為口占此不覺難吞之聲……一一〇
甲寅春二月與蜜在慧均四藏自顯超漢鐵關洞開瓶出法敵不息漪文始十靖一掛雲諸子從燕臺南歸取道泰安登岱嶽所經勝概矢口咏歌共得五言近體十二章以誌一時……一一〇
送黃迂父明府之任故城……一一三
甲寅秋予以乞經從燕臺南歸留滯白門頻弟在吴門專侍至之住數日去陵陽訂其復至白首天涯易散難聚不已之情未欲遽遠且天老人住山無力世亂難安相與共依座下此什送之並似六康居士念予亦一編戶民也……一一三
在江寧送姚德超歸韓江……一一四
乙卯五月素敷謁選赴都相晤於九成臺畔四十字贈行相喜相勉之私非四十字能盡然素敷隨事躬省栽培德行雖得時向榮以慰北堂之懽又能端慤克慎不墮青雲之志只在回光返照中耳……一一四

送熊嘉會別駕還毘陵……一一四
掛榜山……一一五
泊始興城下……一一五
寓浄慧林……一一七
以松葉支棚納涼……一一七
遇盜……一一七
丁巳春喜湯惕庵道兄兩賢郎貫人碩人
至自閩中即別之楚……一一八
懷劉煥之總戎……一一八
和王憲長入海幢原韻……一一八
送潯州郡司馬劉康侯歸中州……一一九
壽汪漢翀……一一九
送朱廉齋……一一九
春晴郊行……一二〇
送李直侯……一二〇
送宋祥發……一二〇
送李謙庵……一二〇
壽王鳳羽大兄……一二一
送嚴鼎臣之京……一二一
唁知郎……一二一
雷峯山寮口占……一二一
江夜……一二二
將米從蛋户換得鯉魚一尾重二十斤鮎
魚一尾重三十六斤放生……一二三
舟至胥口有鮎魚一尾重十四斤復買放
生……一二三
泊鴨氹水……一二三
清遠東林寺……一二三

朝入清遠峽……一二四
上飛來寺……一二四
口占……一二四
沸水方熱鍋為寬黔所墮行人泡足戲成……一二四
至連州江口……一二五
舟行……一二五
至麻步……一二五
岸上摘枸杞……一二五
宿雷公灘……一二六
陽山守閩撥夫相送念無德以當縱之自去……一二六
舟行……一二六
望野……一二六
口占……一二六

卷七八六

釋今無 六……一二七
遼陽懷足兩師……一二七
除夕和本師辛卯韻……一二七
登謫仙樓有懷千山……一二七
留別鄭季生……一二八
用徐秀才遊百花園韻……一二八
周長孺過談燈下口占貽之……一二八
贈顧與治……一二八
陳柱江應策不第以詩慰之且言別……一二八
留別即兄……一二九
遊金粟泉……一二九

贈魏和公…………一二九
子夜詩…………一三〇
舉稚雞…………一三一
宿馮孝廉載賡敏來齋齋中植雞冠花數本一莖徑可尺餘諸公同賦限紅字…………一三一
伏波祠…………一三一
鍾秀才秉三以奇楠香墜贈別詩以謝…………一三二
喻耕三夜訪宿茅亭…………一三二
壽譚兌子且言別…………一三二
別趙庭宜…………一三二
瓊州留別巳虛…………一三三
次韻答周鶴田…………一三三
送吴百子歸瓊海…………一三三
送諸子下第還瓊海…………一三三
梁賡人秋捷…………一三四
文人賡人卿人三昆玉赴秋闈賡人先捷二公南歸此贈…………一三四
壽楊天衢…………一三四
送陸康侯還瓊山…………一三四
壬寅春掃先師翁塔…………一三五
謝柱波招遊厓門…………一三五
厓門感賦…………一三五
宿厓門…………一三六
拜三忠祠…………一三六
壽大雲監院睹者五十一…………一三六
賀雷峯新監院見公…………一三六

劉昆玉從關中來覔其伯祖同庵客生遺櫬因得飯予座下別歸詩以送之……一三七
寄答足兩……一三七
送程大匡歸廬陵……一三七
壽丘太史曙戒……一三七
答陳蕉源見贈……一三八
壽彭明府退庵……一三八
甲辰春日贈雄州太守孝山……一三八
壽李參戎衷純……一三八
丘太史曙戒同汪漢翀周鶴田見過王伯子亦忽至自瓊州喜賦……一三八
王伯子渡海相見有贈用韻卻酬……一三九
次韻答沈融谷……一三九
訶衍弟以甲辰浴佛日受老人付授誌喜……一三九
送黎太守天錫歸皖山……一四〇
送陳扶上之任靖安……一四〇
送徐進士元定歸南昌……一四〇
送潘星北參戎之高涼因懷高文斗喻耕三……一四〇
壽徐允吉……一四一
乙巳三月石弟病愈入棲賢詩再送之……一四一
戲成寄記汝……一四一
宿半息軒酬半息主人……一四一
寄壽羅母……一四一
壽楊太守肅如……一四二

送管使君鍾石赴任瀧水……一四二
壽蘇鹽憲商卿……一四二
沈醒使石友過訪……一四二
王方之出家喜贈……一四三
臥月……一四三
壽楊明府汝鄰……一四三
壽呂明府宸銘……一四三
送張遊戎明甫之任鎮平……一四四
壽劉太守瑞堂……一四四
黄扶昇陶昭美蘇式容何玉琪過訪次韻
奉答……一四四
羅學製鎮守鳳城……一四四
壽凃司李萬年……一四五
壽高圖麟郡司馬……一四五
尹喬嶽入泮宫……一四五
有送黑白鵰予號之日黑忙……一四五
紅葉……一四五
次韻酬劉侍御峽石……一四六
贈楊澹公……一四六
夏日劉峽石侍御楊肅如太守高圖麟郡
丞鄭錫之别駕朱説梅明府相過劉侍
御有作奉和原韻……一四六
和黎似仲灼霞亭……一四六
唐世永秋捷……一四七
黎似仲秋捷……一四七
壽詩……一四七
送趙雨三太守……一四八
寄懷楊汝鄰明府……一四八

壽萬肅庵憲使……一四八
本師天老人入丹霞寄示一律依韻恭答
二章……一四八
送江若海北歸……一四九
雙壽……一四九
答陳羽王郡丞……一四九
贈李定夫……一四九
送高文斗景侯昆仲隨尊人總戎歸籍漢
陽……一五〇
送陳子厚子文昆玉扶其尊人薑亦先生
靈櫬歸海昌……一五〇
陳牧芷孝廉遊白岳歸後掩關讀藏經彌
年欲有下詢先以折柬並贈丁南羽佛
相一軸佳韻一首率筆奉答……一五〇
送蕭柔以參戎歸潯城柔以求去官而兩
臺不可……一五〇
祝詞……一五一
謝伯子過宿以詩見投時伯子年已八十
一四壁已窮友生難仗予欲以一老僧
期之不可為布其意而和之……一五一
解虎監院六十一……一五一
慈被禪人八十又一……一五二
諸子作病僧詩予以為非有道之病僧光
半因請予賦一律……一五二
枯吟慈修兩公從丹霞奉老人命至海幢
強予開法卻贈……一五二
天老人以予開法海幢見命澹歸隨投賀
章次韻答之……一五三

答丹霞諸兄四章時天老人以海幢主者之席見命遣侍僧走辭作此卻寄……一五三
枯吟以百韻見投答此短章……一五四
壽旋庵都寺六十……一五四
華首臺……一五四
黃龍洞閒居……一五四
鷹爪蘭……一五四
天中有樹名勝音……一五五
羅浮隱者……一五五

卷七八七

釋今無 七……一五六
國公諸世子邀登鎮海樓次韻……一五六
送張舍人青琱復命還朝……一五六
送丘太史曙戒還都改除用周鶴田韻……一五六
送趙糧憲霞湄終養歸山東……一五七
送瓊州司李姚綖庵晉江寧郡丞……一五七
送孫魯山大司馬歸桐城……一五七
送羅澹峯進士入都改除……一五八
彭退庵明府汪漢翀水部招同楊司李蓮峯黃都閫君甫李副戎禹門張茂才雛隱王孝廉震生及澹歸探梅篁村……一五八
篁村探梅後月夜泊舟龍溪江口同澹歸樂說覺薰乘消汝得純鑄分賦得天字……一五八
探梅夏園……一五九

鳳城歸舟次石壁逢羅守闓學製野泊茶話……一五九
梅花……一五九
送姚梅長遊江左兼寄令弟六康明府……一六〇
送張葵軒總戎北行……一六〇
送劉峽石侍御終養歸壽春……一六〇
寄懷管鐘石使君……一六一
贈侯筠庵文宗……一六一
送王允調侍御還京……一六一
送董天因總憲出使南海還朝……一六一
壽吴錦雯司李尊人靜腑八十一初度……一六一
贈高澹庵明府……一六二
送陳園公明府歸韓江……一六二
送鄭野臣移家桂林……一六二
南海神祠……一六二
浴日亭次蘇東坡韻……一六三
西臺……一六三
波羅廟達奚司空……一六三
海珠寺……一六三
過飛來寺……一六四
登問歸亭……一六四
宿琵江口……一六五
再題飛來寺壁……一六五
江上孤槳同汝得……一六五
獨樹……一六五

送輪潔融辨二子歸省霅川時在相江道中……一六五
與諸子登飛來寺至半山怯風而返……一六六
江中山影與諸子分賦……一六六
宿峽口……一六六
湞陽峽……一六六
峽水與諸子飲……一六七
纜路……一六七
灘夢……一六七
觀音巖……一六七
舟中分栗與諸子……一六八
灘聲……一六八
予欲登飛來寺頂至半山亭怯風不能行不掛超漢自顯三子掖之而下……一六八
灘夢……一六八
壽見一……一六八
送彭退庵考功赴都……一六九
喜沈存西至自端州……一六九
寄壽龔西樵六十又一……一六九
莫炯心走都門三載謁詮部考選得官歸瓊海過別詩以送之且訊諸社好……一七〇
送胡絹庵郡丞赴秦中……一七〇
秋夜莫易心過宿此贈……一七〇
程周量擢民部……一七一
送李蠖庵司李改除歸部上……一七一
答楊髯公……一七一
送劉木生明府歸吉水……一七一
贈趙虎山……一七二

張威如副戎剛毅之性過人每欲小忍而不得索予作詩戒之因書五十六字奉勖……一七二
送竹淇園大參……一七二
和澹歸韻九首……一七二
姚梅長陵陽江左遊三年戊申除夕始還海幢度歲後乃歸豐湖喜從望外因賦五十六字……一七四
寄祝黎母兼送傳人孝廉公車……一七四
姚玉郎秋捷……一七五
海紫三秋捷……一七五
寄壽海南李言兑……一七五
吳伯子候榜五羊過宿此贈……一七五
答黃存庵……一七五
己酉夏五月本師天老人二詩送澹西堂下海幢兼寄示無次韻恭和……一七六
己酉夏五月海幢抽並頭蘭兩枝適澹歸西堂至自丹霞有詩亦引其意作二律即以誌喜……一七六
蕭柔以參戎力辭專閫告入曰可遂得掛冠道歸仙羊過敘適值覽揆賦贈……一七六
贈梁華生……一七七
楊翰馨秋捷……一七七
陳靜公典閫見過有贈……一七七
奉和孫道宣明府九日同彭雲客出五仙門渡海幢登地藏閣韻……一七七
己酉重陽後八日予將托鉢於惠先寄黃端四……一七八

送程中秘周量服闋還朝……一七八
頓修欲掩關漢陽峯寄之……一七八
登飛雲頂……一七八
飛雲頂寄博羅胡正庵明府……一七九
再過寶積寺……一七九
庚戌夏彝初司馬周公下臨海幢賦謝……一七九
答周文山别駕過宿海幢……一八〇
夏日劉撫軍大中丞招話署中……一八〇
壽徐浩然方伯……一八〇
史庸庵太守以邢襄志見寄因贈……一八〇
送周彝初司馬請制還朝……一八〇
寄賀胡正庵明府晉雲南鄧川州牧……一八一
送馬潛庵憲副歸都門……一八一
和丹霞天老人送澹西堂韻……一八一
潘禹濤七十又一……一八二
次韻答孔弼生孝廉……一八二
汪漢翀水部晚年舉子賦此誌贈……一八二
贈唐撲非孝廉……一八二
送唐撲非赴公車……一八三
千山剩人和尚塔於大安十年矣無哭章
庚戌寒夜夢出關門醒而情思繾綣追
惟舊境綴之以詞……一八三

卷七八八

釋今無 八……一八五
平南王祝詞……一八五
壽佟臬憲奎庵……一八五

壽徐藩憲符嵎……一八五
壽張荆山總戎……一八六
壽王母太夫人……一八六
壽汪緘庵太守……一八六
寄魯豈凡明府……一八六
宋祥發解官寄此……一八七
酬陸義山中翰……一八七
送張稚公赴北雍……一八七
送張東全副戎之京……一八七
寄懷李處士……一八八
送別常師吉……一八八
酬顧始庵步韻……一八八
喜井莘厓孝廉從都中來省其尊人存士先生於永安官舍後入珠江過訪出見和紅鳥詩材致翩翩因贈二律……一八八
贈李邁公明府……一八九
寄張稚公……一八九
酬夏戒庵進士……一八九
贈何半千進士……一九〇
送陳季長與其郎君歸閩……一九〇
喜饒九敏至……一九〇
壽何大持四十一兼送入北雍……一九〇
轂日高澹庵同王姚陳三明府集海幢限韻……一九一
轂日喜王煜瞻歸自丹霞……一九一
送吳伯子林君振入都廷試……一九一

兄弟入泮宮……一九一
高澹庵明府解官此贈……一九二
梅花……一九二
喜郭駿臣秀才見訪索贈……一九二
送王行素擢任山東閫司……一九二
壽覺廷方翁八十又一……一九三
寄何朗水……一九三
贈黃恬庵……一九三
寄洪藥倩……一九三
送顧湘珮孝廉返蘇門即赴公車……一九四
送周瑞長公車……一九四
秋日送閔漢卿太守赴都改補……一九四
以猶子昌貴受業於鷲月門人……一九四
唐世曜秋捷……一九四
壽黎半千……一九五
壽葉許山……一九五
喜彭退庵吏部典試粵東……一九五
壬子冬日買小舟入肄水訪蘇峨月明府
時署中產靈芝三本……一九六
贈王楚臣……一九六
送趙大參叔文守制歸漢陽……一九六
癸丑仲春梅長道兄潔誠撥置家緣入海
幢將一月修建大悲寶懺深念衆生以
無明業垢妄造種種能一念回光可以
薄宿愆而植新種用是懇禱上及父母
下逮親串凡在梅公相敬相愛之中則
以真誠感格仰求拯拔夫捨資財作佛
事人或不少捨資財而能潔身潔念則

甚少也能潔身潔念時或不少能深知一念回光可以消殞業垢又能擴充其量上及父母下逮親串此非自信之篤其能如是乎士夫家以理解恃聰明不信有此懺業消垢之事然念念騰騰豈他人哉此固不足與俗人言也梅兄當自信之耳……一九七
壽方大目……一九七
祝詞……一九七
壽徐浩然大參……一九八
壽任崧翰道尊……一九八
癸丑夏日承方邵村侍御同諸公見訪鹺司向公有入社之興阻以公政遙贈三律琬琰風致羣公步而和之時水部汪漢老同王震生諸公亦棹扁舟而來半江遇風亦不果聚……一九八
向有夏鹺使官署一鶴自來梳翎對舞自是主人烟水之情得之獨深九皋之和行將高遠五十六字奉贈奉賀……一九九
壽潘馨子……一九九
壽馬虛中八十又一……一九九
壽密在……一九九
壽豁明五十又一……二〇〇
壽任厥迪……二〇〇

秋日喜螺浮張給諫見訪即訂四百峯之遊率贈……二〇〇
南海神祠次張給諫韻……二〇一
從泊頭登岸入山喜尹瀾柱銓部拏舟而來次韻二章……二〇一
遊華首臺兼遊諸勝次韻二章……二〇一
螺浮甫出山即入惠陽承留别一律相訂半旬度中秋於尹瀾柱銓部園亭予維舟石龍以俟並次元韻……二〇二
山中口占呈張尹二公二章……二〇二
從羅浮下山與張給諫相訂度中秋於尹瀾柱園亭張公以行止不果予獨泛舟泊南海神祠上浴日亭同四藏自顯自堅鐵闕諸子賞月……二〇二
壽寓諸……二〇三
贈九十四老人……二〇三
予與陳梅臣别久矣喜得相見贈以詩時癸丑中秋也……二〇三
癸丑秋八月喜文斗金吾從漢陽來相見偕李潛石秀才分賦……二〇四
壽黎幾先五十又一……二〇四
艾石方伯入覲天廷弄璋報喜鳳毛絢彩早騰芳譽於神童玉樹呈葩又接瓊枝於瑞日俚言奉賀……二〇四
泊虔州……二〇四
十八灘……二〇四
萬安道中……二〇五
贈蕭孟舫……二〇五

贈胡敬濟……二〇五
出鳳陽界……二〇五
過桃城……二〇六
嶧山下作……二〇六
章橋遇雪……二〇六
戲贈掌鞭……二〇六
雪……二〇六
高唐道中……二〇七
入茌平……二〇七
渡黃河……二〇七
再過嶧山……二〇七
諸子不善騎驢每易失足作此嘲之……二〇八
出東平……二〇八
東平遇雪……二〇八
北月……二〇八
雪……二〇九
壽溫泗源尊人……二〇九
壽蕭澹如方伯……二一〇
遊趵突泉……二一〇
甲寅秋日予客金陵景尚道兄出宰栗陽正欲趨賀忽有王師入鎮予隨之歸嶺欲乞路費於知己用寄此什……二一一
雨中過先雪樓與夢也學士禪話……二一一
七月四日諸公集塔下喜雨之作……二一一
白海棠予素未之見甲寅八月寓金陵入高座寺一見之復從徐公輔江城閣一見偶作是詩……二一一

甲寅中秋予以乞經留滯長干與諸公偕宿滄雲鍊師道院卻贈……二一二
酬方夢也見贈次元韻……二一二
贈余二聞……二一三
壽孫啓南……二一三
祝詞……二一三
胡方珠見贈用韻酬之……二一四
與諸子宿萬鍊師道院賞月……二一四
甲寅九月杪予從江寧入句曲晤林明府僅人因得接黍谷錢中丞之歡同寓崇明寺暢談捧腹已成三日夕之樂十月朔二鼓別歸鄰院而宿夜夢與中丞憑高俯視見有攬綿花者夢中幻境其花蒙茸如海風撼浪予謂中丞曰可共作攬綿花詩何如中丞諾之予遂先成二句曰卻似白雲生谷口還如瀉水置平川及旦林紫君相過因與中丞同早飯王大席陳南浦俱在焉飯後相與步城頭攬郭外秋色而憑高之意遂憶夢中因語中丞中丞索予續成欲和同遊者各屬一章即以此為相逢剪拂投贈之雅什也……二一四
甲寅杪秋予客句曲崇明寺大席道兄頻惠佳食且促膝談心甚感知己賦此用贈……二一五
陳南浦道兄為予圖華陽秋色繪成即歸金閶賦謝……二一五

甲寅九月張南邨攜其所選風懷訪友江上限韻索送予旅人也亦見采及……二一五
贈李子先……二一五
九日登高座寺……二一六
胡高士星卿……二一六
壽胡方諸……二一六
贈胡君渥……二一六
贈智林……二一七
喜舒亦恒相見金陵……二一七
贈麗君杰……二一七
贈文及先年八十二矣善圖章……二一七
乙卯人日泊皖城同葵軒總戎紫君文學登近江寺得春字……二一八
張康之六十一……二一八

宇遷大士修大悲懺於雷峯潔誠靜慮其勤懇以福先人者至矣於其還韶陽詩以送之……二一八

卷七八九

釋今無 九……二一九
遊曹谿與任崧翰憲使作……二一九
遊玲瓏巖始興班明府贈予腳力……二一九
西石巖……二二〇
泊清遠……二二〇
持福堂成移植刺桐樹……二二一
送周瑞長之任程鄉……二二二
壽戴怡濤太守……二二二
壽金國瑞都閫……二二二

壽鄺檗庵六十一……二一三
張母祝詞……二一三
蔡母祝詞……二一三
惜鶴……二一三
輕巧蓮……二一四
喜夢也學士與趙鐵源典閬見過……二一四
贈楊沛若秋捷……二一四
乙卯小雪夢也與趙鐵源典閬從敝院還
遂抱恙欲不果花田之遊予適亦感風
寒夢也成二詩因以索和……二一四
鐵源趙典閬見訪奉贈一律同入花田攜
二章見贈用予原韻即於花田疊酬其
意……二一五
聞李紫瀾解元秋捷寄此……二一五
次方譽子韻……二一五
送徐武原歸白門先定靈谷之約兼寄令
兄周來道兄索寄宣紙入嶺……二一六
王觀察仲錫以鹿放生賦詩紀之……二一六
重九前五日奉陪吴采臣糧憲入雷峯謁
天老人……二一六
吴采臣糧憲約同入雷峯官舟先發……二一六
和舟行即事……二一六
采臣糧憲與社中諸公赴出泉梁吟草堂
雅集之招予偶從雷峯便道亦與其盛
奉和二律……二一七
和回舟花田小憩……二一七
和吴采臣糧憲吊素馨墓……二一七
和吴采臣糧憲九日書懷……二一八

送何鳴玉宰曲江……二二八
壽汪漢翀……二二八
壽吳采臣糧憲……二二八
懷煥之連陽……二二九
春日……二二九
詠面壁初祖……二二九
壽徐浩然方伯……二三〇
六貞詞……二三〇
祝詞……二三〇
春風……二三〇
詠水……二三一
壽張致堂學憲……二三一
聞某故人得子此寄……二三一
和吳采臣糧憲春日偕兩令君令甥及諸
公過遊予他出乘予新製舟至大通寺
……二三二
送王篤生作宰文昌……二三三
梅影……二三四
壽胡韶先……二三四
寄懷劉煥之……二三四
樂說弟四十初度……二三四
送尚欽臣赴陽春令……二三四
壽耿象成糧憲……二三五
同王仲錫觀察泊海珠寺聽遣幻詩得寒
字且約遊安期巖……二三五
壽黃端四大士……二三五
寄懷劉煥之……二三五

九日和王仲錫憲長詠蝴蝶花限韻……二三六
詠鏡中燈……二三七
賦得孔雀開屏……二三七
贈梁梧岡……二三八
贈羅仲謙……二三八
和吳采臣大參韻送金共玉赴廣西臬署……二三八
壽汪君乾……二三八
寄鐵源趙宮詹……二三九
寄彭凝祉狀元……二三九
送佟奎庵撫軍還朝……二三九
與張總戎登虎頭門望海……二三九
並蒂蘭……二四〇
寄壽陽春令尚欽臣……二四〇
登巾峯……二四〇
咏圭峯晚靄……二四〇
飛瀑……二四一
雙溪雨後暴漲……二四一
楞伽曉月……二四一
入龍潭看飛雨……二四一
泛崑湖……二四二
靜福寒林……二四二
之連陽乞食至煥之元戎鎮中先成二律……二四二
宿汾水寄臬憲王仲錫當札兼問馨子病……二四二
小塘遲朱廉齋進士不至……二四三
蛋婦……二四三

喜風……………………………一四三
木棉……………………………一四三
午夜舟中暴雨…………………一四四
江邊見梨花一樹………………一四四
鶻鵃聲…………………………一四四
舟行……………………………一四四
湟川舟中………………………一四四
過洽洸廠寄李謙庵太守………一四五
步洽洸準提庵…………………一四五
泊大灣…………………………一四五
上灘……………………………一四六
記夢……………………………一四六
湟川路中寄徐方伯浩然………一四六
舟行……………………………一四六
舟醒……………………………一四六
羊橋峽…………………………一四七
章江……………………………一四七
雨氣……………………………一四七
近陽山縣………………………一四七
鄧水師分兵護行感賦…………一四八
至陽山雨不得登韓文公書院…一四八
石螺灘…………………………一四八
別煥之到韶陽此寄……………一四八
壽鄭國章守闓…………………一四八
贈朱秋容副戎…………………一四九
壽陳歸雲………………………一四九
壽梁几公………………………一四九
壽俞嵩庵何太夫人……………一四九

卷七九〇

釋今無一〇 …… 二五〇
壽祁封翁玄圖七十一 …… 二五〇
壽尚伯世君五十又一 …… 二五〇
壽公潔尚總戎 …… 二五一
贈汪漢翀 …… 二五一
贈雲薦 …… 二五二
戊申初冬望前一日本師天然老和尚六
十又一示生人天胥慶華梵交響恭賦
律言敬致末祝 …… 二五二
泊閲江樓下 …… 二五三
舟中 …… 二五三
李母太夫人壽詞三十韻 …… 二五三
遼海舟中 …… 二五四
寄別恥若師瀋陽 …… 二五七
出山海關 …… 二五七
遼海望醫巫閭 …… 二五七
過李將軍墓 …… 二五七
汪漢翀六十適有分羅浮萬年松因以壽
之綴廿八字 …… 二五八
壽千密轉 …… 二五八
壽王母 …… 二五八
壽詞 …… 二五八
壽石都閫勷汝 …… 二五八
送悟寂歸壽昌 …… 二五八
贈黎非雲 …… 二五九
德先別予之樂會口占 …… 二五九

壽高圖麟郡司馬……二五九
壽……二五九
贈姚雪庵……二六〇
贈方大林……二六〇
壽喻耕三……二六〇
壽李雲翔……二六一
壽池月……二六一
送黃二不……二六一
贈曾慈胤……二六一
寄周長孺……二六二
壽尹振民銓部……二六二
吳錦雯司李以詩見懷短章答之……二六二
送方大林入蘇門……二六二

長夏久無雨酷暑佘素思朱書思兩明府相訪頃雨隨至與澹歸成韻投贈……二六三
送吼萬維那慧均典客請佛舍利於棲賢……二六三
送陳羽王郡丞赴都改除……二六四
送屠懿頌使君歸毘陵取道入都……二六四
西朋老居士七十一初度聞以放生為樂放生之報報在上壽僅廣其意作二章以為公勸……二六四
贈吳梅梁……二六四
喜吼萬慧均二公從匡廬奉佛舍利還……二六五

卷七九一

釋今無 一一……二六六

荔支詩……二六六
贈項進其……二六八
黄端四大士祝詞……二六八
贈沈石友醒使……二六九
壽劉焕之……二六九
仞千以賀章見投短章答之……二七〇
贈用彌……二七一
贈王默庵明府……二七一
贈曾儀文相士……二七一
題雪竹贈人……二七二
羅浮飛雲頂午夜聽泉……二七二
羅浮紅鳥……二七三
贈人……二七四
壽祖印尼母……二七五
壽姚接賓八十一……二七五
過新豐……二七五
贈演宗鍊師……二七五
咏雪……二七五
題腰跕旅店壁……二七五
高唐道中……二七六
走馬燈口占……二七六
示方傳琮傳珏二子……二七六
先博山老祖於天啟甲子書予賤名留從容庵壁間已五十年矣佛生老上座於甲寅七月歸之於予作此謝之……二七六
沈恒文今夏抱病病已將絶承佛口親宣使之更住世作功德長生白業從此霍然閲三日覽揆即敘此奉壽……二七六

酬金其相二首……二七七
祝祠……二七七
壽王仲錫臯憲……二七七
壽祖印……二七九
壽來機師太六十初度……二七九
晤連山令張羽皇率贈……二八〇
羅浮道中……二八〇
甲寅作……二八〇

卷七九二

釋今鏡……二八一
送止言澹歸兩公先入棲賢……二八一
秋夜獨步……二八一
贈馮紫光遊……二八一
送見一公還棲賢……二八二
送萬賴公出嶺……二八二
釋今嚴……二八二
夏日養病芥庵作……二八三
立春日作……二八三
詠冬月恭祝本師和尚同賦……二八三
初春曉望……二八三
宿廣城制止寺聞菩提葉聲作……二八四
過寶積寺探景泰禪師卓錫泉……二八四
送王麓曾歸湖南……二八四
山中吟……二八四
病中寄王說作……二八四
梅花……二八五
夏夜獨坐……二八五

石人峯臘月菊花……一八六
上巳日彭澤阻風……一八六
伐木吟……一八六
寓虎丘作……一八七
金井潭觀游魚……一八七
首春過南昌訪徐巨源……一八八
長至芥菴作……一八八
甲午元旦……一八八
同喻如尋曾湛師黎務光王人土山館……一八八
夏日過諸子村居留贈……一八九
雨夜送友人先還雷峯……一八九
何仙姑祠……一八九
夜坐……一八九
庚寅三月……一八九
西村道中……一九〇
崧臺夜泊……一九〇
初春重訪岑隱者兼呈李拾遺……一九〇
題陳氏隱居……一九〇
出蒼梧趁舟東歸不及……一九一
再出梧州趁舟東歸不及……一九一
宿水月宮遲舟東歸……一九一
秋蟬……一九一
冬日苦雨……一九二
峒山寺望厓門作……一九二
觀春燕有作……一九二
百合詩……一九三
舟過飛來寺……一九四

秋日同梵音留滯烏逕山庵戲作……二九四
棲賢寺寄懷頓修訶衍……二九四
杪冬登玉川門……二九四
丁酉初春登滕王閣……二九五
西山翠巖寺……二九六
殘冬歸宗閱毘尼憶阿公時阿公出瀋陽之千山……二九六
雷峯春半伏枕初起頓修有端州之役口占二律送之……二九六
秋懷……二九七
南海神祠……二九八
浴日亭……二九八
篁溪晚步同還生訶衍……二九八
還盧山兼往嘉禾請藏留別雷峯諸同學……二九八
過大孤山作……二九九
首春舟過采石……二九九
京口晚泊……二九九
秋日留滯虎丘懷盧山棲賢寺……二九九
謝厥揚暨同學諸子各寄清茗賦酬……三〇〇
雷峯晚眺……三〇〇
憶鐵機梵音更涉諸子……三〇〇
冬泉……三〇〇
大雲寺寄頓關主……三〇一
送侯商丘以僧服奉母櫬還中州……三〇一
送萬長老之越……三〇一
寄達此上人……三〇一

春日送阿公往朱厓……三〇一
懷頓修訶衍……三〇二
春懷……三〇二
過白石……三〇三
送西堂石鑒大師入盧山棲賢……三〇三
九日送見一訶衍入匡山……三〇三
釋今墮
酬務光族姪折梅見寄……三〇四
同澹書記觀張登子所藏曹將軍畫馬券……三〇四
臺引姪過海幢示贈……三〇四
寄王人土……三〇四
釋今音
東亭留別……三〇五
秋水……三〇五
芭蕉……三〇五
夏夜望月……三〇六
登滕王閣……三〇六
寄王人土……三〇六
將入匡盧留別社中諸子……三〇六
羅浮山居……三〇六
釋今離
送石鑒西堂領衆棲賢……三〇七
釋今如
送石西堂領衆棲賢……三〇八
釋今湛
喜方楚卿孝廉入山……三〇八
篁村探梅……三〇八

卷七九三

釋今沼……三一〇
感舊……三一〇
宿洞山寺……三一〇
遊寶積寺汲卓錫泉至石洞經宿而歸……三一一
送朱紫葆歸嘉禾……三一一
除夕烏洲懷徐聖甫……三一一
就麥子小欖館别鍾山諸子……三一二
與英卓今坐鄺無傲軒西待雨……三一二
小舟溯川至山麓宿雲路郵館……三一二
宿廣朗洞贈陳元孝……三一三
哭英卓今……三一三
晨起閣上望秋色呈黄杯湖……三一三
苦寒行……三一四
日落江上作……三一四
望雨……三一四
招隱詩……三一四
月城聽析……三一五
殘絲曲……三一五
染絲上春機……三一五
寄止言師……三一六
大牛師以書示卻答……三一六
送許離相之蘇州……三一六
舟泊崖門作……三一六
重尋徐周文村居……三一六
題蘿坑玉巖書院……三一七

逢唐樸非移居後寓海幢復歸古岡贈別……三一七
送陳牧止客遊江南特約石大師同舟……三一七
同首座大師因頓公省覲茗上適家難事後返棲賢久未入嶺速之以詩……三一七
宿鍾氏山堂……三一八
長至日題曾某館壁……三一八
行乞從化宿李某石峯堂因贈……三一八
秋日華首臺院……三一八
秋日效齊梁體……三一八
閒園懷朱子……三一九
同徐聖甫夜投三桂村……三一九
秋日書懷……三一九
寄欖谿同社……三一九
訪友人村居……三二〇
柬秦山人……三二〇
七夕何園寄酇無界……三二〇
初秋與諸子登寶蓮寺風雨大至……三二〇
省英卓今病因留宿旅舍經旬臨別賦此……三二〇
宿西樵與麥徐二君夜尋陳元孝山樓……三二一
放翠鳥……三二一
留別黄符謙昆仲各賦一物得灘聲……三二一
中渡作……三二一
花朝與諸子遊欖谿寺……三二二

酬羅仲髯因蘇未仁過鍾山同坐月兼附見訊時余與徐聖甫遊西樵……三二二
冬夜……三二二
九日泛舟同梁器圃懷徐聖甫……三二二
訪何友大何左王水村因題其書樓……三二三
和何書子因余過訪憶羅季作鄺湛若二公……三二三
送梁顒若歸西樵……三二三
關山月……三二三
重陽前一日南樓送歸客……三二三
秋樓夜坐……三二四
葫溪泛舟……三二四
晚泛江村……三二四
寄友人湖……三二四
暮春歸故園……三二五
詠蛺蝶……三二五
雙桐生空井……三二五
宿葉民若山樓……三二五
暮至梁顒若田舍……三二五
詠蜀葵花……三二六
和李直庵先生七夕酌酒懷友……三二六
明月落誰家爲孟陬賦……三二六
何園夏夜呈朱叔烈……三二六
旅館與鄰人麥樸生夜話……三二七
醴泉帖故人謝溶所遺每一展觀輒爲愴然……三二七
送何兵曹拜命赴端州行在……三二七
無題……三二七

春樓……三二七
春盡……三二八
落花……三二八
贈江村馬巡司……三二八
送王邑宰佐宣城郡……三二八
登閲江樓……三二九
宿黄氏園亭……三二九
秋日山中……三二九
再過白衣寺元約上人山房……三二九
秋日晚郊詠歸……三二九
山影……三三〇
城影……三三〇
贈莫先生……三三〇
贈郭亦知參軍……三三〇
戲贈黄塾師……三三一
贈劉落石憲副歸荆南……三三一
挽臺設師……三三一
山中懷舊遊……三三一
春日村郊……三三一
何石人倣王叔明筆作畫贈余入匡山竟
不果行題此……三三二
酬黎務光養疴海雲寺以余營亡友李仲
藏喪還見示之作……三三二
雷峯山寮寄徐四同……三三二
詠井……三三二
送足兩師之嘉禾請藏卻還廬山棲賢寺
……三三三
贈蜀中喻勝力居士……三三三

羅浮沖虛觀……三三三
秋江蕭寺寄謝法航……三三三
送人歸閩中……三三三
寄頓公……三三四
送張堯山歸杭州……三三四
秋朝山寮柬黎務光……三三四
重過徐四同宅……三三四
送石鑒大師住棲賢……三三五
出家日自嘲……三三五
戲效杜體……三三五
千佛道場即事……三三五
送人歸宿五羊驛因憶匡山感而成夢……三三六
贈前憲副湯惕庵……三三六
訪甘竹黃符升村居……三三六
黃某邀同過公子黃符讓卻贈……三三六
南海神祠……三三七
達奚司空像……三三七
碧鑒溪泛舟……三三七
阿大師應請瓊州書到卻寄……三三七
塔影……三三七
宿華首閣……三三八
客舍夢故山寄無師……三三八

卷七九四

釋今攝……三三九
秋蟬……三三九
秋月……三三九

送陸亦樵上白崖…………三四〇
釋今覞…………三四〇
訪亦庵中千上人…………三四〇
贈謝振萬…………三四一
棲賢除夕…………三四一
仁化江口寄丹霞澹公…………三四一
寄別何石人…………三四一
羅浮雨中游寶積寺…………三四二
羅浮黃龍洞貽六震…………三四二
羅浮華首臺…………三四二
羅浮冲虛觀…………三四三
歸雷峯與同學諸子…………三四三
舟次江門…………三四三
順昌旅泊…………三四三
寄別岡城諸子…………三四三
過安慶…………三四四
重陽前一夕與黎寅仲陳錫君王人十諸子集海雲寺步月…………三四四
留別粵中諸子…………三四四
答林芥庵太守…………三四四
清遠晚泊即事…………三四五
過吳雲御太史村齋…………三四五
粵江即事…………三四五
題贛州光孝寺廉泉…………三四五
遊小孤山…………三四六
陪郭適庵方伯遊匡廬…………三四六
涉園歌…………三四七
秋簾…………三四七

秋蟬……三四八
賦得河上逢落花……三四八
自棲賢谷尋如是上人院……三四八
小孤山題二妃祠……三四八
望小孤山……三四八
清遠峽……三四九
峽江卻寄頓修姜山時二公先余度嶺……三四九
山中看桃花……三四九
研鄰……三四九
入姑蘇……三五〇
經見峯灘尋靈樹禪師舊址……三五〇
偕程臨文大觀上座登望湖亭並此言別……三五〇
袈裟嶺……三五〇
釋今帾……三五一
登雷峯作……三五一
隨本師赴古岡請舟中作……三五一
與石鑒大師夜話書呈二十二韻……三五二
對陳喬生夜話……三五二
和會公青苔……三五三
送郭南耕之嘉興……三五三
出家……三五三
夢張百淇……三五四
黎方回務光兄弟至……三五四
燈闌……三五四
贈俞賡三……三五五
蚊……三五五

鼠……三五五
蠅……三五五
喜陸孝山太守重遊丹霞……三五五
喜沈融谷茂才重入丹霞……三五六
壽蕭孟昉……三五六
贈熊燕西……三五六
壽祖印公五十初度……三五六
壽李潛夫八十初度……三五七
答人……三五七
苦雨……三五七
採茗分寄友人……三五七
初歸雷峯……三五七
山樓病日對木棉花……三五八
王暖村慧則兄同赴梁王顧觀梅之約予
擬偕行不果別後有懷……三五八
子規……三五八
望長老峯……三五八
紫玉臺……三五九
繞海螺山……三五九
釋今身……三五九
別黎慧劍……三五九
送陳長卿還閩……三六〇
題野人山莊……三六〇
釋今壁……三六〇
秋夜有懷……三六〇
登海螺巖……三六一
芳草……三六一

寒食……三六一
鴈影……三六一
書夢……三六二
送劉明府歸吉安……三六二
除夕……三六二
送都寺旋公歸雷峯……三六二
壽蕭孟昉……三六三
喜陸孝山太守重遊丹霞賦贈……三六三
沈融谷重遊丹霞賦贈……三六三
晚步松嶺……三六三
法堂……三六三
篻竹坡……三六四
遶丹霞山……三六四
初入丹霞奉書雄州因呈陸孝山太守……三六四
送友……三六四
酬施仲芳……三六五
酬澹歸法兄見贈之作……三六五
壽敬人上座六十初度……三六五
贈林育長總戎……三六五
贈莫勵伯廣文……三六五
送陳長卿還八閩……三六六
同記汝長老長至晚步……三六六
初入丹霞……三六六
紫玉臺……三六六
釋今辯
奉和本師天老人詠棲賢牡丹……三六七

癸亥初春與諸同學遊三昧澗分得吟字……三六七
壽蕭孟昉……三六七
初入永寧呈諸護法……三六八
與蕭簡庵明府話舊……三六八
乘涼鳳凰山……三六八
遊劉仙巖……三六八
登獨秀峯……三六八
次山腳壁間韻……三六九
謁虞山祠……三六九
次韻酬王智幢……三六九
送純牧大師卜隱衡岳……三六九
過戎墟七寺貽非身耆宿……三七〇
雪鴻居士偕諸護法入山遊興既倍羣賢留題復邁前哲小作誌喜……三七〇
初入丹霞……三七〇
望長老峯……三七〇
篥竹坡……三七一
登海螺巖……三七一
龍王閣……三七一
繞海螺巖……三七一
釋今足……三七二
擬禮五臺途中阻雪止宿郵亭庵……三七二
奉和靜成牡丹……三七二
柳溪訪角子大師……三七二
釋今摩……三七三
寄旋庵都寺……三七三

送石鑒法兄領衆棲賢…………三七三
九日送足公請藏…………三七三
失題…………三七三
卷七九五
釋今嵁…………三七五
得須公棲賢寺信…………三七五
送定公往怡山…………三七五
寄薛劍公…………三七五
刈稻南畝柬諸子…………三七六
閒居寄匡廬兄弟…………三七六
遙題車明經紫芝洞…………三七六
送李明府…………三七六
丁酉人日柬梁芝五…………三七七
釋今應…………三七七
夏日訪友人館時途中聞警…………三七七
燈夕雨…………三七七
中秋偶作…………三七八
元旦漫題…………三七八
釋今全…………三七八
秋曉泛舟…………三七八
夜泊白石憶英目青居士…………三七九
初夏病起同梵音公坐玉淵潭…………三七九
過古安弔季叔行人見海公…………三七九
釋今白…………三七九
準提閣…………三八〇
永福寺…………三八〇
朝雲墓…………三八〇

李公堤……三八〇
浮橋春雨……三八一
春經白寒兔……三八一
潮城閏三月……三八一
初夏開元寺寒雨寫懷……三八一
開元寺長廊觀馬……三八二
荔枝詩十首……三八二
釋今印……三八三
將入匡廬留別諸同學……三八三
送劉長孺攜家歸龍川……三八三
釋今四……三八三
與楊無見諸子初入羅浮路憩明月寺……三八四
夜入棲賢……三八四
曉起望五老芙蓉諸勝……三八四
送友人……三八四
飛來峽……三八五
釋今傲……三八五
送見一桃公還匡廬……三八五
初入丹霞……三八五
釋今稚……三八六
入嶺途中書事……三八六
釋今龍……三八六
初入丹霞……三八六
晚步松嶺……三八七
龍王閣……三八七
山居雜詠……三八七
送仞千大師還雷峯西堂……三八八

九成臺寄懷廣州諸同學……三八八
峨嵋山僧寄筇竹杖同賦……三八八
望長老峯……三八八
紫玉臺……三八九
簞竹坡……三八九
登海螺峯……三八九
釋今邡……三八九
詠流泉……三九〇
韶石舟中寄諸同學……三九〇
乞食逢故人……三九〇
潮陽庵贈空上人……三九〇
歸舟晚泊登峯望家山……三九〇
寄懷梁學下……三九一
酬文公和韻……三九一
過訪龔半千高齋分賦……三九一
立秋前二日喜掃公偕半千鐵夫二公過訪……三九一
釋今二……三九二
寄懷家揚……三九二
釋今莖……三九二
祝髮詩……三九二
釋今回……三九三
紫玉臺……三九三
晚步松嶺……三九三
贈識庸師……三九三
贈何叔蓮秀才……三九四
過端州峽同仞闇黎……三九四
乞食新興道中……三九四

謁龍山國恩寺……三九四
茶山贈葉山主……三九五
題七星巖……三九五
喜崔劍良諸公見過……三九五
憶鐵機師父……三九五
壽張康之居士……三九五
受具後作……三九六
病中……三九六
還舊里示玄之弟……三九六
廣惠菴喜諸兄弟見過……三九六
望長老峯……三九七
登海螺巖……三九七
繞丹霞山……三九七
釋今鷲……三九七
次韻答謝宛在時歸海雲……三九八
初春登馭濤閣分得寬字……三九八
壽監院應公……三九八
晚步松嶺……三九八
晚步松嶺……三九九
登海螺巖……三九九
繞丹霞山……三九九
初入丹霞……三九九
望長老峯……三九九
紫玉臺……四〇〇
釋今從……四〇〇
海珠寺……四〇〇
贈何浄德……四〇〇
東官留別諸舊友……四〇一

釋今但……四〇五
初到梅花莊口占寄諸法侶……四〇五
釋今佛……四〇五
遊羅浮合掌巖……四〇五
釋今端……四〇六
贈監寺應公……四〇六
題龍護園……四〇六
釋今錫……四〇七
海雲春日……四〇七
釋今普……四〇七
露珠……四〇七
梅影……四〇八
爲丹霞一衆募布……四〇八
釋今龍……四〇一
初入丹霞……四〇一
法堂……四〇一
望長老峯……四〇二
紫玉臺……四〇二
晚步松嶺……四〇二
篻竹坡……四〇二
芳泉……四〇三
登海螺巖……四〇三
龍王閣……四〇三
遶丹霞山……四〇三
次劉五原見寄韻……四〇三
初秋劉石臺舟過丹霞水漲溯流見懷次
韻……四〇四

卷七九六

釋古卷……四〇九
王澹子居士新葺野樗亭成招集同賦……四〇九
山中早秋……四〇九
送曹源公遊西樵卜隱……四〇九
釋古汝……四一〇
紫玉臺……四一〇
晚步松嶺……四一〇
登海螺巖……四一〇
繞丹霞山……四一一
釋古雹……四一一
春日山居……四一一
夏日山居……四一一
秋日山居……四一二
冬日山居……四一二
宿準提庵和異峯大師韻……四一二
遊五老峯訪澤山大師……四一二
江右舟中偶作……四一三
同麈異大師作金聲兄春日登丹霞對現臺……四一三
過春浮園……四一三
旋菴老宿新築幽居賦贈……四一三
遊錢塘西湖……四一三
秋日喜黎寅仲張靜山謝胤伊謝振萬諸公過宿雷峯……四一四
雷峯寄不挂雲兄……四一四

釋古通……四一四
初住雷峯下院寄秋渠兄……四一四
蒙許休老雷峯……四一五
釋古行……四一五
還棲賢留别諸同學……四一五
釋古詮……四一五
華首臺……四一六
天華宫……四一六
朱明洞……四一六
沖虚觀……四一六
見日菴……四一七
夜樂洞……四一七
大小石樓……四一七
卓錫泉……四一七
延祥寺舊址……四一七
梅花村……四一八
釋古蔭……四一八
春日送塵公大師住華首臺……四一八
秋鐘……四一八
送東水師住芥庵……四一九
釋古易……四一九
過友人山房……四一九
除夕……四一九
春曉……四二〇
掃花……四二〇
晴窗……四二〇
移居甲子春作……四二〇
山中菊花……四二一

秋夕遣興次願公韻……四二一
舟次江南……四二一
夏日送含嶼上人歸杭州……四二二
題融虛師禪居……四二二
春日喜不挂師還山……四二二
偶成……四二二
春日偶成……四二三
本潔師山房……四二三
春日書懷……四二三
酬謝鄴門見寄……四二三
送善孝師還棲賢……四二三
贈尹恒復中翰……四二四
子規……四二四
寄麥大車……四二四
過訪含嶼上人溪樓有贈……四二四
同謝鄴門道長山中晚望……四二五
暮春謁海幢阿大師影堂……四二五
春日集海幢丈室呈樂和尚……四二五
冬泉……四二五
釋古邈……四二六
早春臥病鄺檗菴磊園書寄山中道侶……四二六
白雲景泰寺……四二六
遊羅浮回宿憩錫院……四二六
掃花……四二七
留別高雲客……四二七
海雲山樓春霽……四二七
送允執上人歸揚州……四二七

暮秋寄光半師……四二七
奉和老和尚梅影……四二八
過中宿峽……四二八
姑蘇懷古……四二八
還山留別曾常仲……四二八
己未除夕……四二九
春日客怡山柬高雲客陳子盤……四二九
九日寄陳子盤兼呈社中諸公……四二九
詠菊……四二九
釋古毫……四三〇
送光泮尊宿遠遊……四三〇
晚過湛公山院……四三〇
送池月上人住滘溪精舍……四三〇
題安期巖……四三一
送會木上人……四三一
海幢鷹爪蘭……四三一
華首臺禮空和尚影堂……四三一
釋古雲……四三二
羅浮詩……四三二
釋古義……四三二
渡鄱陽湖……四三二
酬同學……四三三
桐山寺訪雲相老師……四三三
過玉華精舍訪慧達上座……四三三
望夫石……四三三
登祝融峯……四三四
清遠舟中……四三四
呈惟聖老和尚……四三四

奉和籀書周大士十首……四三四
錦巖夜月……四三六
釋古奘……四三六
山行……四三六
卷七九七
釋慧度……四三七
山中逢故人……四三七
釋霽月……四三七
雨花庵題壁……四三七
釋慧機……四三八
遊陰那詩……四三八
釋印元……四三八
重遊東巖……四三八
釋超雪……四三九
韓山亭……四三九
秋懷……四三九
寄陳延煜文學……四三九
詠梅……四三九
秋雲……四四〇
釋德薪……四四〇
鼓山喝水巖……四四〇
馬聘三司馬同許野公別駕過訪和韻……四四〇
余自虔入閩贈明府張次元一律後公寄
我以詩蓋悔黑海之飄溺而世綱之難
出也然順水張帆每蕩神志惟逆風按
棹益驗骨力歷覯古錐無不從荆棘林

中打開通天大路乃依前韻復成一首
答之……四四一
釋源昆……四四一
漂母祠……四四一
釋海會……四四一
次陳心之陳比之二居士過訪東皋韻
……四四二
釋定祖……四四二
瓊島……四四二
釋行敏……四四二
華首臺……四四二
釋寒山……四四三
巖庵靜悟……四四三
釋南野……四四四
宿飛來次韻……四四四
釋性曉……四四四
寶林寺六景……四四五
釋代賢……四四六
暉吉大居士遊陰那招韻……四四六
鄧羽……四四六
暢情……四四六
絕句……四四六
梁珍……四四七
題羅浮合掌巖高數百丈……四四七
羅素月……四四七
落梅……四四七
羅浮蝶……四四八
詠鶴……四四八

梅花村……四四八
贈鐵橋道人……四四八
石洞……四四八
曹仙姑……四四九
贈鄒葆光道士……四四九
峽山中仙……四五〇
櫟社……四五〇
獅子石……四五〇
眺虛巖……四五〇
無名仙……四五〇
題丹竈……四五一
東坡釣磯……四五一
化樂臺……四五一
雲壑石壁……四五一

全粤詩卷七八一

釋今無

今無（一六三三—一六八一），字阿字。番禺人。本萬氏子，年十六，參雷峯函昰，得度。十七受壇經，至參明上座因緣，聞貓聲，大徹宗旨。監棲賢院務，備諸苦行，得遍閱内外典。十九隨函昰入廬山，中途寒疾垂死，夢神人導之出世，以鈍辭，神授藥粒，覺乃甦，自此思如泉湧，通三教。年二十二奉師命隻身走瀋陽，謁師叔函可，相與唱酬，可亟稱之。三年渡遼海，涉瓊南而歸，備嘗艱阻，胸次益瀟灑廓落。再依雷峯，一旦豁然。住海幢十二年。清聖祖康熙十二年（一六七三）請藏入北，過山東，聞變，駐錫蕭府。十四年回海幢。今無爲函昰第一法嗣。著有光宣臺全集。清陳伯陶編勝朝粤東遺民録卷四有傳。今無詩，以北京圖書館（今國家圖書館）藏清刻本阿字無禪師光宣臺集二十五卷爲底本。

釋今無　一

馬潛菴憲副以折柬訊予參禪下手工夫及天堂地獄所以生起之因欲得二詩應命賦之

參禪詩

日夕羣動中，念慮自來往。其始體空寂，奔騰自成黨。趨喧既失寂，逐暗已背朗。有本因於無，繁亦從約長。安得曠達人，了然發遐想。慧刃割凡情，朱絃奏新響。會理融百途，鞭過敵成兩。鐵牛闌稻花，玉童嚴金杖。此處稍偏頗，實際便鹵莽。損之復損之，神明漸空廣。垢盡銅自明，厥功乃不賞。心境忌煩理，微樂不可享。一涶足涴蠅，曷為羈大象。有即喫茶條，無亦與一掌。靡滯氣便雄，非今亦非曩。華嵩倒垂看，青天平地上。正如夾脊間，伸手搔着癢。家藏不龜藥，勿事緶縏紡。不須從外借，悠然滿書幌。

天堂地獄詩

神明自圓固，犀利無與比。皎潔自搖動，突然有念起。起則號為妄，相繼不可止。如眼着手捏，大地如浮水。空花落繽紛，紅紫掃桃李。謂無已見之，呼實豈正理。其咎在伊何，不過此手耳。手去眼自寧，亂境亦戢弭。拙者但罪境，此境難除矣。夜臺與玉霄，空花堪比擬。吾人一念放，不覺為物使。纔放便囿物，精華成糠粃。弊絮逐棘途，百怒無一喜。即此一放心，好眼忽加指。本體既云變，境即生惡美。金闕麗天門，琉璃浮鳳尾。洛神羅襪輕，五銖雙鬟子。玉虬駕仙飆，瓊漿飲達士。劉向列仙書，不獨為我始。重壤鑄鐵城，赤燒遍遐邇。紫瞳藍面翁，爐鞴攻心肺。陳平冠玉人，忽然成犬豖。身既公劉虔，舌亦遭耘耔。二境反掌間，酸甜不相似。以為不實有，眼豈無紅紫。以為不實無，除指乃能已。此中除指方，有慮即罪己。內抱明白翁，步步皆能視。如我曹溪言，知識從內扯。正念名佛生，邪念名佛死。一座安樂窩，年來皆頹圮。為報高明人，相助以為理。

劉兩大入學宮作此勖之

汝讀聖賢書，當學聖賢理。理雖深無極，散在日用耳。醒心體高堂，東意遇近事。苟有欲為者，慎莫順自己。今既入泮宮，居然青衿矣。功名豈有涯，所貴不在此。既喜居人前，不足便可恥。從今當勤學，奮志期興起。逆意勿為苦，他日樂無比。黌門拜聖人，決定是君子。嚴父可趨庭，良師可奉侍。金聲與玉振，於汝原可跂。我雖老比丘，亦羨天倫喜。父慈子則孝，此樂豈可擬。學成見於用，有光於國史。勿謂瀛洲遠，便從今日始。

陳閔孝入泮宮作此勖之

久蓄冠軍才，利器尤凜烈。豈知斗牛光，即是豐城鐵。應久躍天衢，沉鬱氣乃結。滴水起長鯨，修途飛廣轍。一翼破洪濛，六月去乃歇。碧空散筆花，文壇飛玉屑。所少原非才，努力立名節。聖賢亦有書，云何號明哲。莫厭陋巷涼，獨愛科名熱。非澹志不明，是欲神易滅。古今名世人，視己猶未切。淫書過五車，落紙成兩截。閭里豈不榮，身世已滅裂。愛子奮其雄，俊骨標奇嵲。進可開天閣，退亦堪立雪。世寶何足珍，聰明天所泄。豈容輕棄之，日削成封垤。而父具世資，秋香不足折。起視斯道難，每每向予說。不倦學倒行，以智詢於拙。挾卷好趨庭，不獨詩書訣。玉虹橫十丈，急以一口啜。始知二酉山，曷可老豪傑。

壽曉湘李大司寇八十一一百韻

稽古流星園，光曜至人起。星落流星園，老子誕。紫氣函谷浮，五千論乃諙。渾灝仰淳風，軒黃聖化美。夔龍際陶唐，熙載宅百揆。道大王章正，文武通經緯。秋官定邦典，飲羊停沈氏。竇水聳龍門，玉節弼綱紀。擇仁古爽鳩，異績照青史。四百靈氣鐘，千波競清泚。介壽岡陵峻，純禧台象暐。外珥漢庭貂，內秘金仙理。神凝物不疵，性徹道如矢。玉既挺藍田，珠復潤隋水。疇昔登儁選，張溫言於孫權，中庶官最親密，宜用儁選，於是以陳表為中庶。沉靜稱素履。皇甫謐也。經學實淵溥，孔演也。鸞翔賦曾梓。王坦被令為之自疇昔，至此為太子庶常。螭頭立豸冠，霜落封事紙。謇謇喉舌官，大僚亦遭擬。自螭頭至此為科臣。三輔借汲黯，鞭強如策豕。合柱匿野王，李膺為京兆尹，時野王令張朔貪殘，膺執法，朔懼誅，走匿，兄讓藏合柱中，膺破柱付洛陽獄，殺之。束薪炙顏斐。斐為京兆尹，課人輸租，時各因便宜，置薪兩束為寒炙筆硯。別造玉麟符，銅獸安足似。樊子蓋檢校河南內史，有治績，隋文帝謂曰：『今為公別造玉麟以代銅獸。』瞿曇有遺宮，瓴甓方闕里。玄默邁百王，恭敬及虎兕。肥磽委荒草，一疏歸僧寺。判磨有後人，漢李元紘為京兆尹，南陽公主與寺僧爭磨，紘判還之。知府竇從一懼，請改判。復大書其後曰：『南山可移，此判無動。』流輝無近祉。自三輔至此為京兆尹。肅肅伯冏任，盈盈耀綠珥。和鸞駕時龍，精灼陳大議。晉傅玄為太僕，時比年不登，羌胡擾邊，詔公卿會議，玄諫諍精灼，多見優容。綜轄南北譙，明鏡無瑕滓。寬明不縱察，豈獨歐陽仕。盜賊西北來，烽煙繞城埤。力拒智何勇，潛攻寇更池。甂甋日飛擽，羽檄分迤邐。戰壘陣雲深，雕戈殺氣否。清嘯有餘閒，笳聲發清徵。不用五浮橋，神臂足可恃。渦口會占風，順昌見劉錡。宋京留守劉錡率所部四萬人至渦口，方食，忽暴風拔坐帳，錡曰：『此賊兆也。』即兼程至順昌，與知府陳規共守城。兀朮至，以五浮橋紿之，毒其上流，大敗之。陳湯計烏孫，五日解圍矣。漢段會宗為烏孫所圍，成帝召陳湯問曰：『度何時可解？』湯知烏孫瓦合，屈指曰：『不出五日，當有吉語聞。』四日而捷書至。萬靈活全城，功德布遐邇。復坐醒心亭，釀泉酌清沚。風回明月溪，嗒然足隱几。守固道乃通，精專達神鬼。軒冕悟倘來，臨事自有以。自肅至此為滁州大僕，言全城禦流寇事。漢桓黨論繁，大獄讐良士。滂不祭臯陶，直亮見心肺。大賢實憂國，滿車驅薏苡。平署賴陳蕃，秉筆竟如此。陳蕃不署黨人。致遠不書黃，趙鼎忤嚴旨。言切見批鱗，策免解金紫。宋高宗時，中書舍人潘良貴以戶部侍郎向子諲奏事久，叱之退，帝欲抵良貴罪，中丞常同為之辯，帝欲並逐同，趙鼎奏子諲雖無罪，而同與良貴不宜逐，帝不從，命下給事中張致遠，謂不應以一子諲出二佳士，不書黃，帝怒，後竟以此策免。嗟哉千古同，事難道足比。自漢桓至此，言奉嚴旨提問黃石齋，責久不報，遂罷官事也。浮雲澹河漢，春花欺卷葹。扶策歸故廬，江臯步蘭芷。耳熱薄擊缶，身閒氣不痞。門徑敞羅浮，枕席喧海市。言尋葛令踪，古壇見仙趾。寶爐燒馬牙，草庵生鳳尾。紅樹鳴夏蟬，碧池躍金鯉。輞川樂未闌，神州見頹圮。瞻彼玉京雲，心抽無停晷。衣白不出衡，靈武竟蒙恥。濁水瀉黃河，汀渚瀰漫瀰。厓門海氣深，洪波沉二璽。早為當局憂，聲吞徒悱悱。失手碎金甌，禾黍日成秕。賣卜無好橋，採薇今焉是。噩夢靜來醒，常論自可鄙。九五蟬翼輕，軒師廣成子。東南擅竹箭，璵璠滿江汜。弓旌德澤初，文海走新使。趙孟固不來，元世祖遣侍御史程文海訪求江南人才，帝素聞趙孟適名，密諭文海必致之，竟不往。劉因疾未已。元世祖徵集賢學士劉因，因以疾辭，帝聞之曰：『古有不召之臣，其斯人之徒歟？』遂不強致。古有不召臣，斯人今姓李。不強見至德，悠悠恣步履。社樹月頻圓，釣舫逢岸巘。丹井鐵橋東，青松白雲裏。園種安期瓜，秋深蔓藟藟。一食肺腑清，鬚髯黑如秠。清言會有得，頓折登山齒。春疇囀流鶯，壺漿助耘耔。手植十圍松，朝夕供憑倚。白首文潞公，法交華嚴喜。不入香山會，但乘篁溪檪。詩思急湧泉，陸離似抽芑。燒香話君臣，一喝洞骨髓。小義不足陳，經術皆奴婢。湌蓮千刼留，人間歲月駛。明霞徹六窗，笑豎天龍指。一室樂有餘，棋枰見披靡。今春一揖翁，語笑從此始。活火煮山茶，舊事填兩耳。招我荔枝期，添鉢不能俟。寄我自警詩，望之如浮螘。小字過蠅頭，恰如春韡韡。星輝南極壯，典型實豐偉。夢叶熊羆人，一歲超於彼。稱觴集槐堂，宰割俱停止。仁愛至今存，學解捐鄙俚。聖教豈二衢，俗子輕訾毀。聲教篤八儒，遵勛繼芳軌。考祥此其時，如春聚百卉。淮水呂虔刀，千階創一卮。我睇寶安雲，滿天散霞綺。亦效開籠翁，祝聲聲讕讕。讕讕，祝詞也。王荆公為宰相，時光祿卿輩中籠雀放之，每一放，祝曰：『願相公一百二十歲。』

壽江若海

我仰江文通，起家南徐州。筆管五色纏，談笑取公侯。誕此廊廟器，芳聲垂千秋。燕趙地脉雄，家世壓中流。如君風格整，灑落錦雲浮。重賢敦宿尚，利物吐嘉謀。綠髮華裾麗，銀河玉浪稠。名譽高縉紳，品德潔清修。意氣自有合，心胸不可酬。古有崔元度，結社凝雙眸。君尤愜草野，破寺來輕舟。弄水囂塵歇，看花道眼留。髫鬌元紫芝，長歌陸渾遊。貫月查星上，仙風吹斗牛。我持菖蒲節，祝君對浮丘。

南池篇壽徐仲遠

我住珠海旁，浪與仙城隔。海中有遺珠，清幽變煩雜。六月遊寶水，夏雲當眼白。天上石麒麟，招尋興不窄。高樹有涼風，清言無俗客。捧荔擘珊瑚，停杯擯琥珀。堂前軟琉璃，微波連廣陌。小舟一蕩漾，心胸開萬尺。碧樹密相欹，錦鱗高自躑。時育樂雞豚，後凋見松柏。眇小桃花源，荒唐鹿門宅。明敏道自通，愛廣德乃懌。停停五色雲，化為金鳳翮。我非□上人，看君尤逸格。花龕大品經，微言期探賾。賦此南池篇，霞觴添玉液。

壽周伯昌

昔現將軍身，今為維摩詰。維摩與將軍，威慈無等匹。霜甲耀冰河，紅雲湧初日。角響萬絃齊，氣壯長鯨失。轉此雄猛姿，齋頭親繡佛。參禪須鐵漢，髻珠自可得。海赤珊瑚紅，山寒碧玉出。一手揮慧劍，剿徹羣魔窟。水竭愛河源，果結菩提實。纔種白蓮池，喜君入我室。雅志邁聖賢，高誼堅膠漆。佛法有干城，皇家多柱石。與君玉海遊，萬刼從今日。琥珀夜光珠，不如松柏質。持此不變操，中流生六翮。大雪滿嵩山，寒風自披拂。神椿豈計年，天漿澆茂德。

壽劉焕之總戎 時焕之統兵鎮連州，予從金陵還

敦友本以仁，道合竟得天。因思十年裏，其樂如登仙。天下有至理，散在日用前。應其當然者，不後亦不先。秦臺善鑑物，無語列媸妍。君子會心際，融洽亦如然。天多氣象正，靜至道妙全。潁南產奇士，志氣自剛堅。少小偶失途，髫齓長烽烟。突馬解戰鬭，看劍搖山川。因探河洛數，便窺孔孟傳。懷秘寡徒侶，抗調難和篇。與余一定交，萬古破拘攣。兩宗聚訟久，真義竟未宣。有離亦有合，有全亦有偏。共坐廣居堂，挑燈常不眠。剔微語俱澁，默對如蛻蟬。忽而憬然起，大笑瀉飛泉。語默動靜間，殆無有遺璇。既能明囊哲，又復資玩研。金張何足問，管鮑亦非賢。情好醇已篤，骨肉相牽連。髣髴同所遇，髣髴情堪憐。只愁非麋鹿，會上別離船。癸丑秋纔深，余果遊幽燕。乾坤隨震蕩，戎馬踏春田。五嶺亦多事，分鎮日催遷。鎖鑰寄連陽，所事在兩肩。早曾學軍旅，氣可吞九埏。如珠只走盤，如珠不在氈。以其所蘊者，施於牙纛邊。予既歸五羊，不得相周旋。時時發清夢，同誦錦雲箋。仲冬乃君誕，昂首祝斗躔。人生建令名，學術不棄捐。可知澄清轡，即是祖生鞭。願為臺與萊，芘物長芊芊。慰我非一途，無用真枯禪。

送姚嗣昭太守復任雄州

居心本純和，所用唯天真。福德天自與，其權不在人。風雨有時晦，星月無比倫。嗟哉凌江守，一

歲受艱辛。賦詩養端默，縱弈運精神。忽睹綸綍光，鎖鑰仍北宸。攬雲驅熊軾，隼旗動行塵。父老識舊官，撫摩識吾民。上下相孚洽，二邑流深春。始知天道近，勵節為賢臣。龔黃有足稱，所貴勉於仁。靜坐梅花署，幽香可獨親。

平黎曲

順治庚子，太史丘公曙戒出判撫黎，試諸生者也。客中無事，亦效顰作下里之音，用貽曙戒。

大塊微生事，聲教良最仁。椎髻習梟性，剿爩無完身。異類斥不育，雨露匪不均。珠崖擬棄捐，鱗介難具陳。德澤更千載，文物冠京津。四水環十邑，五指削天垠。巢居負深險，豕突雅難馴。畫肖沉木，彎弓即鬻獯。鳩集乃叫呼，敢為蝟與蚊。虎竹彿分閫，桓桓策六軍。六軍信神武，所事在征討。月竄昔來賓，日際曾奉土。况茲未重譯，蠢爾輕明主。大國德良虧，瑤階缺干羽。防風殺二龍，不死見夏禹。大火方西流，日色草木枯。馬蝗煽青燐，馬蝗，山名，古戰場。金牛暗毒雨。亦山名，常吐金銀之氣。卸甲陟崇阿，免冑散行伍。料敵何必深，超距欲如虎。谿谷多嶙峋，所事在兩股。樹杪出金鉦，陰巖潛玉弩。不怨從軍難，所慮空村堵。一雞響毘耶，驅蜂走神姥。漢世有青州人獵于毘耶山，為石所陷，語同行曰：『我當作此山神，以雞祀禱，必應。』後黎作亂，官軍祀之，神驅蜂逐北。所冀良牧仁，惻然動安撫。革心歸所天，文教被終古。請移銅柱標，相看忘黠虜。

瓊山諸秀才秋闈不第詩送之歸

男兒負所學，挾筆干時賢。所求貴得志，展翼青雲巔。家住扶桑下，門臨銅柱邊。海水一萬里，崎嶇路幾千。隻身涉溟渤，行李滋蠻烟。富貴如可求，艱難甘棄捐。詎意竹箭流，還教點額旋。孫陽實未來，絕塵徒自憐。且歸翫滄海，五車恣幽研。他年一昂首，自然摩高天。石房垂椰葉，芸室燒龍涎。藥苗穿籬秀，秋韭割來鮮。烹雞下美酒，茉莉薰晝眠。人生有如此，圭組何必先。我本談空士，舊遊曾留連。道義既云合，交情良亦堅。相訂或重來，開池種白蓮。今轉送君去，殷勤一贈言。客路日易短，寒螿啼君前。悲歡豈有定，倚仗久難詮。五尺何多力，萬事如鈎連。秉心皈繡佛，勝着祖生鞭。

古渡漁翁

歸舟古渡頭，水急沙力薄。參差水竹中，石頭何磊落。高浪見漁翁，膚黑髮益白。盡日守繒繳，交談見素樸。稱彼讀書人，云是遊仙客。家住河上村，近亦走風鶴。天不眷微生，難以事耕鑿。膝邊兩小兒，食魚棄魚骼。豈知翁力竭，十繒九不獲。世路多艱虞，人生苦纏縛。萬事可鏡心，茲遊信行樂。

寄訶衍

蕭索大漠風，解割不解吹。六月大夏日，解熱不解涼。慚愧道人心，解露不解藏。的立萬矢聚，水漬石易傷。人生不如石，況復重忙忙。悲歡皆損性，靜躁同一狂。丈夫當有志，悲道不悲世。只此悲道心，靡然見罷敝。丈夫當有識，欣道不欣食。只此欣道心，悠然被驅役。智者路多窮，愚人幸不識。去年蕪湖月，今年起相憶。憶君一寄君，君癖我更癖。何當共黽勉，挽以千牛力。蒿枝三寸曲，松根百尺直。秋風纔一吹，各自理顏色。

唁知即 有序

知即買木於相江，歸至英州，遇鼎革之變，中路阻絕，備嘗淒苦兩月。及抵肆水，為大兵奪木，忍死走還五羊，營衛既亂，皮殼僅存，中夜病發，五日而死。衆曰：『嗟哉！何速也？』予曰：『遲也，非速也。英州已下，肆水已上，已久死矣。但其正念不忘，僧事遂畢，竟得歸而死。』歸時，予偶為作長篇貽之，未及示，即焚以當吊草，更綴五言近體一章，有不勝悼之情也。

搆屋須良材，楚僧領此役。不畏北風寒，不避豺虎食。披蓁陟崇阿，兩足羅荆棘。得木放中流，倏忽天宇黑。陳橋既易王，各郡未捧檄。盜賊變路人，草木皆鋒鏑。一衲百結餘，竟與貂裘敵。四逢狄梁公，褫奪遭辟易。蚊虻咋肌膚，風濤嚙指骨。辛苦兩月來，生死換得失。依稀尾生信，髣髴盲軀值。將軍略地來，川陸皆羅織。不必問珠璣，粗豈遺木殖。嗟哉竟徒勞，抱病空嘆惜。

清明 時寓瀋陽南塔寺

西南天一方，風沙慘日色。欲陟彼高處，支離自不力。滿道飛紙錢，我且將安適。塞上小兒女，哭聲一何極。哭聲不可聞，哭辭人不識。抱書上牀眠，眠去省太息。

鳥

一鳥投深林，千羣競相逐。始知鳥雀心，亦不事孤獨。朝引出郊原，暮引歸空谷。秋叫秋霜寒，春鳴春草綠。誰云乞野人，一塊果天福。誰嗟白額魚，卻為豫且辱。榮辱寧幾何，一身苦不足。但食沙邊魚，莫啄田中粟。粟本人所爭，爭心起傾覆。一旦布網羅，卻同魚與肉。

送王伯子還寧晉

我昔張帆遊瓊海，天荒地老愁心改。木客紅唇嘯益悲，鮫人淚眼珠難採。連石日沉天地昏，妖氛瘴霧如飛塵。此身已作仲文樹，無復生意當青春。斯時得交王大令，飄飄仙氣更氤氳。琴聲不特吏難欺，還將大略息瘡痍。不種河陽滿縣花，筆端富麗自豪華。贈予墨淬過一斗，身雖圭組志烟霞。如今北歸朝絳闕，留連惜別珠江月。珠江月色清尤寒，征帆關切到征鞍。太行秋聲井陘裏，昔時慣入乞人耳。送君不怨道路長，至今能夢滹沱水。

壽姚六康明府

崑山斲結不斲離，碬鋒淬鍔有所為。芳春蘭蕊老秋發，濃香藴蓄終無時。大賢况復秉宿志，解斷懸縛肌瘡痍。惠陽姚君藴藉深，豪傑氣誼賢聖心。才華赫譽漸過耳，老卻竹箭淹南金。寬和髯頰如春溫，昔因不類人間人。國之楨幹法門柱，東阿白鳳西山麟。屬吾師翁早投契，白衣弟子緇幅巾。四百名峯遺刹地，護之若護睛中塵。赤髭白足頻來往，山陰道上欲分身。秋深結束趨朝右，組帶曳腰符繫肘。仁心義術希所濟，肯厭蹄輪競趨走。疇昔逢君燕薊遙，銀缸雪盌凌晨宵。道心塵事兩融徹，魂礧廓落沙塵銷。眼空三輔豪華啖，氣奪五陵裘馬驕。古來賢達各有重，富張楊李皆高僚。慶君攬揆服官年，沆瀣輝流麗日邊。祝君固比金剛體，東南流峙盡浮烟。

榴花歌贈王九如

君不見竹林之下高韻長，高陽徒侶當年亦復氣鏘鏘。更有廬山谷醉石之上陶元亮，偃蹇骯髒並閒雅，胸中筆底汪汪乎不可一世而跌宕。嶺南鼻飲有古風，榴花香，况乃產乎王生之故鄉。酴醾雖美不足嘗，不足嘗，鄉中之物澆中腸。錦心繡口成文章，眼底青雲看可上，手中綵筆人莫當。吾將欲與王生招隱泉，三生石上忞商量。使汝一杯兮，乃知乎向者八人之膏肓。

壽陳蕉源

我聞金色妙智身，堅密過於金剛寶。倒易三世如飛騰，寰中日月那能數。檜柏蒼松薄劣根，南山東海成輕塵。有大長者陳居士，妙得此智凌青春。修長鬚髯梅花白，舌底風流妙入神。大智文殊七佛師，福成利行號童子。我今已老君方少，坐飲山茶勿序齒。更睡華山八百年，製成竹馬呼君起。

題王伯子四雅亭

偶亭主人清且賢，彈琴問政何翩翩。黎童蠻女歌來暮，渡海孤僧逢偏早。文章詞賦日相投，一別三年長秋草。去秋又搆四雅亭，衣冠滿座百壺傾。習家池館日相求，竹林之下風颸颸。棋聲詩思皆勁敵，即此可以凌王侯。中少一幅乞人筆，續貂豈堪容此物。濡毫樹底為君揮，勝事留傳在翠微。

別張子修

張子骯髒絕不羈，襟期獨與山人知。彎弓跨馬聊爾爾，種竹栽麻乃其宜。吁嗟張子奇不奇，世人皮相何足悲。大宋有僧交子修，崎嶇同到瓊之涯。我今事蹟復類此，別去情深長相思。

別陳人白

我來海外交陳君，陳君明爽絕不羣。煮茗夜談日繼之，眼昏喉瘇猶未離。激昂大道無餘蘊，探頤至理盡精微。人生聚會如大夢，車塵之下不可知。陳君有文我能削，陳君有過我敢摘。陳君愛我非在此，我愛陳君亦如彼。有文有行世不少，功高名大看愈小。一身衆患豈能當，予與陳君後話長。苦莫苦兮疹饑骨，余猶視之如飴蜜。樂莫樂兮擁舞女，余正視之如刀鋸。我語陳君受不失，此情十分未去一。君不見海門之水深且寬，君不見五指之山高且崔。山高河廣會自稀，忠告之言莫置之。我今别君揮手去，相思常在月明時。

丘太史曙戒過訪海幢將歸風雨大作留同王震生程周量梁蘭友梁芝五澹歸夜話分賦

嶤嶷崗埠精廬隱，百雉斜臨高幡引。入樹蟬聲盡日長，流涎衲子香爐冷。𢡊蓋華軒藻寺門，烏窠倒屣迎旟隼。白傅裴休俊玉容，烟霞灑落生心腔。青雲自合騰珪璧，禪機旋轉光玲瓏。柱杖芭蕉非我與，金山玉帶解諸公。琢成楮葉雜春芽，絕肖何必青蓮花。老僧瞪瞪不得語，自然白石成丹砂。五馬催呼歸興失，三門移睇浮雲黑。零陵山石自紛飛，金波昨夜先離畢。咫尺烟濤上下翻，鼉鼉吐雹蛟龍泣。憍尸迦主獻瞿曇，阿修羅殿滿劍戟。隱几更坐成歡笑，本來面目一時得。血紅鯉眼寒光閃，海飆幾陣連天捲。不勞石汁鑄琉璃，平地貝闕生光輝。縮脚搵衣不及語，雙門乍啟真珠飛。秉燭高談幽思動，含毫掃紙抒冰姿。冰姿自帶漭泱色，萬頃滄溟歸一滴。芥子空穴駐須彌，筆端三昧通禪力。癡憨猶不許旁觀，木枕纔醒東既白。津吏頻呼渡頭船，芳塵雜沓凌朝烟。心賞窈藹不可期，廊廟山林齊置之。分襟熊軾擁前驅，始知貴賤忘多時。

題伍鐵山牡丹轉贈李言兌

鳩艾山人蓄奇思，潑墨時畫牡丹樹。濃淡輕盈比趙昌，葳蕤枝葉精神藏。富貴自然天上落，煙雲眼底相翱翔。去年寄我此一幅，古道春風常在目。有時挂壁對枯禪，恰如陸亙遇南泉。同根萬物異非異，明珠一粒走冰盤。吁嗟山人得志時，綵筆戰勝萬人知。澄清壯志今已矣，考槃歌徹山之嵋。金支瑤草恣幽采，顏如渥丹色不改。人生出處固有定，適意何必皆高車。吾友李君瓊之秀，精鍊一經今白首。文情跌宕自激昂，豐城之氣衝干斗。今年見棄未稱意，牢騷別我還分手。分手索我此畫圖，贈君勝贈金錯刀。瓊海之波千尺濤，關情送遠秋雲高。歸去燒香靜披對，靜定方知動者勞。

贈高文斗

華山渭水秀靈鍾，半千嘉運誕英雄。彎弓射殺霸陵虎，用兵髣髴孫吳公。高郎灑落為元子，天容道骨軒仙風。虎帳趨庭寒劍氣，天邊結友敦高風。下帷默與聖賢對，鈎深索隱皆旁通。肝腸盤屈疊麗錦，心胸洞徹光玲瓏。文章氣力長萬丈，那應筆夢生春虹。山僧素有孝基眼，觀人雖衆無如公。抵掌快談恨已晚，區區作別訂重逢。君不見浮粟之水清且幽，斬荊撥草君所謀。我行當作陸沉士，華軒鶴蓋期一至。一夜清燈數茗杯，寒山世事兩徘徊。秋風觸處無高下，行人畏上越王臺。

壬寅春三月石鑑覞弟奉師命入閶門為先師翁乞塔銘於錢牧齋先生賦此為贈

吾翁早具金剛眼，照耀大千無間歇。去秋忽唱還鄉行，誰識雙林未入滅。四百羅浮山君長，守護無縫威凛烈。譬如皓月被雲掩，是月光明豈曾歇。眼光所照亦復然，妄情瞥起即區別。還將佛子區別智，消盡妄情光不二。江南姑熟有虞山，山中長者名遠被。如椽大筆干雲漢，電抹風搖生妙義。點筆此光出筆端，恰與長者同巴鼻。石弟克紹吾家種，代師遠走五千里。褦襶久藏妙喜機，笑揖張君等兒戲。出門一句為余言，始信脚根方點地。

壽程萬閒

我聞七寶功德山，金盤流出耀人寰。光明威德咸熾盛，雙融真俗如冰環。此光豈特世間珍，諸佛護念非等閒。琉璃玻瓈紅瑪瑙，帝青摩尼及衆寶。雜此寶談光明雲，現此金剛堅密身。大地山川多藻麗，此光照處皆成文。菩提座隱煙霧中，廓清能使人皆見。法螺吹動海波寒，扶桑映徹須彌面。萬閒道兄法之幢，百福莊嚴衆所羨。靈峯親受付囑來，此身卻向辛官現。纔生氣便可凌霜，梅花萬片相翱翔。大離垢繒為冠弁，妙得真智何昂藏。戴笠吾輪出入機，恰如百靈遇老龐。願汝住刼自綿長，我作此偈為讚揚，萬象森羅齊合掌。

題趙裕子繪衛天山壽山圖

燕然之山雄九邊，盤拱玉京如環連。層冰疊雪氣蒸鬱，千松萬柏寒參天。裕子趙君臂有神，點染紙筆描逼真。命意初不在此山，微得其氣已驚人。裕子八十已過五，骨形如鶴神踽踽。雙鬢不減燕然雪，才華跌宕秋江月。銀筒丹井不須規，笑持荷葉勝刀圭。天山礌砢殆其儔，邨頭獨坐疑滄洲。萬事若能隨手歇，置身此幅堪夷猶。

樓閣篇為彭明府退庵壽

有大丈夫古之哲，丰姿明敏神歡悅。聲價人天號大慈，百福歸之如聚月。現為樓閣高七層，窗牖欄楯懸奇繒。赤珠瓔珞寶綱垂，金鐸迎風聲泠泠。此閣凡庸不能見，實相求之如掣電。白鳳至今不可巢，沉香結束何足羨。我觀智海軟琉璃，無有遠邇及崇卑。上下千年一瞬間，寒雲自走孤月閒。妙得此意凌萬物，坐令仁壽當自還。閻浮界内無此閣，即令有之亦糟粕。道力業力等齊觀，簷風吼月恣行樂。番禺邑侯彭大士，醇粹天資白玉美。光芒焜耀四邊馳，一粒摩尼旋衆水。峨嵋峯上鍾靈秀，巍巍慧業善財後。不參烟水亦南來，斗大銅符深繫肘。平生學術見驅雞，百里宣風今卓茂。治中有山名雷峯，長松大竹頗靈透。擬為此閣架虬蜺，烟走星飛生滲漏。問政時臨閣上行，繡櫨朱柱何曾有。佇立邐迤綠水濺，還如彈指未開前。大士忽然一彈指，重重楹檻敞高軒。閣門開處蓮花白，服之能住百千刼。我作此篇以壽君，文殊獅子翻身躑。

寄送鄭季生赴都補選

黄金臺畔七年前，野僧添鉢擎朝烟。雪瘦氍毹歸絕域，相逢鄭谷偏留連。鄭君氣格五色錦，翠雲裘着斑玉笋。文體風流亞大蘇，輕世重道世所無。捉麈天花雖未雨，霜飄雪蕩心魂孤。長安貴客如玉叢，不談此道空恖恖。蘆溝之水有針投，千古萬古開心胸。我返仙羊君亦歸，去年相見更玲瓏。鶴嶺松風西湖月，行座摩娑無巧拙。道質化為火裏蓮，寶劍當空恣予奪。學術取為幹國材，逸足終當一超絕。今冬結束復出關，袖中富貴氣本閒。毘盧印佩黎元喜，世出世間無遠邇。送君翹首隔羅浮，飛烟簇簇乘風起。

與胡潛夫乞藥戲贈

借問胡潛老，如何藥似神。一杯纔仰飲，五内覺津津。須臾穀氣次第出，博山沉麝那能敵。胸中積滯得輕鬆，雖留微痛意已適。夜來齒齶發澹味，舌根卻似寒泉洗。澹極依稀翻胃來，寒熱之氣想分開。今日更乞下一帖，午後便欲得煎煨。除痛除澹最要緊，一豎若去即安枕。藥賦煩君念一遍，輕重加減見本領。醫王之手見高處，醫王兼更有佳句。昨聞和得岑字詩，恖恖未問君已去。詩學離騷讓楚中，楚歌一起皆天風。離奇崒嵂兼光怪，使人讀之聲渾雄。豫章未必勝楚材，此事還須自問公。費君之藥亦此事，病根無日得輕利。一捧楚詩開口笑，邪風盡入病難料。藥囊更蓄五色線，腸若斷時君不見。但聞推折擘繒聲，須君下手如飛箭。

王觀察齋頭有石壽星伴鹿而坐作此長歌

雞窩老人古仙客，長髭大額不盈尺。好與圯上先輩遊，入海化作絲文石。河伯之宮虬與龍，鞭水行雨多陰風。老人總不任智力，妙與太極歸洪濛。當時鹿亦解人意，呼之俱化形無異。蟠桃稱壽事有無，或前或後那能記。媧皇煉石石上天，以其餘者沉深淵。老人視之如兒戲，不與此石相週旋。一從立極人民著，危微變幻歸何處。製成文字記升沈，幾度江山換雲樹。堯天十日光先徂，金人十二今有無。已將身世懸大象，看窮造化笑玄都。觀察齋頭頻過我，老人亦向齋頭坐。濠梁小景饒仙風，何必蓬萊深處臥。（以上阿字無禪師光宣臺集卷一五）

全粵詩卷七八二

釋今無　二

誦祝唵嗟公

縉雲繚繞蔚巃嵸，瑞氣騰光結綵虹。非烟熠熠耀寰宇，千尋寶色臨青松。崑崙頂上須彌巔，虹光蟠覆萬斯年。璇瑰瑤碧為其質，金風吹徹愈貞堅。麟麟炳炳自巍峨，鬱為霖雨滙滄波。佛子俱登仁壽域，古椿大柏慶天和。威德智力等十方，芳聲千古流無極。寶髻護念自非常，威光又過百千億。慈惠普洽諸羣生，福願更深功德海。瓊池玉壑恣晏遊，丹書白馬金縢在。筵開玳瑁拍洪崖，盌賦琉璃浮沉瀣。桂山蘭板日歸仁，西園幾見曾飛蓋。種種雜為如意珠，智境莊嚴了無礙。山僧祝此光明雲，磬聲奕奕動蒼旻，百粵長此扇氤氳。

壽固山永言尚將軍

百粵惠風吹瑞草，星光耿耿長庚老。寰海之區光浸中，仁壽同歌兼社舞。銀花火樹太平年，山川帶礪入幽妍。白昴之精躍申甫，一柱擎天見神武。六師總轡雄且賢，金章紫綬何翩翩。萬里霜威誇逸足，三生靈慧長青蓮。青蓮千葉照碧波，我觀佛種亦維摩。現身暫佩水蒼玉，手調陰陽分太和。文煥奪將領下彩，威光還過髻中螺。幾回顧我生顏色，貴賤相忘笑語歷。王臣曾受付囑來，山僧敢獻三多祝。

重九前三日彭退庵詮部汪漢翀水部招同王象先朱監師張雛隱梁芝五遊蒲澗寺分賦得士字

扶胥空濛赤日起，白雲山影秋聲裏。天風不吹平陸人，羊腸獨挂寒泉水。山濤水部拉高朋，兼我閒閒一箇僧。平生未到白雲遊，茲遊興發如飛騰。初行放眼無可放，草草松篁空悵望。拍肩意有洪厓公，片石亦令心神蕩。菖蒲澗底登頓來，安期巖畔吾先喪。鈎連石路空嵯峨，荒岡大脊拖明河。玉山易醉圍金客，丹嶂難尋跨鶴窩。當時退之走華嶽，玉筋雙啼下不得。今日雖然涕未横，要使腰肢光辟易。簾泉滴水差解意，摩空一石尤蒼翠。靜窅悠然虛谷中，廻風斜入寒光墜。來往摩娑不欲行，霏霏散雪時侵地。乍可烟霞一念深，等閒事業堪抛棄。一酌山泉酒十巵，人間至樂得斯時。恰似生還班定遠，高眠水部即安期。諸公從安期巖還蒲澗，漢老賀之生還。漢老不上安期巖，雛隱謂其已立地登仙云。嗟吁匡嶽稱名山，礌砢奇削出雲間。横斜百里深黛色，仙姝媚嫵盤雙鬟。石磴丹梯鬼斧雄，龍蛇光怪有無中。湖風乍捲亦明滅，雪後蒼厓玉不同。問予何事輕離此，卻作珠江寒乞士。

賀高總戎移鎮高州 代

十年瓊海建旌旄，奠安黎庶賴良圖。專征豈特騰茂伐，甘棠之樹已先高。南極威聲驅溟渤，關西巨望稱賢勞。風雲吐氣有餘奇，胸中兵甲誰可窺。圯上曾聞有法傳，匡時異績看巍巍。繡韡畫鼓擁康莊，福星今又借高涼。歌頌萬家安壽域，控弦千里凜風霜。念我曾蒙頗牧知，情深載筆即吹篪。玉帳帡幪氣自溫，柳陰借蔭心怡怡。三年別去長相思，又來彈鋏誦新詩，首圖麟閣勒心碑。

壽趙太守雨三

緱山山上鶴髮翁，丹顏玉指握芙蓉。霞光掩映五色珠，八方分照無遺蹤。至人出入三世境，冰環圓轉看無窮。夏口松間和璞甕，永禪師德清光共。不識銀河蟄一龍，但看碧樹翔雙鳳。文藻飛揚蜀大蘇，謫仙天上事非誣。竇公自識麒麟種，孝穆當年智力孤。韶陽郡守趙使君，中州正氣摩青雲。瓊漿潤澤冰雪操，治績不特敷清芬。前身便是吉祥士，連聯百歲隔紗紋。修成仁愛筆花發，千尺松根恣茂達。濯錦池邊月影圓，黃河岸裏波聲闊。華藏門開帝網正，琉璃塔上懸明鏡。絃歌既徹九成臺，霜威先起蟠桃嶺。龜章力大佛印小，應身大士如飛鳥。神明披朗器高濬，秘用其權通窈窅。初揖使君花樹旁，恰如按指河嶽光。喻法青蓮當晝靜，驅風白石聲琅琅。品花覓草時相過，不須清磬煩囂墮。陸亘石頭用一呼，長慶蒲團經七破。琴鶴儼然清獻公，作詩我與華嚴同。祝君一語為君壽，自然堅固昆吾銅。

壽陸太守孝山

安期巖下丹砂井，清波靜涵牂牁影。牂牁萬派自奔騰，羣趨盡繞梅花嶺。百粵之山此嶺雄，喬松千本常菁蔥。服靈琥珀出千載，夜光紫氣參洪濛。琅玕不羨朱明竹，玉骨那數浮丘公。當湖互見清波起，敷渥此嶺雲穹窿。穗歧樂誦張君淑，神雀高飛黃次翁。潔白之姿過冰雪，譬如梅花開臘月。又如帝網懸天門，重重攝入皆歡悅。冬日煦人成物我，春風拂地滋薇蕨。布政十年心自閒，紺宮幾處垂高樾。我捧玉函金字經，每尋妙理恣玄說。歡喜園中下瓔珞，華嚴位裏施鉗鉞。使君一為應現身，兩邊運護如車輪。霜刀鍔起荆山玉，巨照晃耀靈川神。溫然弘裕成虛引，美哉道重高縉紳。挹君已飽靈和氣，自然枯槁皆青春。木樨香散嶺頭來，碧波深處無纖塵。一句可能踰十刼，祝君此句高嶙峋。

荔枝行送彭進士駿孫歸海鹽

嶺南四月荔枝紅，嶺南五月荔枝熟。村頭鎮日鳴高蟬，紫雲片片出深綠。此果衆美難具陳，譬如上妙生天福。蘇陀長吸色如虹，夏日不願遊天中。雙環天女五銖紗，葳蕤瓔珞逗紅霞。曾疑葛令骨飛去，竊之併上七金槎。琉璃青碧擁月宮，扶疎不與桂枝同。圓生香氣三百里，不及冰團浮玉指。天中有樹名圓生，氣所及處，香三百里。維摩老大神力疲，白飯不取今來此。東坡信亦謫仙人，忘情惟有鍊家紫。羨門彭子骨如仙，姓字久已人間傳。初來即入羅浮下，寶水詩篇恣瀟灑。一見未揖笑語投，摩尼明透走金甌。清風百道衡門起，佇見文鸞參鳳尾。荔枝不食買歸船，胸中只說蓴羹美。荔枝能益道心強，留君不住意偏長。

合浦歌為強佑人壽

青嬰池水清而麗，大璫老蚌潛千歲。天涯亭畔岸不枯，珊瑚樹上巢翡翠。數百年間事亦奇，珠玉無知亦有知。長官意大此珠少，月照珠池波渺渺。淮夷之蠙獨擅名，蓬葦參天銅柱小。欽州竹馬迎偏早，要芟還珠亭上草。孟嘗陶弼幾時來，一探深淵誇至寶。關西將軍頗少年，分竹策馬珠池邊。明透之性掩珠光，叱咤左右河海忙。朝餐晚餐萓草根，轅門日靜甑生塵。池裏珠還千萬斛，將軍碎之其如粥。地小材大用不盡，閒時把筆娛心目。筆端一落絕驚人，不是顏骨決柳筋。立功歸來繡佛前，綵衣五色斑斕鮮。至性夙敦過顏閔，幾回感我呼高天。人生重節乃豪雄，看君堅固昆吾銅。覽揆為君說此篇，春風恰好吹華筵。燒殘銀燭渡江來，月高與爾談深禪。

壽凌司李髭放

昆吾山銅風輪持，寶光灼爍來無時。晦昧奔騰碧虛闊，滄溟渺小連天池。澄渟念想須彌起，大刧小刼分遠邇。佛子靈根豈受薰，威光百道翔身雲。琉璃椀合金剛眼，一回撲破看高旻。韶陽長者淩髭放，海内名聲皆普聞。昔年謁帝明光殿，毘盧印佩如轟電。語言文字三昧門，天花灑落填筆硯。暫持行願遊八極，還捧智珠歸浄域。又見遺民山下來，已看碩果終難食。丹霞山頭路頗滑，獨往叩關無杖策。玉蕤乍吸骨如風，低視人閒萬象同。百靈麗藴酣法戰，至今雹擊聲雄雄。金針乍路該全隱，長者須防瞌睡翁。松根一拂超千刼，所有微言皆剩說。海幢輸卻老婆禪，老猿嘯起天邊月。

白蓮華頌三十三韻壽朱明府

蓮花如雪映雪衢，千年一抽世所無。芰莖蕋葉七寶鬚，天風掣擊如飛鳧。衆香駢附若奔趨，採而食之留身軀。紫紅立變兒童膚，譬如瑪瑙籍紅氍。慧性光透如明珠，上下千歲事難誣。此花自與異花殊，草木之卉非根株。至人取譬曉大儒，心性皎潔即此乎。事物紛紜心力孤，譬如此花不出湖。此花一出事物徂，兀然隱几或據梧。當午葛令乞分符，金丹辛苦燒紅爐。身輕鶴骨玉龍驅，不見此花終躊躇。南海朱侯得機樞，政成事暇日執觚。德澤潤人若醍醐，掀髯對我如藐姑。幾度燒香誦良謨，竹窗蓬竇錦雲鋪。王臣外護深庇吾，長至之後逢懸弧。為君說此如轆轤，視履考祥終不渝，此花千載生冰壺。

書生入戎馬之場歌贈夏繼先兼送還鎮海安

君不見當年班生投筆起，騫騰寶劍驅千里。風雲氣節相激昂，富貴功名堪自取。伏生九十誦陳經，烈士敲碎玉壺冰。壯心不使暮年惜，緑髮成名入青冥。我觀夏生骨節奇，青衫棄卻揚清徽。龍驤凜凜誇逸足，雙瞳閃閃長庚微。經學丹青精以練，杜公武庫何須羨。贊匡果毅取臨時，金剛玉潤如轟電。横海樓船見大旌，修成戰具東甌平。銅柱界邊寬眼力，吟成好句徹滄溟。兩年駐纛五羊東，扁舟蕭寺時相逢。笑語但看鷗鳥下，此心不向時人通。牛頭道者智威師，重巖學道懸雕弓。今日送君歸舊鎮，瘡痍息後期芳蹤。

壽李慧庵

方山長者奇而秀，棗柏延年驅麥豆。神管重巖侍玉龍，齒頰光明爛如晝。智慧花生華藏門，十兆九萬皆靈透。金臺佛種誕偏長，慧庵李子乃其後。吉祥之草兩手持，梵刹隨地建無時。珊瑚瑪瑙夜光珠，螺絲寶髻嚴金軀。三千座廣一室小，須臾取供如飛鳥。童子慣聞上品經，家人亦禮蓮花表。膝邊光彩看鳳毛，堦前作舞拖青袍。慧業不須江淹筆，功名可得呂虔刀。大地春歸一日長，天花繚繞天人想。我説此偈祝永年，磬聲清韻瀉高泉。

壽鄺檗庵

寺門千頃碧琉璃，燒香獨對閒支頤。大牛道者禪山來，為我朗說禪山事。禪山萬市六衢通，珠林寶樹如排叢。毘耶闃寂無人到，今移此室在其中。室中居士雪霜姿，大千摶取終無時。金剛輪際香積土，六方震動如吹篪。雪白摩尼生慧眼，春花天女執軍持。建安文氣五綵筆，龍眠山莊尤描得。腳底胸中無遠邇，明霞舉舉秋空出。昔年我走大關東，千山古佛凝雙瞳。金陵幾度憶分手，挑燈坐念無如公。思智妙密心境寬，金刀鐫玉光玲瓏。今年五十又過一，大牛有口壽不得。我作此篇當紫芝，千年之日如今日。

壽王瑞圖

辭卻青門歸白社，輞川春日悠悠者。愚公谷內百念寒，漱泉枕石恣幽寫。作詩命繪鬼神驚，拱手長謝世間名。立朝東帶非吾願，只使秋林滿謦聲。此老芳踪久不歇，如今復見有雲礽。瑞圖王子非凡質，玉山雪映高崚嶒。從余學得太傅齋，一念清徹如潭澄。譬如春樹先着雨，自然秋實凌霜冰。又如雲氣侵碧玉，陸離光怪照千乘。長生自有無生曲，東風四座繞春燈。

壽樊月藏

五綵能收戰勝名，文壇今日見星精。廿年之前河肯清，手摩帝座騰青冥。廿年之前河便濁，徒令雪鬢甘雌伏。萬張玉弩射潮頭，百里青山界寒瀑。世波既下日星涸，多君一寸存幽獨。譬如大地發寒風，手持玉管吹深谷。載酒不及王丹勞，讀書每效阮生哭。此念消歸太傅齋，大千世界如牙排。觀河尚可探靈晛，鐫石猶堪蹈月街。今年六十從頭起，一年一度春風美。玉角麟行萬點金，為君印向深雲裏。

壽劉敬吾

五嶽之峯嵩嶽高，喬松千樹奏雲濤。月明少室清光滿，風吹渾陸翠華勞。劉君鍾此奇偉氣，誕生其下何雄豪。少年走馬氣噴薄，手彎硬弩侵星角。材敏自能籌國計，誼高到處恣行樂。神鯤之背恒負風，靈苗種自楚王宮。去年訪我海邊寺，笑聲萬古破洪濛。護持此地兼護我，思惟方寸凌神工。琉璃燈下金剛眼，心開字字皆能通。已見蓮花堪比玉，誰言寶地復生蓬。從前祝者皆可量，此回通透無遮障。玉海千年與子遊，龍華樹看金輪上。

壽汪子厚

汪君初度無可說，山僧兩手掬明月。贈君明月有光輝，吉祥如意皆懽悅。我有福田君樂耕，一收再收積崚嶒。玉鉢自能酬石髓，金風偏解老霜筠。交友每於窮處見，譬如歲底勻新春。厭看雲雨反覆手，喜見金蘭意氣人。意氣如君自激昂，古松大柏皆芬芳。但願慇勤保此心，歲月還看壽者長。

歡喜歌

七月既望，歡喜日也。匡山佛舍利泉湧而出，歡喜音也。予雅欲煮銅範金為丈六之塔，有菰蘆弟子者，於是日來滿我莊嚴之願，歡喜事也。遂作歡喜歌以貽之。

初秋日既望，度臘得歡喜。年年此日歡喜同，今年歡喜那堪比。喜事看來信逾奇，喜聲直透崑崙嵋。長虬嘯海海水震，天吳失勢馮夷癡。君不見匡廬之巔金輪峯，萬山玉繞紫芙蓉。玻璃瓶耀金剛粒，五色爛絢光玲瓏。當年雙樹日輪入，四天飛鐵獰龍泣。寶山之艴有遺骸，遂令季葉聲光及。西竺異人敦遺化，抱瓶煮鐵翔雲立。大宋咸平分者誰，一瓶移鎮山之北。石梁疑是鬼神琢，兩山巑岏如玉削。礌岢之氣看本雄，矯龍欲去還能約。代深圮滅神物藏，百靈呵護何可當。豐城之劍昔在地，牛斗之上冲精光。何況至尊無喻比，黄河見底聖人起。壯穆墻邊昱昱光，南歸百粵祥雲紫。報我歡聲唐孝廉，鳳笙龍笛那能似。君不見武陵飄水桃葉流，挂瓢洗耳徒咿咻。此輩安能有至樂，不達斯理真浮漚。又不見人間萬事自凋殘，堪嗟勒石燕然山。樓高偏可墜玉女，秦皇走殺無金丹。鄧通鑄山倏忽耳，金張赫奕何等閒。我欲人間効興福，八寶莊嚴光奪目。譬如冥晦燒絳燈，衣珠三薰又三沐。獻沙昔日金輪王，四天分塔黄金光。隋文置掌不能數，三十六州皆播揚。芳塵在眼聲在耳，手霑聖澤心茫茫。安得昆吾銅藍田玉，八稜架空驅鬼斸。簷楹星月遶還低，遠近煙霞生亦俗。

十六周尺十尺圍，盤獅走豸麒麟嘶。中間至人如寶月，黄金煒煒流光輝。十三層級表至德，四邊力士相持維。寶階六道雪山來，鏤冰鐫月絲文開。繡櫨朱柱迎風鐸，交羅寶網懸高臺。菰蘆弟子有宿根，正當歡喜來相親。金針乍落水紋合，馬牙未爇先氤氳。點頭微笑為辦此，恰如食器出千羣。入懷之鳩化異寶，卜式輸邊計不早。慧遠蓮臺十八賢，曠達如君何處討。維摩手疾香飯煖，馬駒腳硬神州軟。旋開慧劍割浮雲，大地嶙峋成琰琬。三禪之樂風可吹，蘇門振響聲悲悽，我所喜兮凌紫霓。

瑞光歌為谷電非作

電非谷通政之入粤也，龍驤鳳翥，令名籍籍，予於常大將軍玉帳中數數談心，遂成法喜。丁未秋，統師海上，笑語落重溟，鬚眉照碧漢，電非甚壯也。忽一夜，䙰襶間有異光纏繞，久而不散，觸之鏗然作金玉聲，疑佛舍利慶企福庇，八閩鄭子野臣為作記，歸以視余。電非將出海時，與予同作水陸會，然十萬燈，佛事莊嚴，一時稱最。余曰：『此乃子之真誠感應，冥孚以金蓮赫奕之光，結而為䙰襶之異。』為作瑞光歌以貽之，且祖其行。

君不見梧臺燕石笑周人，黄金錯買鳳凰羣。世間踽踏那可道，懸黎綠結誰相親。太顛寶貝隋侯珠，十車魚目混有餘。六龍馭日日西入，海風吹沙天地黑。湛盧出匣光不割，至今抱璞楚人泣。卻秦蹈海寧非癡，擊晉守閽更誰識。金谷可憐幾斛珠，當時又錯換顏色。丈夫意氣在四海，黑頭不遂白頭改。手中有米難排山，雲裏無梯鳳不還。猛虎乍甘卑作鼠，鮒魚意在升斗間。抽來雙鋏老龍聲，萬里隨風破渺溟。樓船將軍空重士，玉帳但聞啜紫瓊。龍蛇自古出大澤，一長不吐羞為客。琅玕作飯不能餐，典卻鸘鷞竟何益。舳艫去歲浮鱷渚，星光耿耿長天碧。南飛烏鵲飛棲時，星光卻向長襟落。抖之鏗然在趾間，神姝縹緲竟難攀。回頭失手愕交甫，此珠光怪非等閒。我聞神寶遍天地，當時刳腹開昭關。又聞汲水飲異人，雙璧竟產藍田山。為智為福各有時，飛鳩變鐵終無移。去年珠海十萬燈，繡幡寶網拖長霓。金鐘喧徹寒潮白，陰幽似見鬼神馳。河伯卻銜此夜光，疾走韓江照君衣。君今牢騷欲歸去，黃金雖瘦功德肥。我作此歌名瑞光，梵音軋軋動南箕。

贈鄭元白

乾坤跳雙丸，倏忽二十載。浮雲蔽大陸，陰霾色全改。鬢絲已如雪，暗淚滴成海。廿年之前固已窮，閣窗還對孝陵松。廿年之後今如此，胸中有翮無長風。嶺頭三寄故人書，關山洪喬沈郵筒。燕然阻亂復相見，周旋一載情尤豐。丈夫不作女兒態，干戈滿地猶飄蓬。仳離抗手無多語，珍重此軀為雲龍。一聲南雁當北回，華門雀躍無如公。我思驂鸞或馭鯉，譬如水上抽芙蓉。袖裏毛錐莫輕寫，看君新銘景陽鐘。

壽陳照江篇

我與二哥交，交臂二十年。世間材氣相拋擲，出世妙義相探研。虹霓十丈吐燕然，雪空萬里天山連。指顧蒼茫極虛烟，或吟或嘯帝座邊。豈與世人漫週旋，今來白下成枯禪。乞食不得悲林泉，二哥已作人中仙。玉堂深閉道則全，舞雞或向明月前。駿騎未老櫪中眠，雲衢只在腳跟前。三哥綠髮亦自賢，通透敏慧雙璧聯。昨飲壽酒開芳筵，知我卻與酒無緣。不使我知作壽篇，罰在人間住百年。為我乞經走暑天，譬彼大陸抽金蓮。金函律論三藏全，汝收功德自綿綿。

贈張羽皇

君不見莫耶之氣光矚天，精光冲向斗牛躔。究其本根在何處，位置何必台衡邊。非金非玉渾非寶，祇有鐵骨相鈎連。獄底沉沉圜黑土，偏生奇物恣翩躚。丈夫自有英雄姿，若箇英雄解合時。卑能自高小能大，道得其要方能施。譬如神龍知變化，忽在重霄忽在泥。又不見天竺馭世金輪王，脫其珍服衣伽黎。慈惠有心難自遏，流離無地不相依。中州奇士數張君，慈惠為心衆所知。黃金揮手如黃土，激昂氣節侵長霓。推食解衣真小事，救苦尋聲似導師。為官卻司廣州獄，精神只是矜三木。不談王道卻談心，火裏春芽皆抽育。虛說大刑用甲兵，薄刑幾箇生鞭朴。張君一來氣便申，緣純菲履皆生肉。停箸謀生思飲食，典衣為死成棺槨。跖者之流原不遜，鐵圜雖密性難悛。張君原情盡矜哀，革心無數輕泉臺。不恥身為燒剔變，卻恥心難合死灰。闤扉開處香烟簇，夜月明時磬韻來。嗟哉德感有如此，未必人心皆盡死。子產刑書尚有無，文王儀式何遠邇。張君張君有材能善用，卻勝肘懸斗印空臃腫。牛喘空知宰相賢，切膚誰問南冠痛。珍重神螭護獄垣，莫向龍津學飛動。救人功滿過恒沙，與汝蓮臺看雪湧。

禪山歌 有序

鐵源趙太史文埸事竣，而與予往來詶唱者多矣。交情德誼，已情見乎詞，肩拍洪厓，韻連花圃，自非太史風流閒放，未易獲百朋而拾明珠也。予及門千之陳子，妙年犀利，嘗欲一奮千仞，果得見拔，與楊沛若、陳光佩俱年齒甚芳，瑚璉簠簋，為邦家器用，故一時嶺南豔稱太史法鑑高妙，而太史亦洽盡師資之懽。千之飲鹿鳴之後，始婚於家，太史特一至禪山而教之。予觀千之感激無以仰答師恩，更作禪山歌，使千之持送太史，為祖道執觴時一噱也。

珊瑚洲接沉香浦，乘潮直溯禪山塢。禪山六市日繁華，戶排文錦家瑪瑙。桑麻萬井散雞豚，竹苞箭茂相參伍。文犀翡翠雜明璫，連衢列肆何輝煌。擊轂摩肩競奔逐，憧憧雜沓塵紛芳。迴環曲水映清泚，朱樓對峙如翺翔。西樵山抱芙蓉密，千紅萬綠爭秋霜。黃木灣頭梅欲白，寒香迢遞連阡陌。夜市鮫人鬻綃歸，朝烟估客乘槎泊。鯷海嵐波十萬重，虞泉日月雙環黑。一從郊外事戎馬，巢風穴雨愁家室。坐數鵬溟百二鄉，緣僕其人皆裙蝨。南海風光自太平，竹絃絲管爭相鳴。雄藩柱壯欃槍遠，朝闕臺高碧漢清。今歲秋闈典特新，鳳書館閣來文臣。遠甸文風愈興起，雋拔髦士皆麒麟。太史春秋亦正富，翔龍威鳳殊驚人。當年陸賈亦說客，宣布帝德猶未真。太史讀書明國體，一觴一咏皆精神。越王城下嗟陳蹟，粵女花田坐錦茵。手持金玉雙筆管，隨其道合能屈伸。牙檣閒作禪山遊，禪山觀者如山丘。未覺羽書生戰壘，喜看天澤來龍洲。務使閭閻生景色，能令海國見風流。太史更能閒物外，禪機與我相唱酬。一路梅花密相送，磬聲敲徹海門秋。

壽葉公旦

我從萬里遊玉京，無心興發如浮萍。忽然淹滯在山左，是夢非夢不能醒。以此得交蕭侍讀，葉生座上尤聰明。口頭三昧殊滑稽，曼倩無乃成虛名。藝苑舊壇標赤幟，繪家新意開青冥。春氣更濃冰欲坼，愁心萬丈生南陌。此意許我兩人知，相看共作南中客。心切倚門成孝友，我苦空瓢則固陋。優劣雖然道不同，以此相知真可久。為君起借主人杯，豈是區區斟壽酒。

黎子以英州山見貽作供石歌

峨嵋居士有逸想，聲名如山，才華萬丈。星芒月角恣幽賞，到處卿雲隨迭宕。觀山畫水悟流波，勝因慣用無生獎。手撚玉麈探禪窟，金山老宿毫光密。半偈難消瑪瑙杯，一言易變琉璃質。補天五色鍊之餘，女媧失手蒼龍得。珊瑚樹底浸逾紅，老蚌腹中光篆刻。絲文膩理天孫織，波聲消歇太湖黑。五千年後出人間，光印森羅皆辟易。居士得之獻老禪，金盤擎出燭人天。珠池玉嶺工力拙，八珍安可笑金仙。已矣哉，舊事風流祇自傳，親眼不見亦徒然。丈夫志氣超千古，華嵩岱霍如浮烟。黄河水源跨萬里，一笑直倒崑崙巔。不欲干情岳，豈肯滯心田。何況眇小如丘壑，厭立雲頭看星落。襄陽伏地未必癡，放誕安知無所託。但令此志慕山林，一寸輕埃足寥廓。君不見當年金谷圍虚空，千株玉樹金芙蓉。鳳啼深碧梧桐老，鶯囀初紅二月中。月色無光九華燄，冰喉翠管五雲亂。黄金有炭不鑄人，東門無路遭輕賤。黎子志趣自非常，卓識曾經幾回鍊。入懷雀見霜鈎白，觀空意笑夷門淺。貽我雲根溢一船，胸中灑落如飛箭。洪濛自此夜鐘深，又移往事到如今。

李鍊師伏妖歌

鍊師來自南嶽山，秘攜符術潛人間。羅浮亦住冲虚觀，腹饑分食葛洪丹。妖狐白晝敢欺人，娥眉十八嬌青春。金線壓成雙鳳襖，寸弓凌絕波心塵。雲鬟五六隨侍奉，濃情皓腕芳魂動。年少邀歡樂事饒，叵羅金錯勤相送。延得鍊師歸寶閣，將到未到狐氛落。狐愁漫倚天師符，歡情恍惚難如昨。鍊師既到只尋常，無劍無印無旌幢。井渫寒分一茗具，博山閒插半條香。案頭拾得包藥紙，隨撥塵埃隨動指。香烟爇紙吹巽風，須臾力士幾驚死。力士身長下九天，十分壯勇驅雲烟。手提玉女宫粧亂，摧抑擲向鍊師前。翻身躍治似無事，旁觀十目皆洞然。鍊師呼狐狐起立，漫言用慰如飲泣。年少還貪舊日歡，橫波送語聲尤急。又問雲鬟已何之，答言動止皆相隨。來時不肯輕拋棄，腹中與處如囊錐。鍊師搖手語皆止，狐向鍊師脱生死。鍊師微笑垂衣袖，敏捷一入如蒼鼠。鍊師捉袖更書符，形聲俱滅歸虚無。寒風四壁乍消落，光明依舊照屋廬。復就賓堦恣語笑，主人欲謝防語灑。嗟吁，安得盡剪雷州葛，裁成衣袖遮天闊。鍊師為我袖人妖，大地共睹昇平樂。

送西堂石鑑覞弟領衆住棲賢

五葉天風吹欲落，銀河之瀉咽噴薄。鯨鯢走陸化作魚，江西駒兒產頭角。鞭風不踏紫陌塵，要使吼聲喧五嶽。嗟吁大道時賢卑，至人不作使世疑。浴霧已看文彩就，當頭一喝成鵬飛。如今分座龍象擁，高横玉麈深天機。海波月起鴈聲來，坐念送君心遲遲。棲賢我昔誅茅者，隨師拾栗寒溪湄。紫藤錦石不入眼，區區心跡今云疲。吾師買馬先買骨，粃糠如絮已粘泥。衢頭鐘動市人叢，曇花豈得生其中。不須呵我心先折，况復飄飄凌高風。玉淵之水神龍藏，高崖灼爍驪珠光。霞明雪浄塵垢掃，追還九代軒琅琅。入山卻比謝安出，一絲九鼎懸穹蒼。吾生雅負素餐恥，譬如春夢不能起。今日私心十倍歡，所能言者其粗耳。尋常離别自有情，流光聖箭蜚英聲。悲歡在手不能用，眼看落葉堆高坪。此山困厄數百載，杉松檜柏猶未改。九曲澄渟天上來，五老芙蓉日飛蓋。石梁跨蹋斷世心，幽人一入神踽踽。所期萬礎繞千人，一丘一壑吾無取。君但嚴持寶鏡行，吸吸之物安足語。

送石鑑覞弟領衆住怡山

猗歟博嶠立綱宗，訏謨嚴密如游龍。不特風雷藏舌底，還將劍戟插雙瞳。二葉繩繩開五嶺，鳳毛龍甲光玲瓏。水犀璣貝騰南海，髦士奮起奪其雄。君不見蓬萊水淺天步窄，大道與之俱困窮。四海惛慨日茅拔，荒唐猿鶴悲沙蟲。覞也吾家信邁種，金針暗與先民通。激昂鵲起南海陲，弘肩斯道吹清風。昔年分座廬嶽北，萬朵芙蓉遮座密。頹風振起神自閒，火齊乍擲天回黑。東奔衆水無還期，遂使一壺成挽力。緊吾師翁博宗子，寶鏡橫披標至德。法瀾博洽四百峯，赤旛更向七閩立。怡山飛鳳閩之冠，天龍精魄司輪奐。寶所煌煌至道存，象徑肯使黠狐亂。師翁貽厥事芟除，西奔金烏跳蟾蜍。大匠袖手藏徽纏，成風小智乃其餘。此座虛懸過一紀，師也命覞正其居。至人荷道遑恤躬，天不令卷行則舒。我聞㠭喆有稜公，蒲團十丈成鄰虛。今日微塵翳天壤，洞山失卻我與佢。送君不作別離色，擊案四顧空躊躕。法壇宿將建旄旗，尋常老去當何如。監院緯公賢且耄，綢繆廿載誠拮据。謙光藹藹為君佐，盥手行當接素書。

寄澹和尚

五羊仲春廿有一，韶陽又隔十四日。安危山上知若何，悲涼此處苦已極。平生幾度逢劇亂，烽火每每燒顏色。傳聞六縣亦多盜，鈎連巒岗如豺虎。宛同水寇恣刼殺，不搶仁化搶下富。夢覺關前雖未來，海螺巖上當先怖。雷峯殿外築層城，吹竹鳴金晝夜驚。高挂蒲團無祖意，空令胸次有刀兵。四郊城内人民失，月中盤米收不得。半生精血已消磨，一掌祇園難建立。我欲還披百結衣，近來公瘦或稍肥。人行須便寄一紙，不久應同話翠微。

解虎以洗蠟石失腳幾絶作此嘲之

城中苦雨泥活活，花欄苦雨青苔滑。老僧雙展抱石行，蠟色未淨先遭蹉。蹉時顧石不顧頭，天倉地角血併流。魋鼻倏如龍隼公，方寸可使高岑樓。夏雲入面奇峯起，紅紫相間如清秋。又肖丹青圖未成，烘染還藉顧虎頭。行者急行殺猛熊，取膽調酒斟金甌。痂除扶杖須鄭重，盡將蠟石沉清流。

壽瑞生禪者

苾蒭托鉢愁臂酸，重氊褥覆恣晝眠。古人歎惜至今日，功德林枯上虛烟。手軟不搖普化鐸，舌結誰開大溈田。我作驅烏見一人，月門畚笨能苦辛。拗折硬弓追石鞏，鋤開春草類玄真。峯前兩眼看雲水，清溪一喝揚沙塵。綠竹參天搖鳳尾，新松遍嶺長龍鱗。一肩兩手汗如雨，金牛有飯應齋汝。又能步步拜街塵，獅吼象踏無違拒。遂令丈六金色身，螺絲寶髻神踽踽。自從震旦降旃檀，此相真堪福寰宇。相成易汝為瑞生，一言道合賓中主。風高月白六七年，栽花禮佛藕池邊。篆烟夜照琉璃直，閒夢朝看木枕圓。前年我分海幢席，一椽老汝諸狂息。不去廬山不北歸，芳蘭萬本當門植。此地方標吉祥草，朱甍碧瓦憑願力。香珠十串繞長廊，聲聲微令乾心識。五十以前一瞬間，五十以後亦等閒。頻伽瓶納太虛空，了無出入與往還。蓮華十刼不肯開，清香撲鼻隱金臺。還將閻浮五十載，銷盡習氣無塵埃。此後誰能為汝壽，白毫悅體光如梅。

壽實行上人

鷲嶺峯頭懸智鏡，金仙寶覺羣儀淨。人機顯晦一乘歸，空有齊彰相掩映。四諦先從五聖傳，一花會見萬人盛。索訶瑞氣本來多，銀牛金象流雙河。神駒四腳出遠識，一口能吸西江波。西江法窟古來許，匡廬屼嵲懸雲蘿。智士手持匡嶽雲，南走百粵吹氤氳。鎮海明珠探手得，建立之門著茂勳。千層佛塔黃金色，萬本旃檀皆手植。烽烟堆裏灑楊枝，紫陌衢頭布慈力。又持百福結君王，琉璃殿上皆相識。長眉兩道壽者相，寶掌千歲神州直。破裙愧我住荒村，一條榔栗冷寒原。廿年空自知名姓，一日欣君古道存。法庭既晚俗澆漓，獅蟲獨肯食獅兒。如君但具蓮花舌，護法深心人豈知。關西將軍有神力，中州長者已無疑。我作此偈為君壽，卻勝羅浮紫玉芝。

浮沙

予泛瓊海，入古朱崖。朱崖之西有沙洲處巨浸中，橫直極一目而止，隨潮汐上下，名曰浮沙，實滄海壯觀。

朱崖友人招予遊焉，賦詩以紀勝概，辛丑秋八月也。

余生堪笑笑復嗟，窮谷不走走天涯。天涯道路阻且賒，巨鯨吸風湧浪花。寄身一葉不乘槎，瓊城作客復聞笳。萬里愁心不可遮，西南有土名浮沙。好友招遊烟景奢，秋力薄不變蒹葭。朝暮紅生上海霞，但宿鷗鷺死桑麻。萬丈之水不可加，不然頑土何足誇。地腳既短如巉谺，蓬島鼇擎終傾斜。渺小難以蟠龍蛇，四水環廻深且窪。十年之前有僧家，縛茆架屋彈琵琶。嗟吁豈不愧袈裟，我欲乘之作歸艖。

上河採蓮行

長干六月蓮花開，九衢爍石飛塵埃。清涼自可消熱惱，至今奇異抽蓮臺。上河種蓮蓮千頃，獨有一池最清冷。五花一蒂間紅黃，或三或九相牽引。更有垂頭照水蓮，花頭在水蒂在天。瓣剪輕羅千疊細，香留濕露半銖妍。世間物理須平常，一花一蒂自相當。譬如百工各一藝，流行王澤稱安康。即使一蒂懸二花，並頭已足使人誇。三五鈎連至九瓣，真疑玉闕開天葩。周公多才復多技，若無其德才則累。對花不覺惜花奇，以理求之或相似。柳子上河訪友歸，說花真使心魂飛。兼言一士能扛鼎，直氣不蚪與身肥。青原瀑布開生面，曾驅五虎出山嵋。雞鳴半葉即淩風，一見未語知猿公。相攜池畔尋菡萏，四枝照水新芙蓉。池上主人叉腰立，對花與之施長揖。最嫌禮數縛人情，怒氣橫生手以戟。轉盼之間池水沸，蓮花出水香流地。力士早曾脫巾舄，水中那得藏蛟兕。今春碣石歸金陵，風塵困折意難清。忽聞奇事探奇賞，煩襟蕩滌歸清溟。嗟吁中和祥瑞被草木，何不直與萬姓消刀兵。

雨雪

北風吹水水不結，只為寒雨不為雪。雪上衣裳尚可拂，雨濕衣裳寒切骨。一驢昨夜復釘蹄，夜行只好打前失。兩膝夾騾痛難忍，一身負水坐難穩。鞭韁在馭騾則馴，隨鞍落鐙騾則奮。死生離地只尺餘，死生在眼心尤緊。予生多役信未安，利名於我竟何干。與人共作風塵客，卻把風塵別眼看。

戊申冬舟過英州阻風追憶行役之難因賦北風篇

一年辛苦事，欲暫息舟中。買船上水撐逆浪，不吹南風吹北風。北風怒號船頭裂，北風怒號牽枝折。出門便得羈旅愁，人生那可輕離別。我聞灩澦堆難平，巴字猿聲不可聽。少年未肯尋常老，山川雖險心猶橫。又憶當時瀚海歸，寒沙萬里無征衣。黑海海水與天闊，心知入水終難活。不道悲涼雪窖來，卻含鬱抑無人說。即使鞭驢走幽薊，易水流澌風透袂。冷人莫過五更霜，懸鶉已見三年敝。北風北風於我親，八歲流離已苦辛。至今所歷三十載，日夜徬徨驅心神。人生學道存安逸，吾道蕭蕭悲白日。君不見德宗懶瓚呼不起，縱有北風吹何益。

登通天塔

撐拄通天塔，翱翔砥柱堂。艤舟一上裂天荒，韶石下關迴瀾狂。雙丸終古走寒光，此地乃爾高昂。不獨河低天亦低，九成臺上風琅琅。帶得秋心過晚峽，還將逸眼傲朝霜。因憶去年登海鼇，扶胥脚底起洪濤。短鬢蕭蕭難掩雪，力弱心長首重搔。

黄犬行

舟中一黄犬，短小身軀皮骨軟。心魂在眼不住轉，疑雲吠浪聲尤遠。掌船老嫗撫摩久，朝昏飲食同無有。船頭吹風嫗意怒，黄犬低頭愁日暮。船尾吹風嫗意喜，黄犬船頭躍船尾。將軍獨馬大塞行，未必可以同生死。依沙泊船上牽枝，黄犬亦上打狐貍。岸曲瀠洄水間之，黄犬獨立心遲遲。不唯黄犬獨立心遲遲，嫗手捉舵心亦馳。揮手令之上高坡，黄犬翻身無一時。水深苔滑復急流，黄犬横截如輕鷗。振身灑雨立船頭，嫗也微笑心悠悠。當時李斯錯牽犬，犬亦錯與李斯遊。東門路慣死公侯。狡獸鐵爪復何仇，願與老嫗長相守。

颶風歌 丙辰五月十二日壞屋廬者不計其里數

天定喜兮天或怒，蚩蚩那得識其故。珠江千頃軟琉璃，招招利涉人爭渡。陰霾倏忽收日月，天地慘澹失雲路。風師河伯皆顛狂，各驅部類恣奮強。雨龍帶海朝玉皇，滙撮天河添霔霶。風輪旋轉更飆猛，拉折地軸破天綱。六鼇縮項項膚裂，三山簌碎沉岌嶪。鄧林一夜盡飛空，狖號猿啼聲間切。可憐數里散窮簷，大塊噫氣一時咽。兵來賊去多苦辛，亦喜踪跡頓磨滅。海幢寺向珠水湄，香燈寥落草離離。賊過仲春如水洗，愁來九夏復風吹。颶風吹兮捲水入，珠璣百斛侵人濕。轟雷不救屋宇傾，空園只抱瓜芋泣。行僧粗莽難守饑，持鉢不得心魂疲。食指三千徒落落，冷黔數座苦漓漓。豆苗枯瘦禾苗死，欲走咫尺阻亂離。分同黎庶遭刼運，事事不敢怨瘡痍。更願還吹十日風，白骨撑拄償天公。（以上阿字無禪師光宣臺集卷一六）

全粵詩卷七八三

釋今無 三

登九江鎖江樓

客行當絕域，樓望倍傷秋。地坼三吳勢，江分九派流。故山浮自遠，近淚落難收。慚愧蒹葭色，閒映白鷗。

泊山東界口

多少平生志，天涯一夢窮。鴈聲悲處起，鶴影望來空。檣挂淮陽月，波生海岱風。忽聽鄉語轉，始憶泊山東。

中秋泊濟寧

世上中秋節，征人萬里情。可憐一夜月，盡向客途明。檣入山東影，江流遼海聲。篷頭深默坐，細碎問平生。

曉發楊村

曉月到垂地，殘星入半江。碉雲當路白，柳葉向人黃。豫水三千遠，關門十日長。到時鴻過盡，沙氣擁斜陽。

同寓諸夜入藍田

人當藍水去，月向薊門明。寂寞應吾道，囏難見爾情。雲深茅店路，霜落板橋聲。猶幸臨歧夜，山夫伴此行。

過豐潤縣

未出盧龍塞，先過豐潤城。日沉千堞黑，月出四山明。覓寺愁無路，聞砧淚有聲。明朝一百里，晨起又兼程。

過山海關

及關猶曙色，十日亂邊聲。無計輕然諾，臨危任死生。旅魂先馬倦，落月與山平。到此方惆悵，悲笳處處鳴。

漢地今朝盡，高天去日長。山川送形影，冰雪到膏肓。敗壘封狐窟，平沙古戰場。予生甘滅裂，心迹此時傷。
百簇旌旗出，驚看令尹才。烟塵空自繞，鎖鑰幾曾開。鬼籙宣名姓，刀邊問去來。更憐圖貌後，尤似暴魚鰓。
重門扼斷石，峻壁插寒空。額是前朝字，城猶秦代功。吹笳喧殺氣，側目見長虹。飛將孤墳在，凄涼白露中。
鼓炮三聲畢，弓刀十隊齊。黑雲驅鴈入，駿馬雜人嘶。氣到驚心短，頭因下淚低。亦知前更甚，無奈自淒迷。

本師誕日 時宿三岔河下，白雪没腰，黄沙極目，不飯已二日夜矣

師定念遊子，遙知父母心。望雲天際遠，曝日石門深。香影浮堦砌，猿聲徹野林。無窮長跪祝，惟有此微忱。

宿沙嶺遺寓諸先入牛莊

五夜余當至，朝霜爾且行。欲向好師友，先依難弟兄。去時生是重，歸日死為輕。河上冰還薄，隨人切老成。

宿三岔河

何處堪投宿，連衣枕白沙。中宵霜似箭，一夜淚如麻。擲石投山鬼，穿林起亂鴉。髑髏常伴飲，誰畏盞中蛇。

到遼陽呈剩師叔

深雪夜行盡，嚴風晝復吹。尺書欣已達，稽首竟無辭。欲話匡山苦，徒令老大悲。未堪供棒喝，不是汾州兒。

遼陽懷頓修

憶別姑蘇寺，分吟尚暮秋。所經無限雪，頻起故山愁。白草隨人短，寒砧帶月流。西南回首處，疑是武昌樓。

我到遼陽日，初參佛眼時。亦憐窮子意，談笑共忘機。問舊挑燈暗，論詩補字奇。夜寒高興發，不見浙江兒。

連年頻苦別，總對朔風寒。爾多師友性，余少水雲歡。揮淚簷霜白，行吟木葉乾。人生不可料，况復此時難。

萬重烟水外，書音未易通。不堪金井北，話到玉門東。月照黃榆老，山明寒瀑空。傳余多進益，莫損老人容。
愁月偏高照，不與衆山齊。仰面雲侵帽，低頭淚及泥。鳥聲虚曠野，虎跡印前谿。細想金山寺，寒鐘爲爾淒。
爾有孤鬧句，余時天外吟。生皆天地意，死亦友朋心。日入寒松苦，雲凝獨壑陰。逢人多強笑，恐忽淚沾襟。
八載依師友，猶然兒女情。一從乍漂泊，不敢任天真。客久易得罪，余常厭此身。每看勾漏令，愧作嶺南人。

歲晏 時寓千山

歲去無新緒，尋常只舊愁。淚堪流塞下，老莫到江州。夢繞深更後，泉探第六幽。棲賢有招隱泉，陸羽品天下第六。天山前日雪，猶在樹枝頭。

雪

質變三山雨，寒添五嶺風。自憐溝壑白，猶喜樹枝空。烏鵲亦無意，冰霜竟不同。夜爐榾柮火，留興與山翁。
人皆憐潔白，豈敢信嚴威。不使驚鴻翼，偏令近馬蹄。石光深處透，草色靜中迷。夜夜山鐘起，隨風度隔谿。

與世能無熱，持身一味寒。笑隨風入谷，閒對月憑欄。駿馬一鞭過，高僧兩眼看。到春啼杜宇，不覺淚漫漫。

寒光垂大漠，亦可代秦臺。心膽爾能照，肝腸我自灰。飄零華表鶴，寂寞嶺頭梅。且盡一杯茗，隨他草木催。

高人閒磊落，野衲靜氍毹。山淺雲千疊，寒深月一庵。只應同日化，難與玉俱函。幾多天外意，誰為寄江南。

寂寞掩山齋，蕭條見素懷。入城愁馬踏，傍澗愛雲霾。暈出淮南管，寒添懶瓚柴。年年對搔鬢，吟詠一無涯。

畏熱難倫水，虛明只共天。自知搖落後，不受一人憐。白足眠雲老，龐眉坐石穿。未能供寂寞，腸斷為殘年。

我行泉壑下，如在夢魂中。何曾一點白，得傍夜爐紅。故柳衰欲死，谿雲澹復空。平生蕭索意，不解逐春風。

長邊不厭厚，千疊馬蹄痕。客路多愁晚，疎林殊未昏。鳥寒深啄月，猿寂暗啼魂。何處尋高士，隨雲過隔村。萬里乾坤眼，一山住去情。松枝千點重，月色半簾輕。內熱憐予瘦，高寒念客驚。何人攲枕臥，遥見暮雲平。

且過庵 剩師叔所構，取得過且過意也

多病無閒興，雖閒不杖藜。虎過窗外見，鳥宿枕邊啼。道以支離減，心因曲折迷。平生多意氣，徒自笑醯雞。

小除 丙申

一年餘五日，萬慮到三更。道力消難盡，詩情感又生。風當窗破入，燈向語殘明。多少天涯客，那堪共此情。

總是心有事，非關歲序頻。持身方欲死，何處復懷人。往念駢殘臘，新愁屬蚤春。但知吾道在，不必問高旻。

宿南塔

南城宿野寺，北極望雲林。星月還清夜，風塵奈客心。春光依樹淺，沙氣繞門深。多病窮愁集，蕭然無好吟。

燈下讀梁同庵上剩師叔書因傷白庵石師

舊札看殘燭，遺文慘晚烟。能將師友淚，灑向弟兄前。未遂臨關志，空為隔世憐。同人多殞落，吟罷自潸然。

贈郝侍御雪海

世事難容直，知君不可任。好將華嶽訣，自慰柏臺心。邊月寒偏白，春雲靜獨深。相逢話肝膈，余亦戀知音。

塞下逢江東陳十一柱江

士有不可識，因人一見君。馬驅邊地月，劍拂薊門雲。市飲終何事，燕歌已罷聞。蒼茫逢日暮，握手暫云云。

丁酉生日宿瀋陽南塔寺

傍寺逢生日，趨庭憶往年。既無酬下地，猶自戴皇天。斷戍荒烟合，孤城鄉月懸。此時珠海上，清切亂啼鵑。

幾日為兒女，十年獨苦辛。春雲枯塚樹，流水石梁人。侍燭遙歸夜，悲天厭有身。幸還依塞下，猶自問迷津。

送陳柱江還長安

一句談笑裏，萬里別離中。策馬春山響，孤城旭日紅。離杯歸思滿，分手客心同。珍重千金鋏，長歌使我逢。

宿千山龍泉寺

五更風雨密，孤枕暗鐘頻。白日愁為客，青山不定身。澗響虫聲雜，窗虚花氣新。何當一夜夢，兩渡白門津。

夜

主人城郭去，柴門高更閒。雨過滴未啟，月影到方關。虫小常鄰屋，雲多夜過山。經行情脉脉，何處覓躋攀。

初秋夜懷山中諸兄弟

黑水沙邊路，終宵對月明。我無青嶂夢，誰有向秋情。塞草不成綠，孤松亦作聲。幾多舊朋好，何處話平生。

無題

每到無言處，頻行望九霄。中郎不可見，殘爨自應燒。短褐欲成癖，螢光似見招。秋風一夕亂，寒氣滿山腰。

丁酉九日南還別剩師叔

鴈磧寒沙白，雲峯野燒紅。風聲皆向北，人意未離東。錫振邊塵落，書緘血淚空。依依看寸晷，愁聽暮天鐘。

將渡遼海先題牛莊寺

平生無可信，遼海任飄蓬。學少詩情短，愁多客路窮。星隨千里照，岸到九霄空。亦是酬恩事，毋令淚獨濃。

鐘聲猶傍寺，海氣已驚心。地是人間盡，雲從此路深。風波供旅思，島嶼憶秋林。回首天山雪，何由寄一音。

晨起聽雞聲，關心事事生。獨憐浮海意，仍是感恩行。怒浪迎風白，朝暾半夜明。一帆天地外，誰念此時情。

宿海州城聞砧

獨立復長吟，孤城急夜砧。不知閨裏意，祇訝客途心。蕭瑟江關遠，洪濛天地深。愁來頻不已，辜負啟期琴。

曉發牛莊

發棹辭寒磧，揚舲起櫂師。不關行處苦，仍是別時悲。落月孤星伴，浮生萬事危。明朝出海望，應見黑雲低。

遼海舟中

黑水行無地，黃沙已近天。一帆風夜正，四望月空懸。宿霧不歸島，危檣半入烟。飄飄悽梗泛，木偶倩誰憐。

落日孤舟晚，臨風四望窮。鶴飛低近浪，雲起遠浮空。水怒人心善，霞明世界紅。去年行磧雪，不與此情同。

鷁首喧難定，牙旗凍不飛。吟殘深夜燭，着盡耐寒衣。浪颭驚風密，星隨曉月稀。遼陽不可望，但逐塞鴻歸。

不識傷心處，征蓬旅泊時。一宵頻雨雪，千里盡流澌。石色看天近，雲根出海遲。余生多所慨，自覺愧馮夷。

滄溟十萬里，日日石尤風。歸夢寒難達，悲心久易窮。星飛人面白，蜃出海燈紅。惟有無生理，安危自可通。

中宵風逾惡，千丈浪難平。有淚還肝膽，無親任死生。星光迷去路，寒氣咽金聲。縱有維舟日，何堪此夜情。

石梁不可見，夜夢獨迢迢。山好連三楚，雲寒尚六朝。師年愁裏過，客淚海中搖。淺薄供馳逐，那堪慰寂寥。時十月十四日作本師誕日也

暘谷一帆去，天波萬里迷。生如投馬頰，死亦憶鸞谿。氣逼星辰大，寒令日月低。行吟俱慘澹，無事不悽悽。

已見浮沉易，誰憐顧復難。龍鱗風自急，精衛血無乾。斜日含雲暗，殘霞染浪丹。莫驚蛟兕起，天地不禁寒。

過菊花島

絕島浮前浪，重巖出海濱。望之深漢月，疑尚有秦人。石白千層雪，松青萬樹春。扶筇欲一問，柔櫓去何頻。

滿山飛白鶴，幾處傍青霄。蜃氣深盤寺，鐘聲落應潮。荒臺秦砌古，臥石漢功標。心戀身難住，臨風一望遙。

達淮上

千翼亂鳴湍，歸心睇望歡。凍輕曲岸澌，雲密大波寒。北極堪回首，南圖愧素餐。三年橋已化，非止學邯鄲。

無終山下作

種玉先賢地，驅雲過客情。霞光隱高木，磧路射寒星。馬出高天闊，鴻歸漢塞冥。何由投絕壑，回望見龍庭。

曉發露臺

星没曉雞號，夙駕上蓬蒿。歲月關河晚，風塵形影高。戍荒迷苦霧，魂冷想綈袍。人世須行樂，予生自可勞。

過壓鳳橋

昨宿盤龍渚，今過壓鳳橋。山形隨地轉，雪色隔江遙。草死文猶錦，烟空氣未消。當年刁斗夜，曾駐霍嫖姚。

遊盤山

正厭風塵苦，投山一望歡。纔經當路石，已愛古嶒巒。風度松聲闊，霜明曉道乾。匡廬曾隱處，飛瀑為誰寒。

遊盤山中盤寺尋普化禪師塔

未到中盤寺，鐘聲先已聞。松低青覆雪，山闊午凝雲。塔影雙峯合，寒流幾處分。驢鳴猶彷彿，壘壘見高墳。

鑿龍池 有序

中盤寺三門，行數武，有大石壁，長可數丈，闊半之，下臨深池，池水清泚，壁有鑿龍，爪牙鱗角踽踽欲動，龍欲趨下而未果。嗟乎，身處世界，履高則有傾覆之憂，陸沉亦泯寂無聞，因而感焉，並題石壁。

龍德宜趨下，寒潭萬丈深。莫言雲易老，須信石難沉。勢轉長空靜，光回亂壑陰。何人觀氣宇，世外許相尋。

浄業庵 五峯八石，浄業首境也

五峯皆暮雪，八石盡朝烟。路轉無人迹，谿尋見鳥眠。楸梧猶往日，鐘磬是何年。一飯從僧乞，扶笻又渺然。

宿上方寺

心閒宜落日，雪路認苔痕。雲起鹿鳴樹，簾垂僧到門。人間深壑見，石壁此峯尊。一夜寒空月，淒清急暮猿。

雲罩寺 盤山絕頂也

漸到中峯頂，斜看衆壑低。亂雲攀不住，深雪忽然迷。澗凍千條合，松青萬樹齊。何當極高曠，獨占薊城西。

戊戌長安元日同陳中翰忝生諸公作

未忘玄徼夢，又度玉京春。曙色千門動，鄉愁萬里新。金鐘開紫闕，玉珮點朝臣。借問桃源裏，黃冠幾隱淪。

人日與諸子登觀星臺

百尺懸梯上，千門映日開。山標天壽翠，江湧月明來。古戍流殘霧，寒笳落早梅。璇璣看秘密，因憶古人才。

新歲登臨望，亭亭欲近天。帝城金鳳闕，春氣碧山烟。曠野連三晉，黃雲出九邊。客心消未得，懷抱只淒然。

初春送姚巨六鄧立人歸循州

上國新楊柳，攀來帶惠風。贈君從此去，春色正無窮。月過郵亭白，花經郡縣紅。甘泉知可獻，那解歎飄蓬。

再遊燕山

又到佳山水，難為舊隱心。尋芳投北澗，選石得東林。地敞中原秀，峯環紫禁深。欲行情已怯，歸路繞飛灤。

登秘魔崖

秘魔高不極，正接太行蹤。白日寒千樹，陰崖護二龍。水簾風雨聚，雲竇鬼神封。一望知何世，秦關見幾重。

長安逢韓掌邦時韓子擬出遼陽訪剩師叔

一從彭蠡別，幾歲廣陵居。已得謀身策，毋膏出塞車。路寒雲氣黑，霜苦月輪虛。不重空相見，知君願有餘。

燕臺秋日

律管笳灰散，檀林夏火移。氣從今日變，人是此時悲。朝霧涵空迥，斜陽入戶遲。望雲情事切，何忍逗歸期。

時陟層樓望，蕭條客思多。傣風吹大陸，秋色耿長河。劍氣連天遠，笳聲送鴈過。他鄉愁日暮，誰為一揚戈。

忽聞匡嶽信，並起玉關愁。華表方迷鶴，鄱陽已泛舟。關山無近夢，江漢有新秋。一望西山色，蕭條映御溝。時得本師和尚歸粵信

幾遇終南客，期餐地肺雲。薜蘿心自苦，湖海恨難云。枯塚別已久，維桑信不聞。一歸乾淚血，即與世相分。

送韓子入秦

之子當行役，秦關萬里秋。驛雲寒古戍，山月照吳鈎。客久心還壯，年深志未酬。莫將淒別淚，時對漢宮流。

哭秋山

赭山深友誼，漁海長離憂。別日悲新客，還家失舊遊。松風開絕巘，塔影暝寒流。化鶴精靈在，猶應到十洲。

堪憐披薜客，十載茹芝苓。未遂洪厓志，先登郭璞經。山風吹淚斷，石色上苔青。一悟藏舟理，何心鍊鶴形。

哭臺設闍黎

幾年歌薤露，一旦掩泉臺。既切芝焚苦，空餘蕙歎哀。秋陰松路暝，風急石雲開。幽魄原無滯，他生願不才。

九日留別吳太僕春坪

自憐重九日，握別素心人。未飲茱萸露，先聆白雪音。潘花飛遠瀑，衛玉映長林。自此起相憶，寒雲萬里深。

少小事空寂，難為人世間。三年攜策出，萬里逐鴻還。白雪關門樹，黃雲塞上山。征途多感嘆，幸一識韓顏。

留别陳路若

六十詩名舊，天涯始見君。望殘鄉井月，臥老帝城雲。草色當軒静，囂聲入夜聞。市鄽猶有此，握别惜相分。

將出長安作

湖海氣蒼蒼，并州擁大荒。斷雲歸弱水，鄉思望扶桑。月影官橋白，鐘聲禁樹黄。年年理征鐸，辛苦向羊腸。

邯鄲道中

驅雲投日觀，帶霧攬星光。槲葉飛無已，寒郊望自長。風霜燕草木，城郭趙封疆。敢動興亡思，笳聲起驛墻。

泊挂劍墳

今夜維舟處，前賢挂劍墳。樹聲流暝色，廟貌老徐君。生死情何洽，豪雄世所聞。至今村父老，伏臘薦谿芹。

分水龍王廟

水勢盤渦轉，河流至此分。北歸趨碣石，南繞逗淮雲。月落無全影，風生有亂文。輝煌臨廟貌，千古鎮波臣。

臨嶧山湖

大湖千里駐，一氣上洪濛。色變翔麟野，波連辨馬峯。天寒乾草木，雲暗蟄蛟龍。吾道風塵在，仙槎不可從。

哭無方闍黎

細想總茫然，哭君倍自憐。佳城迷白日，世上豈青天。道喪悲龍象，山春恨杜鵑。年年持鶴夢，無計到花田。

漂母祠

行人瞻漂母，盡解憶王孫。昔日不圖報，今朝始是恩。鳥歸庭柏動，垣敗舊碑存。讀罷英雄事，昇沈安可言。

宿鄭元白樓卻贈

不是輕相見，知君自玉關。風塵為道苦，肝膽向人難。雪到窮簷厚，風搖夜燭寒。天涯存我輩，猶得共團欒。

閉門誰可到，風雪滿層樓。知有傷心淚，長為江水流。高名羞闞月，願爾擲吴鈎。去去羅浮路，相期在十洲。

雨花臺逢馮大

世有奇男子，飄零可奈何。風塵一劍苦，涕淚十年多。榆塞留餘策，梅關發浩歌。相逢一相揖，憶別自蓬婆。

茫茫湖海氣，此別又何之。天道多艱日，英雄失路時。寒深遼左夢，愁到鬢邊絲。直待封侯罷，雲山與子期。

家國兩難歸，天涯一布衣。空懷名世業，難採越山薇。掌握分星斗，悲歌動翠微。當年垂釣叟，八十尚牛磯。

歸思方寥寂，忽聞鄉國音。君來征戰裏，我去草萊深。雲水孤僧意，河山國士心。樓頭笳吹動，又在石城陰。

望五老峯殘雪

竟無看雪意，不奈倚樓心。草木於人賤，烟霞入眼深。到天寒愈闊，出谷勢將沉。更愛消融盡，蒼蒼露幾岑。

井陘道中

邊風掃北平，行人出井陘。斜陽懸馬首，寒色擁郵亭。道拙心如水，愁多髮欲星。從今歸舊隱，麋鹿與松扃。

偕露庭松山諸子尋西山精舍

卜室非求隱，捫心事正長。世人甘擾擾，吾道亦皇皇。草色連關塞，風聲聚太行。行藏多悔吝，翻對汝曹傷。

再過亂落星

一去窮塞關，重來亂落星。雲歸山脚白，天入石門青。竦盼驅神遠，深幽覺性靈。香風長不散，蘭蕙滿堦庭。

酬徐秀才棲賢韻

一徑松杉密，千峯雨雪寒。有時雲氣入，逾覺草堂寬。半菽山中味，香臺鳥下餐。高人來蠟屐，殊愧客盤單。

久住芙蓉側，前山竟少遊。澗花朝亦採，松子晚方收。草屨因人出，禽聲為客幽。堪嗟嚴子瀨，徒有黑羊裘。

壽黄子

玉醴難持贈，禪心君所親。但將今日意，長祝百年人。鶴靜能忘影，松寒不計春。共看斯道勝，卻笑枉逃秦。

壽監寺旋兄

幾年匡嶽頂，坐月每懷君。境覺閒中換，心從别後真。氣虚常接物，才富亦因人。手澤千株茂，遐齡笑大椿。

南海神祠

隋唐遺一廟，香火歷千秋。地足扶桑雨，山當大海流。讀碑堪弔古，問樹識蠻陬。正欲題詩去，笳吹起暮愁。

浴日亭

萬古祝融殿，千秋浴日亭。氣收南海闊，雲到北溟青。短景寒威弱，波聲古木靈。地輿曾入漢，辛苦使臣星。

登西臺

入望烟波闊，登臺氣象高。風聲低鴈翅，海色上僧袍。紅日當朝見，鮫人聞夜號。平生有懷抱，行坐總成勞。

送頓修還棲賢隨省親苕上

何年共歸去，歲歲送行舟。漸老傷頻別，長途繫遠愁。白雲深霅水，紅葉滿丹丘。兩處勞心膂，風烟日夜流。

掃先師翁塔大雨賦此

四百峯中雨，傾盤聚此峯。眉分雙澗瀑，雷起隔溪龍。土嫩難禁水，心悲易怯風。晴陰付天地，隨處見吾翁。

送祖印遊靖安

君去非予意，山川但暫看。雪深知髮白，雲靜覺江寒。鞋豈南詢着，衣從北路單。相關切相望，勉矣慰人難。

題波羅廟達奚司空

絕域無歸日，炎州列漢官。波聲鄉夢遠，海色淚痕乾。遺澤千秋古，蠻烟百代寒。如今方羨汝，難得是衣冠。

送記汝入棲賢

攜手投名嶽，閒心副薜蘿。詩吟佳景易，病繫遠人多。溪咽了無夢，天寒自伐柯。明年秋鴈至，寄我慰如何。

送陳牧止遊篁山

茲行探白嶽，不比赴公車。風景供拈筆，高情在策驢。山長欺雪過，歲晏藉詩除。自得冥心理，門生可執書。

聞見一病愈戲成

忽聞君病劇，淒斷不堪陳。旋得瞑眩藥，猶驚矍鑠神。樹盆囑後事，花礶取藏身。自此不須用，都應贈與人。

頓修省覲茗上痛堪家難事後返棲賢久未入嶺詩以速之

傷心看已過，幾作覆巢餘。大難頻憂汝，生還但寄書。山深風木苦，師遠道顏疎。應早趨瓢笠，繁心一解予。

托鉢佛山

僧貧思仗鉢，斂慮向人間。窄路人爭過，囂聲我獨閒。袖藏曾熟面，門掩盡愁顏。舍衛城當日，如何便返山。

一臂酸成毒，雙脛凍欲枯。市言多戲謔，僧笑講錙銖。頭碎金雞爪，時童子驅雞從頭上過。鞋沾鐵鑊鏌。密雲偏見雨，衆口竟難糊。

寄凌髭放

雨霽留君住，江深放棹歸。碧雲虛野寺，春霧重征衣。道在經行迹，時危畏釣磯。衡門來剝啄，營慮及秋微。

壽張母

欲馭瑤池駕，寧親有鳳毛。百年雙袖舞，萬里一官勞。厚澤窮簷徧，交情野衲叨。清操有如此，方信白華高。

頓修自茗水丁家難後掩關匡廬復歸雷峯即以是日入侍寮詩以誌喜

關掩傷心後，人歸芳草前。祇須長見面，不必問流年。三佛香能爇，千秋願未圓。衰宗期努力，誰是着先鞭。

聞淩髭放脱白丹霞此寄

舊慮消軒冕，新情戴笠瓢。水寒長見影，禪罷不過橋。空谷存孤足，靈根得異苗。昔時風穴讖，爍爍起雲霄。

眼老烟霞闊，塵輕岱華浮。幾年無國土，今日有松楸。窗冷山飛葉，心明海息漚。再冬應得見，高臘笑雲頭。

入肇慶峽

西風斜入峽，反側片帆收。怒浪先侵石，低沙不泊舟。雲開雷劃火，野曠雨迷牛。獨數空江眼，浮沉萬點漚。（以上阿字無禪師光宣臺集卷一七）

全粵詩卷七八四

釋今無 四

初發瓊州道中恭懷本師

塞雪曾遼左，蠻煙復海南。風塵雙短鬢，去住一征衫。山向望中闊，書從夢裏緘。道情偏自重，翹首見慈嚴。

天堂驛

新頳宮殿北，驛路過天堂。青靄石爭出，紅橋花漫香。車研春草短，鳩喚竹山長。書冊先賢在，予生亦未忙。

陽春道中

山到陽春好，人傳電白奇。藤花行客採，鳥語土人知。當面天門出，横橋嵐氣移。蠻方如脫木，定勝是秋時。

陽春縣

小邑陽春縣，荒岡聒嶺尖。停輪惜白日，買飯愛青帘。水米賤於布，山柴只換鹽。欲詢明日路，鄉語不能兼。

曉發

曉發向通津，車聲聒耳新。蠻烟千里道，竹笠一閒身。椰酒山家店，檳榔木客唇。更逢赤眼叟，疑是泣珠人。

車上

野飯依山店，驅車向日邊。眼前雲到地，身外事由天。細雨滋油笠，高枝噪夏蟬。一行森古木，髣髴住山年。有時不可耐，得意是無言。草色盡情綠，鶯聲取次喧。低頭過石徑，高枕憩蓬門。亦是途中事，年來始自存。

羅蛋

長途亦一食，饑困日難勝。暑氣萬山出，青天一線迎。沙低車腳軟，石滑樹頭橫。果然行不得，慚愧鷓鴣聲。

電白縣

風塵還自笑，歲月此淹留。地僻逢人少，城荒見客愁。藤蛇山店賣，海水縣前流。作宦同羈旅，人傳此邑侯。

熱泉

車歇泉聲熱，巖開暑氣多。三春看若此，九夏復如何。繞浪花根苦，寒流北澗和。征塵或一洗，令爾想山阿。

經化城庵見憨大師遺筆

弘法曾嬰難，經過此地賢。文章斯道大，筆墨世人傳。嶽色搖還壯，巖花映獨鮮。所悲無後起，移睇欲潸然。

三橋贈別王太初

相逢俱萬里，分手向三橋。山勢背人遠，車聲入夢消。砂紅勾漏重，髮白故鄉遥。日暮孤征酒，愁心爾可澆。

贈張三

走馬薊門遠，酬恩壯士心。逢僧修白業，贈客輒黃金。酒脫貂裘得，才因幕府深。看君無不可，寶劍是知音。

苦竹驛

已盡崎嶇徑，投南漸不毛。雨侵人面黑，山映虎聲高。隨身惟笠鉢，過眼盡蓬蒿。又說前途險，行人腰帶刀。

徐聞縣

所經皆險僻，州縣復淒涼。旅思一時動，心情半日傷。草深公府閉，人斷禁門荒。更有明朝役，乘槎泛渺茫。

譚兌子以檳榔皮製鞋遺余謝之

野物君能致，幽情我不違。子收南國重，皮拆女紅微。冠籜茅山小，衣蓮梅老稀。雙舄雖稱意，那向谷中飛。

白衣庵新居 有序

余辛丑三月二十六日航海入瓊州，住長生庵，至七月六日移居白衣，諸善信於竹林空處為搆茅一椽，蓋住長生時既畏刀兵之苦，復為僧徒搆難，幾有負金之變，覺後始移茆下，漫賦，共成五章。

自來無此畏，出郭愈多歡。不是風塵苦，焉知水石難。小牀依草穩，片月到襟寒。尚得餘今日，幽情或未闌。

城內無多事，朝朝怯馬蹄。門依堞影暗，首為主人低。細語心常動，粗餐意倍迷。檳榔圖一醉，便夢玉淵西。

豈敢求安住，深知厭此身。一瓢供坎軻，兩眼足酸辛。月色真難得，人情豈易論。秋風莫輕觸，髮際漸如銀。

已窮投食計，又乞買茆錢。意佛西風苦，情深鄉月懸。竹聲喧枕畔，椰葉到庵前。亦是浮生事，焚香莫論禪。

敢云效古昔，亦負客中春。賤極似成傲，愁多不為貧。嗒然堪喪我，竟欲屬何人。所喜門前石，長吟不見嗔。

遊潭口放舟

解纜投何處，尋幽擬石厓。一生貪笑傲，萬里得情懷。沙角魚紋細，天邊月影佳。遠遊多怪事，余欲贈齊諧。

泊邕陽

野泊邕陽好，晴看江月宜。棹頭天路遠，轉眼客心悲。石浪歸黎女，椰風聒鷺鷥。繫舟須着力，界外即南夷。

潭口尋仙洞

亦是倏然地，停舟恰受風。水源黎母出，地脉扶桑窮。怪鳥藤花雜，嘉葩椰葉重。棋枰不可見，佇立上洪濛。

蒼莽盤紆徑，陰幽鬱石臺。四山圍不緊，一水劃爭開。潭曲風聲軟，巖欹海色迴。一身經萬里，難訂是重來。

送人還五羊

相送關予意，蠻烟獨未歸。櫓搖秋颶靜，車展路花稀。賨貨檳榔重，新詩椰葉肥。故山君處近，書札莫相違。

别吴特公

語短愛君深，相逢直至今。不堪形片紙，况復付長吟。石路懸紅日，青山惹素襟。世名終自得，猶未是予心。

别洪培白

子亦有餘致，烟霞得性靈。風流傳舊日，才氣發新硎。聚首宜秋月，分襟背落星。幾多言外意，莫損柳條青。

九日高文斗招同諸公登浮粟

野色秋光滿，亭高客望先。酒香茶盞綴，日煖菊花鮮。身世存微慮，山河帶暮烟。不因佳節序，難得到名泉。

别李暘谷 暘谷為龍泉令，以事謫海外

謫宦南溟遠，難為送别心。鬢毛愁自短，鄉思感何深。劍怯龍泉號，聲存太古音。誰猶輕世態，握我淚沾襟。

别王九如

海勢居然遠，相看此共深。世人論交態，惟子許初心。獨日窺行色，疎星散别襟。無言亦不可，愁絕為知音。

有酒君且醉，醉來語話長。天性此時見，離情各自傷。螢微飛易遠，霜薄氣難當。不是無期別，山雲信渺茫。

梁孝廉敦五公車北上辱書見辭詩以送之

對月高懷策，開緘念遠行。征裘萬里色，嶺樹九秋聲。綵筆豐城氣，虬珠合浦明。知君鵬舉志，原不為時名。

君家舊簪笏，似舅豈云虛。公陳文忠甥也。事業舊麟閣，文章新石渠。蘆溝匹馬外，御苑惠風紓。遥憶飛花處，何人念倚閭。

壽汪水部漢翀

道交君若此，相看豈計年。薤叢頻自綠，桃實靜還鮮。衣舃乘雲久，襟期對月懸。茂陵書著就，瀟灑一儒仙。

金盤浮玉液，五日得先霑。誕後五日為浴佛，故云。覺性閒猶在，時情老自嚴。門容乞士到，跡共野雲恬。萬古春光滿，殷勤為一拈。

送余立人歸江寧壽其尊人余澹心

塞上書歸日，吳門雪落時。言尋高士宅，遠共白雲期。流水逢遊子，吟詩得白眉。柳條兼鶴算，持贈慰庭幃。

答陳喬生

十年未相見，隨處見君詩。食檗心常苦，看山眼獨疲。片雲清竹院，驟雨漲魚池。每想同居士，談禪及此時。

壽張進若

已飽烟霞氣，猶餐日月芒。騎驢疑製紙，叱石可成羊。鬢綠春江水，文凌朔漠霜。癡龍珠一粒，小劫未為長。

寄賀呂明府宸銘 東安令考最

仙郎異績成，清操徹玉京。犢留淮土重，梟坐鄰侯輕。人爵青雲蔚，天姿白雪明。行當入參政，雅量復相驚。

送鄭襄孫歸安肅

上客邯鄲至，炎天粵嶠歸。路長裘馬舊，心壯水雲肥。木葉催高樹，征帆挂落暉。相逢幾回笑，禪意贈君微。

壽劉内史奇公

大業千秋在，靈椿八百高。堂深天外雪，風壯海門濤。燭為嬌歌豔，觴傳鶴羽勞。名香吾欲祝，髣髴聽雲璈。

贈李婉若

冰霜骨自健，經史性生成。每愛臨風語，常期過寺行。暗花絢夢筆，爽氣闊秋城。何必玄暉輩，山僧始有名。

送陳焦源還山陰

曾領蒼梧部，今歸庾嶺風。聲名人口裏，事業鬢絲中。高論真難得，清操道已窮。蘭亭一盂水，遲我暮年逢。

壽錢霞蔚

獨抱冰霜骨，梅花萬樹開。金丹人取去，玉蕊手持來。問法尋蒭叟，吟詩向古臺。勝因從此結，予愧有塵埃。

梁孝廉畫石教授壽康

上書裘尚黑，作宦帳先紅。道德傳前輩，文章教巨工。山寒官路闊，心靜玉堂空。老我相期意，依依在此中。

吳司李錦雯偕令弟我蕃並陸麗京張宗緒顧祥士過訪

霜菊荒三徑，冰壺共一船。綵雲看滿地，奇蕊落諸天。道見祥刑合，名先大雅傳。山僧禪悅裏，得結此中緣。

世路勞車馬，清言重縉紳。居心原有地，君慮自無塵。古佛儀猶在，蒼生望又新。羣公兼此意，慧遠亦親人。

喜潘明府澹庵至

蘭堂來上客，瓊海意中人。覓我琴留舫，看君氣似春。風塵消宦興，詩酒固天真。莫着羊裘去，烟波泛釣津。

壽何鳴玉

鼇首三山穩，松枝萬葉稠。閒心原似水，高節竟凌秋。國計才尤敏，朋情意獨優。碧峯飛白鶴，歡喜進雙籌。

沈融谷從雄州至五羊相見且言歸浙送行二章

懇惻欣相見，慇勤復送歸。月寒南粵地，風入富春衣。千嶂窺人寂，雙瞳似爾稀。無窮蘭蕙草，何處借芳菲。

作賦文心好，言詩雅道高。既能驚世眼，尤見戀僧袍。鴈語占星斗，鼉行鬱海濤。倘能修短札，寄我莫辭勞。

送陳石人歸閩

歸路潮陽直，逢僧海寺初。高名空可戀，寒樹獨教疎。凍月光先動，狂帆意自如。縱然無鴈到，亦記寄雙魚。

壽張夢回

小范胸中似，維摩屋裏真。雄心能度日，石磬不生塵。抖出松枝雪，攜來柏葉春。廿年同學道，君作採芝人。

白鶴語高墀，紅霞映赤蜺。山藏安石日，人在霸陵時。月滿篁溪竹，花開古佛池。原稱無量壽，於此更何疑。

壽彭明府退庵

大智應持世，明珠合走盤。古棠春氣密，厚澤邑人懽。筆墨南宮壯，雲霞北斗寒。此心無間斷，常作萬年看。

律清欣黍谷，星老愛長庚。海屋原歸鶴，春風自入城。活人寧有數，護法感常情。天靜琅琅鴈，雲端有好聲。

彭明府退庵招同江若海諸公茶集

所思隔珠海，一葦法流通。高蓋低銀浪，清談奪綵虹。水浮荷氣密，風落竹聲同。斟酌雙蘭影，芳馨還令公。時院中有並蒂蘭。

韶石舟中

夜行將落月，寒看欲曙天。事拋離岸後，心繫放舟前。暝色攻衫薄，繁霜滴纜圓。此中辛苦意，專為送流年。

於我原無事，因人倍復忙。鴈歸燕地雪，客犯嶺頭霜。山木何曾脫，江雲只是長。所嗟非氣候，別有旅魂傷。

偶然為此役，行止笑難期。入夜依沙際，長吟出峽時。嶂深猿穴壯，名在水雲疑。我亦從茲悟，寒江酌一巵。

已見三秋鴈，猶行十月風。往來無至計，得喪欲將窮。沙迴寒鷗白，山高夜火紅。空將寥廓意，獨宿暮烟中。

世豈藏名地，山當騄鹿宜。偏舟生范蠡，片石死要離。寂寞惟看月，經營不及時。此時松柏色，難得是高枝。
別俗敦高尚，和光貴大乘。自來同嚼蠟，今更欲餐冰。白髮徒兼鬢，黃金不作繩。孤舟迎浪上，此處若為平。
蒙叟夢先得，彭籛術未工。露兼涼月下，影逐大江空。雨過啼閒鳥，天低落近虹。玉鞭吾欲把，帝座莫為通。
無事孤騫興，秋江一棹尋。不因今日役，亦有此時心。星起猿啼澤，人醒月在林。更尋何處宿，前路一燈深。
纔別還相逐，同行落後波。世難知己少，路遠受風多。谷口雲初斷，檣陰鴈已過。相看虛歲月，不及一漁簑。
今歲菊花候，舟行未暫停。楓林秋岸赤，石色峽中青。身倦重朝夢，鷗寒集晚汀。微愁無計遣，力不到參苓。

大士石

圓明一念固，不比望夫山。雲繞乾坤闊，燈懸日月閒。三邊隨業見，三面望，形自不同。一夜逐人還。

不盡楊枝水，長流入世間。

射黿魚者

挾矢候江陰，黿魚出綠潯。年華生意苦，天地殺機深。掬水猶磨雪，侵肌竟是金。高山不可住，令我獨沉吟。

詠鸕鶿

辛勤始得食，汝亦為誰忙。水性微生苦，潭深薄暮寒。賓鴻飛自遠，翡翠立應慵。人欲幾曾厭，毛衣何日乾。

欲大方憐汝，身微亦繫人。常隨孤槳去，不與衆毛親。潮落愁空坦，魚寒隱夜津。寧啼杜鵑血，飛過萬山春。

金彈落饑鳥，寒潮變綠蕪。身隨閒處賤，力向苦中無。入水全憑眼，提筐不用呼。月明歸未得，刷羽向江湖。

旅舟遇人之京

分符南海客，走馬薊門天。穗石別多日，韶陽同泊船。舊名遺愛在，新月大荒圓。更得朝衣著，何年再問禪。

相江嘆 有序

嘆，何嘆也？康熙四年秋有汰僧之議，予自海幢解衆，後上丹霞，江中孤槳，望九成之高峻，想南華之祖席，感而成聲。

壯歲逢沙汰，髫年飽亂離。計窮觀世日，悲正及秋時。短髮羞人見，長貧有鉢知。我心不可轉，鷗鳥莫相疑。
運會丁黃檗，分徒類夾山。愁多傷肺易，僧老改形難。夜入疎鐘苦，潮歸獨院寒。無聊頻徙倚，猶把梵書看。
安能關至計，無乃損皇仁。錯念觀前世，閑言誤後人。曇花甘委雪，籬槿豈禁春。誰道琉璃國，笳吹不起塵。
檀林燒豆火，水族失龍鱗。乘槎難及漢，避俗敢言秦。碧海徒多夢，青山已少人。獨憐邊徼地，不及帝城春。
天地微生薄，風霜歲月賒。金鈎奔醉象，玉盞落長蛇。草遇千年雪，鶯啼二月花。寶龕塵漸積，珍重拂輕紗。
袈裟猶未白，螺髻鎮常青。有願酬今日，無言問小乘。情田心莫莫，玉海淚盈盈。滿山松柏色，不沙作舊時聲。

縱得常如此，沙作舊時聲。天梵靜中聞。寒星人外見，天梵靜中聞。名香豈易焚。清磬憑誰擊，名香豈易焚。聖朝應勿闕，斯道與斯文。

依舊鎮山腰。還將金玉帶，依舊鎮山腰。三禪豈易燒。一念終難到，三禪豈易燒。月沉空有恨，風急自無潮。萬物欣其盛，何能守寂寥。鷗已失羣。

生來骨相貧。卻怪林逋鶴，生來骨相貧。靈蛇收鯉眼，寶劍涸龍津。究竟空憐我，依然不怨人。莊嚴欣帝梵，衰落姤波旬。

日落自關門。長廊風寂寂，日落自關門。夢逐梅花去，形愁槁木存。無人添食鉢，教我住荒村。海竭珊瑚死，林深虎豹屯。

往來胥口不得登岸柬王明府默庵

心知談笑處，兩逐往來程。此邑山形壯，故人江水清。署寒琴指冷，天靜鴈聲明。宰政原辛苦，君兼百代情。

城荒秋草遍，天遠彩雲多。獨樹連高峽，斜陽撼夕波。弓裘傳舊業，雨露得新和。柔櫓乘潮去，長吟一望過。

壽樊大願

五十一年前，香花結壽筵。文心堅大道，微願薄諸天。里俗推先輩，叢林即後賢。如今無棗柏，堅固是金仙。

送吳伯子歸瓊海 時秋闈下第

未必終如此，功名自有時。海雲千里闊，林月五更悲。愛子能相見，愁予是別離。古人裘破後，此段竟誰知。

送陳白祿之京

陶朱不可學，張祿豈堪名。正值重陽日，言從萬里行。燕臺寒雪蚤，庾嶺小梅清。相憶歸來候，明年春鴈聲。

屈五明秋捷

親老先能慰，文章始是真。持心期舊日，夢筆愛新人。水到天河潤，花從北地春。征衫須自脫，何處有京塵。

陳表學秋捷

喜看驚座客，戰勝向秋天。芳譽從人著，樨香入耳圓。路迎金闕日，裘闊玉河烟。繡佛龕前望，如君本少年。

壽朱說梅明府

知君心自達，杯酒可為歡。閒處尋歸馬，塵中不恨官。月臨滄海闊，花照客庭寒。上壽琴音見，椿枝欲贈難。

贈陸仲侯

白眼原難富，丹青豈貸貧。甑中飛野馬，世上待何人。地僻長無雪，花妍不是春。少年沽美酒，更莫望鄉津。

題蔣徂來明府八駿圖

地厚凝雲暗，天高積雪長。一聲過大宛，萬里到扶桑。空曠隨青草，驅馳限紫韁。旅魂勞易倦，託爾在斜陽。

不怨孫陽去，方憐逸足來。人名高鳳闍，雪路困龍媒。綠水嘶時凍，紅雲踏處開。深思長獨立，未必勝無才。

贈汪漢翀水部

交久心逾好，深持長者風。詩名高往喆，道力破洪濛。補腦天漿白，留顏大藥紅。君猶情未愜，宦蹟厭飄蓬。

送羅學製守閫

三年能讀禮，此日復談軍。甲胄威猶在，蹄輪路自分。劍光連蚌氣，筆陣戰山雲。勳業從茲大，高騫列鴈羣。

為劉子兩大命名示此

大道原無二，期君兩大之。玉堂雲起日，寶地月明時。隨步堪聞桂，趨庭可學詩。聖賢皆努力，才氣正相宜。

祝詞

北嶺松猶盛，南山鶴可聞。堂懸三島月，杯泛五湖雲。綵鳳飛無已，天花落自紛。與君同浩刧，握手問高旻。

張全之將歸桐城同姚梅長行過宿海幢詩以送之

歸路同良友，兼逢野寺僧。松枝高壯氣，海色送孤城。潮起船頭合，江虚棹影清。莫言不相寄，到處有鴻聲。

送任玉書之秦中

北去走風塵，襟期萬里新。月臨官渡闊，花向大江春。得意惟驅馬，揮金好贈人。珠江江上月，相憶最相親。

張穆之買瀧水山移家索贈

別尋幽壑勝，壯氣此中消。逸足已云遠，閒雲祇自招。易觀滄海日，難問古今潮。暫去還來此，朋儕歎寂寥。

送劉漢臣歸鳳城

草室無餘藴，君歸幸念之。暮雲蘭葉架，疎雨藕花池。義寂文心薄，珠明智眼移。毋為逐卑論，白社訂幽期。

築堤詩

予以壬寅首衆海幢，四事荒弛，歲增月補，閱四年而大雄殿成。時提督將軍常公、參府吴公為覔寺後田三十七畝，又明年冬，鑿渠作堤，蜒蜿周遭幾及二百丈，欲堤上栽竹，渠下插柳，池沼波瀾，亭臺蔽輝，徐而治之，城市山林，無難無妨，不獨使王舍城邊，蔚有青蔥祇樹也，因賦築堤詩。

貰地開精舍，穿渠待竹林。了無香火念，只有水雲心。鋤起驚秋草，蟲分隔路吟。莫言吾自限，用意此中深。

略似蘇公意，無湖衹有堤。水來拖素練，日落臥長霓。辨土尋龍脉，扶筇聽鳥啼。對人揮汗罷，瀟灑在雞棲。

大塊真勞我，高天亦限人。溪山千片石，城郭一朝春。鋤過泥痕滑，堆平月色匀。古人還負擔，吾敢厭囂塵。

冬至移花候，春當插柳時。斫柴徐計顆，得米已堪炊。海色歸新圃，風聲聚亂枝。少年貧賤早，生計苦相思。

耕鑿真無力，逢迎已入心。眼徒空處白，地是幾時陰。梅即能飄雪，霞先漫落金。殷勤多自愛，肯受二毛侵。

鍬子乾坤闊，阿師氣宇低。無田開大義，有路作卑蹊。白拂穿林易，黄花照眼迷。舊時飛動意，寂寞向畬泥。

已分僧俗路，難愛淺深田。石破通山氣，風吹入海烟。乞人移樹色，借貸散工錢。抱膝吾還樂，艱難過六年。

蛟龍潛地骨，鐘磬任天心。粥飯有緣聚，雲山隨處深。海波吹自昔，人迹在如今。亦是難由我，餘生聽陸沉。

平生期浪迹，豈意作開山。百短同衰鬢，千般只笑顏。棘林藏月碎，弓地聚雲閒。抖擻遼東衲，何時着過關。

海幢基趾即予少年賣餅地也

餅賣當年地，禪棲此日心。長林飛翡翠，短褐接華簪。蝶蝀驚絃落，龍蛇噴霧深。不須神拔樹，吾種亦成陰。

戊申夏日喜張百庵中秘過訪卻贈即送還朝

八桂皇華使，仙帆泛五羊。星光還遠近，逸氣正蒼茫。琢句江山古，尋幽花雨香。元來屋裏客，塵尾好商量。

綠髮劍光寒，青雲識俊官。筆花江夢醒，詩帙陸裝寬。閱世已無語，因君忽破垣。此中還會得，鶴蓋即蒲團。

禪心尤自曠，不在比鄰間。一棹珠江遠，三秋薊雪還。月篷推自看，雲路悟應閒。刼外能相憶，依稀鷲嶺山。

送沈存西歸浙

去住經雙眼，風塵足百蠻。懷高為客易，年老別家難。水闊孤帆滿，天涼夜酒乾。今朝歌別曲，禪緒太無端。

親戚天涯遍，琴書道路遲。寺邊分野衲，嶺上見佳兒。華萼船尤麗，同石老舟行。秋風句自奇。獨憐流水意，何處更相期。

賦得石琴覺幻

綠野芳塵遠，珠江敞石琴。霜歸三逕菊，月滿百年心。羅綺香風煖，雲山覺路深。穀城多秘笈，還向此中尋。

送方世五歸白下

意闊無歸計，言歸路更長。相看疑絕塞，惜別在重陽。寒水烟迷棹，高天鴈帶霜。此中殊灑落，誰得擬行藏。

寄贈王崇芳

琥珀變松脂，神光照陸離。昔曾窺至道，今復傲龎眉。山隱梅村逕，身疑洛社期。自從雲樹別，憶我在河湄。

孫鶴林居士為狂人所累赴理五羊今得脱然詩送之歸

故里三年別，風波此日歸。天傾身蚤賤，道在怨應希。秋葉霜飛冷，灘聲夜聽微。獨慚空有意，無以送寒衣。

多君真有子，患難自能將。兒戲勞三尺，悲酸盡兩行。旅途堪強飯，歸路更燒香。相看一感激，此意豈能忘。

梁海文初度

世路看如此，期君語意長。佛心敦大業，人行薄文章。水石存孤骨，參苓驗聖方。芳晨敷講罷，餘坐對松篁。

答吳石林

軍容臨鱷水，仙韻到孤峯。墨汁留燕石，文情壓大宗。翺翔疑翥鳳，磅礴竟屠龍。何日來相見，西窗燭影重。

送光半遊山東

孤錫送寒海，風霜意已深。初移庾嶺步，竟有泰山心。衲破塵窺絮，淮長月墮襟。念予思共力，歸興挽幽尋。

敬人六十又一

亦得孤松意，雲根瘦削成。盡心供佛事，百忍見生平。理衲存清夜，呈材遺墨卿。高涼當日役，予亦動予情。

壽池月五十又一

竟是因緣地，同君愛獨深。艱難支佛法，寂寞見予心。鑿井留虹影，栽桐奏鳳音。此中無量刼，消息尚堪尋。

送依石老僧入丹霞並謝其贈端州石

搜得青山骨，添予白晝心。勇能離故土，老好入叢林。一念行應到，千巖坐更深。寒雲交密處，踪跡渺難尋。

己酉端陽前五日喜汝得侍者歸自陵陽吉水因作四十字

添鉢過雙縣，懷人逾半年。癡成卑佛力，窮更累官錢。雪影沉湖月，花春散嶺烟。一經人世路，方信有先鞭。

贈屍林

予與屍林育子從關東、從遼海入幽薊而歸五嶺，越歲，聞剩師叔之訃，屍林復出關。千山塔事既竣，三年墓側，萬里淒涼，今十一年矣，復歸相見。世外人樸訥無文，而此心依依，生死不變，豈世間之情所及？其為感予，作此誌喜。

頻死同歸後，分攜又十年。死生俱有託，去住尚依然。風雪千山淚，辛勤一衲烟。但持吾道在，即是答先賢。（以上阿字無禪師光宣臺集卷一八）

全粤詩卷七八五

釋今無　五

十一遊羅浮詩 有小序

癸丑三月，予以海幢山門畢工，神氣虚耗，厭極人事，思就養羅浮，且當寒食掃塔之日，遂乘輿入山，登眺之樂悠然灑灑，纔四日夕吟弄烟雲，忽二天使一等侍衛顧公、二等侍衛米公至五羊，少保尚公、中丞劉公遣役追予還，相陪入山，未三鼓而肩輿、戒路、冰車、鐵馴之聲已宛雜於谷風澗響間矣，始信閒福未易消受，僅得十四首以紀茲遊耳。

十載登臨興，年年自不同。霞光明掛樹，山氣暗攻中。雨驟催溪漲，峯晴被霧籠。瞑心歸物外，誰是解談空。

久得歸山意，真難說與人。野燒圍嶺背，耕犢破山唇。異草難求號，仙花只耐春。暫時高處望，又見下方塵。

古木圍林密，烟村此結茅。棘門杉葉縛，人面雨痕膠。箭鏃塗生藥，花枝掛勁矛。長將仙洞樹，斫盡炙山庖。

據樹吾忘我，過橋影待人。突雲欺袖入，側帽閃風頻。高鳥晴啼爽，長藤綠掛春。氣微忻厭念，無力辨誰真。

尚有梅村地，為椽可耦耕。身閒仙易得，心苦事難成。大屋懸長鐸，低茅縛直繩。兩般生趣味，一笑問溪聲。予欲復梅花莊，已縛茅三間，種梅數千本。

已近朱明洞，仙爐在此間。更誰生白羽，只有換紅顔。大藥非凡寶，真心本至閒。徘徊遲語嘿，日影已銜山。

絮薄輕難煖，山重靜更寒。映花松戶小，得月夜樓寬。石咽聞溪響，峯奇徙榻看。風爐長不斷，沸水炙頻乾。

洞隱千尋磴，泉飛百道簾。亂藤愁力盡，急響覺神添。樹曲盤無壤，厓棱洗去尖。幾多青靄色，還向下方潛。

寶積寺

異錫穿山骨，芳膏迸石流。藥苗香不到，風力冷全收。足下雲生嶺，窗間樹挂猴。未能成一宿，五負此林丘。

易引孤筇去，難名異鳥啼。晴嵐初放嶺，曲樹已吞溪。蟻穴藏青靄，蜂房貼紫泥。且將蝴蝶夢，先寄石樓西。

薇老還能食，花奇可插瓶。潭心龍氣黑，僧面嶽形青。山大猺居密，鸞多羽族靈。洞天深寂寂，星月大柴扃。

纔沿峻壁還，尋溪意未閒。日光先透石，樹勢欲爭山。花是仙源異，頭從玉塞班。廿年辛苦意，淒折對松關。

斜陽明谷口，金色忽離披。病久骨先弱，乍閒意便宜。窗窺人上嶺，枕聽鳥呼兒。更欲探奇去，捫苔讀古碑。

又逐晨雞去，相將甲馬還。去如愁故國，忙亦累名山。雲勢宜長夜，峯□失舊顏。溪光兼樹影，疑惑不能刪。

朱孔暉澹歸俗壻也來自武林時澹歸與予度夏海幢孔暉因從予品戒於其歸送詩三章

廿年懷骨肉，萬里向江湖。空有金人夢，全成鐵佛圖。家園沈定水，眷屬隱衣珠。但立門人後，西風繞碧梧。

俗緣忽已斷，親入丈人峯。話墮疎林月，情消午夜鐘。秋波歸路闊，別思客心重。誰識團圞意，麗家尚覺濃。

愛我求摩頂，忻君亦似僧。流雲方有岫，出世豈無能。散鬢隨愁轉，秋虫入夜增。莫將鄉井思，數對客船燈。

送彭飛雲歸武昌

達者皆頻去，誰經海國憂。烽烟深楚地，風雪冷貂裘。雅量經綸外，閒情日月浮。何當相見處，白首話滄洲。

和采臣吳糧憲道中老翁售琴之作

山路經鄉落，籃輿值老翁。手攜古雲物，言是舊絲桐。亂世誰憐苦，閒官可話窮。南薰無限意，珍重與人同。

未拂牛衣淚，欣投鳳閣仙。元音歸太始，遠世重流年。駁落潛虬老，崢嶸刼火然。隆中兼栗里，一樣瀉飛泉。

送管鐘石使君榮赴崇安時值覽揆

雨灑無痕地，風吹有色雲。道情偏感我，清望最宜君。雙履如鳬轉，千松過嶺聞。江皐晴吐月，遐思自紛紛。

闖地勞新命，羊城送舊知。他宵一夜裏，憶此八年時。玉軫調珠水，仙雲擁武夷。清茶敲石火，眉壽樂天機。

送沈石友醝使之任三衢郡丞

擊節中宵起，勞歌一送君。淒清薊北雪，繚亂嶺南雲。道直存天意，才難見鶴羣。更誰開口笑，疎磬對斜曛。

中州尊斧鉞，南海事卑棲。不作賈生賦，空行蘇子堤。鬢毛偏不改，心迹迥難齊。為問平津閣，何時詔紫泥。

回天消積害，鹽司有積逋八十餘萬，公請蠲，以甦商困。持地任驚濤。獨識人應忌，孤根節自高。酒濃沉塊壘，詩捷發雄豪。靜得神珠照，原無叱馭勞。

直懷開濟念，那復羨微官。雪路擁熊軾，風聲集馬鞍。眼醒身世薄，心重酒杯寒。空有珠江月，長留別後看。

嶺雲隨一鶴，天路透三衢。悲喜非吾道，馳驅見大儒。津頭迎鹵簿，日色閃氍毹。為訪青霞洞，心閒政自殊。

送馮孔武進士

大樹君宜憩，高名人共傳。帝城鞭白馬，佛國長青蓮。道術存東魯，功名屬少年。丈夫不惜別，翻覺此情偏。

送鮑雲從

幕府推雄俊，高名蚤識君。一逢杜武庫，真見鮑參軍。意氣金蘭麗，風流玉蝶羣。此中談易盡，衫袖染山雲。

柳色攀尤好，此心無歇時。山隨征馬去，風逐錦帆披。鼓角天衢闊，星霜地軸移。閒時銜杯酒，寄我慰相思。

王事能將母，鑾烟解襲人。凱風悲孝子，行役愴孤臣。柏葉先秋變，龍泉滴淚勻。圖麟動業在，別矣慎風塵。

江路秋聲轉，雲峯鴈影斜。分天窺皓月，把袖記年華。蟋蟀啼無已，星霜鬢有加。天涯飄杖笠，為訪赤城霞。

喜姚雪庵出貢

脫卻青衫好，欣看願力成。萬年唯此念，三策動高名。春水南天滿，飛塵北地輕。蓮花經一卷，萬里伴君行。

送李世鼎明府之任福清

送君江上路，真有歲寒情。好雪過庾嶺，春風到福清。玉絃潘縣靜，珠水李舟輕。古道勞相憶，遥遥聽頌聲。

贈文源

萬里忽相見，回驚話別時。廿年遼左雪，雙鬢嶺南絲。貝葉金陵紙，蓮花上國池。請大藏於白門，搆淨業於闕下，皆文源與予後事也。山川來往處，錫影戒光移。

千山懷掃塔，廿載憶燒香。古塞烟塵滿，悲心歲月長。來秋應走馬，與子共淩霜。且作珠江別，深春杜宇忙。

壽汪漢翀

十載慶生辰，華堂對水濱。高低千頃樹，新舊幾多人。火燄丹能熟，情深道更貧。此翁有高致，偏不逐囂塵。

林太君節烈詩

賢母何曾死，馨香百代存。詩書無内外，烈節有兒孫。舉案人何往，旌閭事更尊。予從青史後，欲吊愧無言。

壽柴雲薦

雪棗如銀白，丹砂似血紅。不懸金鼎內，只在玉堂中。甘露天池滿，神工地脉雄。有誰通秘妙，此道屬柴公。

寄壽秦左星使君

燒丹人未老，對酒興應豪。持慮偏無失，為官自覺勞。玉搖山月靜，雲起夜聲高。自得中和理，冰盤勝碧桃。

壽陽峯獨峻，德澤與千年。地闊蒼梧雨，人看薊北天。插松青佛宇，留念及山禪。公重開香山，分俸酬力，區畫精到，手插枯松楮拄櫟木，越時而枯松發秀，念予建立維艱，亦分俸以濡，故二句敘實事也。欲寄浮丘信，微茫海國烟。

壽李天御

自得千尋氣，詩書見道源。勳名懸北闕，喉舌重南藩。好夢瓊花觀，涼風綠雪軒。寄言王子晉，何必事高騫。

從韶州取道平圃 時同宋艾石方伯、佟奎庵臬憲行

趨陸持孤錫，依山逐二官。杉雲寒影密，冬嶺燒痕寬。石閣岏巑起，心情委曲難。幾多行役意，都作住山看。

從平圃入始興江口

雄州百餘里，平圃候雞鳴。月照野雲落，籃隨官馬行。舟膠初凍水，人過落灘聲。兩鬢看如此，行藏計未成。

山東道中 道中以午食為打尖

雞鳴天未曙，各自理征鞭。路滑畏行石，喉乾望打尖。密雲依小屋，荒井發虛烟。記得盧山麓，松高看鹿眠。

官橋

又投何處宿，百里到官橋。飯惟燒大麥，路似上青霄。沙起雲纏馬，風吹面過簫。三更初睡熟，猶覺夢魂搖。

過黃河

已盡江南路，黃河帶月過。客心愁地闊，風力入霜多。日色依山澹，鴻聲怯凍和。從來辛苦意，孤

負好巖阿。

初氣戰洪濛，寒霜凜冽中。渡河方數里，此岸不同風。草短蹄痕縐，空長眼力窮。一輪殘月影，一半是山東。

歲盡出恩縣

二月魂俱倦，途窮歲亦窮。日低難破雪，袖大苦藏風。麵店分錢食，茅庵乞火烘。寄言清坐客，珍重好簾櫳。

王淑莘文學以感遇詩一首見貽即步元韻奉和三章誌贈

久曾吾喪我，羈旅幸依人。飲酒何妨暢，論交可入神。閉門風雪急，閱世水雲屯。一卷南華樂，翛然得共親。

相逢俱未易，乞食對何人。絕意忘牛馬，中宵近鬼神。事銷吾道泰，世亂客途屯。珍重王居士，詩篇許獨親。

雪意寒侵燭，窗光欲照人。繙書存古雅，自誦每傷神。事業材宜雋，經綸道用屯。知君原落落，努力可娛親。

贈王中翰

中翰青雲士，文章白玉姿。交從天外闊，興到嶺頭奇。雪影高鴻翼，花磚見鳳儀。青蓮池畔話，總向帝城期。

送闗甫田 甫田佐黄迂父尚宰故城

惜我南歸日，憐君北渡時。亂離家漸遠，辛苦路多歧。味道全探古，論文可設帷。八方馳羽檄，努力佐相知。

予二次入金陵禮塔俱從燕臺南歸心力折於風塵行踪撓於鼎沸不嘆緣慳乃訟福薄偶為口占此不覺難呑之聲

廿載重過此，香花禮塔前。風塵孤影倦，星月瑞光懸。衣染琉璃滑，人多梵唄圓。撐持無勝福，暗淚愧諸天。

甲寅春二月與蜜在慧均四藏自顯超漢鐵闗洞開瓶出法敵不息漪文始十靖一掛雲諸子從燕臺南歸取道泰安登岱嶽所經勝概矢口咏歌共得五言近體十二章以誌一時

上横岡

百靈開岱嶽，萬里到孤心。玉蝶藏青靄，金函閟碧岑。紆廻秦徑古，想像翠華深。誰道昇平日，封禪不可尋。

上紅門

綠影雲俱遠，紅門路始通。精神難透石，衣袂易呼風。峽月疑流雪，山霞似墜虹。廿年登岱意，卻值亂離中。

萬仙樓

衆嶺羣爭削，巍樓插獨高。自然留鶴馭，從此有松濤。海色浮星漢，天心損羽毛。往來一萬里，金骨為誰勞。

晒紅石

地拔雲中磴，螺旋屋裏灣。登臨情未易，歸客路方難。殘雪猶吞嶽，寒風只在山。低頭見梁父，應接未能閒。

大夫松松下為御帳崖其色碧綠

松徑開秦代，崖名踰漢時。風聲紅日急，石骨綠雲滋。未破洪濛氣，誰知天地私。烽煙驚大陸，悽折到京畿。

七十二君封禪輦路

電劃青徐小，烟浮洙泗低。虞巡標石紀，秦樹聽猿啼。輦路埋金匣，新情鍊木雞。幾多興慨意，不敢漫留題。

二虎廟望南天門

天門真萬丈，城郭已千重。别界開靈府，高居見岱宗。日光低午照，雲影亂諸峯。努力排修翮，瑯琊玉闕鐘。

孔子小天下處

夫子原尊魯，登兹意轉深。野龍偏鬬血，爐火自銷金。日色旁虹珥，松根滿枳林。憑誰通帝座，洞達萬方心。

登封臺絕頂

王者不貴力，秦皇御輦來。未觀東海日，先上登封臺。琢石難留字，有無字碑。祈天未遏災。萬年私大業，無計墮姦回。

廻馬崖

無地堪容馬，朝天只御風。石形千處險，肉質幾人工。鳥道明如線，籃輿曲作弓。登泰山圓橋。從兹分上下，荒忽入洪濛。

玉皇閣

閣道雙龍口，箱空俯泬寥。路斜千慮失，山正百靈朝。魚貫聯鳩杖，登岱者皆扶鳩杖，名泰山杖。星躔合斗杓。金臺辛苦意，全向此中消。

頂廟

沙過靈旗閃，風行鐵瓦飛。鬼神司石竇，星月泊僧衣。五色炫凡界，孤光洞帝畿。龍鱗篩沆瀣，香霧十重圍。

送黃迂父明府之任故城

艱虞行萬里，叱馭過王遵。正值烽烟口，能敷冰雪春。仙雲依樹色，暑氣動征塵。供役雖旁午，君才卻勝人。

甲寅秋予以乞經從燕臺南歸留滯白門頓弟在吳門專侍至之住數日去陵陽訂其復至白首天涯易散難聚不已之情未欲遽遠且天老人住山無力世亂難安相與共依座下此什送之並似六康居士念予亦一編戶民也

暫問陵陽路，冬初復待君。青山同學道，白首惜離羣。將母心先拙，扶師力欲分。干戈看鼎沸，俱是異鄉人。
江影搖孤錫，峯陰載一船。貧窮悲孝子，流落見烽烟。路向鴒原合，頓弟、四弟在陵陽。情還鴈翅連。
花城詢長者，相望欲潸然。

在江寧送姚德超歸韓江

風雪與干戈，天涯可奈何。能歸真壯勇，留滯悔蹉跎。鄉夢愁偏起，山程僻易訛。從來相送意，不及此時多。

乙卯五月素敷謁選赴都相晤於九成臺畔四十字贈行相喜相勉之私非四十字能盡然素敷隨事躬省栽培德行雖得時向榮以慰北堂之懽又能端慤克慎不墮青雲之志只在回光返照中耳

道結蓮花社，情連中表親。有才堪入世，期汝豈同人。捧檄原高志，求官莫為貧。詩書敦至德，努力扇清芬。

送熊嘉會別駕還毘陵

轉輸三十萬，湖海滿干戈。大略如君少，危塗此日多。捲簾開浄戶，掃榻倚藤蘿。玉友相期意，臨風惜去波。

掛榜山

久薄功名世，頻過掛榜山。謀身千慮少，息念一生閒。草木居原好，榮華事可删。縱攄王佐略，豈救鬢毛斑。

未須誇小草，谷口有真人。月照三台麗，花明五岳春。臺萊詩可誦，龍虎氣猶新。誰共芒鞋上，低看萬彙塵。

泊始興城下 時為覓杉木

維舟當古渡，依蔭臥清流。伐木無佳友，掄材結石樓。幾年揮汗倦，三伏豈知愁。病骨炎蒸裏，乾坤信自浮。

卻別金陵寺，蘭橈亦未停。鉢添韶石米，月照始興城。水過民居折，山圍粵國清。夜涼無一事，沙上散閒情。

忽與山俱寂，方知役未寧。敷瘡消熱血，讀史敵炎蒸。沙上盟尋鳥，人間乞遇兵。從來湖海志，衰病已無成。予欲遍乞天下，盡遊天下名勝。

事事心皆倦，時時意自傷。有人艱乞食，何客足謀王。蛙井窺天小，鴻雲附翼長。吟詩驚草萊，世外任疎狂。

歲去渾無似，時閒亦自歌。林間原寂寞，世上有風波。溪淺雲歸樹，星沉月滿河。平生勝人處，疎拙掩藤蘿。

城角傳更至，江波送月來。天寒山戴帽，鶴宿腳生苔。澹宕含哺性，蹁躚鼓腹材。謀生冰雪裏，依約似寒梅。

似類沙鷗蹟，偏尋木客言。金盤秤石馬，玉斧印杉孫。買竹供編筏，維舟且聽猿。半生營一寺，甘苦向誰論。

一住芙蓉驛，辛勤越二旬。時過丹荔候，衫漬路頭塵。顧我原無似，求人只用真。漁簑往來處，一路擁絲綸。

欲雨江雲暗，乘風樹影涼。心枯千種事，髮變十年霜。短夢無襟蕈，長貧愧稻粱。去年此時節，搖落在他鄉。

倦來戀枕簟，不覺午時過。力是頻年減，心原歇處多。搖帆分日色，微月澹天河。已有誅茅計，秋深定若何。

木嶺仍韶石，星途轉樂昌。笑看一日事，贏得廿年忙。山挂茶藤白，溪流杉葉黄。雲盤七里墺，劍閣鬬羊腸。

雨過村茅濕，更收宿霧流。迎人當水鶴，失腳幸田疇。山稅輸油子，方言雜楚謳。疑兵兼畏盜，日午未開樓。

寓净慧林

山徑盤盤曲，山城疊疊深。言開杉木嶺，極費宰官心。旅食分兵米，煎茶吸石瀠。禪棲聊挂錫，門外古榕陰。

以松葉支棚納涼

未聽松濤響，先邀松葉陰。引風疑作樹，助竹亦成林。隱几能忘世，揮毫不用心。目前粗遣去，此外豈追尋。

事歇心還歇，孤雲自在流。清風收白汗，紅日避高樓。聚葉喧簷鳥，投閒學水鷗。不須生羽翰，隨地有滄洲。

一木猿應喜，三秋暑未徂。片時收逝魄，終歲倦艱虞。月到陰還碎，雲過氣更殊。石能供臥枕，天地足蘧廬。

遇盜 丙辰二月二十一日也

烽火消鄉落，僧糧斷月中。有魂依草綠，無淚濺花紅。大難身經慣，浮生意久空。坐深霖雨夜，瀟灑入洪濛。

白刃驚禪窟，清風掃晚烟。長貧原至計，不死荷皇天。塚響鵂鶹夜，魂消海蛋船。從今更無物，即是未生前。

鐘鼓分明歇，香烟亦斷燒。南塘忽有興，蕭寺遂無聊。竹徑因時塞，腰支減食消。安禪難制毒，豺虎下青霄。

丁巳春喜湯惕庵道兄兩賢郎貫人碩人至自閩中即別之楚

長年懷好友，不意見雙珠。離亂移鄉井，辛勤結草間。琴書供少壯，丘壑老吾徒。別去蒼茫際，家聲起大儒。

懷劉煥之總戎

聞道連陽戍，重圍戰未休。故人能眺嘯，應得展戈矛。義在皇天近，時危四海浮。不知天下士，何處問金甌。

和王憲長入海幢原韻

弄雲過野寺，遺興放輕舟。坐此林間影，全窺水上漚。身疑蘇玉局，字即晉風流。萬古龍蛇勢，時時舞石頭。

風暖沉香浦，人乘范蠡舟。林光堪待月，心浪已無漚。天與閒官福，江隨妙墨流。金山留帶處，不及碧雲頭。

送潯州郡司馬劉康侯歸中州 康侯以代覲離潯，及還而世變矣

一官真雞筋，萬里極飄蓬。慈母故園內，妻孥異地中。觸籓心自苦，維谷路皆窮。收拾長途淚，還高舞袖風。

世亂惜相送，驚心已及微。潯州無鴈至，嵩嶽有雲飛。客夢醒如醉，官符是竟非。交情無可贈，聊為典春衣。

壽汪漢翀 時足病

願君長壯健，共閱世情非。兵火延珠海，饑寒到翠微。腳雖沉滯氣，丹已逐雲肥。賴有蓬萊鶴，年年自在飛。

送朱廉齋

世事只如此，干戈總未平。人烟供我少，宦况愛君輕。信步雲林闊，由天禍福明。但能忘寵辱，隨處有閒情。

春晴郊行

暝烟初破日，宿漲未歸河。花積重巖重，人閒春事多。鳩呼聲尚濕，市遠路應訛。浩歎催雙鬢，臨流照逝波。

久雨晴初好，行吟野望寬。已知珠海闊，尚覺石門寒。蒼翠春中變，巑岏濯後看。興來無杖屨，隨意共盤桓。

送李直侯

未是淹留日，應為汗漫遊。秋風過楚水，客路引吳鈎。曙色趨晨見，江聲入夜流。送君饒壯氣，翹首望羅浮。

送宋祥發

舊政槎江在，新情海國遙。慶雲初捧日，劍氣合干霄。行道推儒術，交情戀久要。春風得意處，應為寄山樵。

送李謙庵

坐看熊軾去，江湧月輪孤。何事酬知己，清風望大夫。峽雷春雨誦，臺樂九成圖。穗石攀轔處，還令六邑蘇。

壽王鳳羽大兄

松柏日以茂，趨庭意自溫。道情添肺腑，語笑重朝昏。玉潤崑岡厚，珠明合浦存。聖賢真實義，斯世向誰言。

送嚴鼎臣之京

海國春風早，君行及上京。材當求聖主，學本為蒼生。寫月名尤俊，聞經意更誠。吾師歸隱處，來往仗前程。鼎臣往來庾嶺，皆侍吾師天然老人行，故及之。

唁知即

嗟汝竟長没，心肝奉至公。魂殘知水冷，兵亂忍途窮。皮瘦蚊虻血，山圍魍魎風。空知孤志在，節烈古人同。

雷峯山寮口占

丁巳秋八月，都寺旋庵湛公病篤，予自海幢還山，與其永訣，不自覺其悲而成聲也。

漸老知身累，心情日日闌。事妨孤坐少，夢覺五更寒。鶴語荒崗白，風鳴木葉丹。最嫌潮與汐，不許幾人看。

黃金那可鑄，握手淚漣洏。共作他生別，如看花落時。草蟲悲更切，燈影夢還癡。靜理蕭蕭鬢，吾行恐未遲。

大陸鵂鶹響，孤魂逐暝烟。百憂攻五尺，寸土陷雙拳。旋庵、解虎，予之左右手，皆無矣。夜雨侵人淚，天心奪世緣。斯人安可得，古道在林泉。

骨冷巖花好，空還舊器除。半塵金菡萏，一鏡玉蟾蜍。地脉無風火，松聲有卷舒。瞥然孤念起，隨意借吾廬。

夜壑藏舟急，天風鼓籜輕。有刀分肺腑，無傳寫平生。舊榻眠吾病，新秋送汝行。兩年傷悼意，衰颯旅魂驚。

待死心還熱，原空事未消。艱難菩薩行，辛苦病魔嬌。冷意營新塔，孤燈照藥瓢。交情那可已，哭汝向溪橋。

江夜

精魄融消月，重冥習夜風。岸林千葉暗，船火五更紅。老事思量徧，閒心着意攻。再休言建立，吾亦笑吾空。

總是無家客，家居亦野航。江邊知月闊，水底見星長。林動疑豺虎，時危問稻粱。巖能孤坐好，貧只百般忙。

將米從蛋戶換得鯉魚一尾重二十斤鮎魚一尾重三十六斤放生

方乞桃花米，先將換活魚。紅雲生錦浪，綠背拔青蘋。萬事浮生似，孤舟且慰予。龍門他日起，風雨慎村廬。

舟至胥口有鮎魚一尾重十四斤復買放生

復解鮎魚索，全傾乞食囊。原無開濟力，只檢養心方。水更微生得，天從覆物長。年來衰白意，不可問滄浪。

泊鴨𡌶水

胡為於此泊，孤舟滿戒心。艱危已如此，寇盜豈相侵。自信疎星朗，他求濁世深。野猿相共警，清嘯有餘音。

清遠東林寺 寺為先平南王所建

清遠東林寺，頽荒有歲年。琉璃高照郭，錦繡忽鋪天。廊接飛來磴，門迎估客船。僧徒鐘磬穩，追憶太王賢。

朝入清遠峽

翻江朝日麗，迎水峽船搖。草露茸茸滴，飛雲淰淰飄。事閒人意好，春急鳥聲嬌。中歲從茲過，年年換寂寥。

上飛來寺

數日逃人外，欣無禮法拘。披衫登古寺，赤腳看江魚。亭記歸猿跡，門仍拒盜餘。既看風境異，鬢際亦難如。

石響山泉沸，樓擎野果鋪。峽風剛自起，舟子急相呼。眼挂楊朱淚，身依晉鄙符。自由何日得，對境倍躊躕。

口占

天與孤僧便，蕭蕭一葉舟。月無通夕照，人有百般求。水鶴思量步，鷺魚造次遊。自磨吾寶鏡，高挂鳳麟洲。

沸水方熱鍋為寬黔所墮行人泡足戲成

我餓方思飯，黔寬忽墮鍋。腳能供炮烙，腹極怨蹉跎。國手調金醬，神仙愛玉禾。兩般俱未得，失意事原多。

至連州江口

江口今朝至，寒風昨夜多。宿雲含石磴，斷碣拜曹娥。廟古茆茨換，時危估客和。湟川當五嶺，一路好巖阿。

舟行

曲路嶙峋上，孤舟寂寞行。峯陰存石氣，篙力盡灘聲。世事為無益，生涯豈有程。黑貂穿破處，只醉未曾醒。

至麻步 有水師鄧姓者在焉

石匠遺餘蔭，雲根擁獨牢。戒心驚虎兕，麻步見旌旄。水急青天破，松長白鶴高。物情徒順適，人外復波濤。

岸上摘枸杞

枸杞因吾有，舟行似少陵。盤飧供早晚，眼力得輕清。味覺甘辛厚，腸緣濕熱鳴。此生粗糲過，那復有餘情。

宿雷公灘

深到無何有，閑心總懶提。窗開山石入，灘宿水雞啼。濕氣重巖斷，春花夾岸齊。山陰分接急，此路亦千蹊。

陽山守閫撥夫相送念無德以當縱之自去

何忍勞人力，予生且自艱。天風吹短鬢，山月照衰顔。路入羊腸徑，人行馬面灘。追呼到窮谷，木客幾曾聞。

舟行

浮久身難定，春深木盡平。風吹巖弄笛，雲到石簪纓。水際無飛鶴，船艙足亂蠅。誰尤雄傑氣，垂老笑滄溟。

望野

未可詢行役，言尋好翠微。水添江路直，帆側峽風歸。殘月波翻碎，閒鷗春浴肥。時時惭物外，何日坐忘機。

口占

草色甘衰白，天涯興正賒。馬蹄出塞健，燕翼過江斜。舟憶秦淮水，杯思廟後茶。亂來成一笑，期我總無瓜。（以上阿字無禪師光宣臺集卷一九）

全粵詩卷七八六

釋今無 六

遼陽懷足兩師

骨貧高臥亦添愁，噭噭啼猿長淚流。子建文章堪載筆，仲安身世委沉浮。雲霾塞雪燕支黑，風冷江梅師子幽。棲賢有師子峯。知己感恩愁欲死，吾兄曾為一籌謀。

除夕和本師辛卯韻 時在遼陽駐蹕山

懷師又在大關東，朔氣山光一夜中。殘夢不離三峽寺，閒情偏逐五更風。年來善病心如死，日抱寒愁道未窮。幸喜燒冰依佛眼，燈花還與幾人同。

登謫仙樓有懷千山

欸乃聽殘客思愁，來登江上謫仙樓。寒風直扇金陵雨，怒浪長連白鷺洲。萬里中原騰殺氣，三邊朔漠怨貂裘。分明掩泣凫歸日，回首茫茫又兩秋。

留別鄭季生

城頭吹角肅初寒，邊客何人淚欲乾。久歷冰霜忘道遠，又從離別覺情難。傳經自是詩書志，擊筑須憐屠狗歡。細想與君交匪薄，回頭不是望長安。

用徐秀才遊百花園韻

百丈蒼崖路幾層，何人清嘯學孫登。松杉地闊風聲急，牛斗星寒劍氣騰。冷處看山高士眼，巖前扶病野人藤。明朝披薜凌霄去，珍重橋頭護石冰。

周長孺過談燈下口占貽之 時自燕還

湖海飄殘意轉深，歸來未肯息長林。青衫拭盡新亭淚，白水難忘舊日心。雲過草堂時倚劍，鴻鳴秋浦罷彈琴。分明不羨無生理，相對慚予乏好音。

贈顧與治

唾壺敲罷已龍鍾，瀟灑文園一病翁。百二河山雙眼老，三生魂夢十年空。潑殘墨汁疑張旭，鍊盡丹砂想葛洪。雪底故人相憶甚，石頭先遣問秋風。

陳柱江應策不第以詩慰之且言別

風流名已帝京聞，驚座陳家復見君。自有富鈎歸賈客，更無貧鋏向田文。他年自展圖南翮，此日誰空冀北羣。出處窮通非所慰，獨憐萬里恨胷分。

留别即兄

哭罷窮途笑步兵，秋山病葉一身輕。木瓢潦倒人烟飯，竹笠蕭條塞雪聲。去住每憐予有恨，别離愈愛汝無情。感公古亦懷冰者，大法依然屬老成。

遊金粟泉 在瓊州北城外，蘇公謫處也

天荒誰與問柴扉，勝地尋幽又着衣。開閤不因生客至，探泉何必主人歸。水當澄徹方消暑，心得清涼是息機。千古從來多好事，蘇公祠有縷烟微。

贈魏和公 有小序

和公，虔州佳士也。己亥遊匡埠，從故人宋未有知余還自塞外，山屐相尋，余時已買舟歸粤。及明年，和公作仙城遊，亦未謀面。乃今春余杖錫海外，未閱月而和公亦琴劍至，止得握手城隈破寺，一見懽甚，因五十六字誌之，即以貽和公。

天涯傾蓋樂何如，况復神交三載餘。説劍崆峒跨斗氣，摛文禹穴得新詩。風流久託寰中賞，磊落曾尋物外廬。擊筑高歌彈鋏好，王門原可曳長裾。

子夜詩 有小序

子夜詩者，紀事也。瓊州守土鐵騎步軍共二千人，缺糧十八越月，於順治辛丑午日相率為亂，統帥莫禁，剽略四鄉，流離枕籍，凡二十餘日，給三月糧不弭也。司李姚君繸庵力為招撫，既歸，帥復不敢問。至六月望，禍階既成，醜謀亦決，子夜以炮為號，瓊島若裂，挺戟若插鄧林之標，奔風似流廣派之水，大夢方回，死所靡卜，未暇京觀之痛，實愴離索之情，啜其泣矣，發之以聲，曰子夜詩云。

皚皚孤城月照人，角吹一夜起烟塵。廿年將帥恩非薄，百隊貔貅氣欲伸。馬踏官街驚睡犬，刀臨屋角泣靈神。黃金死士君聞否，方信馮驩用處真。

街南街北盡喧聲，黑纛城頭繞月行。炮火驚心先入耳，犀紋堅甲耀新兵。明明大將星辰墜，寂寂銀河殺氣升。誰念客遊當此際，此情惟有道能勝。

聞道量沙是阿瞞，令人特地憶芳魂。梟雄竊國雖無取，廟算成功亦足論。珠玉衛生非在樸，鄒長倩遺公孫弘滿樸。生靈有淚直須吞。可憐踏盡青青草，愁殺王孫望海門。

斗印黃金掌上懸，將軍自有出機先。九頭蝟結終成暴，三略環才實仗賢。旆轉星邊光欲没，風臨澤上德應全。聞索糧後，復索免死牌，乃解兵。忘懷我可隨時刼，只為生民一愴然。

已成乖蹇到瓊南，況復刀兵刼正酣。酸鼻霜戈公豕突，愁人壯歲失雞談。折衝不用追風馬，弭禍無過白玉簪。若是王明今廣燭，天威咫尺或能嚴。

戒旦雞聲動遠空，企予東望海雲紅。驚魂稍定三更後，芳餌爭傳十月中。瓊師缺十八月糧，衆軍欲足十月乃解，聞帥以三月許之。螺角正停皆秣馬，炮聲纔動盡彎弓。入雲帥府轅門壯，魚爛愁看一霎風。魚爛土崩，聞炮聲，府門前後俱倒。

舉稚雞 有序

瓊城之變，自六月望至十八日乃定，二十二年後有稚雞為鷹所摯，失口下予庭除，憧惶悲鳴，憐而舉之，食以撮粟，感而作五十六字，且囑諸同好和焉。

墜羽虛彎怯未伸，相憐此際覺情真。回看六日悲同汝，幸得餘生復仗人。日料且分檀越米，年光難逐老僧春。處宗未必長為吏，禪几吟窗可話頻。

宿馮孝廉載賡敏來齋齋中植雞冠花數本一莖徑可尺餘諸公同賦限紅字

曾祀梁州色未工，移為窗下接談叢。司晨既已慚嘉號，鬬月猶能散舞氈。幸比靈芝於我小，竟誇梅瓣不能紅。人間擬物當其似，堪笑人間盡擬中。

伏波祠 符離侯路博德、新息侯馬援

名祠衰草引頹垣，禹貢河山絕此巒。憶別樓船悲海氣，看來銅柱泣王孫。朝廷版籍黎村渺，天地浮生馬革存。千載英魂余欲奠，蘋蘩無力薦平原。

鍾秀才秉三以奇楠香墜贈別詩以謝

珊瑚風急島門秋，握手論交笑便投。玄理共君看鴨腳，本師禪醉集有鴨腳木篇。名香贈我過牛頭。蠻中土物南方貴，海國朋情世外留。每到溪橋三伏際，素紈搖曳想風流。

喻耕三夜訪宿茅亭

海門遊宦足高才，觴飲滄溟氣壯哉。說劍盛傳捫蝨久，談玄終喜帶星來。青蓮有法那堪比，白眼無心各自開。世事欲冷身欲老，竹牀期爾到千回。

壽譚兌子且言別

一杯秋露為君壽，壽君十日便辭君。笑談勝結東林社，筆札堪傳北地雲。綵服好將供白髮，青衫莫更負鴻文。論交最是初相識，握別橋頭畏夕曛。

別趙庭宜 庭宜世職也，新脫於難

賦殘窮鳥淚如麻，勝事回看日欲斜。島上青山非趙土，津前桃葉少秦家。難將遠恨頻窺鬢，已是無園好種瓜。握別贈言原我事，願君努力向烟霞。

瓊州留別已虛

非君愛我不能來，此日分襟盡日哀。兩地秋風悲旅鴈，百年身世付高臺。波聲寂寞搖孤舫，野寺蕭條罷茗杯。骨肉漸深兄弟誼，度人幾載便應回。

次韻答周鶴田

珠海霜飄葉未紅，柴門揖客得高風。早傳封事神州內，竟接鴻詞白雪中。笑語性應歸上乘，鬚眉氣自可凌空。他年九帶臺邊月，千載香花願與同。

送吴百子歸瓊海 時百子應秋闈，錯書一『無』字，不得卒場

書歸金馬道仍西，棄卻銀魚世罕齊。鎮海珠誰徒手得，摩天鶴不共雞棲。摧殘智勇留盤谷，開拓心胸選釣溪。莫遣秋霜攻玉質，蓮華相待踏琉璃。

相見先嗟失意殊，文章原自勝隋珠。三年辛苦二千里，萬慮消歸一字無。桂魄有心圓不徹，秋風何意冷還孤。忙忙未盡寒山話，寂寞琴書上客途。

送諸子下第還瓊海

搖落先悲秋氣淒，誰憐劍鍔擅銅溪。溟南有翼羞羊角，冀北無羣笑馬蹄。苦竹渡頭椰酒冷，陽春山

下黑猿啼。重逢講徹無生話，客裏清歌試一提。

梁賡人秋捷

秋風羽翰識南圖，獨化滄溟道未孤。一代文能凌白雪，三州人羨得驪珠。笑拈綵筆飛金屑，靜指冰輪對玉壺。況是少年多逸興，明春花影滿皇都。

文人賡人卿人三昆玉赴秋闈賡人先捷二公南歸此贈

白眉已見號賢良，兄弟雙難孰可當。先喜家聲高建水，旋嗟逸足失孫陽。極明霜月懸愁樂，如許歸途有短長。好悟木樨真實義，重來贈汝一枝香。

壽楊天衢

蓋州城下湧千峯，猿臂今看受氣雄。紅旆慣驅龍虎陣，白星長耀斗牛宮。閒持舊竹量觴酒，靜對深堂捲畫筒。道意百年還是少，祝君聲已徹鴻濛。

送陸康侯還瓊山

鄰庵尚憶夜談時，已識豪華氣自奇。為吏不須哀漂母，輕身原許學要離。寒山有夢勞千日，客舍無愁暢萬卮。別去倘思吾道好，燈光還照碧琉璃。

壬寅春掃先師翁塔

江門覓路拜高岑，瞻仰嵯峨春暮陰。谿雨欲來山氣斂，泉臺長掩法源深。烟開孤白啼歸鶴，土釀新紅出遠林。舊日繞牀孫漸老，一盤茶味薦微忱。

去年浮海上辭書，回首風烟幾日餘。芳草無情空滿地，浮雲有淚獨沾裾。山光十里銀盛雪，泉影千年井靚驢。便擬種松三萬本，青青長陰祖庭迂。

謝柱波招遊厓門

欲弔滄茫一問津，樓船何必起征塵。烏衣舊姓能招客，白社新尋得故人。細草綠初厓尚冷，洪波碧盡海難春。燈前莫訴興亡事，更有何源可避秦。

厓門感賦

孤舟又向海門過，舊事厓山感慨多。二十已憐添白髮，千秋誰與泣銅駝。雲埋斷碣迂黃土，樹掩離宮長綠羅。自古興亡終若此，不須彈淚落滄波。

當時十萬盡沉尸，幼主孤臣異代悲。身世到今都是幻，江山終古不曾移。雙厓浪打高陵草，萬木風搖失古祠。忠義果能移國祚，夕陽斜照有殘碑。

宿厓門

又隨鷁首下雲端，柔櫓輕風破急湍。月色每因浮海得，松聲依舊故宮寒。五年尚憶長陵役，戊戌夏登天壽，一宿長陵，今又五年矣。萬里還當大宋看。此意莫教今夜夢，慈元原不是長安。

拜三忠祠

窮厓極海拜名祠，萬古山河又一時。波浪獨深臣子淚，死生惟有老僧知。魚龍國冷人如夢，烏鵲枝危月亦悲。最是不堪投弔草，乾坤若箇哭男兒。

壽大雲監院睹者五十一

大雲誰復振頹綱，賴有楊岐為播揚。入社里人欣後起，翻經山日愛初長。廊迂影過菩提綠，殿古光迴畫棟黃。睹者新嚴佛相殿，皆金色。已是護明今降此，看君歲歲禮慈光。

賀雷峯新監院見公

斑鬢怡怡笑口開，無邊功德鼻收來。楞嚴稱鼻功德有八百，見公鼻大，故云。牛頭八百堪擔米，雲蓋千年亦撥灰。且把金針藏繡帶，好敲銀盌鬧香臺。六衢赤腳同辛苦，夢到江城是幾回。予甲午歲拜街於九江，見公為副。

劉昆玉從關中來覓其伯祖同庵客生遺櫬因得皈予座下別歸詩以送之

夢蝶幽人骨久寒，流離誰復哭雲端。能來海角真癡絕，復典春衫識路難。佛種有緣終莫斷，世間如幻好平觀。送行贈汝真三昧，百八輪珠萬里安。

寄答足兩 有序

辛丑初冬，予歸自瓊州，聞足兩以九月請藏入嘉興，復還棲賢，得留別詩札，喜恙新愈，賦答。

車聲纔歇接離緘，舊緒新愁兩不堪。添鉢三秋憐海外，馱經萬里憶江南。芳菲藥碗聞初覆，妙密鴻詞且莫參。匡阜易深漂麥僻，好開懷抱笑高杉。

送程大匡歸廬陵

故園松竹經年別，兩粵風烟此日歸。幸不遇人知己在，程大匡從桂林來，適澹歸在海幢，得聚月餘。竟無好夢與心違。雲開庾嶺梅花小，風落章江朔雪微。喂犢負薪無不可，牢騷一滴莫沾衣。

壽丘太史曙戒

玉斗頻斟琥珀濃，青峯常在白雲中。仙人此日三山集，壽域他年萬國同。五鳳樓前文似錦，千金亭下氣如虹。鉢池自洗黃喬鼎，不作留侯望赤松。

答陳蕉源見贈 陳公善諧謔

舌底談鋒欲吐蓮，陳遵真在五雲邊。蒼梧已見勞軺駕，祇樹今思借法船。捫蝨自高湖海氣，尋僧日結竹林緣。愧將下里酬居士，打地元來錯會禪。

壽彭明府退庵

清波百道蜀江來，仙氣浮丘瘴癘開。載酒黎元歌九穗，專城星象入三台。行當下鳳應褒德，未見全牛可試才。我愧袈裟叨大護，流霞願祝萬年杯。

甲辰春日贈雄州太守孝山

褰帷百里頌賢明，鎖鑰雄關德澤馨。綸綍恩光三殿下，梅花閒夢十年清。青門望在朝端重，白社論心世慮輕。早晚借君臨十部，江威先擁玉麟行。

壽李參戎衷純

海屋添籌動地聲，金風瑟瑟滿仙城。堂懸寶劍霜威閃，座擁文章墨氣清。已見鬢毛追尚父，更看燕頷是星精。山林也感將軍誼，為祝寒松百代榮。

丘太史曙戒同汪漢翀周鶴田見過王伯子亦忽至自瓊州喜賦

春波明媚捧仙舠，獵獵摩空鶴蓋搖。圭組情深憐物外，鹿麋步懶愧高霄。座中驚散陽春調，鶴田有祖丘太史之作，漢翀有贈予之作，俱一時出讀。鉢底盛多白玉瑤。丘太史分予俸錢，故云。更喜瓊南王大令，雙鳧如鶴到偏遙。

王伯子渡海相見有贈用韻卻酬

花事春風兩未闌，交情如子許相關。音書計日來深島，車馬何期到此間。客路看來欣已半，吏情歸去不須刪。他時考績封褒德，笑我浮雲在好山。

次韻答沈融谷

一見欣君慧業深，蛩然慰我在長林。百年天地春風老，幾日韶華雪鬢侵。蝴蝶夢來看逝水，蓮花悟後識秋陰。分明寶髻雲中近，遮莫騰騰自古今。

語罷如經雪裏行，相期先有道人情。圓伊自可成三點，烟水無勞越百城。圭組不忻身外重，嵩華自入眼塵輕。郊居已是君能賦，猶恨前人有此名。

花氣陰陰午磬傳，拖鞋結得虎溪緣。弟兄愛我遺良友，澹歸書囑予與融谷相見。水石懷人對晚烟。此去嶺頭成往事，望來鴈足在何年。殷勤寫得無生偈，寶鑑為君日夜懸。

訶衍弟以甲辰浴佛日受老人付授誌喜

三十年前早誕生，指天今又屬羅云。擊開寺竹原龍種，呼起神鷄突洞雲。內紹步移非幹蠱，再參智過始超羣。船頭愧殺粃糠我，東去西之暫任君。

送黎太守天錫歸皖山

薰風吹浪錦帆高，柳色青青意獨勞。十載風猷思闔郡，一江雲影揖千袍。豐碑自可磨銅柱，宦況還當愛鳳毛。我欲託君棲隱地，匡廬深壑臥烟濤。予以棲賢累公弘護，故及之。

送陳扶上之任靖安

繡佛龕前語話勤，天涯宦況此離羣。河陽樹色堪為政，單父琴聲又屬君。雪滿秋屏馴雉下，月高南海夜鴻聞。端明不次承前箸，為把名香着意焚。

送徐進士元定歸南昌

南州聲價喜相投，幾日旋驚送早秋。豈為明珠遊海上，終宜大道在峯頭。旌弓行見招金馬，星斗頻看照玉樓。我挹粤雲思共語，綵箋何處寄風流。

送潘星北參戎之高涼因懷高文斗喻耕三

世雄廉正擢應頻，三十登壇識冠軍。銅柱彎弓無殺氣，東甌横海有功勳。心存仁術懸神劍，道慕金仙愛白雲。杯酒玉堂多友興，磬聲憶我獨離羣。

壽徐允吉

種蓮先許入高岑，天上麒麟復見今。起草參軍多茂句，談經僕射有清音。玉堂未散雲成色，寶地長看月滿林。況是金吾霜鬢好，稱觴真慰百年心。

乙巳三月石弟病愈入棲賢詩再送之

又買江頭上水船，春風逐日岸花鮮。纔抛藥盌身誇健，為愛名山力便全。荒草久嗟迷古砌，鐮刀新刃讓先鞭。嶺南首剎成何用，豈及山中櫓斷泉。

戲成寄記汝

玉蘭花落滿溪橋，已住高峯見雪消。破院自忙供補葺，好詩未暇靜歌謠。田因入夏燒灰種，人為思鄉說理調。莫上芙蓉峯上望，嶺南端的是迢迢。

宿半息軒酬半息主人

繩牀攜得掛高齋，卻喜幽情對妙才。水石忽疑城內有，笑談如入鏡中來。風侵碧樹枝頻出，雨暗銀缸影或開。纔一渡江心便憶，如波千頃正徘徊。

寄壽羅母

橫斜星斗燦長天，髣髴瑤池宴列仙。漢苑鸞曾邀紫輦，羅家鶴又降青田。催觴頻奏軍中樂，舞綵還連海上船。碧玉花開香未散，月光如晝日如年。

壽楊太守肅如

應身大士福人間，建隼專城布政閒。芳譽獨多蘅杜氣，清操還過雪霜顔。已看瑞色臨銅柱，會見祥雲捧玉班。文藻長河吾欲贈，不勝幽思對南山。

送管使君鍾石赴任瀧水

崇蘭喜見别嫌頻，灑落仙姿獨羨君。萬里粵雲供薄宦，幾年雷澤著清芬。鬢毛易比潘安色，心地還超許掾羣。瀧水政成當内召，便從今日卜高旻。

壽蘇鹽憲商卿

雲開五色下霓裳，地近三山載鶴觴。北斗獨垂新雨露，眉山重見昔文章。冰壺易貯丹砂氣，玉尺應傳琥珀香。更覺風流忘草野，欲留腰帶鎮茅堂。

沈醝使石友過訪

不曾叩齒接文公，已透清言寶鏡中。玉佩久懸台鼎望，金貂偏愜芰荷風。佛分别業禪尤好，公以敝寺荒落，為佛之别業。道嘆王門瑟未工。臥理淮南人誦屈，他年宣室古今同。

王方之出家喜贈

鏌鋣又作一籌添，玉海雷轟待雨霑。閃老鳳頭高自插，侍郎雞舌夜還拈。風生靜見頭陀月，世冷深垂大布簾。莫學衢頭癡架屋，千峯期盡脫廉纖。

臥月

齁齁深入海天寬，露暗霜滋一衲單。樹底烟生浮衛瓘，門前雪滿見袁安。駝經馬老鞭無力，彈鵲珠圓拾亦難。玉版牙牀吾自有，祇愁鐘動日初還。

華山我亦羨希夷，卻笑山公帶接羅。鶴背霜添寒自慣，吳門練過夢先知。艱難普化搖鈴日，潦倒神光斷臂時。一色邊中如放去，鈍根猶覺九峯遲。

壽楊明府汝鄰 英德令

羊角神鯤化獨隆，彈琴天上奏堯風。八方眼見祥雲起，百里人歌壽域中。清水沅湘流自遠，靈椿日月對無窮。大年本是雲間侶，便擬尋君上客艟。

壽呂明府宸銘 東安令

東山遙望起烟濤，斗氣瀧聲一併高。黃菊偏宜今日酒，紫雲先兆昔年刀。栽成桐樹棲鸞翼，煮老丹砂變鶴毛。更省俸錢供布地，紺宮長此祝僧袍。

送張遊戎明甫之任鎮平

十年瓊海聲名舊，此日潮陽甲冑新。聚米豈須饒勝算，慈心到處有深春。江雲擁日唯驅水，山路行時不起塵。五載別來燕頷改，故人情意感君真。

壽劉太守瑞堂

愛人冬日影離披，兩見搴帷慰去思。芳頌喜逢長至候，祥光先結早春時。星辰南極推高步，佳氣蓬萊入酒巵。更有閒僧雲際祝，此心無盡壽無期。

黃扶昇陶昭美蘇式容何玉琪過訪次韻奉答

不厭拖鞋禮數疏，江干長得接高車。經多亂世應探道，閱盡時人莫讀書。白髮可堪頻過鴈，黃塵何事苦乘驢。山中無限清涼地，豈獨田田幾葉蕖。

羅學製鎮守鳳城

旌旗移鎮插雲霄，百道長虹起赤標。探勝日登飛鳳嶺，按營時過伏波橋。文心尚憶金壇月，將氣行簪漢代貂。獨有老僧閒自寂，思君難把磬聲招。

壽涂司李萬年

壽昌曾見禮王臣，此日祥刑有瑞人。鶴語喜逢椒酒熟，棠高又長海門春。雲深粵甸宜霜露，道寄難時識聖神。咫尺祇園叨庇護，琅琅金磬徹江津。

壽高圖麟郡司馬

又從浮磬識祥光，政績如今五嶺長。海上蜃樓消幻氣，天邊玉簡記循良。平刑聲徹梅花洞，都匀府有梅花洞。刺割風行錦石鄉。最好常邀司馬步，白蓮池畔話幽香。

尹喬嶽入泮宫

翩翩五色應弘詞，初入圜橋雀已馳。藜火夜分天祿閣，彩毛朝起鳳凰池。奏牋預向趨庭日，華選方逢盛世知。更有寒山櫸一樹，秋風遙欲與君期。

有送黑白鸜予號之日黑忙

金毛孔雀錦毛獅，總不如他豈是奇。十上衣裳看已敝，一腔心事倩誰知。餐沙尚省香臺米，入樹嫌傷映月枝。好待十年無事際，花間看爾日斜時。

紅葉

一夜秋風凍碧岑，憑欄寂寂怯寒襟。兒啼欲止非同色，霜落猶看費獨吟。橫字楞嚴曾刺股，食砂蝙蝠自歸林。高廊莫掃燒寒竈，恐有閒僧後夜尋。

春花百種鬭幽奇，彼此丰姿又一時。雪底懷人堪寫句，月中對我忽辭枝。竹斑自滴雙娥淚，舌在還教六國知。莫使隨風投赤水，神珠原自護蛟螭。

次韻酬劉侍御峽石

香花重結若為憑，一笑西江萬派澄。玉帶可能留學士，瑤篇先已起閒僧。迎風寶鐸高三步，照字摩尼透一層。塵剎悲歡君自得，長沙宣室果何曾。

贈楊濬公

瀧水僧歸感歎多，幾回風雨想經過。雙凫尚識神明宰，一策難逢春夢婆。旅次有才堪笑傲，官街無路入籐蘿。分明隔水同君語，招手何年始會他。

夏日劉峽石侍御楊肅如太守高圖麟郡丞鄭錫之別駕朱說梅明府相過劉侍御有作奉和原韻

闌干蕭寺倩誰憑，喜見滄溟入眼澄。夏裏開襟先傍水，竹間留客亦宜僧。風侵梵磬成三奏，雨着新潮漲一層。為問羣公行樂意，從來退食似還曾。

和黎似仲灼霞亭

灼霞，似仲之先澤也，為健兒奪去，力爭而返。似仲有薦荔詩，屬和。

因心千古在名亭，此道何人共倚檽。芳樹綠深疑洒血，長天白盡感寒星。香綃易剝蒸龍腦，冷露難禁怯鶴形。最喜健兒歸手澤，依然夕膳薦餘馨。

久從綠水想朱亭，月掛枝頭樹掛檽。風靜幾人聞過鴈，光寒惟爾見飛星。能消筍味先冬日，自舞衫塵慰舊形。我亦依依雲影下，感君純德愛芳馨。

唐世永秋捷

相期真覺似能成，動地朱絃發妙聲。向去尚多雲外意，從今難避世間名。崑崙覓路天河近，象闕掄才禁月清。我着袈裟渾欲老，佇君麟閣護文星。

黎似仲秋捷

南溟奮翼是冲霄，上苑春紅歷亂飄。幾世書聲添巨筆，千秋文字副當朝。白華詩向霞亭熟，紫色雲從玉闕饒。最是羅浮高見日，喜君衣履御仙飆。

壽詩

雙旌曾冠水犀雄，久向瑯琊識巨工。寶劍暗籠關塞雪，玉堂高捲海天風。珊瑚鞭馬趨銅柱，錦繡成雲映綵虹。千古聲光錢尚父，又疑花下與君逢。

送趙雨三太守

又攜琴鶴返中州，德澤曹溪水並流。烟起相江思父老，花寒庾嶺照仙裘。高飛神雀名偏好，獨悟泥牛道更優。他日重繁君臥理，孤笻隨處訪沙鷗。

寄懷楊汝鄰明府 其始微服而來，予識之稠人中

相見何須識姓名，居然到處水雲清。竹間風起僧猶語，池上蓮開月正明。銀印栽花心自寂，玉壺作宦眼原輕。此心一向懷君好，塞鴈寒烟隔一城。

壽萬肅庵憲使

椒酒長斟此日新，楚江雲起粵城春。氣吞暘谷能窺日，手握陽和解襲人。霧散海門無鱷渚，星寒瑞色有龍津。三山老鶴羣飛處，同向浮丘作誦民。

本師天老人入丹霞寄示一律依韻恭答二章

未得隨師集鴈班，喜聞安樂住青山。白雲萬里歸平陸，紫氣千層護上關。匹練且扶懸磴直，聞老人登海山門，命侍僧以布界山，扶之而上。一身敢愛避人間。明年一幅鎌刀頌，持獻峯頭慰道顏。

登臨曠見御仙班，親到方知大好山。枚乘筆頭勞七發，南公腳下起三關。吟詩僧聽泉巖響，諸子侍

老人上丹霞，雖平日不作詩者亦有詩。閲世人誰幾日閒。頑子塵勞師莫念，自將白髮護頹顔。無近年頭白過半。

送江若海北歸

百粵風煙陸賈遊，風流那似此歸舟。高名萬里燕臺月，客路三春白下樓。解事魯連還負氣，重言季布自堪儔。知君無限滄洲興，目送仙帆意獨留。

雙壽

銀海滄波剩幾尋，蓬萊雲氣足蕭森。穿衫已愛羣鸞翼，舉案還同百歲心。松柏並高春色密，雪霜齊照月華深。只今誰獻中和頌，連理枝生在碧岑。

答陳羽王郡丞

邂逅相投日未收，風塵宦海見林丘。十年佩印存青眼，一夕逢僧話白頭。聽冷江波難入夢，搜窮詩句是真遊。自然尚有披襟處，珍重琴書入帝州。

贈李定夫

予與定夫别三年所矣。丁未四月一遊寶水，訪定夫不值，明日定夫覓我篁村，亦不值。及暮而遇諸塗，定夫科頭跣足，渥丹其顔，磊落之氣不少衰，相與慨然今昔者久之，别歸，以詩和之。

三年草草別離中，兩地茫茫別緒同。城角暮雲堪着地，天涯高興忽凌空。多情老友能相向，時謝伯子以八十依于定夫，故云。閱世新詩自易工。此別車塵飄十丈，磬聲又隔海門東。

送高文斗景侯昆仲隨尊人總戎歸籍漢陽

漢陽此去匪專城，戴得皇恩帶礪榮。庾嶺月圓秋扇冷，洞庭風急舞衣輕。人間何處尋雙璧，今日分明見弟兄。無數旌旗珠水上，與君同有別離情。

送陳子厚子文昆玉扶其尊人薑亦先生靈櫬歸海昌

傷心君已淚無乾，況復天涯雨雪殘。萬里靈輀歸鴈暗，千秋遺稿蠹魚寒。風流歎惜無先達，辛苦今看有二難。卻望珠江江上水，居然愁色送眉端。

陳牧芷孝廉遊白岳歸後掩關讀藏經彌年欲有下詢先以折柬並贈丁南羽佛相一軸佳韻一首率筆奉答

名山歸後掩幽窗，貝葉聞翻百慮降。可有義能融寶鏡，更堪誰共對銀釭。多時栽藕為高社，且自吟詩答大江。頂相持來須着耳，裴休過後更無雙。

送蕭柔以參戎歸潯城柔以求去官而兩臺不可

此身真覺如山重，大略忻君有達觀。六翮欲飛何處好，一官求去不能難。海螺有氣吹千里，玉手無心弄二丸。別後只懸高韻在，相思明月對松壇。

祝詞

聞君七十捉鳩時，兩眼青青鬢未絲。噩夢已從今日破，嵩山應長萬年枝。行看紅葉當秋下，坐悟浮雲入酒巵。最是蕭王書十卷，卻教人易起深思。
西湖十畝滿秋聲，白鶴峯前見月明。桂樹喜看霜葉老，玉麟尤愛舞衣輕。筆花灑處江天麗，閒夢醒時水石平。我自披雲寄長嘯，因風先為說無生。

謝伯子過宿以詩見投時伯子年已八十一四壁已窮友生難仗予欲以一老僧期之不可為布其意而和之

往時噩夢已西東，八十年來一霎風。愧我有言如水石，豈君無意任癡聾。丹砂駐老難求世，野火當秋易及蓬。珍重此情無可說，一天風雨畫堂中。

解虎監院六十一

慈氏初成祝願回，十年辛苦共城隈。事師似此方言德，及物其如只有才。玉鏡天高侵短鬢，金風人健樂春臺。擔頭狼狽還牽引，且對芳辰意暫開。海幢鑄慈氏，乙巳歲也。解虎以勞失血，嘿祝而愈，故首句言之。

慈被禪人八十又一

熊羆無夢到人間，口熟靈文心更閒。舊殿朝昏常自住，陳村風雨不時還。眼看種樹俱成蔭，興至題詩且莫删。向比趙州參我法，南泉翻愧鬢毛斑。

願乞金剛四座高，長年一冊壓方袍。問人每爽朱提約，在我殊憐白首勞。念佛有時行玉兔，掄材真欲踞金鼇。神宗舊事偏能憶，閒共諸僧説海濤。欲為海幢化四金剛

名藍日日見芳晨，嘉樹同君歲歲春。雲水此時方減刧，江山何處覓斯人。不知參术神尤壯，别卻兒孫道自親。因惜衰宗無力振，吾年四十困風塵。

諸子作病僧詩予以為非有道之病僧光半因請予賦一律

蒲團添絮月添寒，窗外花枝不耐看。識斷浮漚難覓劍，珠然風火不留盤。雞鳴潮上蓬頭濕，人寂更闌夜語乾。寶鏡果曾偷聽得，木蛇空掛碧雲端。

枯吟慈修兩公從丹霞奉老人命至海幢强予開法卻贈

丹霞禪客即雙星，微雨春帆岸草青。推轂可知恩似海，捫心無那冷成冰。晴鳩喚樹雲猶墨，寒月驚弦魄未盈。向説此宗無語句，不教鐘鼓動長汀。

天老人以予開法海幢見命澹歸隨投賀章次韻答之

窮愁無計對春江，肘後誰傳不死方。欲盡半腔牛馬血，未成千尺水雲幢。但存佳句吟清夜，依舊孤行向路旁。若把瓣香燒出去，門庭從此恐無光。

元朝佳耗到相江，又喜楊岐有大方。澹歸以元旦受法。八面俱來支鐵管，十虛全落擁雲幢。鶺鴒久共春原裏，鴻鴈空留大海旁。誰識此情如帝網，寶珠尤解攝寒光。

答丹霞諸兄四章時天老人以海幢主者之席見命遣侍僧走辭作此卻寄

黄昏清晝願空違，此事那堪再辱之。忍住法中當法壞，久知人患是人師。獅王舌上狐涎濺，虎步蹄鶩駑足移。這座不容輕覬覦，執鞭惟有効驅馳。

南溟雷雨動蛟龍，時節天心有至公。衹見出頭凌佛祖，更無退席讓英雄。微生究過毛難擢，寶鏡羞人態未工。此意廿年消不盡，依依雙眼白雲中。

金鎞觸處眼光差，若箇人堪賴克家。遍地已無椎拂久，匝天空有水雲賒。輕烟漾柳絲難駐，滑雨封泥路覺遐。珍重黄鸝深樹裏，逼人心事亂如麻。

當頭正位絕躋攀，奴隸那能入此間。卻似過鴻難寄樹，恰如嘯虎已忘山。多時拚定無容說，徹底承當只等閒。般若有鋒司殺活，寒光先已奪癡頑。

枯吟以百韻見投答此短章

跋涉春山不易行，慈嚴咫尺碧雲聲。韻投百字天孫錦，氣落千峯鴈翅城。通札未曾三易席，無禪真愧此時名。肝腸君亦焚如火，話徹寒更見此情。

壽旋庵都寺六十

百歲是人皆草草，惟君六十事堪稱。盡將私槖成叢席，結束孤心禮上乘。月照夜濤秋葉靜，潮歸傑閣海門平。鋪成白玉黄金地，不與燕然共勒銘。

華首臺

花宮原自逼層霄，氣壓羣峯見海潮。兩道水龍爭澗出，千年華首入雲遥。松巔宿鶴鳴金磬，夜午過鑾響玉簫。伏臘敢忘珠浦月，寒香勤向影堂燒。

黄龍洞閒居

千尺寒流洗石顔，平分繡嶺即仙斑。衣塵有迹雲能澹，秋思難明意未閒。翳鹿食花斜踏澗，殘虹行雨晚歸山。只須料理藏衰鬢，此外原來盡可删。

鷹爪蘭

石上寒松未易鄰，寄根猶得傲江濱。不因幽谷留濃葉，更有餘香佩遠人。半畝駐深蓮社月，百年占盡嶺南春。名園已是無尋處，飛過蒼鷹爪獨新。

天中有樹名勝音

勝音無地長花枝，樓閣舒光在此時。駕海雲濤歸自急，彌天風露濯嫌遲。對人岸幘宜揮麈，閱世投林欲共誰。打得上方鐘磬好，莫教苔蘚苦相欺。

羅浮隱者

身逢盛世便抽簪，泌水衡門十畝陰。疏氏但知今日意，賀家那識此時心。碧天洗盡難尋玉，綠地耕殘不見金。閒與兒孫說桑柘，壺漿竟日自浮沉。（以上阿字無禪師光宣臺集卷二〇）

全粵詩卷七八七

釋今無　七

國公諸世子邀登鎮海樓次韻

層樓高峙鎮南天，此會如逢閬苑仙。海國樂聞閒暇日，山僧登記太平年。關河帶礪皇圖壯，冰雪文章世子賢。呼吸自應通帝座，彩雲飛到碧窗前。

送張舍人青琱復命還朝

鳳池衣履帶如絲，還赴爐香載筆期。異地始傳浮海詠，同寮高唱早朝詩。雲開嶺樹飛旌杳，潮漲江沙引纜遲。望到天涯烟水處，烏啼霜竹是相思。

送丘太史曙戒還都改除用周鶴田韻

粵海燕雲萬里遙，知君閒夜隔星橋。桄榔庵冷頻書葉，望闕亭高自逼霄。鳳草人間那得見，丹書天上近還招。東風御苑承恩去，紅藥從看次第燒。

一曲驪歌去惘然，珊瑚洲畔惜離筵。渾無寶玉歸清橐，祇有琴書擁畫船。民樸也知生愛戴，僧閒猶自感周旋。他時不禁遐思處，花弄晴春月滿天。

海寺仙城對岸分，輕舟常破兩涯雲。到來不厭蔬盤簡，坐久還拈柏子焚。脱俗總無金馬色，忘機偏狎水鷗羣。臨歧即悵雲霄別，蓮社依然重少文。

除書重召入鵷班，一夕春風黄木灣。不羨荔枝消宦況，愛看楊柳傍溪攀。忙催舟子開青舫，笑聽人言買碧山。自是恩深閒未得，又隨阿扈鳳凰還。

送趙糧憲霞湄終養歸山東

道瞻天府計無虚，詩誦南陔思有餘。清獻又攜千歲鶴，都門重見二疏書。白雲影覆滄洲近，丹葉楓留召蔭迂。幾度挹君今送別，閑僧心亦羡高車。

送瓊州司李姚繸庵晉江寧郡丞

送君方慰識君時，宦政天涯客路知。不獨持平深雨露，還將大略息瘡痍。氣臨溟渤青雲壯，道滿乾坤白晝疑。上國搴帷方屬望，莫愁三徑草離離。

送孫魯山大司馬歸桐城

陸賈城邊駐玉虬，紫髯如見采真遊。五雲久識尊司馬，萬里偏從狎海鷗。越井秋風吹旅舫，天涯鴈影入高樓。閒僧尚有無窮思，握麈何由對十洲。

五色霞衣金粟身，曹源今日見通津。草標玉手天王擁，公欲鼎新曹谿，盡以旅裝用布祇園。名在瑶池錦鳳馴。鎮海珠光隨路遠，過山梅影近人春。帝師何必赤松去，三世因緣屬老臣。

送羅澹峯進士入都改除

北入燕臺雪未乾，天風吹鴈此時寒。幾年瀟灑淹詞客，萬里驅馳到理官。禁苑鐘聲催曉夢，王程宿霧襲征鞍。庾關且莫頻回首，千古猶稱叱馭難。

彭退庵明府汪漢翀水部招同楊司李蓮峯黄都閫君甫李副戎禹門張茂才雛隱王孝廉震生及澹歸白社相過意倍投，青門此別路悠悠。明霞出海雲成錦，碧樹於人氣獨秋。鴈塔高情常得見，鳳樓宦況自堪求。知君得遂匡時略，喜見梅花照客裘。

探梅篁村

東郊尋得最高枝，車騎賓朋盛此時。雪嶺烟深迷玉蝶，海門濤壯入金巵。寒香到地平川闊，霽色光回大壑移。賞洽袁公闌我入，十年心事對幽期。十年前曾遊。

篁村探梅後月夜泊舟龍溪江口同澹歸樂說覺薰乘消汝得純鑄分賦得天字

尚有餘香襲晚天，大江明月泊歸船。望窮空際疑霜隱，坐起寒潮見鶴眠。星斗到襟浮不穩，雲山老我未孤騫。陸沉無限情難遣，只在相看兩鬢邊。

探梅夏園

殷勤覓得此林中，玉蕊粘人落不窮。樹底漫行窺曉日，山頭獨坐愛微風。孤烟直起前村火，羣鶴斜飛極浦空。何日謝人無一事，盡將身世付洪濛。

晴光十里照平原，鐵幹冰姿盛此村。高士着衫歸雪屋，老僧乞食到蓬門。難將盛事追吳越，但了閒情見鶴猿。谷口有人窺得我，此心如水已無言。

鳳城歸舟次石壁逢羅守闇學製野泊茶話

春波明媚客途寬，忽得相逢野泊難。看鬢有誰憐老衲，問年無計惜窮官。閒雲遠遠侵茶綠，春草茸茸着霧寒。吟盡奚囊好詩句，黄昏長薄散金盤。

梅花

横斜雪裏映蓬門，獨立微吟不是村。月照高枝雲有影，風吹香瓣地無痕。更深寒劇人先瘦，羣卉摧殘此獨尊。最好莫從芳樹覓，眼前紅紫見猶存。

碧葉辭枝月滿梢，十分寒色在西郊。日窮寥廓無人到，影隔空濛有鶴巢。懶向丹峯消白日，閒隨雪路踏黄茅。此情尚未消磨盡，千古塵埃足解嘲。

送姚梅長遊江左兼寄令弟六康明府

萬里雲濤起大關，柳條折得送人間。法門昆仲吾尤拙，宦海塤篪爾獨閒。一劍自然寒綠水，七言真可咏青山。舉頭若見蘇堤月，可着貂裘醉裏還。

壯遊那復問王程，是處江城有笛聲。五岳尚為婚嫁累，千金已覺水雲輕。孤帆斜挂灘頭日，細雨寒生旅夜情。千古江湖誰着眼，高騫真欲羨鴻冥。

三載懷人客夢勞，皖公山下碧桃高。名園負甕虛良月，大邑彈琴起夜濤。官酒可澆行路色，家書親拆阿兄袍。丹砂縱有知何用，樂事應看變二毛。

送張葵軒總戎北行

二十年來許國身，腰間玉劍少煙塵。一官乍罷無新業，萬里秋行有故人。共我同堂參佛祖，懷君一路及冬春。聖朝頗牧今尤重，會見綸音下紫宸。

送劉峽石侍御終養歸壽春

官舟歸去粵江潯，北闕陳情見此心。旅食久愁清橐少，高吟長憶曠懷深。嶺頭黃葉當秋下，天上青雲過眼陰。卻較二疏尤灑落，宗人那得散黃金。

寄懷管鐘石使君

幾年海寺起瀧雲，瀧水清清憶使君。秋菊正開官酒熟，霜鴻纔下郡齋聞。鄉心易對青山薄，詩興閒從碧樹分。閒把好香燒夜月，此中無限在高旻。

贈侯筠庵文宗

文衡校就玉壺高，千頃寒梅覆綠濤。魯國自無駘兀者，冀羣真有九方皋。心平碧樹齊松柏，道契蓮峯起謝陶。一粒火齊光照我，欣君先已得神毫。

送王允調侍御還京

驄馬星行領部時，又隨綸綍返京畿。飛霜官路聞猿語，晴日江船曝豸衣。道力自深能藴藉，高名常在有光輝。又懷大澤施何處，目對離情意盡違。

送董天因總憲出使南海還朝

八座台星入望高，輶軒暫得駐雲濤。南溟氣色傳三殿，北極恩光戴六鼇。嶺路江花迎繡斧，王程春澤濕征袍。下帷舊有羣儒望，萬里今瞻天使勞。

壽吳錦雯司李尊人靜腑八十一初度

能承仁愛起春霖，作宦天南白髮心。姓字月中高闕澤，文章社裏得東林。丰神聽我傳孤韻，杖履因人寄好音。最健風輪堪住刼，扶桑雲氣湧盤金。

贈高澹庵明府

家聲麟閣五雲堆，萬里番陽簡命來。玉管有花應匝縣，訟庭無事輒登臺。易將大業蘇民瘼，靜覺醇風入酒杯。任水不須尋處士，竹林精舍待君開。

送陳園公明府歸韓江

暫宰河陽興復空，一生青眼仕途中。文章到老添強健，世態憑誰說異同。此日歸帆秋水綠，他時掩室夕陽紅。送君我亦勞揮麈，共念江亭有朔風。

送鄭野臣移家桂林

陽羨難求負郭田，移家西入九嶷天。寒江自發孤帆雨，壯氣全收大漠烟。灌水桔槔機獨轉，諳時文字法堪傳。送君無限勞人意，極目飛鴻何處邊。

南海神祠

功齊玄默擁高幡，海色滄茫敞祀門。金殿氣藏千族雨，玉輿神數百靈尊。懷柔代見存芳碣，崇秩今傳出禁垣，聞御祭命使在路。禋類六宗蕃萬姓，更誰憔悴走乾坤。

浴日亭次蘇東坡韻

平望滄茫遠接天，風吹高影落前灣。紅潮直射三更眼，白練深圍十月山。清切猿聲喧夜氣，漂零鶴羽對寒顏。神州連石無尋處，只在扶桑未躍間。

西臺

西臺髣髴舊時心，十載還同入故林。晚炊人烟連寺火，當門樹色接潮音。磴懸海月猶堪上，路近梅花輒易尋。卻把禿頭横戴帽，莫教驚覺二毛侵。

波羅廟達奚司空

幸非化石猶存骨，忍見連天水没船。去國情懷饒未死，他鄉雲樹已堪憐。越人章甫焉知貴，塵世虛名祇自傳。欲語精靈方語隔，海光如晝夜如年。

海珠寺

三山漂卻此山存，南渤横流足巨吞。寶角寒星飛水國，玉鞍神馬墮雲根。磬沉響躍扶桑日，龍過身遮古寺門。我似漆膠移未得，上方鐘鼓對黄昏。

虛無一蜃結樓臺，碧瓦高連粤秀開。八水盡朝珠氣入，二丸還照佛光來。寒窗僧去難巢鶴，夜角秋深自落梅。咫尺塵寰人莫到，不堪今昔動餘哀。

過飛來寺

何代飛來壯此山，卻令兵燹委塵寰。一回又見成今古，百歲那堪幾往還。觀水亦知禪定好，聞鐘未許客愁删。金函探意原無着，慚愧秋空鎮日閒。

舊蹟猶來可暫登，高棲我意別崚嶒。人情閲徧傷流水，鶴夢難尋愧老僧。絕巘猿聲深佛宇，半江鼉霧逗漁燈。關情最是幽悽景，卻被身忙總未曾。

碧波深繞樹叢青，畫棟朱甍出化城。千古竟誰知靜理，一時行客動閒情。玉環歸洞虛持捉，錦纜盤江訝重輕。舉世勞勞何事好，吟殘微雨月微明。

登問歸亭

兩年聞搆問歸亭，卻訝今秋得徑登。新目恰飄今日雨，古榕猶度舊時聲。紺宮氣壯江流疾，謝豹啼深木葉平。我願人寰猶未滿，可堪惆悵此時情。

天風吹落到炎州，今日登臨匪昔遊。文士有懷應載筆，閒僧無事獨孤舟。深根古柏通蓮座，嫩葉新松蔭石頭。破衲豈宜罨畫裏，又移竹節上層樓。

宿琵江口

半葉蕭蕭夜雨侵，又將殘夢寄浮沉。更闌始覺原為客，歲去難酬未了心。敝絮兩重支暗漏，寒風十里到孤吟。華亭漁父吾尤尚，芳蹟何年得並尋。

再題飛來寺壁

十世為僧遍住山，箇中賓主未容刪。折蘆碧海人猶去，負笈黄梅夜自還。隔嶺暮猿無靜淚，近江秋草有愁顔。他年若遂攜瓢志，依舊題詩過此間。

江上孤槳同汝得

碧天孤槳暮烟浮，箬帽閒心數浴鷗。仰臥江雲疑隔世，獨依估客作鄰舟。沙堆平起黄金岸，月上斜拖白玉鈎。愛似北風吹雨去，萬山同汝弄溪流。

獨樹

三年凍雨夜江過，獨樹猶疑塔影多。客路自忙難覓蔭，霜威雖烈不成柯。如虬直起能爭日，似石横當竟壓河。最是不堪頻屬目，幾多人事暗消磨。

送輪潔融辦二子歸省雪川時在相江道中

北風送汝此心難，況值新梅照嶺乾。巢破幸餘雙鉢在，雪深空有一庭寒。往時噩夢憑誰醒，向後微言只獨看。若憶三生緣未斷，香花重掃舊蒲團。

雙鴈南飛卻欲回，朔風吹過望鄉臺。淺予道力憐兒女，深爾江雲任去來。嶺路辛勤逢月暗，離顏整頓為親開。撐持已見衰無力，早晚相尋認死灰。

與諸子登飛來寺至半山怯風而返

三年重此駐扁舟，一樣登臨兩樣愁。力盡已無高峽氣，情深空對大江秋。絲絲短鬢朝霜薄，黯黯寒雲下界浮。因向此中思半響，人間那得幾淹留。

江中山影與諸子分賦

日落輕帆對岸收，空山倒插入寒流。人無冷眼看難見，水有微風影更浮。終古鴻濛忘遠近，一般青翠歷春秋。蛟龍乘月吹珠起，髣髴身疑在上頭。

宿峽口

今夜又依高峽宿，一年心眼且新鮮。風聲入樹猿應語，鶴影橫江人未眠。怪石看多追太古，微波寒漸起虛烟。吾生亦是無涯者，老去憑誰負此肩。

湞陽峽

不信江流有路通，雙巖忽裂見虛空。石屏生覺霜筠細，雲竇斜開鳥道窮。夜靜愛當船上月，心閒受得峽中風。隨時歇處吾歸處，辛苦都來怯塞鴻。

峽水與諸子飲

香洌真難得此杯，碧波如日去無回。已矜入口輕風起，更愛同人客況開。露暗草根寒自栗，月高篷背興難裁。臨流不遣從何遣，也勝林逋獨賞梅。

纜路

千尋雲棧與天齊，衰草殘陽鳥正啼。仄嶺有風難續命，斷橋逢水未鳴雞。清波怒噬欺人跡，紫陌長平愧馬蹄。作客累人心更苦，木瓢何日定高棲。

灘夢

高夢虛聽未可名，疎篷寒氣透衫輕。村無夜杵荒城隔，樹有殘陽落葉聲。喧咽教人迷上下，縱横何日得深平。長邊勒馬如逢此，不怨晨雞逐曉程。

觀音巖

大士巖龕擘玉蓮，楊枝數點走江烟。明垂石乳奔空下，暗引雲梯入戶連。夜半鳥歸雙翮壯，六時龍護一珠懸。每逢過此霜頻重，綠鬢虛侵又一年。

舟中分栗與諸子

一筐山栗因人惠，數十禪僧論臘歸。剝後更疑灘石嫩，炊來方及暮雲肥。吞津香過雲門餅，笑月攜過彈子磯。數載辛勤插桐葉，疎鐘鸞影尚依微。

灘聲

閣閣遥知舟欲停，幾多人上岸先行。水經沸過波尤白，路漸高時石亂横。翡翠啄魚能獨立，琉璃掛火不成明。浮生稱意真難得，不是囂聲即此聲。

予欲登飛來寺頂至半山亭怯風不能行不掛超漢自顯三子掖之而下

空山高望石磷磷，短杖支離已愴神。衰去久知非一日，病來猶仗汝三人。猿聲空落楓枝冷，草閣斜懸霜氣新。假我廿年完底事，莫教辜負翠屏春。

灘夢

江湖無計百情疎，燈暗更闌掩梵書。不似鐘聲歸海寺，分明秋色滿華胥。羅浮蛺蝶魂偏冷，庾嶺賓鴻雪正初。乍覺只嫌衫絮薄，始知藥盌強扶予。

壽見一

廿載心情此日看，世人同譜我同壇。予與見一同受具。小樓烟雨卑棲極，甲午予為棲賢行化九江，日則拜街，見一作副，乞米以充，同寓一小樓，夜為風雨擊去，僅餘四五椽，下則炊爨，風雨濕衣，火烟薰眼，至極不可忍。予笑謂見一曰：『此煙雨樓也。』峻嶺藷芋供食難。予與見一從九江歸棲賢，途中乏食，大雷雨，走蜈蚣山，投草店乞藷芋食，予至餓仆地。凝公寮裏湯仍沸，處凝作白雲端侍者，為煨蘆茯湯，後得端公法，處清笑之曰：『此老佛法乃煨湯換來。』予與見一同作侍者，今公仍舊職。南老船頭力又單。真點胸曰：『天下佛法似一隻大船，南師兄駕船頭，我駕船尾，東去也由我，西去也由我』。鼻大耳長原有種，見一乃祖、乃父，俱以壽稱。不須人說大還丹。

送彭退庵考功赴都

數載相依樾蔭濃，政閒話徹隔江鐘。分情獨戀峯頭侶，望遠空瞻日下蹤。天上新秋催紫陌，山門古色映青松。五雲瑞氣知多少，為灑菩提葉影重。

喜沈存西至白端州

西風一棹到仙城，話徹端州共此情。澹弟在端州與存西訓唱盈帙。灑落自然天下士，高閒猶近水雲聲。

材華令子知名重，老大如君覺世輕。我病喜逢重九日，此中無地可同憑。

寄壽龔西樵六十又一

有子能教奪大魁，優曇花好此時開。夢中佛語鳴金玉，眼底雲情悟去來。珠海獨深蓮社月，鵝湖同慶老人杯。錦堂銀燭明如晝，一路簫聲下吹臺。

莫炯心走都門三載謁詮部考選得官歸瓊海過別詩以送之且訊諸社好

別去常常戀此情，明開道眼博浮名。幾年便可懸金印，萬里真難走玉京。御苑柳陰隨地緑，瓊山海色照人清。丹黃爛熟循良傳，豈謂匡時計未成。

曾開白社向瓊臺，好友如林共茗杯。永歲獨懸滄海月，多時空折嶺頭梅。閒敲玉磬催晨梵，靜數金風動律灰。漸去流光頭漸白，送君心事獨徘徊。

送胡絹庵郡丞赴秦中

黃河策馬到潼關，卻似梅花嶺外還。一縣政成留姓字，千秋交誼重人間。臨歧道路迎紅葉，濟世風雲起白山。西嶽芙蓉多秘蹟，好從方士授金丹。

來暮歌聲此際歡，王程深雪擁征鞍。搴帷坐見青山入，布政行看紫氣團。月影秋河光更動，雞鳴荒戍樹尤寒。分明記得斯時節，他日還尋共倚闌。

秋夜莫易心過宿此贈

君家兄弟雪霜清，萬里尤深世外情。香載寶車歸寶地，海外諸公遠香見遺，易心運載而郵至，予取其情有合於古道也。文高時調古時名。遠帆掛日欺鯨浪，短札捎雲憶鴈聲。且向柴門談夜月，功名究竟是浮生。

程周量擢民部

當秋幾度望京雲，落葉江頭影自分。乞食少因慚此道，閱人多更轉懷君。玉河夜雪宜官酒，秘苑奇書領異聞。靜把此心供獻替，詞壇誰與論鴻文。

地官晉擢佐賢勞，杳靄鵷鴻翼並高。元凱度支關國計，茂先博物副民曹。俸錢未可謀新甑，朝服依稀只舊袍。獨有花田蓮葉社，月明虛聽渡江舠。

送李螻庵司李改除歸部上

錦袍玉管進賢冠，琰琬文壇格外看。尅意已多平反獄，愛人尤羨古刑官。江頭雨氣催帆急，寺裏鐘聲續話難。料理烏藤挑箬帽，訪君定向五雲端。

答楊髯公

礱得龍文不種瓜，耳根偏解聽寒笳。文章青史傳孤管，天地浮生任客槎。走馬始知秦地月，逢人方羨武陵花。解空更欲同君語，卻愛劉勰學出家。

送劉木生明府歸吉水

官舟歸去即虛舟，一帙新詩盡是秋。對老羅浮頻有夢，彈成單父長微愁。鏡中短鬢霜猶黑，衫袖仙雲冷欲流。他日出山君記取，銀河終古月如鈎。

贈趙虎山

虎山與郭司李介籓友善，郭北歸，虎山送之至大燕水，賊艘圍郭數匝，虎山與其令公二人殺賊焚艘，郭乃獲免，而虎山為三炮所洞，顏色不變。

知己真堪一劍酬，果然血戰勢無休。膏肓三洞聲猶壯，箭鏃頻穿水並流。霜冷官舟烟似霧，氣爭寒海月如鈎。更誰猿臂蓬邊立，只有寧馨在上頭。

張威如副戎剛毅之性過人每欲小忍而不得索予作詩戒之因書五十六字奉勖

將軍烈氣凜如霜，玉弩横開破大荒。拾履昔曾趨圯石，封侯今欲嗣張良。面乾蘊藉存風度，仁術英雄起廟廊。我有楊枝甘露水，為君三獻即霞觴。

送竹淇園大參

八座風雲擁去旌，豐碑千載石羊城。嶺南紫氣迎秋色，天上黄河過客情。絳節易高金闕夢，瑤臺暫拾玉芝行。舊時琴鶴仍留別，典向人間為遠程。

和澹歸韻九首 有序

乙巳九月十四，予送澹歸還丹霞，至三水而別。澹歸一路北行，得詩九首。予還海幢，遲二日，隨以近事牽連，復上丹霞，途中亦得十章，相見時各出所作，彼此屬和，路分上下，事同懷抱，歸塗次之，亦足以見塤篪之響也。

雞鳴又逐下山風，星落雲重路尚蒙。未出朝暾烟在水，既歸華表鶴離空。人間寒熱一身裏，大地悲涼百歲中。世去時移看若此，力窮心拙道還窮。

即使重裘也覺寒，推蓬枕畔見層巒。去憎亂石堆高岸，歸愛輕帆吼夜湍。無數雲霞迂笑傲，幾多鷗鳥自蹣跚。近懷不是重重惡，一月那傷行路難。

十載龍堆泣大霜，至今無計避行藏。鯨歸碧海事還有，僧老青山信又荒。對我崎嶇看怪石，愁人曲折是鳴蛩。吟魂攪徹渾難寐，百夢無如此夢長。

一處心肝幾處懸，常啼縱死卻關天。欲明是玉難為腳，不去挑柴也負肩。火入巨溟終竭海，絲連危石莫沉淵。洪濛萬古無人判，骨似輕埃不用憐。

世機傾動似輕梭，何處堪容讚與訶。掘地若能尋上古，補天方信有神媧。猿啼暮嶺魂難醒，浪打高巖石易磨。且繫孤舟依峽宿，靜看寒月照懸蘿。

摩醯品字一齊開，失路原因得路埋。長見秋風吹鷁首，管收和淚泣驪胎。金輪負鐵終成塔，玉露侵人不上臺。君已白頭吾漸老，三夫市虎謗還來。

乞食難逢宇宙清，菊花無計覓殘英。正當好境有猿嘯，未必愁人盡水聲。雨暗憶過三老坳，夜深還下五婆城。獨持此意知多少，千尺雲峯插石屏。

長吟曲岸送歸舟，片葉投江影自浮。水落新痕依獨鶴，日斜枯木過鳴鳩。心田有路尋難見，鬢雪無聲獨暗流。縱使雲擎石獅子，錯令人笑強擡頭。

遠沙常白樹常藍，細碎平生有獨慚。且盡悲歡成鈍鳥，先欣師友得名巖。海螺巖羣峯高處，俯視海天，予見而樂之，與澹歸謀先搆靜宇奉雷峯老人。木蛇宛轉無長短，寶鏡明蒙隔聖凡。食蔗流年宜漸好，肯呵凍手擘霜柑。

姚梅長陵陽江左遊三年戊申除夕始還海幢度歲後乃歸豐湖喜從望外因賦五十六字

喜見征塵拂草廬，三年無計覓雙魚。消殘舊夢看春入，讀罷新詩便歲除。九子雲烟吟興闊，五陵霜雪世情疎。鵝湖夜月能明否，歸去還當重寄予。

寄祝黎母兼送傳人孝廉公車

彌天笙樂奏金璈，重望瑤池鶴馭高。五福錦堂留歲月，千尋玉樹奏雲濤。鳳文天闕探龍虎，馬足春泥帶杏桃。養志自然超上壽，蓬山真有六頭鼇。

姚玉郎秋捷

桂枝折得應培樹，雲路將鋤好照心。只是平常賢聖理，也須仔細學人尋。月光午夜天河滿，花氣三春地脉深。從此金門一獻賦，喜看聲譽動詞林。

海紫三秋捷 紫三入泮時年尚少，予適遊瓊海，早奇之

風節名臣世系長，乾坤元氣此時昌。十年先許操文筆，九日真能折桂香。影入斗牛滄海動，賦歸金馬紫薇光。幾多道侶相期甚，總被青雲出岫忙。

寄壽海南李言兌

文壇久已擅儀型，七十年來風月清。世不識材甘閣筆，天能賦物枉聰明。西窗我每牽孤夢，南極君為老客星。海市蜃樓互遮映，相思終古隔深情。

吳伯子候榜五羊過宿此贈

秋水文心自售時，卻欣相見慰離思。十年謔語懸高座，伯子不肯食素，好食肥雞，予號之『食雞婆秀才』。半世交情許獨知。割肉無心齊宰社，沖天有翼寄修籬。可能老去探玄理，此外風塵何所期。

答黃存庵

獨許知君即姓麗，可能一口竭西江。波侵學海千層起，氣壓文峯萬派降。喜見清風生寶地，應留幽

夢掛虛窗。梅花嶺外如相憶，短策高吟意已將。

己酉夏五月本師天老人二詩送澹西堂下海幢兼寄示無次韻恭和

石尤風只逆歸船，日日殘春送曉天。近角自吹寒月外，閒心空照夜燈前。且欣好友同三夏，不覺離師又八年。老去踉蹌無善計，當時錯許杖頭邊。

楚璞無因惹刖愁，眼穿層轂笑神州。能言此道霜消鬢，不見閒時月滿樓。泥絮豈堪支古調，雲林何用夢滄洲。三巖松柏年年綠，一任流澌滑石頭。

己酉夏五月海幢抽並頭蘭兩枝適澹歸西堂至自丹霞有詩亦引其意作二律即以誌喜

君子宜花引類清，始知吾道未孤行。雙輪獨現高空影，一蒂先傳妙叶情。已愛紫荆敦往事，休將白水插閒瓶。尋常亦有傷懷意，無著虛傳弟與兄。

金針雙鎖意尤高，風葉瀟疎引興豪。古佛不藏尊貴頂，貧兒齊着到家袍。分香遠蝶慚孤至，帶露新蕤結兩遭。利斷倘能支晚暮，微蠅終託馬蹄毛。

蕭柔以參戎力辭專閫告入曰可遂得掛冠道歸仙羊過敘適值覽揆賦贈

何當竟事赤松遊，勇退真能在急流。自掛雕弓稱達士，不教燕頷更封侯。霸陵有酒空消日，大樹無聲豈計秋。歸去山東參妙道，半天鐘磬起紅樓。

贈梁華生

刻漏批來楮葉輕，多材原自屬天成。文康有後書聲遠，佛地無塵寶月清。華生，梁文康嫡裔，所經鐫刻，皆典雅絕俗，至於繪塑佛相，尤稱神手。意入明珠生九曲，刀迎泥鼻見雙平。因君悟得無傳理，始覺天孫錦未精。

楊翰馨秋捷

而兄新說閩中法，季弟能探己酉秋。選佛選官雙足舉，好頭好尾一齊收。雲從地上乘風起，月在天衢作勢流。珍重境緣深道力，莫教心水有浮漚。

陳靜公典闈見過有贈

九重銜命遡遐方，藜火高懸太乙光。冀北馬空驅紫電，平輿龍出襲黃裳。洪鈞氣轉風雲壯，調爕機深歲月長。又向海門詢下士，金爐寒燼見巖廊。

奉和孫道宣明府九日同彭雲客出五仙門渡海幢登地藏閣韻

遠甸孤臺未寂寥，詞人作賦動高霄。廿年木鉢空棲舜，八彩眉毛好頌堯。此日材華拖一綬，他時聲蹟最羣寮。鹿園幸接陽春雪，目對霜花暑氣消。

己酉重陽後八日予將托鉢於惠先寄黄端四

十年叨藉法交懽，玉管長收黍谷寒。盡起龍文高海氣，排來米勢動星壇。黄金許士羞彈鋏，白璧持身獨正冠。松柏有根那用祝，鉢盂東去意猶難。

送程中秘周量服闋還朝

薇垣重望屬文星，萬里馳驅戀闕廷。玉珮易高燕地雪，錦帆先送粵江亭。能參大法樨香徹，又代天言楮墨馨。雞舌賜多含不盡，為分一片到蓬扃。指花呼石法遊歡，肯逐華筵餞宰官。愛我意多投分易，因君路遠覺情難。江淮紅樹風霜直，京國青雲雨露寬。白鹿繞門真讀禮，即將孝友答朝端。

頓修欲掩關漢陽峯寄之

廿年同學許同心，南北東西直至今。豈為再甦求闃寂，不堪牢落委浮沉。雲侵古檜形猶剝，雪照孤僧意獨深。我已塵埃風滿面，只教人在水邊尋。

登飛雲頂

四百峯頭始盡登，青鸞無力讓烏藤。百蠻烟雨隨方下，四極星辰已可憑。靈鳥不啼聞遠瀑，歸雲忽到失峻嶒。仙飆來往寒威勁，畢竟能閒尚是僧。

午夜扶桑拂眼明，金盤出海上方清。洪濛氣掩烊烔水，阿耨池深沆瀣情。雲被最低峯折碎，花懸極險樹皆平。虎頭門外如杯湧，白首虛吟笑此生。

飛雲頂寄博羅胡正庵明府

千澗寒飛萬木頭，醇風頓覺此中收。彈琴仙吏能為政，採藥山人竟薄侯。紅樹染霜何日老，青鸞啼客過雲幽。欲持此意終宵講，載酒王丹野外留。

再過寶積寺

又愛新泉試好茶，重尋卓錫破烟霞。千株春樹半紅綠，一徑山雲絕正斜。平水遠看吞暮磬，微陽乍出見人家。主人相欵餘清論，石磴風甜聞落花。

庚戌夏彛初司馬周公下臨海幢賦謝

雲林海色晝生涼，喜接台星近上方。百粵尊親歸幕府，三朝才望屬奎章。金臺遠映丹心起，寶殿長留墨汁香。何幸山門逢盛事，天南草木被榮光。

猿鶴忻承語意溫，始知軒冕道尤尊。朱旗閃日屯雲影，碧玉行杯照水痕。天祿千秋高太乙，甘棠一樹蔭祇園。華封願祝心無限，象闕頻沾聖代恩。

答周文山別駕過宿海幢

赤霞晚結紫雲幢，水色寒生六月淙。喜有高懷重過我，更無官舫夜臨江。清鐘點客塵囂寂，紅燭窺眉兩道龐。誰識柳州棋局勝，閒僧只合對虚窗。

夏日劉撫軍大中丞招話署中

風雲高擁柏臺森，草野趨承此日心。望重廟廊尊節鉞，神閒水石愜山林。東南五嶺看春早，北極三秋入夢深。欲捧金瓶酬下問，靈鶖玉羽破飛灊。

壽徐浩然方伯

麒麟天上識禎祥，入座雲浮紫極光。元凱聲名催國計，茂先標格重金堂。北山爽氣松尤古，南道薰風日正長。甘露玉壺澆獨好，銀河千古插干將。

史庸庵太守以邢襄志見寄因贈 邢襄誌乃史和李滄溟諸作也

邢襄久借淮南牧，端水搴帷萬里同。五馬共吟高李白，專城異績繼包公。磯邊擲研江潭碧，秋裏書懷嶺樹紅。蕭寺錦箋傳秀句，一天明月想雲中。

送周彛初司馬請制還朝

中樞仗節返京畿，忠孝雙全八座希。已見籌邊留舊政，還從攀柏濕征衣。秋聲玉帳迎鴻鴈，雲路天香溢翠微。師表人倫稱盛事，蒼生霖雨望多違。

欲從父老效攀轅，獵獵旌旗出海門。綠樹暖分寒谷律，卿雲高擁北溟鯤。五兵中外侵華鬢，一夕楓宸對密言。悵望碧波鐃吹遠，疎鐘明月戀孤村。

寄賀胡正庵明府晉雲南鄧川州牧

美人為政在羅浮，晉擢雲中道更優。已飲雲霞窺寶籙，餘看經術羡中牟。半帆峽水波爭遠，匹馬江亭路正秋。多少扳轅仙洞客，雙鳧那得暫淹留。

世外相投製錦中，交情即不與人同。鶴翎出洞書常到，月影臨山意每空。漸覺官高侵北斗，可因神駿戀西風。葉榆萬里分攜日，但對仙壇目遠鴻。

送馬潛庵憲副歸都門

百折不撓剩此身，更將斯道委何人。尚無一鶴歸秋水，只有孤忠繞紫宸。佛火幾分冬煦色，海濱方識聖朝仁。東山莫說惟高枕，試看攀轅淚滿巾。

和丹霞天老人送澹西堂韻

錦水桃花二月春，雙收人境未全貧。問年行道師黄檗，入谷耕雲讓子真。黑月急猿啼峽雨，逐人破衲洗江塵。明霞十畝歸前浦，獨笑支離老此身。

潘禹濤七十又一

潘郎雙鬢沈郎腰，君似彭籛兩事饒。枕上松聲疑北岱，堂前山色入西樵。溪雲遍照靈桃熟，竹杖閒圍玉筍嬌。近種隔江蓮漸大，欲撐小艇得相招。

次韻答孔弼生孝廉 弼生耳聾，故有『心齋』之句

龍泉一振已稱奇，百二山河氣便衰。欲集心齋捐俗聽，頻招鸞影插梧枝。村頭水滿浮新月，樹下風甜起逸思。料理暮年須卻埽，莫教世上易相疑。

汪漢翀水部晚年舉子賦此誌贈

此道深明歲月長，麒麟掠地見威光。金爐不藉羅浮草，玉樹偏生南國香。一枕幾回輪吐納，五羊何必憶家鄉。尚平消息憑兒女，葛令當年太着忙。

贈唐撲非孝廉

撲非摩厲，踏庚戌長安之花，決志於先，歲月力究此道，所謂造閉門之車，以合出門之轍，予甚嘉勉，且當覽揆，為作五十六字以助三通得勝鼓也。

曈曈旭日起藤蘿，此道當明莫放他。電影逼人寧有法，流光如矢自無多。纔臨書卷香浮滿，待理閒情義已過。優劣計來渾不到，華嵩原舊鬱嵯峨。

送唐撲非赴公車

爽氣平鋪散曉烟，江頭風動孝廉船。全操勝具趨金馬，直踏濃花過玉鞭。多少念頭言不盡，總於榜上月同圓。入雲須記出山日，尚有靈峯意未傳。

千山剩人和尚塔於大安十年矣無哭章庚戌寒夜夢出關門醒而情思繾綣追惟舊境綴之以詞

輕心曾度帝城春，無力空傷別後神。馬上揚鞭裾是血，磧中回首路成塵。酒泉未可為僧舍，梅雨空教哭若人。宋玉有愁何處寫，不禁風捲芰荷身。

那堪回首望金微，路斷龍堆鶴語稀。兔魄蝕雲還有影，霜威侵樹竟無枝。吟殘白雪疑難老，葬得青山不當歸。我亦雄心近消歇，空為兒女淚沾衣。

天教斯道入蓬婆，微服何如赭服過。航海折蘆人已去，充軍說法事無多。披衣未可遮霜雪，破膽曾經混佛魔。自許一枝橫古塞，至今金策掛庭柯。

曾推萬慮着方袍，踏海呈錐事事勞。幾曲浩歌存大雅，一生禪語帶離騷。疎狂文舉材偏誤，挫折元龍氣尚高。一望穹廬烟火候，霜風如割落鴻毛。

千峯同聽大荒雞，鐵笛刀砧意盡迷。到處月眉遭鬼瞰，總非人境怯烏啼。淚彈瀚海愁難遠，日照天山冷易低。生死竟誰能預料，玉關只隔一丸泥。

黃塵如霧透膏肓，五國城東月倍涼。天意或成高士志，鬼薪終覺罪名長。死鞋偷壙人還□，生骨留金夢更狂。和尚死後一年，肉身不損，開龕日，爪髮俱長，淚下傾盤。剪碎袈裟飛五色，化為蝴蝶到梅莊。

鐵骨難支未死時，朝昏同對泣漣洏。竟無好血生頭髮，博得虛名播口碑。響過驝駝霜路滑，寒侵毳帳夜牀移。羅浮舊有安禪窟，一夢難成到翠微。

西風吹海鷫鷞寒，幾度魂飛繞大安。松柏綠高啼血鳥，河山紅閟湧金盤。情憐兒女悲門祚，事近英雄惜羽翰。他日定乘批耳去，寸香還拜舊經壇。（以上阿字無禪師光宣臺集卷二一）

全粤詩卷七八八

釋今無 八

平南王祝詞

勳業金滕冠古今，擎天八幹自成林。堯風扇嶽千尋壯，舜海歸河萬載深。已見昇平登樂國，長忻誦禱得秋心。汾陽五福疑還缺，閬苑神仙詎可尋。

壽佟臬憲奎庵

瀛海椿枝雨露稠，口碑千載起遐陬。霜威獨著三台望，壽域先開八月秋。庭草綠深叢屈軼，法星光久耀閻浮。閒僧欲舉鹽梅頌，一炷清香滿石樓。

壽徐藩憲符嵎

縹緲重霞擁石麟，甘霖南服萬家春。太農國計籌偏遠，博物名儒識幾人。已見陽回天地闊，還邀樾蔭水雲新。海門金磬敲寒月，不盡清光對玉輪。

壽張荆山總戎

南溟氛祲氣全銷，百隊旌旗壯海潮。島上蓬萊開帥府，天邊銅柱入高霄。綠圍玉帳濤聲闊，紅接金盤日影饒。自是星精多歲月，岡陵匝地起笙簫。天長地久七金仙，黃甲胸藏圯上傳。專鎮人疑前杜牧，乘槎還是舊張騫。鳳城高帶珠池月，麟閣深留象闕烟。廟算已成時暫暇，閒尋花雨講清禪。

壽王母太夫人 王仲錫僉憲

繚繞紅雲映紫宸，上元君宴碧桃新。星光獨接三山氣，坤悳深留五嶺春。水滿瑤池聞奏樂，花明蓬島可遊麟。綵衣不用斑斕色，端笏垂魚道更純。

壽汪緘庵太守

仙城已覺暗生春，借理今看屬老臣。千頃吳雲含好雨，一編青史起黎民。熙朝簪笏天香舊，五嶺松筠地脉新。靜愛褰帷宣異政，丹砂長與葛洪倫。

寄魯豈凡明府

單父琴聲樂未央，松枝欲寄錦堂香。仙舄健翮遙天起，夏日晴雲拂地長。異績已高循吏傳，大丹還拾紫羅囊。珊瑚海畔潮千頃，月滿餘輝照畫廊。

宋祥發解官寄此

暫借林泉兩載閒，此身原在白雲間。擘窠自得臨先晉，對客翛然説遠山。黄菊好開陶令宅，丹砂長駐葛洪顔。不知佩綬能如否，雪裏燕然且閉關。

酬陸義山中翰

機雲聲價動詞壇，數載長懷北斗看。路入嶺頭遊興闊，花尋江岸寺門寒。才分粉署詩尤麗，望在卿雲道自安。丰采照人秋月近，海鷗從此欲飛難。

送張稚公赴北雍

洞天深鎖瑞雲凝，飽讀遺書閲世情。月鳳欲飛岐嶺闊，游龍方出海波清。鴻鳴曉月秋風爽，馬踏斜陽劍匣輕。又捉短笻江上別，功名終古屬儒生。

送張東全副戎之京

玉劍光芒尚繞身，滄波萬里擁歸津。霸陵未必長能醉，圯上其如有此人。五嶺風烟侵旅鬢，九重心事愴孤臣。他時準備相逢處，一笑轅門甲胄新。

寄懷李處士

身種名園十畝芝，五雲回憶廿年時。趨庭羣擁丹山鳳，舞綵還稱白髮兒。秘苑有書留腹笥，清時無夢寄江籬。一杯琥珀南山下，誰識龍門老釣磯。

送別常師吉

翩翩不獨盛豪華，灑翰還能燦墨花。萬里樓船供綵服，百年事業走騮驊。天存鐘鼎真堪勒，地闊烟雲亦自賒。此別何年再握手，相逢箬帽乞官衙。

酬顧始庵步韻

來暮歌聲起穗城，東牀况有白眉人。能斟琥珀吟清署，共對冰輪遠市塵。秀色丰姿神自遠，詞源爾雅韻尤馴。欲尋許掾知何處，車笠相逢認此身。

喜井莘厓孝廉從都中來省其尊人存士先生於永安官舍後入珠江過訪出見和紅鳥詩材致翩翩因贈二律

披襟尤愛事南圖，鵠起曾聞溢慶殊。司馬文心原錦繡，徐陵筆架是珊瑚。詩裁仙徑先紅羽，月泛珠江滿玉壺。最好五雲繚繞處，一門蝌蚪壯皇都。

琴書萬里老萊心，梅嶺鵝城路更深。黄映官衙秋裏菊，緑招遊興酒邊林。龍門舊事誰堪續，狐腋鑾風不當侵。海寺孤僧無限意，石樓烟暖對華簪。

贈李邁公明府

邁公，古君子也。治竇水，民稱之至今。今歲彈祥琴而起，九月復簡命新州，别三年矣，喜見喜賀，作五十六字。

花樹重栽五嶺東，新州九日見春風。天恩萬里扶桑闊，海國三年别夢同。蓮葉有緣邀社月，琴堂原自藉人龍。養成和氣窺端倪，奏績無為雨露工。

寄張稚公

九日西園菊正芳，朱明洞口鶴聲長。攤書每自收芸閣，揖客猶能構玉堂。世即有材難並理，君原無滯易相當。去年冬月梅花下，歡喜懷人又一霜。

酬夏戒庵進士

博望虚乘八月槎，嶺南天日自無涯。平分佛眼窺空刼，獨占文心散綵霞。還傲冰霜官與澹，情忘賓主夕陽斜。秋林槭槭餘幽響，羊鹿何曾有幾車。

贈何半千進士

棲霞手澤已成陰，靖節歸來萬古心。水白潮田春氣滿，砂紅荔浦夏雲深。郊居時作新秋賦，興到還調舊日琴。片石海門蓮葉寺，期君雪棹話東林。

送陳季長與其郎君歸閩

煙塵廿載倦飄蓬，曳裾王門識巨公。海外舊聞傳信史，長卿舊著有瓊島行。眼前歸計託冥鴻。論心野寺憐孤鶴，舞綵平輿有二龍。庾信賦成名已滿，可能閉户閟行踪。

黑裘尚可敵風塵，片月珠江照劍津。慈孝喜當歸日盡，季長六柩未葬，三子未婚，併於歸日了之。琴書尤惜客中貧。長吟水驛添新興，問舊鄉閭即老人。猶憶前時孫給諫，因君一為訊芳辰。

喜饒九敏至

天涯别後各風塵，物外相尋珠水津。書劍未孤為客志，情懷酷似老成人。旅中留鬢惟杯酒，島上題詩憶幾春。欲搆隱亭望滄海，貂裘那日是閒身。

壽何大持四十一兼送入北雍

百斛珠璣藴素襟，蓮花社裏結知音。月痕照玉流方水，鶯語催人近上林。白業久傳何點浄，丹砂今有葛洪心。公卿漢代平津閣，一路隨雲意自深。

穀日高澹庵同王姚陳三明府集海幢限韻

鶴蓋相過盡日曛，清詞尤勝鮑參軍。盧能入定身成樹，何點為官肉未葷。靜攬波光春自動，同憐噩夢意俱焚。明時況復須王佐，花轉洪鈞氣欲氳。

穀日喜王煜瞻歸自丹霞

貂裘新禮法王回，明媚春風着意催。入郭始知僧慮靜，看山從此道情開。孤篷一月涼生雨，午夜千峯雪照梅。最是往來官驛客，多君蓮社有宗雷。

送吳伯子林君振入都廷試

南溟已化翼如鵬，御苑芳菲柳色輕。三策久能陳治體，千秋終古重儒生。嶺頭雪影春尤好，客路鄉心月自明。閒着短簑江上望，思君時復聽鶯聲。

兄弟入泮宫

太乙光分照玉毫，蓬萊應得占金鼇。六朝藻麗原無匹，八代聲華此獨高。姓字雙鈎懸桂魄，鯤鵬六月起雲濤。凌烟閣上連牛斗，喜見朱輪映錦袍。

高澹庵明府解官此贈

番陽解綬事全非，如水臣心對夕暉。金馬道高徒有賦，玉琴典盡已無衣。新花繞縣枝偏長，舊雪填河夢未歸。大略自堪民社寄，藜光常照董家帷。

梅花

已將心事養虛靈，路入村頭步自輕。一段孤芳先我有，千枝疎瘦對人清。天低碧漢堆銀砌，地捲寒潮鎮玉屏。似臥大荒明月下，夢回鐵笛悄無聲。

喜郭駿臣秀才見訪索贈 駿臣至故人蘇峨月三水署中

朔風吹海寺門涼，喜有宗雷到上方。遊裏定編高士傳，衣間全帶薜蘿香。行從花縣分襟短，吟向冰崖出峽長。我久忘形君有道，便從今日契空王。

匡廬北去可停舟，特探鸞溪一溯流。駿臣欲枉道匡廬，晤吾師天老人于歸宗。月色冷空寒谷影，鴻文高為道情留。風塵黯澹真堪惜，書劍鮮明是壯遊。但使淵明能入社，東林從此記中州。

送王行素擢任山東閫司

春雲千騎列雙旌，專閫欣看晉擢榮。五嶺烏臺尊節制，二東鎖鑰重干城。江邊柳色情偏重，驛路桃花步自輕。別後相思何所寄，一林明月上方清。

壽覺廷方翁八十又一

法華長者即安期，坐擁三車老雪眉。步履健無鳩刻杖，英雄壽似帝王師。碧桃眼界花千頃，好夢兒郎筆幾枝。舊日靈峯曾繞佛，鐘聲江上最相宜。

寄何朗水

風濤定後意愈深，俯仰閒情見古今。綠玉自多垂釣地，錦堂還似住山心。尚書舊業存青史，詩句高名徹碧岑。近食丹砂知幾斛，鬢邊霜色未曾侵。

贈黄恬庵

壬子三月入雷峯，恬庵黄子適至，出吉祥草諸詩，索贈，口占貽之，『草花』之句，蓋及之也。

勞人廿載息風塵，投老荷衣樂此身。石井倒窺山影入，心經閒誦竹林春。草花白發人稱瑞，鬢腳紅侵眼有神。尚掛牀頭舊遊劍，寒光能自割迷津。

寄洪藥倩

丹梯平地失青霄，是玉尤令恨未銷。濁酒漫斟孤劍在，征鴻頻下赤書遙。求仙未易燒頑石，閱世還能識老樵。不激不昂心不壯，百年留待伏生招。

送顧湘珮孝廉返蘇門即赴公車

南圖萬里正高秋，蕭寺因君話倍稠。動地海潮光射斗，一林風雨快登樓。心田斟酌明如雪，句法縱橫矯若虬。好返蘇門向京闕，他年車笠重綢繆。

送周瑞長公車

廿年勵志失黄昏，往事能傷午夜魂。斷續弓裘餘玉管，飛騰鴛鷺向金門。中原柳色秋鞭疾，上苑春雲杏意溫。珠海蘇臺雙眼望，征衫須脱馬頭塵。

秋日送閔漢卿太守赴都改補

分襟戀戀此高秋，九萬風雲勢未休。有道謇歸賢太守，懷恩人滿古端州。寶符重向金門出，異績先從玉版留。最是聖朝資臥理，嶺南應更念遐陬。

以猶子昌貴受業於鷲月門人

欲仗匡成授一經，在家猶子惜難成。宗衰尚自留殘蘖，僧老元無戀俗情。縱有材華嫌跼蹐，只無衣食易漂零。隨君趨步勤鞭策，久許儒門有典型。

唐世曜秋捷

又看神劍合龍津，釣得豐鼇不異綸。綵服娛親宜少子，雄文戰國卜新春。紫雲一氣冲南斗，玉闕千官列北辰。老我峯頭閒縱眼，吾宗囑護有詞人。

壽黎半千

有子真堪語過庭，賢書久熟綵衣輕。卿雲湛水秋光闊，紫杖臨風碧眼明。散髮樂吟三逕菊，超塵長服五笙精。人間好事全無缺，何必金爐羽翰生。

壽葉許山

雲氣蓬萊路欲通，仙人只住玉堂中。天書頻詔身猶懶，盛業長看道自隆。月起湖心秋水浄，鶴歸亭畔壽筵紅。分明萬象森羅處，不羡丹砂煉葛洪。

喜彭退庵吏部典試粵東

鳳翼龍鱗望重時，金門銜命載驅馳。幾年撫字勞賢宰，萬里重來慰去思。天上星光依斗極，閣中藜火動文螭。霓旌一去疑難見，卻勝王喬玉舄移。

紫電奔雲隊已空，多才誰得似山公。謾言董氏探三策，那復平輿闕二龍。百里好花遮縣密，五雲天路助文雄。恰逢覽揆稱觴日，共醉流霞紫氣中。

嶺頭風雪鴈蹮翩，歸路皇華擁瑞烟。二載獨懸霄漢眼，初冬今送故人船。沙邊野鶴饑常早，手裏陽春澤莫偏。若到禁庭回首處，上方明月對君圓。

壬子冬日買小舟入肄水訪蘇峨月明府時署中產靈芝三本

三年治績蔚炎州，如月高明碧漢流。馴雉繞庭尊囊史，靈芝呈瑞見天庥。洗除塵滓人難似，稟得純和道易求。況有董帷驚太乙，還從經術傲中牟。照耀烟霞秋月清，每逢白社起深情。臨風幾度孤吟況，棹雪今為一夜行。漢代歌聲傳玉管，熙朝神器壯金莖。遙知紫府耕鋤客，亦羨人間有此名。

贈王楚臣

轟雷拔地虎般雄，三寸毛錐萬斛風。得句逢人懷姓字，二十年前楚公從友人侯薦孩讀予七言，遂識姓字，至今不忘。于時積學尚漂蓬。諸侯上客堪驚座，筆墨詞人慣吐虹。讀我新詩初剪拂，如傾玉醴起衰慵。

送趙大參叔文守制歸漢陽

領部驅馳萬里程，甘霖四郡蔚歌聲。淚濃攀柏迂民瘼，家寄他鄉對楚城。清獻道存琴韻重，信陵恩闊俸錢輕。東林正倚高枝庇，珠海寒潮惜月明。

癸丑仲春梅長道兄潔誠撥置家緣入海幢將一月修建大悲寶懺深念衆生以無明業垢妄造種種能一念回光可以薄宿愆而植新種用是懇禱上及父母下逮親串凡在梅公相敬相愛之中則以真誠感格仰求拯拔夫捨資財作佛事人或不少捨資財而能潔身潔念則甚少也能潔身潔念時或不少能深知一念回光可以消殞業垢又能擴充其量上及父母下逮親串此非自信之篤其能如是乎士夫家以理解恃聰明不信有此懺業消垢之事然念念騰騰豈他人哉此固不足與俗人言也梅兄當自信之耳

十里香花結勝因，海幢今復見斯人。月明起處咒雲淨，梵唄高時海色新。好福已瞻諸佛頂，真誠猶自拔諸親。團圞共話齊眉老，從此長留鶴嶺春。

壽方大目

三十年當正立時，可於此際勉為之。方剛血氣堪從義，正富春秋恐及癡。讀盡五車非急着，能移一藏即稱奇。箇中佛語如金玉，福慧人問詎可知。

祝詞

石腦閬風白玉巵，錦堂香散鶴來時。問年島上松俱長，結客天邊氣獨奇。自有金尊推北海，常將寶錯贈要離。青蓮花好無人佩，壽日先開第一枝。

壽徐浩然大參

純和稟得是先天，事事存心見聖賢。碧漢有星推玉座，甘棠無曆記華年。薰風大陸蓬萊起，旭日扶桑紫極連。靜拾松枝長畫石，不禁欣躍頌金仙。

壽任崧翰道尊

喜見臺萊雜唄聲，珊瑚洲畔綵雲平。政從四郡窺仁德，壽對千峯愜野情。一角金鈴飛獨響，三君碩望照時清。任中丞昉，天上一鈴飛響而育，衣冠貴遊並皆羨慕，號之曰『任君』，如漢之三君也。薰風萬里松濤壯，兩峽高空湧月明。

癸丑夏日承方邵村侍御同諸公見訪鹾司向公有入社之興阻以公政遙贈三律琬琰風致羣公步而和之時水部汪漢老同王震生諸公亦棹扁舟而來半江遇風亦不果聚

野寺雲山一水分，山光如水水連雲。江帆晴引烏臺興，蓮沼香浮綠綺文。物外逍遙周柱史，詩懷高逸鮑參軍。相期此日非生客，帝里聲名蚤已聞。

高賢異地復同羣，五色肝腸映曉雲。風雅自和鸞玉響，威儀人識鳳凰文。不嫌浄社長無酒，久屬名場舊冠軍。千古東林傳勝事，招提誰更續遺聞。

扁舟有客阻珠瀆，翻似迢遙五嶽雲。一度佳遊遲尚子，滿堂名輩少完文。清齋定值花間興，酒陣爭降鏡裏軍。偏得寄題詩句好，臨風吟抱隔江聞。

向有夏鹺使官署一鶴自來梳翎對舞自是主人烟水之情得之獨深九皐之和行將高遠五十六字奉贈奉賀

使君丰骨最相宜，特出仙庭伴素姿。舞影且看三島遠，依人獨與七賢期。玉簫聽徹原非夢，華柱啼殘欲向誰。不寂不喧官署好，此中懷抱任離披。

壽潘馨子

不從火候問天師，桃核紅開勝玉巵。秋老藥苗香石徑，身和月色照霜眉。蛟號海屋千珠集，槎泛天河八月時。共是蓬壺烟樹客，錯傳潘岳鬢成絲。

壽馬虛中八十又一

春光八十對梧峯，黄卷青燈道未窮。玉翅易飛憑後葉，霜毫難老傲彭公。五常尚見聲名舊，一夢齊圓今古同。記得槎江相送日，攜兒真自愛凌風。令郎駿長，予命其法字曰凌風。

壽密在

恰逢九日菊花新，喜見山頭產玉麟。銀汞煉成丹尚拙，金針拈起意尤真。海雲塔影松俱長，仙石波聲道未貧。前後曠觀渾不着，莫將此意逐時人。

壽豁明五十又一

黑眸亮鼻自超塵，坐老圭峯五十春。金磬月明還有梵，玉河識浪已無津。碧雲晝靜巖花滿，紅葉秋深壽意新。萬象森羅齊撫掌，不將此意贈時人。

壽任厥迪

癸丑夏四月，厥迪任子五十一歲，稱其母太夫人八十一之觴同是月也，為寄此詩，以致頌意。

老萊袖舞壽筵風，正值瑤池奏樂中。子孝母慈和德美，藥靈人壽與仙同。洞天門起羅浮月，福地橋通鶴嶺鐘。始識綺羅春富貴，仙花如錦照山紅。

秋日喜螺浮張給諫見訪即訂四百峯之遊率贈

多君訪我度江來，共話名山去路催。十一遊時慚羽翰，今歲春杪奉陪滿洲二天使少保尚公、中丞劉公登飛雲頂，困於風雨，為第十一遊也。三秋去日愛宗雷。錦帆珠浦驅朝浪，玉律金風動蚤灰。泛泛一鷗無所着，元從物外事登臺。

仙儔未許問流年，偶就鵷行道尚全。省掖文章師陸贄，天門星宿照張騫。丹砂自養甘霖料，青瑣難閒覽眺船。蚤晚楓宸歸獻替，遙知聖澤贊名賢。

南海神祠次張給諫韻

映廟波光色陸離，列朝典祀有崇碑。乘槎人到潮偏滿，行雨龍歸氣更奇。是日大雨，謁廟前後皆暗雲如幕，唯入廟片時日色晴朗。青瑣望高遊屐遠，紫芝秋老帶雲垂。維舟片刻登臨意，四百山靈已蚤期。

從泊頭登岸入山喜尹瀾柱銓部挐舟而來次韻二章

此間何事最相宜，不到仙山總未奇。萬里高懷浮海得，三峯天路看雲移。易尋藥草供方術，難得秋光愜夢思。丰采文章高宇內，卻從丹井訂幽期。

松杉萬壑靄參差，目對飛雲引興奇。歸洞古龍霞自擁，啼人仙鳥語頻移。山公喜赴扁舟約，杜甫還吟補闕詩。廊廟山林齊一致，碧蘿千尺已成絲。

遊華首臺兼遊諸勝次韻二章

仙飆吹面碧潭涼，鶴破溪雲見下方。烏踏花枝迎客落，麝眠山徑襲人香。杯浮嫩茗波無影，尹詮部出遊山具，木杯注茗，曲水代觴。石裂新巖蜜有漿。語笑分明霏玉屑，麻衣簪弁總相忘。

已將芳號許羅浮，勝概先緣一併收。上界占星開紫府，人間清譽重丹丘。五湖歸夢添吟興，三逕為園識此秋。玉女峯前饒更望，真慚歌板臥紅樓。

螺浮甫出山即入惠陽承留别一律相訂半旬度中秋於尹瀾柱銓部園亭予維舟石龍以俟並次元韻

層巒初下杖頭安，五馬豐湖謁達官。道重師資還問禮，溪遊神物即名磻。丁令華表歸猶易，阮肇天台到更難。一夕月明千古少，艤舟吟待海雲寬。

山中口占呈張尹二公二章

山公初與此山識，給諫依稀似舊時。紫殼正垂秋日黯，白雲先到碧峯嵋。油柑易嚼回生味，石磴難攀着襪移。玉簾洞險峻難上，螺老以襪當鞋，乃躋石壁。油柑，從寶積一帶此果甚多，食之先苦澁，後甘辛。欲許初平身未遂，蒼生事業總堪期。

吉光片羽已先呈，螺老甫入華首臺，有樵童拾得紅鳥羽毛二片以貽，其色絢爛。一掬溪流味倍清。石路曲逢犀象窟，夜鐘疎雜鳳鸞聲。谷風戰樹雲成浪，海際浮金氣躍鯨。除卻青門無鹿迹，仙山處處得逢迎。

從羅浮下山與張給諫相訂度中秋於尹瀾柱園亭張公以行止不果予獨泛舟泊南海神祠上浴日亭

同四藏自顯自堅鐵關諸子賞月

月明萬頃軟琉璃，況復中秋色更宜。光怪盡隨星漢上，襟期只有水雲知。羞看歲去逢佳節，每嘆心違過此時。獨步古松蒼莽際，輕衫微覺暗風吹。

戰月吟魂夜獨醒，十年不到此孤亭。倒浮下界山沈海，直寄高空意入冥。乍出洞天簫管寂，忽當洪渤露華泠。官舟未許遲清話，狂簡何人慰鶴形。

壽寓諸

寓諸從予出塞，當黄沙黑水，漫無棲泊，南遊五指，鋒刃危疑，笑木偶之梗泛，與鬼籙而長淪，孤騫之味，亦甚苦矣。今入羅浮，回驚噩夢，未成好景，歲云邁矣，食蔗流年，鞭駒易逝，於其四十有一之生辰，爰賦此詩，不獨為寓諸慨然已也，汝其勉之。

死生鴈蹟共相依，南北烟霜願不違。幸有青山分浪迹，更無紅日照征衣。投林倦鳥聲偏好，入袋猢猻體漸肥。一念坐圓千刼月，老人峯下倚柴扉。

贈九十四老人

曾從黄石拜陰符，未得論功養壽軀。眼底興亡過異代，簷前風雨憶江湖。種成古柏雲中樹，抱愛玄孫掌上珠。閒說詩篇談往事，過村鳩杖不須扶。

予與陳梅臣别久矣喜得相見贈以詩時癸丑中秋也

舊事難尋歲已過，翛然皓首對藤蘿。英雄自古無知己，國士其如有命何。貧剩胸襟斟薄酒，勇無事物礙狂歌。身前身後渾如此，慧劍應須徹夜磨。

癸丑秋八月喜文斗金吾從漢陽來相見偕李潛石秀才分賦

粵雲楚月兩無窮，八載忻看此際同。天上門開三謁帝，海邊僧老一林風。當秋未許驚牢落，奮翅還須插遠空。試問青蓮雄健意，才華千古吐長虹。

壽黎幾先五十又一

白鳳翱翔金馬邊，袖中三策洞人天。鶯聲上苑濃春柳，藥氣蓬壺接壽筵。已見青螺添瑞色，還捫紅日賦甘泉。玉麟最是君家好，舞綵偏能養大年。

艾石方伯入覲天廷弄璋報喜鳳毛絢彩早騰芳譽於神童玉樹呈葩又接瓊枝於瑞日俚言奉賀

正值朝天捧玉麟，天教金馬握絲綸。英材妙墨名方重，繡褓明珠道更珍。萬里官懷勞遠役，一門詞藻又添人。江山枝秀看無盡，湯餅餐來意獨新。

泊虔州

虔州夜泊數更籌，灘水灘聲作意流。曉月墮篷先有露，倦魂依簟冷無秋。心環結就迷端緒，客路初長去未休。七色花虬鞭未得，卻成烟渚一鷀鷗。

十八灘

巉巉石腳水痕乾，咫尺危鋒碎不難。輕點似添無力棹，亂流竟作有情瀾。客程處處俱藏險，身累年年只未安。欲剪鬢絲消憒悶，五更衣帽鬪人寒。

萬安道中

黄菊芳菲鴈已過，山城吹笛引悲歌。十年苦累空成夢，萬里投人更若何。露宿白鷗霜月冷，村藏紅樹錦雲多。久將幻境同兒戲，一任前緣佛與魔。

贈蕭孟舫 時與宋方伯艾石、佟憲長奎庵遊其負青樓

看君聲價重南州，况有名園可勝遊。共訂艤舟尋石戶，知能掃徑納諸侯。冬青萬樹藏仙鳥，暮赤千楹敞畫樓。近刊太平書就否，交情終擬久淹留。

贈胡敬濟

靈光尚憶十年前，相見翛然别有天。我愧談經如滯絮，君能飲露似秋蟬。胸中不用江波滌，眼底能窺嶽色全。便是自家清浄土，何須騎鶴逐飛仙。

出鳳陽界

馬頭墮月馬蹄風，百計消磨一夢中。獨樹鵲鳴疑着意，遠烟人去似行空。身同浮世名難就，心憶靈文願未窮。不學文鸞棲碧樹，卻慚紫柏與蒼松。

過桃城

策疲薄暮到桃城，又是南來一日程。只見身寒知絮薄，忽然夢醒是驢鳴。酒旗未易霑行色，夜月偏宜照此情。那似長安騎馬客，風塵雖濁意尤清。

嶧山下作

盡將世界作波濤，身似輕輕一葉舠。城角有情吹曉月，馬蹄無力踏殘蒿。朝烟帶雨看難見，夜夢還鄉不厭勞。可笑此中消未得，隴雲高亦未曾高。

章橋遇雪

粉作山河玉作亭，氊衫濕透欲成冰。嘗疑海市光難似，卻過章橋落未停。青映鄉關長見樹，白連天地不藏僧。北風一陣吹還起，鸞鶴烟霞夢未醒。

戲贈掌鞭 北路趕驢馬夫，客人尊之，號曰『掌鞭』

披羊裏腳養驢騾，不用揮鞭只用呵。阿母壚頭投意熟，王孫腰內取錢多。陸龍早困躭名客，雪地長為安樂窩。聞道神凝在姑射，若經風雨不如他。

雪

六出寒花掩路塵，飛空撲面最相親。石橋晒日疑歸夜，朔氣侵肌已損神。草木光浮新世界，鬢眉白盡老成人。泰堦已見平如砥，更報豐年入好春。

高唐道中

提鞭無力自行遲，亦為寒霜亦為詩。覓句喜當晴雪際，受風多在渡河時。十年講席心魂懶，萬里殘冬客路疲。誰掃綠蘿雲外屋，卻憐吾道苦驅馳。

入茌平

初日晴明午夜陰，辛勤苦樂在天心。霜珠欲結先行雨，薄面旋融直到襟。路鬼易欺形已瘦，馬蹄愁滑路難尋。相隨徒侶無言說，各自胸中有故岑。

渡黃河

月沉初聽五更雞，立馬黃河去路迷。人影遠侵霜樹白，酒旗寒挂驛亭低。烟村百里纔三見，事業孤身有數題。卻笑丹山飛白鳳，碧梧種就不成棲。

再過嶧山

馬頭北指嶧山寒，廿載重過勒馬看。信有風雲藏石洞，愈憐霜雪打征鞍。一枝倦鳥棲還易，萬里投人事較難。欲學小乘心未穩，只教客路自漫漫。

諸子不善騎驢每易失足作此嘲之

食飯不如齊魯客，騎驢那數廣南蠻。一頭到地敲鐘杵，兩腳朝天筆架山。爭覓高坡先上鐙，忽逢低坳即愁顔。頭陀苦行原安分，不是披衣學舞斑。

出東平

始知天地有浮萍，珠海翛然又玉京。大雪昨宵過泗水，小除今日出東平。艱難判就黄金骨，雨雪難消紫陌情。總是異鄉無可戀，隨行又作廣南聲。

東平遇雪

東平山路石鈎連，百里荒涼盡廢阡。古廟門前留碧樹，行人雪地裹紅氊。天無半日溫晴意，人定三冬去住緣。卻比梅花寒徹骨，飄搖輕薄客心前。

北月

飛埃不到碧霄圓，失隊哀鴻畏入烟。鬒髮似明還似暗，冰霜如割亦如燃。光浮斗柄人何遠，影落關山恨獨先。回首秦淮歌舞地，可堪皎潔酒樓前。

高無山勢冷無秋，磧闊空低攬客愁。去馬不嘶霜箭急，征鴻頻過羽聲稠。飄多白雪光偏厚，凍盡黄河影不流。南國明珠應可惜，逢人只是暗中投。

蹄輪終古繞秦川，冷落窺人缺復圓。吹笛帶光侵肺腑，飛霜無地着雲烟。人當乞食逢初亂，事不酬心付囊緣。收拾淚痕支瘦骨，雞鳴應有向南鞭。

昭關曾照伍家鬚，失路方慚鎮海珠。鏡破持來吾瘦矣，我安歸處汝知乎。烏啼地闊愁如海，魂醒人孤影在湖。刧火又燒山澤涸，重騎羸馬出皇都。

丈夫原不事王侯，短髮星星月一鈎。事在乾坤人自老，道存丘壑我何求。蜿蜒山勢寒流玉，寂寞僧懷似着秋。投得旅邸茅閣小，依稀疑是仲宣樓。

雪

搖心奪目瑞光濃，旅夢初回午夜中。共有情懷悲故國，忽無天地獨凌風。鴻鳴大澤慚霜羽，樹盡瓊枝比月宮。誰識此中真富貴，錦堂春色未曾工。

壽溫泗源尊人

文章閥閱發天葩，南極星輝擁瑞霞。宦海交情稱令子，客中懷刺乞胡麻。居官萬里勞清夢，着綵三冬亦到家。獨惜郵亭催去急，玉堂回首愈天涯。

壽蕭澹如方伯

千尋珠樹接層城，岳牧如君骨幹清。三世宿因酬錦繡，一門閒雅見公卿。月臨雪底成詩畫，社號香山是弟兄。萬里相投談五岳，且拋時事不須聽。

上池一掬滿流霞，勝看桃源萬樹花。琥珀有杯斟夜酒，紫薇無夢擾山家。看人下弈棋枰響，老我眠雲逸興賒。試問出山謝安石，閒忙誰共計年華。

遊趵突泉

甲寅二月，從燕臺聞亂南歸，過歷下，趵突泉在濟南府城北，同艾石方伯往觀焉。碧池之中，水花三股，有如煎沸，高可數尺，池底皆綠荇文絲，澄徹燭眉髮。有郭給諫號仲木謂予曰：『三泉眼皆有鐵牌三道，牌上書靈符。』郭曾親以手探之，郭年九十矣，符邊皆碎石，圓如彈，黑如鐵，郭得數枚，贈予一枚。

靈泉終古響轔轔，薊北天南惜問津。活火帶風燒地軸，銀潢抽雪噴珠輪。三花已見朝元氣，九轉誰知造化神。無限紅霞侵碧芷，鶴歸疑是武陵春。

鐵牌三面壓靈符，泉底無風竇自呼。龍虎豈當翻逆浪，乾坤原自有銅壺。方流何處尋溫玉，直上分明散雪珠。久倚石欄衣更冷，感時心事滿江湖。

甲寅秋日予客金陵景尚道兄出宰栗陽正欲趨賀忽有王師入鎮予隨之歸嶺欲乞路費於知己用寄此什

福星萬里到金陵，咫尺窮途未可迎。忽有歸帆隨鐵馬，旋思舟麥送金經。祇園不藉銜環報，清俸還知好義輕。得入羅浮高處望，千秋猶記此時情。

雨中過先雪樓與夢也學士禪話

飛埃九陌盡流金，居士樓邊萬竹陰。簾掛水晶寒映暈，詩堆白雪氣尤深。全無綺語添文思，只有清言長道心。多少朱門敲未得，儵然貧對是知音。

七月四日諸公集塔下喜雨之作

蓬萊水淺皺陽天，欲乞真經紙上傳。社有蓮花慚慧遠，人多元亮只清泉。片雲入座秋生袂，一雨傾盤玉滿川。當宁憂民應誌喜，秋登還是太平年。

白海棠予素未之見甲寅八月寓金陵入高座寺一見之復從徐公輔江城閣一見偶作是詩

月魂波影共微茫，冷澹迎秋意倍涼。烟水已空金谷圃，冰霜獨重白雲鄉。笛中梅瓣原無色，世上臙脂豈耐芳。羅綺紅樓千種態，一回夢破歇諸狂。

琢月磨冰絶點埃，無端卻下謫仙臺。何曾富貴能收拾，止有烟雲共往來。雪屋未寒先欲冷，玉簪凋罷始當開。鉛華洗盡無工力，漫對江城意莫裁。

甲寅中秋予以乞經留滯長干與諸公偕宿滄雲錬師道院卻贈

與君同姓復同年，我在風塵君在天。丹熟易尋騎鶴侶，途窮難乞造經錢。龍沙遠識開靈府，地脉真人駐紫烟。客裏感秋秋色冷，殷勤得遇大羅仙。

酬方夢也見贈次元韻

談禪道韻維摩詰，文字功勳郭子儀。遼左雪中難寄語，長干竹裏喜聯詩。雲侵夏榻書千帙，眼寄高峯杖一枝。若問曹源真滴水，總從清坐坐忘時。

薰風吹陸草頻生，說偈拈花共一城。寶鏡解開圓八角，眉稜拂後落雙莖。孫弘有閣春何在，綠野無堂道已成。公住一小園，曲徑翛然。翳鳳驂鸞仙骨在，還看羊角水雲程。

法海吾師許共遊，華胥智水出輕舟。公見天老人於歸宗，以地獄有無激揚置難，别後夢歷奇境，雙童寶幢引超覺路，此福善之徵也。高齋别號紺宮起，鐫佛霜刀慧刃投。予代天老人為公安法名高齋。趙清獻道號鐫佛。霜刀則用陸大夫於南泉請名故事也。玉樹筆花還着意，金繩雪幹總須留。令公則僭為安法名不敢，固遜矣。秦淮月色光無限，坐對蕭蕭蘆荻洲。

南還已畏朔風侵，羽檄悲傳鐵馬音。金字還求慚往喆，紙袍終欲乞香林。辛勤敢訴孤僧意，歡喜原知長者心。他日海門敲磬罷，思君猶欲下高岑。

贈余二聞

博山四世二聞，接懿範於前，睹開先於後，衣鉢猶存，解官自得，靈光法寶巍然，白下喜得相見，奉贈此什。

博山道法倚中丞，三世因緣葉葉清。骨肉喜逢留滯日，水雲未老解官情。雙林衣鉢光猶在，一室兒孫力未弘。金鳳玉麟君自慣，碧天長照月華明。

壽孫啓南

八寶池邊菡萏香，車輪如日起扶桑。仙人自合蘇門嘯，壽嶺其如白下長。繞膝鳳毛光燦爛，銜籌鶴意早商量。丹期赴得蓬萊約，正值新秋萬壑涼。

祝詞

松風披拂繞闌干，灩澦堆翻六月寒。四海羽儀尊鳳尾，千年文物重雞壇。天高北極梯原易，箭美東南似更難。一粒神珠光合浦，自然不羨大還丹。

胡方珠見贈用韻酬之

介然標致絕風塵，湖海誰當識隱淪。琥珀有杯收樂土，瓊瑤無句不陽春。高懷直接柴桑里，好友皆為洛社人。暑氣郭門三二里，憐予日日得相親。

與諸子宿萬鍊師道院賞月

千門月色石城頭，虎踞關前此夕秋。碧海路漫歸夢遠，玉虛天闊露華流。潭龍欲醒珠偏潔，洞鶴長鳴韻更幽。卻怪同遊賒酒客，縱橫杯杓使人愁。

甲寅九月杪予從江寧入句曲晤林明府僅人因得接黍谷錢中丞之歡同寓崇明寺暢談捧腹已成三日夕之樂十月朔二鼓別歸鄰院而宿夜夢與中丞憑高俯視見有攬綿花者夢中幻境其花蒙茸如海風撼浪予謂中丞曰可共作攬綿花詩何如中丞諾之予遂先成二句曰卻似白雲生谷口還如瀉水置平川及旦林紫君相過因與中丞同早飯王大席陳南浦俱在焉飯後相與步城頭攬郭外秋色而憑高之意遂憶夢中因語中丞中丞索予續成欲和同遊者各屬一章即以此為相逢剪拂投贈之雅什也

寒衣夢裏欲裝綿，新絮茸茸攬暮天。卻似白雲生谷口，還如瀉水置平川。憑高喜接中丞武，引玉先投野衲箋。若不吟詩慶相遇，沾泥心事笑枯禪。

甲寅杪秋予客句曲崇明寺大席道兄頻惠佳食且促膝談心甚感知己賦此用贈

華陽勝地又相過，古寺逢君感慨多。人似淮陰慚布衲，飯如香國見維摩。楚雲尚重衡文鑑，天馬終騰拔宅窩。知己天涯敦氣誼，天涯況復正干戈。

陳南浦道兄為予圖華陽秋色繪成即歸金閶賦謝

一幅山光滿素屏，多君共有水雲情。未須結社營茆屋，已見談空擁化城。千樹暮雲遮鳥道，半塘寒水浸秋萍。華陽此別將成夢，記別何年共月明。

甲寅九月張南邨攜其所選風懷訪友江上限韻索送予旅人也亦見采及

借得禪樓擬共遊，廿年不見秣陵秋。言從江渚尋高士，更挾風懷上客舟。蘆荻岸邊霜月冷，鸘鷫園畔鴈聲流。旅情稱意憐予苦，寂寞相思韻未酬。

贈李子先

予以乞經，留滯秣陵將四閱月，從陳子柱江口中知有子先，寒芒正色，久沁枯禪。及得相見，遂獲談心，石聳彎弓慣射，尉遲且得半箇，作此二律，以當敗缺。

水犀軍散剩龍泉，欲飲刀圭作地仙。玉帶典空樽酒竭，清詞譜出世人傳。百年活佛長看綵，一箇英雄只任天。着眼浮雲秋葉外，驚濤方羨已歸船。

結廬天界寺旁邊，疑圃疑農道總全。路少金吾埋姓字，袖藏猿臂帶雲烟。閒梳玉翅陪修羽，又見狂飆起大川。夜半見星如見月，憑誰光照一窮禪。

九日登高座寺

已知秋色滿江關，此意憑高益莫刪。世亂恰當為客苦，山空愈覺背人閒。秦淮萬戶晴烟裏，高坐孤亭落照間。事事頓令華鬢改，菊花應亦笑衰顏。

胡高士星卿

事事傷心歲月長，山河破碎失家鄉。獨支鶴骨陪青塚，難抱龍髯問玉皇。城內官街如隔世，村邊孝帽晒斜陽。簷前烏鵲頻頻噪，喜見蟠桃熟漸香。

壽胡方諸

七箇賢人八箇仙，古今兩席未曾遷。憑誰入座當虛左，獨子持杯許大年。日日微醺長入社，時時念露全天。天涯投分情無限，石鼎爐烟別有緣。

贈胡君渥 君渥自國變僧相不改，與兄星卿守先公主墳，麻衣百結

敲推未了死文章，冷煖難凔日月芒。認定一抔纔是土，夢回深夜總如霜。血流杜宇三春盡，影結鴒

原兩翼長。蓬竇不須刪蔓草，觀空時或發幽香。

贈智林

千僧座上此僧雄，為象為獅氣盡空。印佩毘盧尊覺義，人如晉代得玄風。花開富貴春為國，樓占雲霞月作宮。一箇路人無處着，卻從君意問窮通。

喜舒亦恒相見金陵

數年一水限相思，此日窮途握手時。今古秦淮空見月，風塵湖海意同誰。靈臺寶鏡光無礙，幕府蓮花去莫遲。便是空王真弟子，與君長作水雲期。

贈龐君杰

七尺身軀尺一鬚，丰姿應合寄蓬壺。材華用處春歸樹，心地平時月在湖。四百上方施願力，九衢橫術喚凡夫。古今又見龐居士，爭肯還同實所無。

贈文及先年八十二矣善圖章

聲華名歷幾興衰，八十看殘更問誰。曼倩何曾知漢碣，伏生元可誦秦遺。字留正氣存先節，山對秋光別有題。萬里與君盟水鳥，瑤琴一曲入無為。

乙卯人日泊皖城同葵軒總戎紫君文學登近江寺得春字

登臨此日正宜春，萬里鯨波絕點塵。銅柱舊營高細柳，玉壺新月照歸人。旌旗閃日遮龍藏，鵲鸛奔雲逸鳳津。劍閣燕然誰屬筆，千秋大業始圖麟。

張康之六十一

數載深峯插馬芽，紅雲綠樹野人家。典空玉帶留香種，割斷龍泉為稻花。萬里鍵鈐如隔代，滿天烽火任悲笳。鶴來鹿往渾忘歲，一曲商山日未斜。

宇遷大士修大悲懺於雷峯潔誠靜慮其勤懇以福先人者至矣於其還韶陽詩以送之

山中禮懺始出山，盤繞香雲兩袖間。陟岵只徒抒望眼，聞經真可破幽關。修誠已入蓮花界，斂慮方依滿月顏。瀉瀑崩崖聽不見，幾多宿痗已存删。（以上阿字無禪師光宣臺集卷二一）

全粵詩卷七八九

釋今無 九

遊曹谿與任崧翰憲使作

荏苒流光夢欲殘，重過祖席不勝歡。愛逢憲使探奇興，得話孤峯白晝寒。旗影亂翻溪水入，蘿陰高引碧雲盤。塵心頓歇空門裏，寥廓松杉插石壇。

馳驅無計息賢勞，風雅文壇慣自操。千朵芙蓉雲外瘦，一行鵷鷺日邊高。本來堂好疑青瑣，明鏡臺方現白毫。本來堂，明鏡臺，皆曹谿境也。木葉夜來風戰急，滿庭花雨泛江濤。

千章木護一孤亭，塔院憨師別有名。不早解衣恣偃蹇，暫時凝睇亦淒清。龕雲斷續晴含雨，磴竹蕭疎自發聲。線底明珠歸慧業，出山饒有道人情。

遊玲瓏巖始與班明府贈予腳力

鐫得驪珠九曲明，瑤臺疊疊向人清。鼓鐘自發雲根響，獅象齊驅藥力輕。巖內石筍，考之如鼓鐘，又有獅象二石，以其片投醋盤內，則東西走合。名勝未須誇泰岱，巖巒恰好稱山城。客愁無處消煩暑，今日因君挾纊行。

洞門别闢轉聱岈，石燕喃喃亦有家。琢玉自成棲鳳穴，倚天高散護龍霞。忙生白髮情難問，靜數青峯興尚賒。乍入片雲無路出，化為冰乳漬蓮花。

巉巖掿拄逼層空，矯矯真看奮玉龍。只見石連諸洞口，不知人在幾天中。鼎烟尚染仙雲冷，僧米空懸布袋窮。出米巖其形如袋，尚存。四海一瓢休未得，青騾誰可借淩風。

西石巖 巖在樂昌城外

洪濛擘破出雲窩，石色青蔥自鬱峨。倒挂玉蓮鈎地軸，平分銀漢礙天河。月臨樞室光先滿，路轉陰厓屼更多。黑帝一碑靈氣壯，飛來猶自鎮山阿。

城西三里泐溪陰，覽勝先存避世心。湖海巖巒原不少，風塵歸客只難尋。流霞且酌壺中月，清夢能披物外襟。峴首至今傳盛事，肯將華鬢換黃金。

泊清遠

九夏行殘暑氣侵，孤城風雨客途心。原非有我忙偏劇，只是投人意便深。宿蚪劃雷驚欲動，濕雲過樹斷還沉。廿年萬里探奇蹟，惆悵而今衹獨吟。

持福堂成移植刺桐樹 有序

劉持平中丞没於王事三年所矣，予乃搆堂祀之，報德酬諾，聊盡此心，至於生死交情，付之一夢，因緣宿契，更訂三生，欸欸下泉，陶陶永夕，伊誰獨切，信非文具。堂成，移種刺桐，點綴雲林，偶吟短章，寫懷莫盡，而諸子遂從而和之，竟爾成帙，亦聊誌一時云爾。

刺桐移種福堂前，柔幹融融帶海烟。布葉未能遮曉日，開花先愛起枯禪。土痕蝕退根初定，雨氣侵多色更鮮。留得故人遺意在，婆娑吟弄自年年。

五絲續命覺難牢，種樹先尋丈二高。旋有烟雲歸戶牖，即供吟笑助蓬蒿。花開映徹千層錦，風撼喧成八月濤。髣髴嶧山分異種，淹留名久入詞騷。

拱把而今正可憐，栽培愛爾大庭前。從來有相標無相，此意依然又惘然。海上雲霞吹雨氣，林間星斗照詩篇。春深葉密須防護，莫使凄涼叫杜鵑。

中丞道味實純和，執卷微言析更多。未捷戎衣歌薤露，空留山月照藤蘿。庭森獨樹難尋夢，天喪斯人可奈何。轉盼浮生吾亦幻，口碑從此寄巖阿。

燕山尚有結茅茨，中丞與余及澹歸訂隱燕山，已結茅庵一所。數載交情一夢辭。未喪此心君正活，難忘舊日我長悲。寒風有意吹松柏，墓草無情愛別離。似種冬青遺恨在，刺桐高發向南枝。

萬里烽烟白下歸，撫棺空自濕征衣。重言共過梅花嶺，傷逝同嗟彈子磯。幸有一龕分佛火，定知遺恨在金微。箕星騎得光芒甚，照樹年年到十圍。中丞嘗謂澹歸及予曰：『我三人不論我陞官、降官及死，過嶺時俱要同行。』旅櫬過關，予與澹歸津送過紅梅驛乃回，蓋不忘宿諾也。歸舟泊彈子磯，相對有不勝今昔之感，此予初自金陵歸未數日，往來於相江中也。

送周瑞長之任程鄉

為官節尚重清貧，此際尤當學古人。要使徵輸歌孔邇，還昭明恕起斯民。芙蓉岸冷行相念，明月高天自可親。欲寫一篇循吏傳，近來衰懶意空勤。

壽戴怡濤太守

喜見枌榆此日春，笳吹動地羽書頻。千秋渤海稱龔遂，幾度輿情得寇恂。仙石洞中留日月，蓬山島外隔風塵。曠懷體用能兼備，一斛流霞滿酒樽。

壽金國瑞都閫

白璧無瑕方寸心，十年嶺海振清音。行間戰壘龍泉壯，夜柝諸門虎鑰深。鸑鷟舞回蓬島月，麟麒高奪泰華陰。交情千古齊仙佛，意氣知君不可尋。

簫管中宵佐酒卮，不須更問夜何時。乾坤落落雙旗健，星月煌煌萬里宜。守道拜除甘執戟，書空劘盾陋題詩。登仙慣挾還丹術，煉就刀圭到鳳池。

閒燒龍腦炙金仙，隻手憑君梵宇懸。玉笛暗吹梅調冷，碧波頻渡月華圓。移來椿樹遮新甓，喚醒靈犀見別天。只道赤松能辟穀，此中底事竟誰傳。

壽鄺檗庵六十一

滿堂香飯結華筵，瞬息流光又十年。四海共傳高士傳，一丘閒臥鹿門仙。經綸水石成三徑，睥睨戈干笑九埏。若月照臨龍戰後，好將信史為人編。

張母祝詞

蓬萊水色變滄溟，瑞氣流光繞戶庭。刺史舊傳龔遂宅，麻姑今見伍喬星。文章精義方麟脯，松柏高枝入月櫺。自有珊瑚支筆架，何須石腦重金瓶。

蔡母祝詞

又見麻姑降蔡家，齊飛三鳳擁紅霞。鳥中琪樹年年綠，堂上珠簾日日賒。青鳥不須歸洞口，白雲今又沃仙花。蘭孫滿地無餘事，繡佛帷閒爇馬芽。

惜鶴

九皐心事委平原，毛羽飄零一翮存。不向蓬山尋舊侶，且從蕭寺宿雲門。長鳴夜梵侵禪磬，閒啄朝烟破月痕。卻笑當時華表上，可知何處是歸魂。

輕巧蓮 一瓣而兼紅白，故曰輕巧

日月初懸色未勻，芙蕖一朵正平分。香流銀漢寒光澹，水入蒼虬紫氣屯。素羽未藏鵷鷺背，絳紗先作斗牛文。遠公曾種東林社，遲及江楓送鴈羣。

喜夢也學士與趙鐵源典闈見過

滄海驪珠已盡收，華軒喜得接風流。高懷愈覺文光遠，標致空宜嶺月秋。酒入花田潮正滿，蹟當奇甸賦能酬。聯舫況有詞林客，三笑山門話未休。

贈楊沛若秋捷 時年十四歲

琥珀香光亦異葩，月中姓字國人誇。胸排錦繡遮銀漢，筆架珊瑚奪綵霞。舞象正開金菡萏，乘槎忽捉玉蝦蟆。師門最喜侯芭敏，心法傳探上苑花。

乙卯小雪夢也與趙鐵源典闈從敝院還遂拖恙欲不果花田之遊予適亦感風寒夢也成一詩因以索和 時夢也被盜竊去衣物

繞潭霜菊正相宜，好景依人不暫離。何事維摩稱臥病，亦同衰禿及秋悲。遠懷覽勝情終急，短杖迎江步已遲。況復笳聲傳海國，幾人文酒得追隨。

開懷畢竟是登臨，客裏奇書且莫淫。胠篋舟藏看轉壑，爐烟累息見初心。禪關欲破修鯨夢，爾雅欣同小雪吟。他日南朝天監寺，與君長坐對楓林。

鐵源趙典闈見訪奉贈一律同入花田攜二章見贈用予原韻即於花田疊酬其意

虛江亭午日猶存，桂檝看花撥水痕。太乙使星分地軸，風霓到影入天門。平原易起芳時恨，麗句堪招北月魂。欲覓草青無處覓，明妃那得有孤村。

新詩浮海盡先傳，萬里皇華已極天。入寺冷心窺石井，采風蠻語雜秋田。衣輕寶地囂塵遠，手綰明璫上國還。更詢同遊方學士，可探還有正中偏。

聞李紫瀾解元秋捷寄此

雲山別後歲空長，此日驚聞折桂香。巨筆早曾期雪夜，燕花還喜踏春塘。奔雲逸足鞭尤健，作賦鴻名志自強。我老扶笻頻斫額，何時燒茗對匡牀。

次方譽子韻

材華荷筆入文昌，翰苑君家是棟梁。聯璧慰予頻見玉，談樨期汝獨聞香。還家客夢懸羊石，過嶺梅花覆竹箱。萬里遠遊拓心境，始知身世重空王。

送徐武原歸白門先定靈谷之約兼寄令兄周來道兄索寄宣紙入嶺

鐘山月色寺中梅，最愛山頭坐雪堆。今日倦遊歸海國，他年相約共林隈。霜花過嶺侵行李，松影還家覆酒杯。長想阿兄金玉句，肯將宣紙捲詩來。

王觀察仲錫以鹿放生賦詩紀之

鹿苑今朝始識名，幾多生意遍山城。尋來寺草循幽徑，留得微靈聽寶經。能踏金蓮隨步出，解銜仙玦此心明。養成頭角雙龍準，騎向芝田月下行。

重九前五日奉陪吴采臣糧憲入雷峯謁天老人

官閒喜與野人同，欲叩真機訪遠公。江臥愛當中夜月，山行恰值九秋風。寒鷗映水微微白，短蓼迎船欸欸紅。棒喝醒人今莫醒，此時沉醉即英雄。

吴采臣糧憲約同入雷峯官舟先發

芙蓉蘸水曲江逢，逸興遄飛過碧淙。先我錦帆分野色，知公新趣逗樊籠。排雲擊節波千頃，策杖尋僧月一峯。終歲鼓鼙人事改，相隨真覺此情濃。

和舟行即事

秋氣纔深萬木降，雲濤軒豁失幽窗。陳琳有檄誰操管，庾亮移尊已入江。詞客多情看水鳥，荒村亂後少山猇。三星的鑠魚龍睡，一陣笙歌咽玉釭。

采臣糧憲與社中諸公赴出泉梁吟草堂雅集之招予偶從雷峯便道亦與其盛奉和二律

便從山徑趁芳菲，為問參軍白板扉。才羨玉麟機獨敏，筵邀金馬客原稀。嫦娥半額花為國，寶鴨沉香月滿幃。按節夜涼心已適，白雲偏愛逐人飛。

花黃月白暮烟霏，甓社珠浮白玉扉。亂後相逢人獨好，歌中歡絕事還稀。誰探鈴匣金盈手，莫採芙蓉香滿幃。為倩長房施妙術，壺間遲放一烏飛。

和回舟花田小憩

蘭浦停舟興未孤，花田纍纍接平蕪。烟波憑吊推高士，冰雪丰神認藐姑。潦倒客星貪夜飲，光芒劍氣逼雲衢。珊瑚出水原因網，未必能閒是魏珠。

已抛竹杖不須扶，線斷芒鞋腳也無。瀹笋興能添此際，尋花人自費工夫。昨宵月窟醒如夢，先夕雅集梁吟草堂，不寐二宿矣。今日荒原夢亦甦。愛殺短莎江上綠，曲肱吾且任真吾。

和吳采臣糧憲吊素馨墓

香骨全消化紫霓，千年陳蹟草萋萋。冰衫尚怯花魂薄，月影還疑雪夜迷。長袖風難廻白日，時王力不到黃泥。芙蓉歲歲秋江上，一度來僧惜杖藜。

和吳采臣糧憲九日書懷

秋江雲物向人佳，轉覺空濛動素懷。九陌行塵驅鐵馬，三山仙路隔芒鞋。鱸蓴不用催歸槳，蒟醬聊同賦水涯。海上青騾原健足，肯教身世歎秦淮。

暫時抱膝此情佳，落落丹楓伴客懷。賦就江南文思拙，望窮塞北鴈行乖。島中日月留銀甕，世上風塵惜鐵鞋。洞鶴不來金薤冷，敲冰誰熱品頭柴。

送何鳴玉宰曲江

九成臺畔見來儀，雲際雙鳧自在飛。錦是天孫原巧製，花逢韶石更芳菲。十年艖竹稱明敏，一路琴聲徹翠微。萬里乍逢忻送別，白雲珠海願非違。

壽汪漢翀

乍歸萬里旅魂驚，喜向華筵祝壽星。古道自能添語笑，長生誰得學儀型。金爐火煖堪怡悅，碧海波騰幾變更。國論文章推一席，商山誰逐採芝行。

壽吳采臣糧憲

仙郡開初繞徑香，羅浮佳氣入春光。隋珠詞賦名偏重，粵甸煙雲望獨長。坐聽雞聲深國計，暗消民瘼引清觴。蓬山一路笙簫起，只在鴻才玉署旁。

懷煥之連陽

徵兵羽檄急連陽，清嘯劉琨引盼長。投分十年乾茗碗，求仁三月凜秋霜。烏啼夜壘雲侵槊，氣薄長蜺酒滿觴。自是經綸本鄒魯，不從利鈍苦商量。

春日

庾關幾度躪旌旗，驛使蕭條去馬遲。入夢故人驚夜枕，乞油雙衲阻歸期。海螺雉堞催烽火，香草郊原長亂離。藿食自無廊廟意，不知衰病欲何之。

詠面壁初祖

海國何嘗問水程，風濤歷盡不知名。已無我相堪留石，解學人言總是鸚。休向水痕籠日月，都提木偶辨逢迎。神光急犯西來手，已拔心頭黑暗旌。

梁園魏苑不多程，一別無人識姓名。月裏兔歸原羿婦，羅中人語是秦鸚。刊山琴斧須難折，入海狂波莫亂迎。兀兀微微相非相，天龍長此護雲旌。

靈降盡說有歸程，覿面何須設異名。吠日固多川地犬，愛毛渾墮隴山鸚。雷轟殿角疑難聽，劍落巖頭未易迎。一夜雪光偷髓去，只留殘壳卓金旌。

儒林原自遜朱程，真宰何嘗有定名。偶聚千花薰塔石，曾聞一偈悟神鷴。每思嶽麓終難繼，自入熊山不可迎。酷似報知求劍者，刻舟留畫記雲旌。

壽徐浩然方伯

紫薇星更耀中天，萬象澄新散曉烟。南服久歌文種治，大農原著茂先賢。三山仙列慈仁長，十載僧懷德澤偏。最喜流霞逢晉爵，臺萊聲滿藕花船。

六貞詞

碧天無路水無情，六朵芙蓉一夜傾。未信香魂能噉虎，須知烈魄已干星。黄金亂世人難得，紅粉捐生事易輕。好向蒼梧最深處，幾多衷曲訴娥英。

祝詞

誰知譙火别然犀，蝶夢華胥一樣齊。范蠡有船千頃月，商山無伴一枝藜。人間勝事知俱幻，世外良緣漸不迷。桂樹玉堂留懿業，便應隨意步丹梯。

春風

郊外閒田十畝寬，竹窗孤坐到更闌。長鳴簷馬聽無倦，乍過山花不耐看。濁酒客添煩思滿，幽香僧愛石樓寒。微微幾陣黃梅雨，隨意莓苔上石壇。

月明小立愛紛披，數九初停境物移。鴈翅暖歸過嶺候，爐烟斷見入簾時。梅花落地飄還起，鳳尾捎雲薄易知。欲煮一甌春露茗，將鐺懸向白蓮池。

詠水

鳥擊三千入太清，巢風駐月動尤明。能歌壯士悲燕史，易墮孤忠撼楚城。洗藥故山空有夢，浮花洞口自無情。春深藻荇頻頻綠，擬棹輕舠自在行。

捧出蓮花綠玉香，微茫積氣接天長。但逢七夕填靈鵲，每愛孤吟泛野航。浸潤功分歸漢渚，桔槔聲歇息斜陽。月明仙掌融融濕，曾向方珠裏面藏。

壽張致堂學憲

太乙光分照嶺頭，金陵風雪逐仙舟。流霞共醉江花冷，野鶴長鳴古渡秋。烽火一回悲地軸，文章八代貴天球。鴻儒自有操持力，獨擁臯比意莫酬。

羽檄分馳校士中，天涯霜雪鬢邊同。夏時未易消鄉夢，搦管尤深識化工。孺子受恩收棫樸，俗間猶子昌貴得選録，故云。何年報德答沙虫。安期巖上清風起，棗色離離映遠虹。

聞某故人得子此寄

渥洼千里育神駒，白月光開掌上珠。八十文星原未老，一株玉樹豈云孤。龍門有李看爭御，祿閣無劉繼此儒。遠想故人多好事，為君歡喜望雲衢。

和吳采臣糧憲春日偕兩令君令甥及諸公過遊予他出乘予新製舟至大通寺

三春未得晴明候，此日初開江上雲。南浦烽烟悽未斷，西樵山色盡平分。嘔啞尚覺漁能樂，瀟灑應知鶴不羣。共有仲宣樓上意，書成詞賦孰如君。

無因乞食見高幡，村落蕭條動世尊。偶策竹筇趨客舍，倒迎草履失山門。鶯啼綠樹聲初滑，興引紅雲日未昏。獨酌濁醪閒引領，海天碧盡自無痕。

琵琶洲接海潮灣，東望烟花慘客顏。蝌舍傾斜迷日月，軍書旁午阻雲山。靜看鷗鷺皆忘水，暗惜風塵憶閉關。叢桂暫時羈絆少，清流濯足可尋閒。

五石樽成繫水邊，暫供遊興樂初禪。寺當烟雨長無地，路入松楸忽有天。可愛身堅常對坐，何如耳熱或欹眠。江湖不少神仙術，終日陶陶即計然。

處處春光嘆寂寥，無情空自長寒潮。負鋤瓜下栽薑種，拾栗鐺中煮芋苗。夢似江淹原有筆，詞如揚子不須嘲。獨慚未赴登臨約，閒殺花田小石橋。

近水孤村尚種茭，豈知戎馬已生郊。流離人似亡家狗，擁腫僧如大腹匏。索食何門容躑躅，吞聲是處見喧呶。文園詞客貽仙韻，且自乘鸞把月敲。

跳躍雙丸射海濤，鴟夷真否有三高。人間苦樂迷黃鵠，水國旌旗插白艚。避世逢萌過鴈塞，思秋張翰泛漁舠。空來野老無供給，鉢水孤擎只冷淘。

城頭遮日日偏寒，一尺蒲團萬頃寬。僧入定時忘寵辱，客來雲際見芝蘭。秋荷香老堪為紉，翠柏苗枯可當飡。擬作一篇招隱賦，武陵無路覓溪難。

參差玉樹會鳴珂，辟咡登臨樂事多。白練影光分綵筆，綠疇雲起濯新禾。早隨學禮談廊廟，時亦尋僧到薜蘿。象舞鳳翔那得似，老萊衫袖引高歌。

歸舟一路起寒鴉，蠟屐聞香已印花。粵嶠雲林原鹵莽，南中詞賦本豪華。接䍦斜見山公酒，木碗深知北院茶。我亦趨歸空佇立，山童報客早還家。

送王篤生作宰文昌

瓊臺氣誼舊交多，廿載長思策杖過。乞食事難羈曳履，宦遊人喜得鳴珂。天遙帆影風初暖，島上琴聲氣更和。況遇太平佳景運，好將德澤慰巖阿。

梅影

每因月色見橫斜，恍似林逋臥隔紗。雲去雲來枝自濕，花多花少韻原賒。百齡節序勞風雨，片刻陰晴即歲華。翹首羅浮千萬樹，村頭應更影交加。

壽胡韶先

孤管蒼茫倚北辰，枚家詞賦韻原新。烟雲入座添豪興，肝膽如君更幾人。仙路無過深綠蟻，勳名何必問麒麟。神珠共拂醒醒夢，笑看炎洲萬刼春。

寄懷劉煥之

無因杖策到連陽，惆悵江頭對渺茫。知己自能臨大節，何人更有好文章。枕戈天地風雲窄，剪燭年華夢寐長。曉角一聲驚客起，思君真在廣居堂。

樂說弟四十初度

經文註就閣珊瑚，日日看山在畫圖。春樹影分雙眼碧，溪雲氣靜萬峯孤。衣披刼外花為褥，境印真機玉作符。三十有聞今四十，叢林尤愛得良模。

送尚欽臣赴陽春令

兩度栽花春日深，儒生經術濟時心。亂離百姓真堪惜，跌宕材華豈易尋。琴拂金徽原有調，僧懷茅屋動孤吟。習家池館嫌多事，案牘閒應對石林。

壽耿象成糧憲

香分薇院共談棋，氣義交情世外知。文度茂先原博雅，尋僧元亮更丰姿。學當援世師仁術，韻對南山滿酒巵。芝草崇蘭祥瑞遍，心如明月照玻瓈。

同王仲錫觀察泊海珠寺聽遺幻詩得寒字且約遊安期巖

水石波翻只未安，叩舷歌徹海風寒。藍田玉冷烟千頃，滄海珠明月一丸。説幻可堪悲去住，忘情未許到衣冠。登臨更訂安期勝，擬向丹梯接羽翰。

壽黄端四大士

笑語雲中自在仙，功深調爕亦憂懸。杯好酒文園賦，三徑秋光元亮天。庇我事多情似醉，活人心普福如泉。年年剩有羅浮夢，四百松杉對曉烟。

寄懷劉焕之

予與焕之别久矣，何日不思？至連陽，聞九日宴客登高，予寄句適到，浮白朗歌，有如披對，即以折柬，差健卒見招。予以時警方急，遲其問渡，殊覺悵然，詩以先之，並博千里撫掌之樂。

軍容閒整樂登臺，俯視風雲氣壯哉。誰敢憑凌當玉劍，可知叱咤見英材。丈人師吉皐比暖，野色雲開塞鴈來。萬丈神珠光不歇，指揮尤藉手中杯。

更聞宴盛樂羣賓，綏帶還尋大雅人。數載夢魂知我倦，一生肝膽愛君真。轅門日靜秋聲闊，古驛花開瑞色頻。洙泗源頭最深處，連陽一鎮見芳樽。

仙城羽檄不停馳，野鶴無因問路歧。折柬兩招秋葉裏，布帆應挂仲冬時。廿年知己心先醉，萬里瑚戈力獨支。縱有崑崙談劍客，一杯寒露屬襟期。

九日和王仲錫憲長詠蝴蝶花限韻

久知物化漫無歸，縱對新妍意已微。窈窕有魂依月窟，淒清無葉補雲衣。秦淮歌舞消兵火，東岱巖巒足蕨薇。處處名園應寂寞，野娥好自耐芳菲。

壚頭作伴未應歸，乍立輕盈怯力微。不逐襄王成短夢，空教蒙叟換輕衣。名高花圃疑烏足，烏足葉化蝴蝶。香度星垣侍紫薇。楊柳不須吹玉笛，芳華留取弄餘菲。

十畝香齋蝶未歸，碧雲遮樹路尤微。隔簾欲動虛經眼，併葉初濃照舞衣。一徑情深南浦月，十年人老北山薇。蘧蘧已覺吾非我，忍摘輕盈伴夕菲。

柔麗芳鬟嬾未歸，虛名似物亦輕微。宛疑神女陽臺夢，濇著飛燕拂月衣。漫欲隨蜂收綠蕙，何須避雀隱青薇。王孫萬里難藏恨，合伴芊芊草色菲。

昨宵華表鶴初歸，擬共莊生話翠微。薄翅欲飛低日影，輕風徐過動人衣。春園舉扇愁清夢，南國看花識紫薇。栩栩自忘蕭索意，不須窗下伴芳菲。

惆悵春園坐未歸，月明隨夢到金微。剪羅自覺輕能語，化吏何當幻舞衣。未上搔頭慚茉莉，長凝香汗愧薔薇。威蕤日影秋光薄，一併東籬色共菲。

詠鏡中燈

昆吾本自冶紅爐，銀海誰知日出圖。光奪菱花開絳蕊，影藏雲髻插珊瑚。赤烏入月天河竭，博望浮星漢德孤。試看夜蛾輕撲處，此中還可熱人無。

粧臺匣淺夜光微，井底胭脂入眼飛。棲鳳獨銜曦影宿，垂虹新向月明歸。經天銅柱高能豔，蘸水芙蓉冷自依。舞罷麗人輕一照，桃花還更着餘輝。

賦得孔雀開屏

丁巳臘之十一日為仲錫王觀察覽揆。先二日遊海幢，予院中久籠一孔雀，飲啄隨時，毰毸已極，數月來，漸麗其尾。是雀也，昂首見公，為之三前三卻，忽開屏相向，意若忭舞。觀察德惠於海幢，不可枚舉，豈誠動昆虫，而此雀竊知之耶？故為賦孔雀開屏詩。

白業馨香佛國來，靈禽屏向壽峯開。飛泉漫說流銀汞，跨鶴真疑到玉臺。結社半生虛草屨，盟鷗萬里見真才。人間幻事公窺盡，歲歲祇園韻莫裁。

贈梁梧岡

九十猶如四十時，琴聲太古養冰姿。龍鱗欲化松非老，漁海乾殘影未移。可有金丹師葛令，應無閒夢學希夷。平生機事渾無取，只是低低一局棋。

贈羅仲謙

龍溪千樹照寒梅，君掩高齋即雪堆。舊有霜毫供幕府，久無清夢繞城隈。瑤琴彈處聲皆古，新韻成時意盡開。廿載上方明月好，一加襆被記初回。

和吳采臣大參韻送金共玉赴廣西臬署

十載相依忍別離，梅花初發鴈翔時。材當萬里祥刑起，路近三台玉闕知。酒向蒼梧移浩蕩，人懷粵嶠意淋漓。陰符黃石兼心地，借箸真堪佐大師。

壽汪君乾

卓立孤根見楚材，風雲事業萬山開。懷人愷悌稱嘉惠，閱世豪華悟酒杯。實地功勳標傑閣，名藩筦鑰重金臺。關情最是吾門侶，歲歲元朝祝早梅。

寄鐵源趙宮詹

三載分攜未可忘，浮雲幾度變扶桑。酒知學士豪能健，亂覺孤僧老易傷。天上清風多御苑，海門寒月照遐方。襟期潦倒醒還夢，十畝花田對夕陽。

寄彭凝祉狀元

看花忽聽是吾孫，喜見絲綸副至言。錦繡文章傳父子，離微性理寄淵源。嶺雲回首新金榜，玉闕高看到海門。珍重紫袍天下士，聖賢道即此中存。

送佟奎庵撫軍還朝

解凍春風拂拂輕，台光高向鳳凰城。十年交愛情非淺，一日驪歌意復驚。聖代恩同甘露下，玉珂班逐禁烟鳴。何時再布南方政，五嶺黔黎誦太平。

與張總戎登虎頭門望海

南瀆波濤此獨深，廿年懷想始登臨。建牙愈覺軍威壯，望月先為海氣侵。變幻龍魚看易失，漂零天地信難尋。鴟夷漫說功成去，滿目雲烟有古今。

碧霄萬里印滄波，始信人間路盡訛。雲結樓臺鼇背闊，風搖星宿浪紋多。馬援自古誇銅柱，嬾瓚那知戀玉珂。最愛閒眠烟水際，卻同博望泛天河。

身搖玉鏡步罡風，千折烟濤有路通。石吼黿鼉雲是雨，營圍鵝鸛木為龍。天開日出疑蓬島，茗熟詩成對碧空。此處尚無桑柘事，不須麟閣話軍功。

並蒂蘭　為周瑞長作

愛汝為官清且賢，無慚宿學即金仙。幽蘭並蒂先呈瑞，馴雉孤飛更可傳。春氣濕琴香自滿，閒心對月韻俱妍。卻同丘壑山中老，紉得秋衣向晚烟。

寄壽陽春令尚欽臣

蒼龍銜月得清涼，雪岳長搖午夜光。寶鴨香薰吹繡幔，銀箏曲度見文章。養成和氣陽春起，結就名山白社長。七色巧裝金玉管，一編專為寫循良。

登巾峯

控扼湘衡勢幾重，熙平自古號雄封。勾連石崿嶔岑壯，紆曲雲情紫氣溶。一度干戈空突兀，百年星月伴杉松。近城細數諸峯峻，唯有巾峯影獨濃。

咏圭峯晚靄

驚心逆旅是餘暉，況復圭峯入望微。峋嶁影分紅豔冷，太行風定綠蕪肥。千家掩映卿雲密，一度烽烟過客稀。此去武陵溪較近，棘津疑有釣魚磯。

飛瀑

芙蓉一簇繡難成，日夜龍津瀉玉聲。白向月明高士意，綠沉碧落綺羅情。看奇自易生吟興，命筆真難遣墨卿。欲擬絺衣當溽暑，石頭横臥未曾醒。

雙溪雨後暴漲

天吳一笑溢雙溪，春鳥綿蠻草色萋。舟入湟川雲自厚，風廻衡嶽浪難低。洞門虎蹟遊龍臥，天上人家宿霧齊。萬點山尖無覓處，樵歌人亦對吾迷。

楞伽曉月

難平牛斗鴈廻翔，峽入楞伽月未央。側閃雲根沙印玉，斜開珠浦地成璜。高分詭異懸羅綺，細染玄黄是雪霜。漫説白鹽青不極，探奇真已失瞿塘。

入龍潭看飛雨

抱珠神物氣何深，一噴寒匡萬古陰。細碎遠分青海色，玲瓏高奏白頭吟。誰當亂掇鮫人淚，未可輕言過客心。似望遼東華表上，千羣鶴羽舞飛瀰。

泛崑湖

刼灰髣髴到炎蒸，湖水湖山氣自澄。倒影暗窺天宇闊，廻飆直射地痕青。分形愈覺峯巒秀，過客偏驚虎豹獰。何事漢家穿鑿甚，樓船無路入長汀。

靜福寒林 靜福，仙山也。真人冲氣之蹟尚存

銀色麒麟錦鳳皇，藐姑乘後地猶香。秦庭獻策安期去，漢代談叢曼倩狂。勁節不教松柏占，仙雲獨引古今長。禪宮消歇寒林在，夜夜蟾光照渺茫。

之連陽乞食至焕之元戎鎮中先成二律

篔簹無實鳳先饑，况復川原有鼓鼙。客裏眠雲浮小艇，意中求友見長霓。廿年講席心常苦，八座軍容氣正威。花滿湟川春草綠，玉篸瑤巘正相宜。

結束前冬未可行，豈因乞食始尋兄。忘形自得籌生理，講學尤當見練兵。花暖三春香鼓角，星懸一室慰心情。匡時建策悤忙甚，話徹多年付醉醒。

宿汾水寄臯憲王仲錫當札兼問馨子病

別來數日只憂懸，想見寧馨病已痊。語笑暫分江柳改，稻粱無計夜船眠。峯奇地遠書稱麗，官久家

貧事可傳。赤管銀章如有用，江南題咏興悠然。

小塘遲朱廉齋進士不至

春帆共挂喜同行，月上遲君望倍明。薄宦久知無別累，孤舟何事滯江程。梅關署冷苔痕厚，浩刼機深道意生。不久亦來尋促膝，蓮花社裏話三更。

蛋婦

日炙風吹拆面紋，絲綸在手不停分。船無空處團兒女，網欲乾時挂水雲。辛苦荊釵簪古髻，陰寒江霧襲麻裙。綠頭花鴨長鳴餓，撥置紅虀用意勤。

喜風

大塊忻當噫氣時，千尋碧玉碎玻璃。小龍飛處山皆退，檣馬吼來鳥未知。直上蓬萊渾不礙，似離塵世最相宜。明朝敢望還如此，佛意年年挂鬢絲。

木棉

烘雲染日射珊瑚，十丈戎戎興未孤。銀海赤虹飛獨健，玉蘭碧葉妥還粗。鶯分細語催開急，鶴踏花頭倩翼扶。閨閣閒情删已盡，風流應合在蓬壺。

午夜舟中暴雨

陰霾結就笑天吳，衆壑風鳴夜未徂。電劃雷從頭上過，雨來人似甕中呼。野航支漏唯孤篷，滄海浮珠有畫圖。想見微明雲欲曙，水痕處處隱平蕪。

江邊見梨花一樹

江頭茅屋見霜花，疑鶴疑雲影自差。蝶去昨宵春雨急，客來今日暮烟斜。韻從墮月追姑射，香似隨船隔絳紗。短笛一聲山數點，不勝幽思對蝦蟆。

鷓鴣聲

濕烟初散數聲啼，星挂山頭月挂溪。夢去華胥原窈窅，醒來蝴蝶尚淒迷。廿年心事人稱老，一夜花枝雨落齊。若使紫髯碧眼客，長聽只合醉如泥。

舟行

飄零雙鬢似逢秋，乞米深春坐小舟。飯晚悔遲師棗柏，腸鳴思得食麻油。團圓灘月當窗口，寂寞溪雲護衲頭。一寸板釘千尺水，思量百事合宜休。

湟川舟中

日沈碧水氣佳哉，曲折波濤吼晚雷。嘶噦鳥啼山大伯，高低石長水楊梅。船因買纜經時住，花為無人盡意開。路接鴈回峯較近，干戈阻絕鴈應回。

漸老思為適意行，波濤不定輒相驚。更籌夜聽山營急，米價時聞估客增。天擁芙蓉青黛暗，風傳謝豹夕陽明。桅檣盡日巑岏裏，惡怪心頭事未平。

過浛洸廠寄李謙庵太守

榷關猶是太平關，洸口英州萬仞山。亂後故人為政好，眼前商旅覺心閒。彤雲欲定雞催曉，紫氣飄餘鶴帶還。乞食霜鬚予過此，簫聲原不落人間。

步浛洸準提庵 庵門有『寶藏』二大字，假米元章所書；有英石一巒，三年前英州邑侯張石舟見許，今忽見之

疎篁掩映水相連，小步方知興渺然。盤樹月圓齊碧葉，蓮塘草長走朝烟。雲根尚在思張令，筆勢何人假米顛。今夜又從灘裏宿，回看還欲酌青泉。

泊大灣 步小南華寺，寺僧石悟曾依予座下，遊時固未知之也。庵中有小英石一塊頗佳，而峯已折；有新蔬頗嫩，擇之供餐

又泊斜陽尋野步，榕陰委曲見山鐘。僧纔種竹歸能識，客自看花竟未逢。園好蒔薺呈嫩葉，石因移樹折尖峯。殷勤小摘青蔬束，尚覺依依意味濃。

上灘

一灘纔到又酸辛，傾側何曾敢動瞋。手捉竹篙供野哭，身流珠汗苦橫陳。精神鬬石兼鬬水，賈貨行冬又行春。博望天河當日去，撐槎未審是何人。

記夢

珠衣失手落滄溟，草蔓花繁歲復經。夢裏書歸猶見字，意中人罷豈堪情。上灘只覺峯陰暗，擁被難當月夜明。總是到頭空一算，滔滔唯有水流聲。

湟川路中寄徐方伯浩然

封事知當達聖衷，天南借寇與人同。三年暗淚誰堪滴，百萬軍輸豈易供。衰病詔應傳五鳳，紫薇星得曜飛龍。遐陬共有嘉魚頌，凝碧詩猶入國風。

舟行

盡日帆陰過石門，亦無人語只灘喧。鷗當飽後方舒翼，山到高時始結村。事去不須羞白髮，夢回恰好聽清猿。絺衣涼月人間有，行地何由得自存。

舟醒

瑟瑟松風百仞臺，夢醒灘上吼驚雷。雲情商酌過溪去，山勢橫斜插石來。欲買羲皇難着價，又聽時事輒興哀。千章木葉春深綠，客鬢須教染幾回。

羊橋峽

山龍火藻與文螭，融結真疑造化私。形段未經心目有，神魂直使水雲移。媧皇煉後留餘火，夏后開來豈計時。五色綺羅裁肺腑，疊成千丈峽峯奇。

章江

旌旗密處見高幡，贏得歸山水石繁。龍象氣高紅日冷，冰霜道在紫雲屯。全無機事謀耕鑿，剩有微言講寂喧。客裏又當明月際，思量一夜未曾完。

雨氣

千山一霎冷如冰，積潤先謀滴翠屏。擁坐孤襟見輕薄，長吟天宇失高清。魚知生氣迎船躍，鳩已分巢隔樹鳴。昨夜畢星離月窟，滄江應壯水流聲。

近陽山縣

且將蕭索付無言，微雨微吟失遠村。船入碧厓人面綠，鶴歸枯樹雪濤翻。米催木臼機心靜，車轉天河水力全。多少經綸留草野，風塵徒自困王孫。

鄧水師分兵護行感賦

將軍界内自無虞，况復山川是畫圖。分衛刀弓慙厚德，狂吟星月落雲衢。能推意氣加行客，益見英風肅虎符。預想碧天明月下，與君閒坐話旌旄。

至陽山雨不得登韓文公書院

韓公書院在三峯，斜雨濛濛泥屐蹤。數篁青蔬多守闔，一江寒浪印詩筒。濕雲斷續當山缺，水碓丁咚着晚春。作令陽山僊不及，終朝閒臥對高松。

石螺灘

坐宜山籟臥疑仙，路入菁葱豈問天。石景木鳶頻颭水，花光雪片夜飛船。峽門束峻雷公怒，斗柄移低玉鏡圓。最是磨人風景異，蟠溪未遇更陶然。

別煥之到韶陽此寄

柳絲長日漾風斜，乍爾揚帆意復嗟。說盡數年渾似史，住來一月宛如家。天開明月存肝膈，地擁驚雷足爪牙。每到兩宗難喻處，紅粧一曲映春花。

壽鄭國章守闔

相逢子產見旌旄，壽届蒲觴酒自操。孤鶴遠從蓬島出，新烏喜覺綵輪高。閒談盡是神仙事，竟日難尋物外勞。王喬藥成松樹綠，休書麟閣苦霜毫。

贈朱秋容副戎

春風一挹自蹁躚，誰向人間識列仙。十五鳳毛家勢起，一編圯上舊經傳。旄頭高見星精健，帳影深圍寶月圓。不勒景陽誇異績，韓江大樹是凌烟。

壽陳歸雲

洗心十載出吾門，為圃為農道可存。龜組昔曾醒夜夢，雲霞今日浴朝暾。小春尚憶梅能放，大柏應知氣獨屯。謝卻塵寰無一事，洪濛深處是孤村。

壽梁几公

七鳳紛飛舞綵雲，名園金谷可平分。天人三策書能獻，松竹千林日未曛。丹熟直疑香荔色，籌歸聲徹九臯羣。蓬萊浩渺誰堪到，瀟灑襟期正屬君。

壽俞蒿庵何太夫人

樂奏彤雲青鳥飛，麻姑絳節五銖衣。滄茫海覺蓬萊闊，崱峍山看泰岱微。熙代文章高令子，瑤池星月靄清輝。斑斕舞袖扶桑起，萬里歸心當早歸。（以上阿字無禪師光宣臺集卷二三）

全粵詩卷七九〇

釋今無　一〇

壽祁封翁玄圖七十一

玉宇新秋爽，金閶舊望隆。一麟呈至瑞，八代鬱儒宗。商巘芝長熟，羅浮月正融。漢朝尊綺里，寶水誕祁翁。道挾飛仙術，材懷幹國工。玉光潛潤璞，河派閟流洪。吐鳳元君起，騰蛟水部雄。詞華驚一世，領袖得三公。既製黃山錦，還衡白下風。文章增氣色，桃李受幈幪。慧業金輪轉，天恩紫閣崇。津梁資妙選，軒冕洽時雍。久讀陳情表，深培祿養衷。懸弧高泰岱，正笏拜崆峒。棗奪冰霜白，觥傳瑪瑙紅。金蓮疑賜炬，玉筍盡蟠龍。異寵留天語，高騫及塞鴻。岡陵懽祝願，冠蓋盛賓容。帀地卿雲密，浮天紫氣通。藥成難問歲，椿老豈知叢。欲作瀛洲鶴，銜籌記海東。

壽尚伯世君五十又一

五樹高藩府，金柯列桂林。風雲龍虎會，事業股肱心。道岸超遐邇，英才貫古今。過庭嫺廟算，司納灑甘霖。綠藻文光秀，紅荃學殖深。豁情恬珮玉，冲斗久驚鐔。比德芙蓉岳，稱懷瀚海潯。龍堆騰騄驥，丹穴集文禽。繼美秋官起，溫人冬日燖。昆崙高有象，碧水豈無濬。紫柰丘園熟，閬風石腦侵。紺宮無限意，長此祝高岑。

壽公潔尚總戎

帶礪高天府，簪纓顯將星。祥光冲劍上，神氣壓雲平。噴薄空千里，驅馳肅萬靈。烟消銅柱國，月滿尉陀城。妙略韜鈐秘，風流翰墨馨。紫庭尊節制，綠髮重經營。地軸如車轉，天河似槊橫。葳蕤雲物麗，想像瑞烟升。玉海寒吹靜，金門夜舞輕。既看雲作錦，還倚玉為屏。雨露先文德，干旌合至誠。凌烟騰衛霍，凍蕊傲霜冰。廟算師黃石，英才誕白精。鷲峯原有囑，蓮域豈無情。寶樹頻銜鶴，春光會囀鶯。諸天齊福力，四海集威名。佛地珠還朗，波旬鉞可驚。彭籛誰得似，丹井縷烟生。

贈汪漢翀

大藥金爐壯，瓊霏玉蕊多。一身攢地脉，六腑集天和。理極通黃道，功深轉絳河。羅浮仙未遠，緱嶺鶴還過。事劇腹猶捧，聲停氣即呵。靜牀降宿酒，活水長新荷。官飲葛洪井，堂開安樂窩。龍門能揖客，烏道豈乘騾。折節趨司馬，交情定烏窠。司馬，孫魯山也，甚服膺於漢翀。烏窠則吾自稱。畏途悲躑躅，睡眼得摩娑。此道存霄壤，年年在薜蘿。

贈雲薦

覿面稱神契，論心不語長。紫雲宜傍斗，翠節喜凌霜。道妙窺蓬島，材華起廟廊。鑑懸平物理，愛博長甘棠。玉殿南天闊，金微北月涼。隋珠河影潤，楚玉石花香。紫塞知騏驥，青梧識鳳凰。杯深仙掌滿，室靜藥爐光。子晉空乘鶴，浮丘又叱羊。擲龍原是竹，剖釣竟探璜。夏樹頻爭綠，靈芽欲變黃。知君持至理，瀟灑仰空王。

戊申初冬望前一日本師天然老和尚六十又一示生人天胥慶華梵交響恭賦律言敬致末祝

五葉回春綠，雙輪導暝流。寶壇高宿將，芳軌正中區。盛世材偏美，名山跡屢投。圓音通十域，至德仰千秋。洞水天潢濬，宗風地軸留。一麟孤玉角，四海集金彪。慧刃回烟水，神針貫斗牛。選官江右近，遊岳尚平羞。聖諦凋人爵，囂塵惜馬頭。閱人懸至鑑，據座得真吼。性相融相攝，行藏自可求。坐深喧鬬蟻，機闊覺鳴鳩。逗月苔烟少，藏鶯雪樹稠。沿流拋楚玉，礱石轉吳鈎。雷震山常響，花明筆盡收。急湍抽蚌腹，傑石駕龍樓。道泰澆風隱，巖高瑞氣浮。絳霞騰翡翠，白麈傲王侯。初地稱韶石，重來即鄧州。鳳林存眼目，狐徑鏟戈矛。力勁廻瀾柱，風嚴狎水鷗。入城卑俗降，及室弛心偷。白石饒清露，彤雲護綠籌。松枝生珀軟，柏葉應機抽。憑檻知無際，扶笻豈有伻。靈峯猶隱隱，貝葉自颼颼。側仰孚慈力，羣趨慶鶴儔。披珠慚異掌，飲乳咽乾喉。一偈稱難盡，三回匝未休。梅花呈曙色，此意獨悠悠。

泊閱江樓下

暮雲籠濕月，傑閣敞江濤。虹影搖層棟，檣陰泊一舠。偶來非是客，頻望豈為勞。廣派虛聲闊，羣峯夜氣高。遊人懸榻靜，歸鶴掩窗號。地即遺弓處，人皆市硯曹。樹芳偏叫狖，潮落見乘鼇。對此空江裏，餘心滿布袍。

舟中

意適大江闊，天空長箔明。一年收此口，半夜得秋聲。魚躍忽疑水，舟行不計程。晚雲穿石重，朝露濕衣清。草色忙歸鴈，蘋花笑急萍。岸行人起鳥，野泊月宜情。山仄風常閃，江寒氣更生。勞勞都莫問，吾重亦吾輕。

李母太夫人壽詞三十韻

象闕金臺際，瑤池紫氣中。百年開盛業，一代產豪雄。鶴髮遊湟水，龍門揖巨公。得聞祥瑞略，喜載碧絲筒。孟母何多讓，陶門事即同。雞聲方嘖嘖，春日正融融。世職金堂峻，朝天玉珮豐。武貔霜戟冷，文德紫貂崇。日月山河迴，風沙朔漠通。艱難臣節在，珍重阮途窮。箕尾騎能上，龍髯挽易工。菱花鸞影瘦，噩夢燕巢空。舉案人何在，提孤手未慵。茹茶心獨苦，磨玉意難蒙。四翮雙雛奮，孤旌兩叔寵。嚴師虚位久，慈母斷機功。銀印閩山白，斑衣庾嶺紅。半生松柏操，萬里水雲朦。道合湟民戴，恩知母訓隆。德濡方緩緩，智略定恖恖。乙丙烽烟擾，城樓霧露籠。三光難變色，一郡足持戎。子母蚨飛外，安危淚獨濃。掌中看愛子，氣直跨飛虹。已見投醪飲，還聞杕杜風。恰當稱上壽，允矣協絲桐。五福看成六，諸孫撫更叢。紫榴開午月，雪地數歸鴻。石腦來蓬島，金丹出絳宫。雲璈聲自遠，歡喜繞簾櫳。

遼海舟中

夢親在三更，忽醒仍萬里。不是好飄蓬，此乃平生志。
舉手掬海雲，雲從袖裏入。入船一抖衣，但見數點濕。
不可有所欲，有欲累不淺。君猶未深信，吴王與勾踐。
可憐一漂母，猶解哀王孫。報語世間人，豈可輕受恩。
保身須用喆，事繁諸葛死。牽牛飲潁濱，誰云高尚士。
一魚撲船來，舟子持鈎擲。萬事可失身，人心只好殺。
船内然孤燈，船外飛細雨。默坐數浪聲，回頭見蒼鼠。

掩卻船上窗，莫使入月光。月入風亦入，我無破衣裳。
白首弄船翁，夜入莫向水。須臾海月來，明珠應有淚。
蒼鼠莫穿板，有粟自可食。微聲禍之樞，人心安可測。
浪擊馮夷鼓，舟行神女風。一夜幾千里，猶在月明中。
海日大如斗，海月大如盤。誰識海上心，誰為海上言。
獨鶴破雲來，其聲甚悲婉。相將欲近蓬，又被北風轉。
借問同舟客，云是孤竹人。與語多感激，家近二士墳。
黑風吹船艕，莫墮羅刹國。微軀不足云，寸心未有託。
盥手掬海水，未洗已成冰。當時黃花戍，頻年不解兵。
水國無真夢，乾坤有至寒。遼陽深雪路，回首月中看。
邊聲盡入海，舟子殊未知。攜板坐船頭，對月歌竹枝。
有客為我言，此是菊花島。已臥三十年，山中採碧草。
物高勢必危，人欲乃不小。網罟遍山川，機心及魚鳥。
前念不必問，後念所當謹。前念如後念，君心乃朝槿。

君莫談知己，我厭聞此言。最薄大梁客，欲報信陵恩。

海風轟萬雷，黑雲驅千浪。心知近鬼神，默坐觀情狀。

心中萬慮息，獨立發遠想。舉頭望天塹，北風吹五兩。

一枝短竹錫，持以供遠遊。時到傷心處，三振可消憂。

蓬上踏雪聲，如行深木葉。驚起夢中人，憶得山上別。

天近只多雲，雲黑已無月。孤舟逐浪行，獨挂一帆雪。

讀書苦目眩，坐禪苦髀倦。懷人勞我心，日暮波聲亂。

十年攜笠杖，萬里見山河。月照南天少，霜寒北漠多。

片雲擁薊城，望之浮前海。借問同舟人，云是渝關內。

談天有鄒衍，渡江無祖逖。誰識浮杯人，月下一枝錫。

海氣侵人來，鷺濤撲面起。何人解綈袍，已見寒如此。

氣蓋五步內，強秦不可屈。嗟哉丈夫心，空自等儔匹。

十載刻骨恨，一愁一斷絕。何日歸去來，墓前灑餘血。

頻拜海上神，莫教風浪惡。舉手未炷香，低頭淚先落。

我有一古環，鏘鏘金玉音。一視一感激，冰天夜夜心。
舟中一碧雞，寒多不肯啼。偏使發纜時，雲中月向西。
夷險在一時，獨坐心仍樂。待旦風浪恬，無窮悲淚落。

寄別恥若師瀋陽

秋風一夕自淒其，有客辭君君未知。止幸臨歧不握手，空憐山雪獨行時。
吾道蕭條慣客程，年年秋動別離情。海天一色雲千里，寒角三更鴈幾聲。
好讀離騷臥雪堆，空憐宋玉楚江哀。秋風若解離人意，吹到城南一夜回。

出山海關

烽臺推落亂棲鴉，向磧孤僧去日斜。目盡東來無馬首，回頭西望見人家。

遼海望醫巫閭

大渝關外醫巫閭，細柳營前萬仞孤。今日天涯人更望，邊臺雲裏一株榆。

過李將軍墓

盧龍塞外草芊芊，古墓淒涼對晚烟。七十二回分虎竹，今朝空剩漢山川。

汪漢翀六十適有分羅浮萬年松因以壽之綴廿八字

久從金粟分文慧，又食蓮花住刼長。百尺凌霜君自得，恰應移映玉堂香。

壽千密轉

綠荷丹荔照晴天，不向瑤池享列仙。我有白門千道友，特留千夥為延年。
釣艇曾經活萬魚，七金山上一書除。不是乘雲與乘鶴，蓮花臺上作君居。

壽王母

遠聞王母壽筵開，瓊島蟠根熟幾回。膝下鳳毛如戲綵，定知先上萬年杯。

壽詞

幾見篆烟爇蔦蘿，白星黃石毓靈波。赤松果剩凌雲地，尚有彭籛日月多。

壽石都閫勳汝 題壽圖

雲霄千尺插虬龍，傲雪還翻五嶽風。猿臂生來光射斗，鍾靈真與此株同。

送悟寂歸壽昌

眼前秋色嶺頭梅，廣陌征塵一併催。好去不須頻憶我，祖山一定是歸來。

白首還家嘆客遊，霜風捲面莫生愁。題橋司馬今何似，長嘯一聲天地秋。
能書貝葉乞微因，摩頂予慚受記人。珍重靈芽看百刼，莫輕辜負故園春。

贈黎非雲

一夜燈光問性靈，從前家計若為輕。白雲有路應無障，只在人行與不行。

德先別予之樂會口占

與君相聚無多日，話到分襟已愴懷。豈是文章詩句外，更於吾道可相諧。
尋常家計亦忙忙，忙裏如君自不妨。賣盡檳榔無舊業，雲山相見一桄榔。

壽高圖麟郡司馬

寶樹千尋百越垂，春風偏護向南枝。羅浮有鳥文如錦，飛過仙城碧葉知。
五色絲文寶石光，又看浮磬發扶桑。華嵩拈起渾閒事，一片冰心韻自長。

壽

今年兩度懸弧日，前後三旬孰是真。千樹老松生琥珀，靈光全已屬斯人。
珊瑚洲畔碧雲屯，萬井仙城紫氣喧。我欲拈來猶費力，知君消受已無言。

碧瓦鱗鱗照寶幢，銀濤四月起珠江。晝堂自長冰霜色，借問如今有幾雙。

贈姚雪庵

鄧林春色密相宜，偏着鵝湖那一枝。最是夜明寒犺冷，無人着耳到山嵋。
慶喜當年載筆勞，圓音無數玉毫高，憑君為轉風輪力，七寶樓臺照碧濤。
水晶千尺護龍宮，白馬南歸幻力同。貝葉豈因霜氣老，千年紅又萬年紅。
打開寶藏任人舁，湘浦張帆亦是癡。一物等閒無物過，莫從國外問波斯。
玉環尺裏覓來端，智眼塵生玉井寒。與子自來安穩甚，蓬萊水濕不曾乾。

贈方大林

九枝秀草當門植，一幅春光對面懸。莫道不曾收拾得，黄鶯啼起隔林烟。
捨卻自身何處是，靈臺千尺過崑崙。鑿開鄰壁無餘火，歇卻書聲有此人。
六鼇雖舞蓬萊穩，萬馬難登玉嶺寒。千古無人剛踏着，大家同在此中看。
古人鼻闊慣聞樨，一串摩尼百箇齊。努力耳根休放出，莫教無事聽晨雞。

壽喻耕三

瓊海驚波共客心，百年踪跡在長林。宦情已少閒情溢，自有桃源深又深。

丹砂曾炙鼎爐紅，脅下真看有伏龍。竹榻期君千遍臥，人間甲子若為窮。

壽李雲翔

靜理久傳維摩詰，仙姿今見李青蓮。同君莫羨青虬背，共上金沙大藕船。

靈峯鴈序見拈花，今又同風結一家。為憐螺髻無遮障，片片如鱗覆綵霞。予為海幢建大雄殿，公與吾徒江子厚同燒琉璃瓦以助，故云。

菖蒲九節飽安期，我欲江頭贈一枝。鶴到錦堂春未老，風吹仙石月圓時。

石蜜何如法乳甜，報身從此自端嚴。紫雲一臠大如掌，君自高歌我自拈。

壽池月

十年共建千年刹，一刼同君萬刼心。擊鼓隔溪猶及響，莫將閒靜祝高岑。

送黃二不

此去訂來先入楚，看君塵累若為消。三門閒着袈裟立，靜數江頭早晚潮。

贈曾慈胤

欲覓智珠何處是，春花幾處玉蘭開。如今示汝應收取，只在衣中帶得來。

寄周長孺

一札郵傳到五羊，數年踪跡兩茫茫。近來暗淚消融否，莫使東林社久荒。

壽尹振民銓部

沙堤從此起長虹，百福人間孰可同。先向玉堂瞻紫氣，羅浮山色錦芙蓉。
非烟百簇擁華筵，綠野新臨寶水邊。一對壽觴浮自滿，恩光賜自九重天。
月滿高林水滿湖，金仙有道未全孤。重歸宰輔頭還黑，為寫無生說法圖。

吳錦雯司李以詩見懷短章答之

一團火聚一團冰，宦況閒情兩道平。平反十年春氣滿，鬚眉瓔珞自然成。
貝葉勤翻案牘邊，消殘苦樂對高天。靈光萬丈無尋處，端水清清到几筵。
文心原在此中來，一撥明珠眼自開。愧我棒頭山信短，為君斫額在蓬萊。

送方大林入蘇門

明珠寸徑出深淵，照耀人間萬事圓。昔日養來今日取，何須搔首問高天。
嶺路吳江隔一關，一篷風去一篷還。灘聲漁唱原堪樂，不向仙人乞大丹。

峯頭無數是松枝，愛子殷勤為護持。百斛天漿澆已潤，及他琥珀未生時。
紋犀花象亦尋常，我自閒求人自忙。借問西湖歌舞處，有誰天竺去燒香。
高樓明月紫簫聲，萬頃寒濤入耳聽。須信此中無住着，空教白髮滿頭生。
秋風吹葉滿江湖，竹枕桃笙客夢孤。莫向醒來覓相似，天南歸鴈集平蕪。
胸懷萬事不須留，珍重年光是壯遊。一樹珊瑚千里月，早從貝葉悟浮漚。

長夏久無雨酷暑佘素思朱書思雨明府相訪頃雨隨至與澹歸成韻投贈

烈燄叢中嘶駿馬，通身白汗做官人。愛君訪我維舟處，一笑禪房盡是春。
隨車甘雨走神龍，蓮氣蘭香入此中。滿地絃歌明月夜，還須側聽鳳城風。
兩邑風流開白社，一盤清俸共丹霞。舊時麟鳳真來否，今見優曇一葉花。

送吼萬維那慧均典客請佛舍利於棲賢

耶舍當年負鐵來，靈光今向七賢開。憑君為走三千里，親捧祥雲到寶臺。予欲建寶臺，中奉丈六鎏金之塔。
明珠那可鎮滄溟，聖澤南歸百粵興。一自曹谿鈴鐸後，人天百萬更無聲。
生當末法已違時，塵刹身心願奉之。布地豈辭頭髮短，然燈古佛幾曾知。

如來實相現斯光，五嶺從今為破荒。報語石梁須側耳，莫多歡喜為人忙。澹歸選得丹霞，謂棲賢山水要一腳踢倒。石鑑得此瑞應，謂黃面老子與佢出氣，以札復之。予謂斯瑞總被海幢占卻，不干別處事，省得要踢要復也。

送陳羽王郡丞赴都改除

龍泉出匣韻何孤，暫解黃金肘後符。此去不須愁路遠，五雲深處是皇都。

金馬門中待詔人，白頭方朔老詞臣。君應萬里為霖雨，灑遍天涯總是春。

送屠懿頌使君歸毘陵取道入都

相見何曾有宦情，始知得喪眼原輕。秋風清徹蒼梧水，戀我江頭送此行。

月色平鋪江氣寬，廿年學不到心安。聖門此入無多路，不及幽燕萬里寒。

西朋老居士七十一初度聞以放生為樂放生之報報在上壽僅廣其意作一章以為公勸

釣者竿頭活萬魚，此心快活滿長虛。祝君自此頻頻舉，碧海應看到鶴書。

世間無物勝深慈，試向天倫自驗之。我把聲聲敲大海，與君相見共龐眉。

贈吳梅梁

玉液如波滿壽觴，春畦流水接池塘。子真高韻從君得，谷口耕雲歲月長。

綠玉千叢掠碧空，嵩山千樹自無功。他年卻與松枝比，歲歲為君記一叢。
明月流光碧海寬，大千入手只如丸。雄才自得靈山氣，不羨仙人有大丹。
山前檀越寺中僧，十里香花結未曾。千古交情在霄漢，幾回深淺記蓬瀛。

喜吼萬慧均二公從匡廬奉佛舍利還

腳底何曾路不平，薰風秋氣往來輕。珠江吞卻鄱陽月，百粵長空萬古明。
敲破玻瓈見至祥，多君頂戴客途長。一寸香消秋未老，蒲團若箇較閒忙。
何曾幻相是如來，好眼當從幻處開。驚得蓮花抽寶燄，大千無地着寒灰。
正當實處俱成幻，萬法虛時亦是真。須信舌頭原没骨，撐起如來正法輪。（以上阿字無禪師光宣臺集卷二四）

全粵詩卷七九一

釋今無　二

荔支詩

家園話到淚先垂，望斷浮雲身縻羈。十二年前猶記得，沈香浦上進親時。
破巢之後事全迂，縱有瓊漿不忍圖。枝上分明阿母血，至今和淚滴珊瑚。
蓬山翠實那堪比，合浦明璫不易求。一種絳綃包不得，幽香妬殺水晶毬。水晶，荔名。
冰霜為骨血為衣，竭向炎邦寄翠微。多少官橋人不識，夜深疑作嶺霞飛。
捧出冰盤薦客初，酡顏膩理轉容與。輕羅未剝香先溢，不信仙人有白魚。
有香有色蘊仙葩，錦石山前百姓家。六龍辛苦西王母，錯向崑崙洗玉瓜。
冰肌玉質已多情，羞向花田鬭素馨。縱到藍橋甘玉液，裴郎猶未識雲英。
中原何處不紛紛，嘉名恥爾號將軍。可憐斗氣光無力，望到扶桑也是雲。將軍，荔名。

漁陽朔氣勝金刀，四百朱明入夢高。雲水如今都是恨，勸君莫憶紫羅袍。紫羅袍，荔名。

石亭新結畫橋東，夏日生涯樹色中。翡翠入林人不見，啄殘數顆喙先紅。

贈人為覓路頭花，未出榕橋噪晚鴉。回看小姑閒蕩槳，斜陽明滅一谿霞。路頭花，荔名。

狀元紅與尚書懷，拋擲如泥滿六街。笑他八十山中叟，只愛香城紅繡鞋。狀元、尚書、繡鞋，皆荔名。

簾外春深蕊氣通，月明南浦思無窮。芙蓉豈是無顏色，除卻冰心一樣紅。

一曲歌殘唐祚衰，華清猶見草萋萋。佳人本愛徵方物，好把虬珠付馬蹄。

濃濃數樹蔭谿流，蛋女乘潮過小舟。偷得一枝無着處，殷勤繫在綠裙頭。

臨風幾度倚仙廚，探得驪龍第一珠。我欲殷勤問王母，不知天上有愁無。

生來只合寄長林，嫩綠嬌紅總不禁。莫握雪團供炎熱，恐先鎔卻見儂心。

黑葉濃濃味亦殊，凝冰市上自來無。惟餘粵秀山前種，賣與城中變酪酥。黑葉、凝冰，荔名。

寒食東風繞竹扉，濛濛細雨逐花飛。黃鸝不解人心事，偏向枝頭刷羽衣。

時當夏至薦芳馨，纔入秋風味便輕。幼女不知顏色好，等閒裁作絳紗燈。

一回寒夢到仙羊，認得谿頭舊日香。朔氣打窗驚又醒，分明失卻五雲漿。

玉質能生別樣醝，一杯未了覺顏酡。黃河若肯清流水，千日中山豈是多。荔能製酒。

呼鸞道上海雲蒸，十畝胭脂昨夜凝。無數蛾眉齊議得，絳仙曳出耀光綾。
采得明璫掌上寒，玉膏溢瀋竟誰看。自顧自憐還自惜，分明記得倚欄干。
斜狎漁磯倚太陽，蘢蔥風色亦生涼。板橋聽到蟬聲急，不數堦前王者香。
流花橋上水潺潺，縱食珠璣不解顏。精衛血多君莫比，填窮滄海恨難刪。
積翠樓頭火樹紅，漢家舊事已成空。空餘一片啼魂血，灑向炎方粵嶠中。
金屋何人貯阿嬌，望中宮闕自飄飖。勸君合卻漂零眼，隨我還山劈荔蕉。
御溝雲氣欲成霖，寂寂虛亭起晚陰。殘夢幾曾消得盡，又將紅色繫人心。
芳辭吟罷報君知，秋到天涯鬢易絲。莫向月明彈寶劍，浮生終擬欲何為。

贈項進其

白岳真人降紫雲，一星今見嶺南分。回看申甫俱凡質，魏寶隋珠已屬君。
五良原自振芳聲，雙眼誰傳項氏名。彩筆雕弓皆好手，須知千古有雲礽。

黄端四大士祝詞

玉麈長揮意氣中，白門春色古今同。法交卻得如金石，七寶蓮花一朵紅。
鶴語先從白下過，何人戴得瑞光多。心胸不數陳同父，萬里雲霄一太阿。

黃金臺上未生塵，郭樂回看不計春。一顆寒星離寶月，欣君卻是太平人。
挾得明珠爍太虛，棘津何事尚為漁。狥監徒識文園賦，天祿何人解讀書。
橫闊乾坤鏡象中，齊聽衆竅奏天風。只今帷幄深深處，一着真回造化工。
慈心密行見津梁，碧海如杯濕大荒。萬頃鄧林春色好，豈知庭樹已成行。
匣底芙蓉泛雪波，筆花終古薄銀河。丈夫身量知多少，不向麒麟閣上過。
支遁真同許掾遊，如今芳躅在浮丘。銀缸幾度羲皇話，卻笑彭籛易白頭。
貝葉花開菊又黃，鴈聲歷歷起寒塘。珊瑚洲上雲千疊，都向君家繞畫梁。

贈沈石友醝使

靈光拈得貫長虛，二酉何勞萬卷書。不着字時文已露，大千春色滿庭除。
扶桑東望掛長虹，子晉緱山杳靄中。最是近來瀟灑甚，簫聲吹起大鵬風。
威光黃綬智珠藏，秋菊猶開九日香。久共侍郎松下語，卻疑此地是錢塘。
鶴語高空徹夜聞，千年詞賦沈休文。閒僧欲乞郎官筆，為搨嵩山萬斛雲。

壽劉煥之

老陰消盡少陽回，恰值花枝刺眼開。為問六經談底事，更無人共上高臺。

費然春色滿乾坤，穆穆熙熙此處尊。近說東風花信轉，熙熙穆穆付兒孫。

畫戟門開見墮仙，回看萬里月還圓。黄金有甲重增色，不向麒麟閣上懸。

千尋玉井夜波寒，直搆巍樓裏面看。子晉鶴歸無路入，簫聲吹徹滿欄干。

神鵾奮翼過南溟，九萬乘風掠處輕。卻比三山還較重，六鼇着力不能擎。

二丸不及此時光，是地風行萬物昌。純駁總來窺不到，不須人更頌羲皇。

理得寒江百尺絲，金鱗釣得不為奇。何如坐卻天邊月，萬籟無聲風自吹。

獨卓金旌不用扶，靈鼉一擊萬人呼。鐵關雖藉金城固，若箇人懸碧玉符。

萬石黄金大冶中，鄧林作炭徹天紅。何人下得神仙手，一撥深回造化工。

崑崙碧樹自青蔥，神雀高飛不着踪。夜半天南吹玉笛，無人側耳過洪濛。

知音世上豈能任，剖出洪濛見古今。管鮑若能知此意，錯教管鮑許同心。

骨肉平生我獨孤，苦持斯道有人無。只今虛卻松門月，卻許君心照玉壺。

仞千以賀章見投短章答之

礱得新硎振舊家，先行我已愧泥沙。神羊掛起無尋處，萬斛天風吹海霞。

支離久已蹶塵埃，蹀躞欣從大宛來。好領白眉歸上界，天花填路鳥銜開。

贈用彌

東湖湖上擁高幢，湖色山光一並降。借問主人年幾幾，干支數盡又逢雙。
精嚴潔白一庵深，雲樹那知靜者心。午夜月明叩金磬，蓮花千葉杳難尋。

贈王默庵明府

瞠開雙眼坐乾坤，此地何曾解困人。寬卻肚皮橫着枕，江山雲物不勝春。
但得衣襟尚有心，從教苦樂自相侵。無絃我亦憐同調，手眼依稀有素琴。
不移苦節不知長，杉葉青青自帶霜。誰薄蟪蛄與朝菌，何如椿樹兩相忘。
便便坦腹自深情，況復多才世澤清。試問治長當日意，也須無語對秋燈。
擊案同君水一杯，愛君住刼貫風雷。分明一紙悲秋賦，只當長歌讀幾回。
黃金臺畔倚仙人，萬里風雲入眼新。為報綈袍問秋扇，可須還掩馬頭塵。
應須潑墨寫霜條，青玉琅琅欲壓霄。學得十年行腳意，如王氣宇未全消。

贈曾儀文相士

諸根鼻舌吾無取，牝牡驪黃君更精。兩眼何曾逃兩眼，龍樓空自煞分明。
叔服如今又姓曾，金椎玉枕辨尤能。多君摘理無言處，嘿領丹梯最上層。

題雪竹贈人

羅浮遍嶺自離披，葛令丹砂煉熟時。長得篔簹千萬斛，雪深應有鳳凰知。
虛心節節自玲瓏，松柏何曾獨耐風。一線月輪照深雪，與君長在月明中。

羅浮飛雲頂午夜聽泉

峯頭午夜氣冥冥，春樹千年萬壑平。遠瀑飛奔當杪下，一回聽勝百回聽。
吟猿歇後萬風收，默對禪心徹夜流。即使錦堂千歲在，也應歌舞罷秦樓。
不尋歸路失人間，靈鶴文鸞任往還。一自葛洪烹藥後，更無人聽此聲閒。
梅花莊上眼先明，若箇人當絕壑行。借問崑崙高幾許，崑崙高亦少人聽。
漫撒珍珠落綺羅，如今金谷恐無多。天邊若得同流水，牛女經秋莫渡河。
五色文禽出洞來，七金山上版圖開。秦皇漢武虛勞甚，錯聽昆明有刦灰。
一片桃花失武陵，避秦人已足囂聲。不須賒月洞庭上，利涉如今滿洞庭。
縱使神仙聽亦難，難將此意與人看。可憐易水無端甚，忽為荆軻萬古寒。
靈藥無根歲歲肥，老人峯下長新薇。王喬不帶神仙骨，空向山頭坐不歸。
尋常石面看流瀑，散雪霏霏濺衲衣。何似夜寒千仞上，耳根無力意根微。

竹窗記得遼陽雪，未必淒清似此名。我亦餘生知有道，等閒無奈後昆何。

博望當年漫泛槎，此生萍梗是無家。誰言華表堪聞鶴，那見人間可駐霞。

鐵橋穿過亂層雲，萬疊山形下界分。翠色最宜高處見，水聲偏好夜深聞。

山光常晝樹常陰，不到峯頭負此心。記得此中高曠意，閒時好向靜中尋。

冷落無聲漸入懷，不知身已被雲埋。分明初愛聽流水，此意全非聽水佳。

心無一事四山高，火色驅寒助敝袍。坐處始知行處險，靜時方覺動時勞。

羅浮紅鳥

百花洞口，五色文禽，久騰麗聞，尚未豔覩。己酉仲春，披歷四百峯頭，窮其敻絕，乃翩翩紅衣，實愜雅懷，晨夕登眺，景趣良佳，賦紅鳥詩，掇拾得十六章，若非遼東白豕，則作武陵溪水一片桃花瓣也。

閒憑高閣見靈禽，海底珊瑚上素襟。萬樹春深濃不密，一聲清語出花林。

啄盡櫻桃與紫芝，人間徒自識黃鸝。我來一見分明極，恰好春當二月時。

錦屏峯下月微微，誰伴靈娥換素衣。十里隋堤無覓處，瓊花觀裏少人歸。

關塞辛勤累雪鴻，臙脂山下已成空。仙橋不隔塵寰遠，盡日高啼碧樹中。

藍橋無路失雲英，萬古空留世上名。可惜桃花飄落盡，無人尋路入朱明。

月落巫山望帝歸，啼殘飛不到山眉。鮑姑舊日留丹種，啄得春禽老翠微。
東風刷羽出花叢，錦石清泉白露中。慚愧秋霜功力薄，江楓猶不及人紅。
金盤搗碎鳳仙花，奪得佳人指甲霞。飛上班枝枝上宿，輕烟微月罩銀紗。
白雲碧樹兩相宜，踏落辛夷第一枝。王母靈桃今已熟，使星何事出瑤池。
芙蓉醉日露華濃，雲雨巫山易斷蹤。銜得紫芝千歲色，一齊飛入老人峯。
玉女初晴叫畫眉，人間春色幾曾知。錦堂客散三千後，馬上榴花知為誰。
武帝昭陽殿影沉，承恩飛燕賤南金。可憐飛燕無顔色，不向仙源洞裏尋。
搔首無人默對時，卻嫌春樹太離披。錦雲欲覆先慚薄，只恐東風吹較遲。
芳草王孫意已迷，誰聞仙洞下方雞。丹山不信文鸞好，斜掠東風羽翼齊。
揚州鶴頂只絲絲，瑪瑙杯深玉一池。為問楚宮能舞否，籠歸金屋兩相宜。
紫雲深處不勝春，萬羽齊飛豔掠人。映得旌幢連絳節，安期棗色白如銀。

贈人

一卷翛然出世姿，名山遊遍未歸時。葛洪井水今如此，欲覓真丹在武夷。

壽祖印尼母

味草編蒲見古今，慈幃八十臈雪深。人間頤養那堪似，月滿精廬萬古心。

壽姚接賓八十一

八十還教八十長，多君時炷佛前香。眼看四代神俱壯，親手新高玳瑁粱。
每入羅浮便過君，兒孫引得拜江濱。金丹寶籙無尋處，仙籍分明有此人。

過新豐

夾陽十里是新豐，又過風塵一日中。借問風塵多少客，同牀此夢幾人同。
頻拂征衣向旅邸，始知吾道擅淒淒。回頭一望淮南月，霜落雞聲照馬蹄。

贈演宗鍊師

雲車十畝覆星衣，添腦華池體自肥。一息綿綿天地小，已忘天地早忘機。

咏雪

璇霄又見瑞雲開，昨夜寒風帶月堆。仙子不知何處去，人間空剩一瑤臺。

題腰站旅店壁

此意豈當訕日月，乾坤無處寄閒身。道傍多少虬髯客，盡是區區行路人。

高唐道中

淅淅風高不可支，又尋封領買狐狸。一天白雪悲行客，滿口黄沙嚼凍梨。

走馬燈口占 時在山東德州十方院

十年處處見繁華，今日山東更可誇。剪紙共成雙走馬，西遊三戰亂如麻。

示方傳琮傳珏二子

雙璧聯翩舞象時，嶷然頭角是佳兒。殷勤解出衣珠影，照汝心胸萬古奇。

家勢文章誰得似，長成功業自然優。福基更比靈臺峻，執笏垂魚心可求。

先博山老祖於天啟甲子書予賤名留從容庵壁間已五十年矣佛生老上座於甲寅七月歸之於予作此謝之

多時共住不知名，七十霜螺尚閱經。從此壁間無點畫，擡頭空闊眼尤清。

沈恒文今夏抱病病已將絕承佛口親宣使之更住世作功德長生白業從此霍然閱三日覽揆即敘此奉壽

客居此土家西方，家信今年到此疆。金色主人親口說，長居客舍不須忙。

麒麟閣上名應舊，佛座金屏又特書。一寺長干光燦爛，蓬萊跨鶴豈能如。

酬金其相二首 前章答其韻，後章酬其所問

白日登高不掩扉，從教塔影送斜暉。入門遇得英靈子，卻怪山僧緩緩歸。

本來面目不須參，有語酬君錯指南。歸去城邊如踏着，始知秋色已沉酣。

祝祠

七十斑衣鬢未霜，瑤池高晏出霓裳。人間樂事如天上，玉臂蘭孫酒一雙。

綵雲千頃鶴千羣，雜沓笙璈下界聞。唯有鳳城周處士，蟠桃筵與蔡家分。

壽王仲錫臬憲 有序

登荆山而覽玉，入合浦而逢珠，珠玉之精瑩炫燿，夫人得而稱道之，而其所以精瑩炫燿者，則非人得而稱道之也。今也有人為挈鷲嶺之慧燈，而與精瑩炫燿攝入渾融，光無外雜，得不謂之契合哉？廉憲王公仲錫道德瑳於內，庶績敷於時，衆望所歸，巍然華岱矣。而其蓄奇隱秘，未可以獨取于龍章鳳姿者，則又別有天地，未嘗以桃花瓣流向人間也。臈之十一日覽揆，因其時以此燈光添其炫燿。

玉樹玲瓏古剎栽，寄根高自託蓬萊。人間春色長無比，一朵優曇日日開。玉樹玲瓏，公之前因，仙子所示之語。

光芒肉髻耀天中，結集聲聞未許逢。一副如來真格調，錦襴深映綠袍紅。
曾騎箕畢坐天河，萬頃滄溟瞬息過。風雨全潮分一氣，禹王盡力不能疏。
高飛鸑鷟入鵷羣，朝野同看五色雲。分得羲皇元氣壯，低搖華岳動星雯。
此心此理總同然，洞徹方開火裏蓮。莫向瑤臺尋月色，瑤臺原不住神仙。
蒸蒸曾閔此同心，百行源頭坐獨深。人廢蓼莪君朗誦，幾回聲淚滿庭陰。
海天澄霽祝炎方，劃斷鯨鯢一劍光。堪笑棘津人尚拙，區區猶自說銀璜。公平粵寇久，先有讖，而公亦曩有巨海中殲鯨之夢。
紫金魚袋豈為榮，玉座真君道更清。坐徹崑崙三萬丈，威光恰與此山平。
五色雲絲繡錦腸，誰言緗帙有文章。筆頭到處江山動，食字神仙慧業香。
文正誇傳有義田，青蚨長散見朝烟。平原信使能招客，只在豪華節俠邊。
臺萊秀色庇斯民，海國能敷十月春。誰記聖門功第一，聖門先已畫麒麟。
世人裙蝨盡能訛，笑倚青萍意獨多。試問輖諸那得似，毘耶城內古維摩。『青萍容我醉，白眼看君訛』，公之詩也。
已忘卑賤對西窗，盡日軒渠百慮降。卻比梅花清徹骨，一溪雲影奏寒瀧。

智珠抛擲古皇前，精白為心自永年。不羡閬風餐石腦，邦之司直足人傳。

冰雪為心玉在壺，塵心塵悟夢全甦。夔龍出處原丘壑，不必蒼松號大夫。

壽祖印

聞君何處似神仙，笑養閒心事事禪。若作七金山上客，吹簫騎鶴弄雲烟。

久參老宿問心真，晝掩閒門不厭貧。繞屋藕花池十頃，此中那復有囂塵。

老母今年八十餘，編蒲何似施方書。時歸雙袖新梨栗，舞綵人間定不如。

搦管為文先氣節，裁詩亦自愛閒情。花欄藥圃焚香後，吟徹西鄰月未生。

愛君最喜與君談，襆被時時欲過庵。近日百城荒草遍，無人烟水特來參。

五十皮膚氣色光，我先牢落滿頭霜。算來畢竟幽棲好，何日從君乞藥囊。

壽來機師太六十初度

西門一帶淨居天，秋水春光不計年。食罷好齋鞭鶴去，蓬萊同客拜雲烟。

坐消冰雪見淒清，萬頃鴻濛未可名。妙得空王些子意，梅花歲歲滿空庭。

高懸慧日照須彌，六十還將六十期。三界總來無變相，何人識得末山機。

晤連山令張羽皇率贈

三年別我為官好，一度相尋春正深。亂後哀鴻方始集，對君真有太平心。

連山萬仞石嵯峨，作宰還如作客過。舊日布袍猶自着，晴嵐濕氣較誰多。（以上阿字無禪師光宣臺集卷二五）

（李君明整理）

羅浮道中

石樓大小洞雲鋪，亂後仍尋興倍孤。彩鳳出巖光突兀，眠犀當澗草模糊。鐵橋空際全無路，琪樹天邊別有壺。愧對仙山人易老，黄芽何處覓丹爐。（清黄登嶺南五朝詩選卷一三）

（史洪權整理）

甲寅作

高涵海月抱秋光，萬頃鴻蒙坐渺茫。只有太平豐盛事，不須野老歎維桑。（手跡，梁基永藏品）

（梁基永整理）

全粵詩卷七九二

釋今鏡

今鏡（一六三一？—一六五六），字臺設。三水人。俗姓李。年十七，隨母出世，求天然禪師薙髮，稟具執侍丈室。明桂王永曆十年（一六五六）坐化。事見海雲禪藻集卷二。

送止言澹歸兩公先入棲賢

俱出烽煙外，深山隨所之。溪聲初洗耳，雪色動揚眉。草没安禪穩，人稀乞食遲。茅茨寬結構，待我隔秋期。

秋夜獨步

靜夜寡儔侶，行行疏磬飄。素懷江月近，破衲晚風招。隨意惟殘夜，回頭是斷橋。因知天地内，萬籟一無聊。

贈馮紫光遊

滿天風雪下，憐汝獨行人。旅食嗟何晚，寒衣薄過春。他鄉言語拙，失路性情真。今古悲遊子，誰爲激入秦。

送見一公還棲賢

約君投老是匡廬，金井埋頭願不虛。松未成陰歸計早，雪猶當路客途紆。休驚屋破藏冰柱，好借窗明讀梵書。行愛清冬風日美，白雲深處莫躊躇。

送萬賴公出嶺

霜天只有鴈南飛，何事蒼涼又別離。今日共傷楊柳盡，明年遙憶杜鵑期。頻經野戍人多識，歷上重灘路較遲。一鉢自諳雲水冷，亂峯孤影獨行持。（以上清徐作霖、黄蠡海雲禪藻集卷二）

（李君明整理）

釋今嚴

今嚴（？—一六五八？），字足兩。順德人。俗姓羅，原名殿式，字君奭。諸生。弱冠從天然禪師求生死大事，明桂王永曆三年（一六四九）脫白受具。十二年（一六五八）奉命往嘉興請藏，還至歸宗，閱大藏一周，遭歲儉，日止一糜，研覽不輟。病還雷峯，愛棲賢山水之勝，扶病強行。居無何，竟以宿疾蛻於五乳峯靜室。著有西窗遺稿一卷，秋懷、百合諸詩。清光緒廣州府志卷一四一有傳。

夏日養病芥庵作

有身長作客，無地不言家。舊寺辭芳草，閒庵過落花。忘機爲好友，省事是生涯。借得毘陵集，長吟到日斜。（清黃登嶺南五朝詩選卷一三）

（史洪權整理）

立春日作

曉起石橋望，空憐物色新。鳥聲先客夢，雲氣濕輕塵。歲月同誰老，江山此日春。茫茫荒隴上，寒盡幾歸人。

詠冬月恭祝本師和尚同賦

皎然凝靜夜，萬象此森森。素色渾江漢，寒輝自古今。劬同冬日愛，肅若秋霜深。光景徒勞仰，臨風但寫心。

初春曉望

鐘曉低殘月，春光滿板橋。水流溪夢斷，煙入鳥聲消。短草未成色，長楊始着條。微茫村陌迴，客影去迢迢。

宿廣城制止寺聞菩提葉聲作

蒼苔東晉殿，嘉樹六朝餘。葉向春風老，聲飄秋雨初。虛堂清磬斷，高枕客情疏。遙想山中夜，長吟一草廬。

過寶積寺探景泰禪師卓錫泉

地闢蕭梁代，幢標南漢年。登臨吾輩重，懷想古人賢。宴坐消長晝，清言入暝煙。更忻情所樂，一飽杖頭泉。

送王麓曾歸湖南

家世舊風流，言歸古石頭。不知王粲後，若個復登樓。巴峽孤猿暮，湘沅一水秋。何時揭瓢笠，來與子同遊。

山中吟

十載三朝裏，孤峯五夏僧。開扉憐月墮，撫竹看雲興。黯黯何所極，冥冥天欲層。草堂清興發，遙見下方燈。

病中寄王說作

萬緣輕一病，委志臥高岑。月到閒窗小，雲連芳草深。死生憐短夢，憂樂負長吟。念子滄江上，遺予契闊心。

梅花

玉立煙霞外，天長望欲窮。窺人一眼白，映雪萬山空。素色開殘夜，疏枝待曉風。别餘孤冷意，不與水雲同。

獨有庾關早，從來不識春。誰言雲外影，堪寄隴頭人。逸士多相見，孤僧少所親。落花時又到，珍重百年身。

臘殘衰草盡，極目一空林。閲歲同爲客，淩霜花自深。韻添孤月冷，色有白雲侵。落落千峯頂，清猿時一吟。

寒香日以遠，瘦影日應疏。只此情何限，令人思有餘。雪殘渾欲老，春色可誰如。石上閒相對，無言又起予。

野懷何所寄，餘夢到寒梅。雲散高樓曉，孤笻踏雪來。遠看空極目，相對但持杯。坐久日將暝，長天一鶴回。

夏夜獨坐

積雨初晴夜，東窗見月痕。孤懷只自委，此意與誰言。愈病非關酒，忘憂不在萱。最思支許輩，秋水細評論。

石人峯臘月菊花

斂息危峯坐，落英滿澗陰。重矜柔弱質，亦得歲寒心。根不寄籬下，香能待雪侵。何人餐不盡，起我一長吟。

上巳日彭澤阻風

高士休官處，孤僧羈旅初。江山逢上巳，風雨望匡廬。炊黍折殘荻，長吟寄老漁。此時山際寺，誰擬賦閒居。

伐木吟

伐木吟，思友生也。予代衆乞食于吉州百家村，寄形闤闠，漫學調心。緇白紛紜，空勞雙眼，索居之感，與月彌深。每聽鶯聲，念我良友，依依之懷，爰成篇什，名曰伐木吟。臨風獨寫，聲調猶存而已。

懷即公

一瓢乞食處，雙眼獨看雲。長讀方山論，時翻般若文。闡幽知有待，析義恨無君。預擬還山日，煨寒到夜分。

懷訶公

一從溪上別，幽獨迥無鄰。性以孤能寂，心從冷處親。聽鶯遲好友，臨水歎伊人。亦是尋常事，興懷每愴神。

懷頓公

如我與君者，當於幽壑中。一生煨白石，終日倚青松。豈敢尚高節，所爲哀道窮。狂瀾息不易，聊得古人同。

懷破公

窗虛月影暗，微雨響疏疏。不覺傷留滯，翻然念起居。道心知日損，瘦骨近何如。江上幾惆悵，都爲欲寄書。

寓虎丘作

姑蘇最佳處，況復好春晴。塵榻有人假，春山盡日行。頓忘留滯苦，漸覺野情生。夜到講堂上，空吟月正明。

金井潭觀游魚

日動畏高影，應嫌水至清。鼓琴人已往，濠上歎方生。我喪殊同域，爾無哀樂情。寂寥天地內，持此向誰鳴。

首春過南昌訪徐巨源

南州高士後，孤隱石門間。兩載期相見，方春始下山。文章顏謝侶，風致應劉間。未得看中論，躊躇空往還。

長至芥菴作

年來師友散，物序一傷懷。況復逢寒臘，棲遲在海涯。同人過午食，與鶴立閒階。料得從今去，生緣有石崖。

甲午元旦

萬井烽煙裏，偏逢淑景明。不知天地意，徒有古今情。池柳侵寒色，山禽變野聲。遙懷匡嶽頂，晴雪衲衣輕。

同喻如尋曾湛師黎務光王人士山館

得閒多病後，微雨乍晴初。不遠荒郵路，來尋高士廬。飽殘新熟荔，剪斷覆畦蔬。送我還山去，關門又讀書。

夏日過諸子村居留贈

入門暫相見，不負昔年聞。師友一堂內，鬚眉各自分。種松懷夜月，開閣待秋雲。語及安心際，蹉跎欲愧君。

雨夜送友人先還雷峯

風雨苦殘春，如何重別人。幾杯清茗後，一榻獨閒身。煙水勞予夢，慈容羨爾親。故山明月夜，應念綠薇貧。

何仙姑祠

遺廟看塵像，儀容異昔年。古泉空履跡，衰柳但春煙。達士同傷逝，浮生信惘然。尚餘名在石，留得世間憐。

夜坐

脈脈情何似，微微一兩蟬。夏雲高嶺没，秋氣草堂先。鶴怨初殘夢，雞鳴欲曙天。年來多肺病，徹夜不成眠。

庚寅三月

寂歷空山春鳥啼，孤城遥望海天齊。東郊戰馬嘶寒戍，南浦樓船鎖大隄。血染燕臺誰慟哭，笳吹粵嶺盡流涕。明朝又是逢寒食，一曲長謠日已西。

日落黃雲萬井陰，臨流一望欲沾襟。可憐薊北春風起，吹向江南綠樹深。壯志已消金虎夢，何人方作臥龍吟。海門幾月重圍裏，蘆荻漁歌自古今。

西村道中

平原一望幾人過，野衲行行且放歌。燕麥已殘香稻秀，女桑猶共綠楊多。挹瓢澤畔頻餐水，招手漁人欲渡河。此去藍田有逸士，北窗高臥意如何。

崧臺夜泊

野色蒼茫日易昏，蕭條風物似梁園。數聲鼉鼓催殘月，一派銅刁亂海門。玉殿暗銷秋草醉，平臺長共暮雲屯。重華寂寞湘江冷，夢到蒼梧亦斷魂。

初春重訪岑隱者兼呈李拾遺

躡屐重來訪避秦，狂歌曾此傲風塵。溪聲磕磕聽如昨，草色離離看又春。謝墅幽林長絕俗，吳門高士偶爲鄰。綺園未必全疎懶，今日因君識古人。

題陳氏隱居

我亦鋤雲共世忙，歎君先此老農桑。風塵不到幽人夢，歲月翻從高臥長。買醉一區全藝秫，種園千日學澆篁。前溪野客時相過，閒煮梅花濯曉霜。

出蒼梧趁舟東歸不及

風煙冷我買山情，歸思逢春日夜生。聞道片帆臨漲海，飄然一杖出孤城。蕭蕭古渡空林晚，浩浩長江錦石橫。悵望東南無限恨，雨殘雲暗鷓鴣鳴。

再出梧州趁舟東歸不及

惆悵江頭又一回，憑高聊當望鄉臺。暮雲漠漠沉歸鴈，細雨濛濛暗綠苔。萬頃煙波漁唱斷，百年孤驛野花開。春光到處看如此，獨我長吟去復來。

宿水月宫遲舟東歸

迢遙幾度到江頭，江上蕭條昔日愁。遠近綠蕪深破院，微茫煙水老漁舟。殘雲斷盡天逾闊，好月初來望似秋。今夜且同鷗鷺宿，明朝應與逐東流。

秋蟬

哀響淒清斷復分，幽巖野客最先聞。殘秋幾老吳宫月，薄暮曾低楚國雲。萬里白楊渾漠漠，千峯黃葉正紛紛。那堪羈旅登臨處，衰草連天一古墳。

冬日苦雨

寒響終宵似急湍，溪湖汀渚總瀰漫。福田衣重水文暗，曲錄牀平木理寬。魚過石梁頻點額，筍穿茅屋漸成竿。乍晴欲上前堤望，蠟屐遲遲行路難。

峒山寺望厓門作

西峯閒院瞰厓門，宋室君臣舊殿存。寒盡但聞歸海燕，春殘誰爲薦江蘋。每於楚澤行吟苦，想見田橫得士恩。一自清笳吹斷後，幾回風雨愴哀魂。

觀春燕有作

傍簷依戶語喧喧，似卻如前勢欲翻。弱羽豈能棲畫棟，孤飛只合向蓬門。不知舊宅歸新主，但到深春憶故園。莫訝華堂空有夢，肯容相近即深恩。
差池羣起逐朝暉，乍得隨風入繡闈。遙望柏梁頻自語，卻憐朱戶幾翻飛。春秋代序身長客，毛羽飄零意暫違。金殿玉樓都莫羨，銜泥且向草堂歸。
簾外呢喃若感恩，黑衣憔悴意空存。正傷東府非王謝，肯向昭陽托夢魂。松徑易銜新草色，粉牆難疊舊巢痕。微生暫寄曾何定，一夜秋風歸海門。

百合詩 並序

百合花，卉本之清標者也。予昔在廣，於友人亭榭間見之，云致自羅浮百花澗中。丙申入廬山棲賢谷，破寺茅齋，蓬蒿没人，荒陂石壁間，玆花殊夥。折之瓶盂，把玩朝夕，得其性情，明其分量，委其標致。夫其敷於炎夏，榮於酷暑，則其剛方也；榛蕪錯之，翹然獨秀，則其孤往也；靜夜而芳烈，沉陰而潔鮮，則其冥行也；色悴于日中，氣斂于昃側，則其知時也。若夫名未通於三百，芳不著于楚辭，愚謂見遺夫古人，而不知善藏其用也。噫！一物之微，有足多者，感而賦之，貽諸同好焉。

石壁西邊古澗東，綠陂濃蔭隱香風。孤根寄去一丘外，素蕊開時六月中。嘒嘒晚蟬山寂寞，泠泠疏磬月朦朧。閒心此際分明極，玉質幽香迥不同。

未得芳名挂楚辭，都緣清絕畏人知。休誇玉樹臨風好，想見紅蕖映日時。姑射山頭空有夢，蕊珠宮裏正相思。可憐影没荒岑外，惆悵殘陽欲待誰。

暗香浮動又斜暉，幾度臨風入素闈。名士握來當玉麈，仙人攜去綻雲衣。木蘭形似神偏瘦，杜若芳同體較肥。相對每宜人定後，夜鐘微月屢開扉。

不堪鶗鴂最先鳴，冒雨開殘暑未清。薝蔔將來何所似，優曇恐是有虛名。白雲只可自怡悦，流水翻能移性情。一自與君投分後，幾多懷抱付他生。

舟過飛來寺

亂峯歷盡見荒岑，勝事當年不可尋。古佛有光隨日轉，石幢孤影向江深。未秋高樹先搖落，薄暮疏蟬空好音。身似萍蓬何所感，忽然又作越人吟。

秋日同梵音留滯烏逕山庵戲作

天南七載一孤僧，只有良朋念不勝。纔折蓮花辭海國，擬將秋色到毘陵。風煙負我登臨去，覊旅傷人歲月增。荒徑繞殘山月墮，微微寒影佛前燈。

棲賢寺寄懷頓修訶衍

嘗疑別賦銷魂語，道是江淹好過情。千日離思惟有夢，十年懷抱始相應。每從天際窺帆影，想見虛廊憶履聲。吳越江山不可問，那堪重與話三生。

遲日空山感易生，依稀猶記別時情。梧桐一葉羅浮寺，砧杵千家鴈翅城。高樹遠峯寒月影，暗蟲疏雨夜鐘聲。此時擬賦思君詠，直至如今始得成。

杪冬登玉川門

纔過粵嶺已聞名，漱石空懷兩載情。乘輿頓忘冰雪色，望來漸覺骨神清。嵯峨石勢危城出，澎湃溪聲春雨平。心目屢分無可似，寒燈疏磬月微明。
渾身浴雪一登臨，不負多年山水心。門瞰煙波當月出，簾垂風雨聽龍吟。層崖但見苔痕舊，絕壑長如秋氣深。幾度欲歌招隱曲，恐驚幽客夜相尋。

丁酉初春登滕王閣

勝標藩國千年後，行客登臨每在茲。欄檻喜看新黛色，風流想見盛唐時。東風遙憶錦帆疾，羌笛翻憐玉佩遲。堤柳漸隨芳草綠，長江依舊鎮南垂。
尋常帝子舊經營，代遠彌深過客情。銅爵當時已寂寞，靈光此日但空名。烽煙乍斷虛窗迴，井邑初移畫閣成。未必南州真好事，子安詞賦勝禰衡。
亂後莫輕尋往迹，多情是處即沾巾。廿年笳管江南國，一代豪華塞北塵。臨渚遠觀魚吹浪，倚欄乍聽鳥鳴春。可憐立馬吳山後，猶有登樓清詠人。
曾聞年少此蹁躚，彩筆當時驚四筵。自是文章千古事，豈應歌舞至今傳。遠峯淺翠搖荒堞，極浦微雲暗客船。到處江山牢落盡，春風憑眺一潸然。
爲愛江樓日再尋，江蘺初綠鴈歸心。新看畫棟珠簾起，暗憶鳴鑾佩玉臨。邊馬頻嘶沙月曉，清笳一奏渚雲深。閒情似我亦惆悵，微雨瀟瀟共苦吟。

西山翠巖寺

古寺新看殿閣成，舊時曾此幾經營。三千龍象知何似，廿載江山但變更。法物尚餘溪石立，孤懷誰繼亮公生。吟餘獨向亂峯影，庭際數聲山鳥鳴。

殘冬歸宗閱毘尼憶阿公時阿公出瀋陽之千山

閱盡毘尼歲又催，擁爐深夜撥寒灰。念予計日歸三峽，知子何時過五臺。多病曾供匡嶽雪，一身聊寄玉關梅。荷擔大道思賢者，望斷孤鴻絶塞來。

又逢歲晚客心驚，病骨遥憐萬里情。長聽哀笳吹漢曲，幾看邊月照秦城。山中薄雪難爲賦，塞外重裘尚厭輕。芳草緑時相憶否，江南二月好鶯聲。

道法多年歎陸沉，令人懷古更情深。曾期慧業同他日，豈謂蹉跎尚至今。箕子舊封知問禮，蘇卿雪窖幾長吟。從來練達都經歷，相見應知慰夙心。

雷峯春半伏枕初起頓修有端州之役口占二律送之

閲江樓上幾登臨，臥斷烽煙十載心。如我已無情可寄，送君非有意爲吟。木棉花落灘聲急，杜宇啼殘客思深。莫向此時重憑眺，蒼梧雲影遠沉沉。

秋懷

粵王城外海東垂，野客吟餘山寺時。月閏秋光菊發早，江關烽斷鴈來遲。候邊砧杵侵朝急，警戍清笳徹夜吹。聞道六朝陵寢處，西風依舊漢旌旗。

一夜嚴霜萬木貧，蕙蘭摧盡憶閒身。空聞東海悲田客，誰是湘州舊吏人。靈武幾年瞻帝子，睢陽十日痛張巡。心勞幻境聊相記，更莫哀吟易愴神。

遙夜空山獨自求，無端身世有微憂。十年未盡多生習，五斗能消一月愁。黃葉尚繁霜漸促，蒼鷹纔縱勢全收。笳吹此際平乘上，指點燕雲說九州。

慘慘炎荒秋氣陰，感時因事憶王琳。千家旅食羈臣淚，十載馳驅故國心。北海月明雙塔出，西堂雨過一鐘深。匡門日暮空翹首，蘆荻漁歌自古今。

星河影動鴈初飛，物序淒清事漸違。應候砌蟲吟切切，望秋梁燕語依依。芙蓉香遠風難斷，葭菼根孤露易晞。惟有白雲無別恙，夜深隨月到禪扉。

暮雲笳鼓暗城頭，塞北江南尚未休。忍見魯連甘蹈海，遙憐王粲苦登樓。七哀聊賦當年恨，九辯如悲萬古秋。想到高峯明月夜，吟來猿鶴亦生愁。

地僻山迴水國陰，籬花纔發又秋深。飄搖鷹隼天中起，寂寞魚龍夜半吟。葉已辭柯誰問侶，人長作客若爲心。峯前幾度遥西望，日暮迢迢鼙鼓音。

冷於秋水淨於雲，海際時懷鷗鷺羣。哀樂過人徒自苦，肝腸如雪恨空聞。拙無長技甘匏落，病亦清談到夜分。肌骨漸消寒漸凜，幽齋長閉把香焚。

南海神祠

沉沉古廟探南蕃，寵禮千秋帝主恩。銅鼓舊傳交趾供，石碑猶見大唐存。雲連波勢摇珠海，月共潮聲暗虎門。多少樓船與客使，幾回經歷幾銷魂。

浴日亭

翹首孤亭夜欲闌，遠霞先映衆星繁。海門萬頃黄金地，天末高擎赤玉盤。帆出扶胥光乍暗，潮生黄角氣猶寒。東西上下成今古，贏得高吟眼界寬。

篁溪晚步同還生訶衍

山門對處傳幽勝，閒侶相尋寄屐蹤。水號篁溪新有竹，橋依鄉社舊多榕。遠堤草色分歸犢，隔岸蟬聲共晚鐘。談罷八閩當日事，亂峯孤店暮雲濃。

還廬山兼往嘉禾請藏留别雷峯諸同學

三四年來長抱病，每談匡嶽便情牽。苦懷五老深秋月，順上三吳請藏船。邊鴈乍聽離緒促，朔風初至客帆懸。好山料得同安住，慙愧虛羸先着鞭。

一生痼癖在煙霞，多病奚辭去路賒。好友暫違愁有限，名山高臥樂無涯。香爐峯看新晴瀑，招隱泉烹未雨茶。勝事不堪頻向說，恐勞清詠憶蒹葭。

過大孤山作

香爐峯北蠡湖邊，覊客閒僧七板船。一塔影侵霄漢直，半帆風急水雲連。遠看體勢真如履，回眺盤紆幻似拳。暗憶當時微雨過，依稀已是六年前。

首春舟過采石

大江東向峙層峯，久向青蓮覓舊蹤。捉月亭空新綠草，騎鯨石在老青松。沙間唼喋將歸鴈，雲際悠揚欲暮鐘。心愛遲廻身不得，唯期歸路好從容。

京口晚泊

京口六朝雄鎮地，客帆暫駐若爲情。牙旗影遠金山寺，鼙鼓聲高鐵甕城。露重烽臺軍帳肅，月殘江店野煙横。明朝又逐秋風急，幾驛金陵半日行。

秋日留滯虎丘懷廬山棲賢寺

影寄吳中第一丘，驚看去燕恨淹留。登臺坐石隨人事，送夏迎秋只自愁。金井橋邊新水月，玉淵潭畔舊松楸。微霜欲曉輕煙晚，誰共閒吟恣遨遊。

謝厥揚暨同學諸子各寄清茗賦酬

惠來佳茗冬泉好，一滴清涼到夢魂。自是癖深同陸羽，非關渴疾擬文園。香逾覺院驚雷莢，甘出光明金掌盤。添興幸逢不請友，軍持數寄豈嫌繁。

雷峯晚眺

爲憐秋盡強登臨，四望微茫日正沉。廣陌漸黄香稻熟，遠山如畫暮煙深。將雛野鶴辭巢去，引犉村童扣角吟。無限幽懷聊自寫，憑誰共對一披襟。

憶鐵機梵音更涉諸子

芝焚蕙謝自多情，情盡如何感又生。巨海已看摧勁楫，法門頻復壞長城。六羣但執中邊議，五部惟爭大小乘。寧似此時荒謬極，辯才高論惜羣英。

冬泉

每當秋盡海潮上，直至秋來又未清。四衆殷勤將拜祝，一泓甘洌自然成。不徒引去供煎茗，尚有餘波可濯纓。無限高人同賦詠，與他流播此芳名。

大雲寺寄頓關主

野鳥啼殘山寂寂，菩提葉落雨紛紛。門臨海國煙城晚，僧臥江門古寺雲。懶骨未堪人似我，孤懷聊得我憐君。相期萬壑千峯外，長嘯一聲白日昏。

送侯商丘以僧服奉母櫬還中州

孤臣九死戀慈幃，負骨還能萬里歸。部曲蕭條空戰鼓，蠻方羈旅一僧衣。蟬寒日暮棹聲遠，鴈過鐘殘客影稀。君到汴河秋漸冷，只應長掩故園扉。

送萬長老之越

飄殘紅葉亂溪濱，多病翻憐作客人。野鶴從來無可似，孤筇到處不憂貧。天空鴈斷心同遠，月曉梅初影自親。君去但尋沃州買，遲予共臥浙江春。

寄達此上人

聞君到處有煙霞，吳越江山暫作家。秋色再逢瓜步曉，月明幾向洞庭賒。寒隨鴈影過天末，夢逐潮聲到海涯。我亦因人聊寄此，北風微雨日初斜。

春日送阿公往朱厓

共憐芳草綠空階，爲愛溪山動遠懷。孤錫已曾跨紫塞，片帆今又到朱厓。暫於此日無多事，留向他年話亦佳。早晚若逢虬髯輩，與他摩頂侍空齋。

懷頓修訶衍 時在匡山，予挂錫雷峯

情閒漸漸平懷抱，竟夏忘言到杪秋。頻別悟人無解語，獨吟荒徑有微愁。一溪霜葉客中盡，幾樹寒聲簞外幽。最憶漢陽峯月好，依依遥對武昌樓。

春懷

江南二月草初肥，斷雨含雲没曉暉。去國鴈雛憐短羽，傍人燕子試新衣。橋横野岸潮聲闊，春正幽巖花氣微。惆悵東風楊柳外，耦耕田父荷鋤歸。

深篁啼鳥不知春，夢斷蓬門高臥人。一榻維摩安懶病，三生圓澤委風塵。雲歸遠岫勞黄鶴，魚去空潭長白蘋。滿地夕陽樵笛怨，落花何處不沾巾。

木棉花發子規啼，柳色青青葉未齊。似我無家南浦客，更逢多病越山西。人憐芳草歸殘驛，雨帶新潮入舊溪。蓬户竹窗空自掩，春風何處笑相攜。

幾家楊柳半溪煙，漠漠層雲去鴈天。破寺晚鍾疏雨後，亂山樵笛夕陽邊。鶯花漸老春歸户，燕麥初收人種田。試看王孫昔遊處，東風依舊草芊芊。

過白石

東風雲暗鷓鴣啼，古調歌殘白石西。芳草春深官路合，夕陽煙重板橋低。閒心獨我聽花落，作客同人倦馬蹄。誰信勞勞天地裏，搴裳容與過前溪。

送西堂石鑒大師入廬山棲賢

去年我自棲賢返，今日看君領衆行。不住都緣衰病累，安禪佇想道風清。山多橡栗頻收煮，地少王臣易隱名。莫説偏枯無可似，西江模楷正相應。

九日送見一訶衍入匡山

盡日登高望去塵，偶於別緒憶佳辰。定逢鴈影臺關暮，剩得梨花破院春。衰草未扳先墮淚，寒蘆欲折暗傷神。踏殘輕雪金輪頂，應念南方多病人。（以上清徐作霖、黃蠡海雲禪藻集卷二）

（李君明整理）

釋今墮

今墮（？—一六五九），字止言。番禺人。俗姓黎，原名啓明，字始生。明桂王永曆三年（一六四九），薙染受具，爲訶林監院。事見清徐作霖、黃蠡海雲禪藻集卷二。

酬務光族姪折梅見寄

草閣冬深擁竹罏，雪邊猶憶隱菰蘆。行攀玉樹尋寒谷，撚斷冰鬚寄病夫。静對紙屏愁影遠，閒憑木榻笑禪枯。長吟麗句松風下，猿鶴消聲海月孤。

同澹書記觀張登子所藏曹將軍畫馬卷

江東張翰客佗城，犀軸瑶籤載共行。神駿豈期傳尺素，丹青端不愧鴻名。即看瘦影如山立，安得寒蕪展足輕。支遁近來諸想盡，畫圖相對亦留情。

臺引姪過海幢示贈

視予猶子惟君祖，十載爲僧意一如。我出世間常戴笠，相逢塗路忘乘車。已將文字酬知己，莫惜艱難續父書。若向長安重獻賦，欲尋深隱在匡廬。

寄王人士

孤蹤飄寓近何如，外氏能依即魏舒。華管獨研平子賦，草堂閑搨右軍書。囊開古錦存先澤，地積蒼苔失舊廬。見説重修雨花社，休將疏散托清虚。（以上清徐作霖、黄蠡海雲禪藻集卷二）

（李君明整理）

釋今音

今音（？—一六六一），字梵音。番禺人。俗姓曾，原名起霖，字湛師。諸生。天然禪師從弟。明桂王永曆九年（一六五五）於棲賢登具，十二年（一六五八）隨天然老人還雷峯。十五年，遊羅浮，坐化華首臺上。著有古鏡遺稿一卷。事見清宣統番禺縣續志卷二七。

東亭留别

偶然離竹院，經月在人羣。幾夕東亭上，燃燈過夜分。雨歇長春草，窗晴見白雲。悠悠挈瓢笠，林下重期君。

秋水

湛湛浮霜葉，悠悠泛石磯。鑒形虛欲盡，觸物氣先微。鴻鴈難留影，芙蓉易解衣。扁舟何處子，寒棹夜思歸。

芭蕉

古砌風生處，空齋夜雨時。不因情最澹，那得意無疑。綠影清宜水，繁陰冷近帷。露華遲素月，閒澹學書詞。

夏夜望月

羣峯搖夜翠，當夏亦淒清。石壁分餘靄，疏林透薄明。欲到板橋去，坐聞幽澗聲。柴門開復掩，颯颯谷風生。

登滕王閣

秋深南浦一帆回，高閣臨江復壯開。孤嶼乍晴雲獨去，寒潭初靜鴈飛來。廢興多少同懷古，吟眺流連總愛才。遥憶子安詞賦地，夕陽歌舞易相催。

寄王人士

高歌每憶王曇首，羨爾清狂世所稀。看竹定尋何處宅，問禪應向遠山歸。客來相訪猶荒徑，賦就孤吟尚褐衣。秋嶽獨期淩翮至，可堪重戀舊苔磯。

將入匡廬留别社中諸子

十年浪迹事俱非，會向煙霞洞壑歸。瓢笠不辭行路澁，琴書長與故人違。鹿門妻子皈空盡，陽羨田廬舉手揮。此去東林勝猶在，白蓮依舊賞心稀。

羅浮山居

屏分錦繡自岧嶢，誰與秋深度鐵橋。靜夜寒林聞擣藥，高樓明月過吹簫。虎鬚遠採臨巉石，雀舌閒

烹試癭瓢。慚愧頭陀餘行苦，活泉引灌圃中苗。（以上清徐作霖、黄蠡海雲禪藻集卷二）

（李君明整理）

釋今離

今離（？—一六七三），字即覺。新會人。俗姓黄，原名尚源。諸生。明桂王永曆二年（一六四八）從天然禪師受具，居雷峯。頃充華首、棲賢監院，再領雷峯監院。清圣祖康熙十二年（一六七三）示寂廬山。

清光緒廣州府志卷一四一有傳。

送石鑒西堂領衆棲賢

櫛栗横挑別海濱，百千龍象逐行塵。名山恰遂棲遲志，祖席全憑辦道身。吐棄名言成玉屑，斬新條令闢荆榛。聞風定見如川至，多結茅茨莫厭貧。（清徐作霖、黄蠡海雲禪藻集卷二）

（李君明整理）

釋今如

今如（？—一六七四），字真佛。新會人。俗姓黄，角子今黿父。諸生。明桂王永曆七年（一六五三）皈天然老人出世登具。事見海雲禪藻集卷二。

送石西堂領衆棲賢

入山誰不羨名林，君獨緣深念更殷。已許衲僧同築屋，更搜居士舊遺文。石人峯送階前雪，五老門深嶺上雲。此後不須愁寂寞，彌天花雨日紛紛。（清徐作霖、黄蠡海雲禪藻集卷二）

（李君明整理）

釋今湛

今湛（一六一二—一六七七），字旋菴。三水人。俗姓李，原名廷輔。明桂王永曆二年（一六四八）登具，爲海雲、海幢兩山都寺。趺化于清聖祖康熙十六年（一六七七），世壽六十五。事見釋今無光宣臺集卷一四。

喜方楚卿孝廉入山

蒼煙野水接長林，喜見高人有遠心。仙舫不妨時到岸，佛樓猶可晚供吟。清泉白石知何世，翠竹黄花意亦深。坐久西峯明月上，共論鐘磬已沉沉。

篁村探梅

昔年曾探此溪梅，霜鬢猶能策杖來。我認斷橋尋舊主，雲移疏影盡新栽。香風簇族沉山閣，澗水泠

泠繞石臺。踏遍不辭歸路遠，斜陽穿破竹林隈。（以上清徐作霖、黄蠡海雲禪藻集卷二）

（李君明整理）

全粤詩卷七九三

釋今沼

今沼（一六二二—一六六五），字鐵機。番禺人。天然禪師族姪。原姓曾，名暐，字自昭。諸生。明桂王永曆十二年（一六五八）迎天然老人返雷峯。十四年開戒，與石鑒禪師同日受具，命司記室，尋陞按雲堂。隨杖居東官芥菴，益自淬勵。一夕坐亡，卒年四十五。有全集行世。清同治番禺縣志卷四九有傳。

感舊

秋水潺湲月亦圓，阮郎曾醉落花前。隔年感歎千端事，今夕殷勤一紙箋。密語朦朧終強記，暫時顔色亦愁牽。月明薄霧侵荷子，誰見池中舊種蓮。（清黄登嶺南五朝詩選卷一三）

宿洞山寺

秋日淩我襟，況我笻笠新。一去三十里，谽山迥無鄰。始見落山泉，折折濯嶙峋。山雨昨夜霽，秀色開微顰。主人山半逢，戀犬亦逡巡。滄溟際簷溜，泱漭西崦輪。遠嶼若浮瓠，瀣氣如冶銀。浄榻

（史洪權整理）

息閒房，蕭瑟隨我身。境寂到深寐，所歷似前因。巢禽警霜鐘，呦鹿駭草人。鋤芋臨當煮，折枝臨當薪。夙予抱微願，安居亦行勤。少飲不吾與，聊且娛斯晨。彼石如彼泉，終與朋輩親。

遊寶積寺汲卓錫泉至石洞經宿而歸

山風何颼飀，墮葉擲虛閣。遠懷山月秋，顧不如疇昨。梵宇如刼餘，寒原亦凋落。數里有名泉，瀠洄碧雲端。攜筇探之去，石幹青若盤。入口晨露晞，劇飲不畏寒。不將軍持來，何以惠所歡。石洞隔昏鐘，明發問樵子。團木晻曖中，枵穴仍聒耳。巖林翳潰委，霑澨踏不起。良材下維籊，詩人所爲訾。稷實愁霜風，茲遊況如此。安得列御方，乘之泛我止。

送朱紫葆歸嘉禾

安居海邊寺，庭景西北銜。日永人羣栩，午食慰半饞。何當亂峯內，瀑布灑松杉。緣溝垂穗香，茆簷焫長饞。朱君揖別去，曳棹揚輕衫。澤國幾千里，南風滿歸帆。我亦思幽棲，匡廬徒寄緘。

除夕烏洲懷徐聖甫

良會雖有適，離情終內傷。與君彌歲月，及此將行藏。繫若弓上弦，久貼猶開張。臨歧不自意，回首空茫茫。緬念昔時路，待棹非津梁。我有戀舊魂，總爲軀所妨。憂至向枕席，營營歧路傍。

就麥子小欖館別鍾山諸子

何事意不適，所求仍友聲。相隨及春鳥，忽異故林鳴。我去玩芳草，汀蘭逐岸生。衣間倘同佩，掇取報親情。

與英卓今坐鄺無傲軒西待雨

仲春足和惠，衆物相待發。故人耽積疴，友我憩林樾。邊郛憑善鄰，軒牖向虚闊。頗類郊西郭，舊疇見新伐。薄陰始聞雷，殷潦試輕勃。良懷物與并，悦澤生容髮。灑空已舒潤，楹簷墜未卒。陂花望欲渾，海樹看彌没。鄺子務及時，爲欄資所歇。榮橘已飄香，栽桐更逢杌。嗟予抱纖尚，遠道載饑渴。湍泊與斯人，緘情謝時達。

小舟溯川至山麓宿雲路郛館

夙予愛秋山，勉焉苦登踐。曳楫隨廻川，望峯隨幾面。輕舠屬旋折，合沓形始見。微陽耀林麓，捨舟聊繾綣。遂造雲路峯，石門憩苔蘚。村逕有高下，茶坪或夷衍。雞犬戀茆茨，人事遂初善。投策高崖側，解裝情已緬。虚窗對落日，孤松媚遠甸。雷壇度疏雨，名泉暗流轉。清寐漸良宵，幽懷自茲眷。

宿廣朗洞贈陳元孝

依巖靜結構，密宇託招提。避客廢曲徑，捫蘿沿廻溪。簷際隱不見，客行知屢迷。冽泉破階陀，涓涓衝寒泥。幽事在叢篠，堅築漸成堤。自予識陳君，慷慨懷酸悽。未擬去鄉曲，聊復依卑棲。秋風夜來過，颯沓羣木齊。長嘯向窗牖，山月靡然低。旦予下山去，共聽雲端雞。

哭英卓今

庭陰葉搖搖，不知此何舍。靈立故人名，恍忽慟哭罷。惟是供病作，樞軒敞清夏。織簟猶未成，參差若傾卸。猶餘兩僮僕，齟齬廊廡下。達士信所歸，庶以及物化。獨有柩前燈，炯炯如辰夜。疇昔與我言，貞脆各有終。會須出三界，靜以觀諸空。奈何抱志没，所願弗獲從。新詩日懶成，行書暫能工。弱冠弄柔翰，當世罕其蹤。予方師爾書，猶恨失所宗。天椓自天喪，咄嗟吾道窮。

晨起閣上望秋色呈黄杯湖

朝光透簷隙，孤客晨興候。百感易來心，況復引東首。園幽萃羣植，窗虛爽明岫。輕葉響深階，微霜結寒甃。疏落惜鳥棲，飄蕩憐雲驟。緬想登高人，披衣跦林茂。養拙詠楚騷，視履觀周繇。懿彼幽潛姿，没齒泯祥咎。

苦寒行

北上太行山，迢迢苦車騎。夫壻從軍行，步至太行裏。羊腸詎不險，所苦寒風飛。隆冬振沙磧，漸漸吹我肌。繒纊豈無温，所苦身獨煢，寂寂守中閨。何時會良人，努力破重圍。我有異鄉客，辭家度山川。山川修且闊，一别已經年。愁思不能寐，復憶時歲遷。秋風吹飛葉，明月已下弦。披衣出郭門，不知陌與阡。何以慰我懷，短詩不盈篇。青青之子衿，悠悠傷我心。

日落江上作

垂釣碧溪靜，日落煙波生。疏柳三五株，但聞寒鳥聲。方念徒侶少，復對秋水清。我欲乘滄洲，惜此舟楫輕。扣舷且狂歌，悒悒還西征。

望雨

過夏暑更盛，秋雲靜沉沉。禾黍盡枯槁，白日焦園林。二氣慘不交，天地如釜鬵。既無方寸功，可以成甘霖。小人顧一身，憂患難踰尋。自非吸風人，誰無饑渴心。

招隱詩

薄暮瞻庭除，庭槐微風發。披衣試素琴，褰帷見明月。皤皤漆園吏，拮据亂世哲。世途險以難，中道易故轍。貧賤夙所安，榮華焉所設。幽谷有崇蘭，懷芳度嚴節。貯以文草筐，佩以夜央纈。如何妙佳人，曠今音塵絕。

飛鳥處巢穴，遙知風雨期。吾乃爲人期，胡爲獨後時。秋風萎嘉木，白露盈庭幃。昔者荷篠子，沮溺相因依。豈不惜賢達，殊路安可希。南澗有蘋藻，北山唯蕨薇。歲晏歸敝廬，策杖任所之。

月城聽柝

春城月白星欲稀，城頭楊柳烏始飛。烏始飛，月將落。已向南樓聞搗鐘，復上東城聽嚴柝。聲正幽，客思淚沾衣。沾衣惜未已，柝聲復方起。嫣花零落三五枝，征人一別千餘里。獨攜孤劍上高城，涼氣流雲天若水。鳴雞寂不聞，枯松歷歷度秋燐。請君莫到龍沙外，月上清笳愁殺人。

殘絲曲

暮雨霏霏春漠漠，風斷殘絲上阿閣。洛陽嬌兒阿落家，繡戶深櫳垂羅幕。垂楊映戶金鋪鳴，海燕差池梨花落。王孫有情歸不得，岸草江花送春色。春盡秋來無與同，空戲殘絲淚盈臆。

染絲上春機

紫澤青薄生細英，黃鶯啄盡垂楊葉。青苗遍踏撥春花，晝捲流霞對殘躡。沉絲素縠生水紋，重帶鉸刀裁白袷。治絲爲愛不新時，幸及君年正華悅。

寄止言師

閒窗搖衆草，炯炯對雙眸。一隔懸燈夜，山庭又罷秋。片心幸可照，清句貯難酬。師病曾何有，殘軀翻見憂。

大牛師以書示卻答

洽久志彌喻，鈍根塵易侵。那堪暫離索，搖落對秋深。漸老衰偏覺，向山悲且吟。昨來緘數字，應感恤初心。

送許離相之蘇州

山中了夙願，昨歲請經時。買得江南畫，雲山欲見之。衣輕夏體快，載重粤帆遲。五月吳門上，思家因荔枝。

舟泊崖門作

窮海去無津，沿崖尚有濱。風濤猶撼石，星月祇愁人。往復事何極，江山恨轉新。停舟問漁父，今夕是何辰。

重尋徐周文村居

西臺日未没，廟口欲横煙。一别徐孺宅，重過便七年。長堤貫村巷，喬木蔭平田。借問雷居士，曾薰惠遠蓮。

題蘿坑玉巖書院

萬峯藏一閣，秋盡氣蕭森。夜雨不知處，曉雲猶在岑。藤緣偷栗鼠，樹響飼雛禽。緬想前賢樂，茶鐺泉石陰。

逢唐樸非移居後寓海幢復歸古岡贈別

牢落播遷餘，僧房寄硯書。身隨過海艇，日卜近城居。道在心期遠，文緣世尚疏。岡州斜日渡，又念倚門閭。

送陳牧止客遊江南特約石大師同舟

與誰泛吳越，知己是高僧。對臥風吹席，清談雪凍燈。跡閒奇易覽，事勝物庸憎。擬欲邀余去，羸疴恨不能。

同首座大師因頓公省覲苕上適家難事後返棲賢久未入嶺速之以詩

傷心如愍物，瘞骨亦頭陀。誰識欒魴淚，來沾孔氏窠。三山雲掩盡，五嶺鴈頻過。不慰良師友，鬱陶其奈何。

宿鍾氏山堂

扉開秋嶺半，薄暝草堂前。山翠疑春雨，松風似夜泉。柹梨谷口樹，飯黍屋邊田。掃榻竹窗下，宛然高嶽巔。

長至日題曾某館壁

主人閒館肅，此日一陽生。樹帶葳蕤白，池含凜冽清。人家寒閉戶，山縣早關城。野衲復何事，燒爐向到明。

行乞從化宿李某石峯堂因贈

新堂築幾年，奇石復巍然。座客樂時滿，架書經亂全。城陰籬落下，山色屋隅邊。相對已如夢，況憶十年前。

秋日華首臺院

山銜古寺秋，石路晚幽幽。谷掩雲移樹，鐘殘月在樓。煙蘿和露滴，風葉亂泉流。禪暇閒來往，東西溪上頭。

秋日效齊梁體

疏柳帶餘暉，前山淡映扉。砌鳴蛩告入，簷語燕辭歸。籬折夕餐盡，池乾元服稀。所思日云邁，征鴈杳南飛。

閒園懷朱子

清秋雲物趣，暮適閒園心。獨見池邊樹，同棲煙外禽。露光微上葉，霜氣暗疏林。遠念羈遊子，離居直至今。

同徐聖甫夜投三桂村

欲休路不盡，暝色掩前川。已怯風波渡，愁當陰雨天。操舟憐共濟，投館戀同眠。不寐聽林木，空堂欲悄然。

秋日書懷

夢杳海天外，心悲落葉前。多尤貽晚悔，長病托秋眠。沉日照書閣，歸潮起釣船。何須驚客鬢，潘岳二毛年。

寄欖谿同社

離心何處慰，書報過瀧舟。曠海愁曾渡，春山憶昨遊。潮雞喧定夜，濱蛤映居樓。念此一相別，看青芳杜洲。

訪友人村居

桃紅村口路，春水没來津。木榻移深巷，塵書繞病身。秘方求道叟，新曲試伶人。過值春蘭節，愛君園砌新。

柬秦山人

聞君入城去，昨爲秋光還。霜警棲松鶴，風鳴近海山。破爐思藥氣，病肺想童顏。獨步松蘿影，殘蟬待欸關。

七夕何園寄鄺無界

微明初月夕，念子隔嚴城。予復無家别，他鄉池館清。鵲飛常近漢，螢度亦流星。沉郁終何望，中宵風雨興。

初秋與諸子登寶蓮寺風雨大至

近海炎雲變，經秋林壑移。爐煙輕欲滅，園木重能垂。涼氣添深竹，流波瀰漫池。閒情各爲默，端坐待成詩。

省英卓今病因留宿旅舍經旬臨别賦此

一歲一相見，清容況不同。愛山閒换舍，調藥漫催童。曲巷深春裏，空庭細雨中。南鄰池館靜，日暮共蘢葱。

海淯木秀盡，林樹鳥鳴齊。與子一同聚，殘春又解攜。喜行過別舍，羸臥惜芳堤。莫念行人路，愁聽鳩鳥啼。

宿西樵與麥徐二君夜尋陳元孝山樓

尋幽曾不遠，松石舊經行。不記下山路，空聞流水聲。林深疑月暗，洞廣覺天晴。俱是樵蘇者，誰能辨姓名。

放翠鳥

小鳥炎州秀，憑生但水鲕。難教籠筊好，徒惜羽毛奇。密荻勞君事，長天積我思。罾羅前未遠，慎憩映塘枝。

留別黄符謙昆仲各賦一物得灘聲

君家臨遠水，亂石與潮分。汩汩迎帆去，潺潺過雨聞。聽殘留斷岸，度處有孤雲。蕭颯霜林月，因風一憶君。

中渡作

偶隨潮水去，纜放水津開。半日未百里，前山時幾廻。同舟濟海客，息帆越王臺。予獨投村浦，嗚鴉入草萊。

花朝與諸子遊欖谿寺

野色逢新霽，芳晨愜遠心。摘蘭過水畔，看竹到禪林。春葉緣山淺，寒雲覆海深。登臨方未極，歸路晚潮侵。

酬羅仲髯因蘇未仁過鍾山同坐月兼附見訊時余與徐聖甫遊西樵

清秋泉籟發，杖策欲窮源。何意山扉下，枉來良友存。高人共清夜，好月自明軒。此際碧天葉，蕭蕭搖我魂。

冬夜

羣生依候變，久寂亦心驚。跡作隨鄉客，愁因逼歲情。空花宜冷發，孤月帶寒明。欲問江潮意，春聲幾日生。

九日泛舟同梁器圃懷徐聖甫

自客水村裏，登高仍泛舟。鳧鷖分渚月，鴻鴈急霜秋。籬菊無從把，山萸難可求。有懷成遠夢，茲夕在高樓。

訪何友大何左王水村因題其書樓

相見皆如舊，門多君子儔。方塘回綠蔭，高閣對青洲。殘雨海潮滿，微雲溪水流。歌聲南浦外，日落采菱舟。

和何書子因余過訪憶羅季作鄺湛若二公

念舊劍猶在，歡新蓋偶傾。遨遊同所仰，言笑隔平生。勁骨終摧土，清詞竟蹈兵。因君數疇昔，余亦淚縱横。

送梁顒若歸西樵

泉壑舊遊處，奉親還寄家。翠屏千嶂合，瀑水一泓斜。問禮蓬簷近，開軒樵路賒。春來動吟興，應見杜鵑花。

關山月

朔漠秋天高，微輪耀戟毛。沙場千里白，關塞一聲號。寒徹燕山骨，光流瀚海濤。何年兵氣盡，無使戍夫勞。

重陽前一日南樓送歸客

日夕悲秋客，登樓此送君。千砧寒月下，一葉嶺頭分。斷岸霜初落，芳亭菊正芬。東籬明日往，知子醉山曛。

秋樓夜坐

高樓明月夜，獨坐淚潸然。悵望樓前色，蕭疏木已顛。碧雲海渚外，涼露桂枝前。遥望持竿客，秋江有釣船。

葫溪泛舟

野店柴門外，漁舟綠水灣。我來石橋暮，乘月下西山。荒徑行人絕，疏林飛鳥還。自悲黄髮亂，慚愧白鷗閒。

晚泛江村

坐歎春風晚，寥寥歸故鄉。背城向水闊，隔竹到溪長。遠岸多芳草，殘籬半夕陽。田家但閉戶，鳧鷺在方塘。

寄友人湖

君家湖水曲，潮落見平莎。獺集寒魚少，門浮秋鷺多。疏巾常漉酒，野服暫行歌。近識滄浪子，乘舠試一過。

暮春歸故園

綠楊三月村，紅杏滿東園。晴鳥下喧樹，春風閒到門。露葵已堪折，醑酒復盈樽。復接南鄰叟，留連竟夕言。

詠蛺蝶

春色日芳菲，逍遥鄰院歸。撲竹添新粉，飛花點素衣。隨風過別浦，曝日向南枝。暗惜雙飛處，芳華今未稀。

雙桐生空井

傍井雙桐樹，苕苕拂故宮。清涼生夜月，颯沓起秋風。作瑟材徒具，棲鸞事已空。蔡郎無近信，惆悵碧雲中。

宿葉民若山樓

築閣懸崖際，茶田靜隔椽。羨君當此日，隨分結林泉。種樹葉還落，逢秋月屢圓。唯應與朋侶，清夜聽流眠。

暮至梁顒若田舍

適我野行倦，逢君場圃中。遥開向井舍，獨映臨江楓。坐久忽報穫，閒田樵渚東。星宵閉深巷，淅瀝松篁風。

詠蜀葵花

旭日散朱扉，名花宮錦姿。寶釵霑夕露，斗檗染秋衣。野雀下不見，狂蜂隱未飛。片心應待照，辛苦爲君欹。

和李直庵先生七夕酌酒懷友

正好銜杯夕，離離天上星。淡雲流遠漢，微月下中庭。玉匣開仙縷，銀燈照鳳軿。莫愁雙劍別，且待玉梭停。

明月落誰家爲孟陬賦

三五流光四望同，盈盈如玉鎖深宮。初經鄰下暉渠沼，乍落淮南眠桂叢。隱樹朧華珠箔暗，過花移影玉樓空。多時死育何須問，顧兔應生在股中。

何園夏夜呈朱叔烈

雨瀝風颸池上亭，行人暮暮見鵁鶄。籬穿嫩槿侵枝綠，架引浮瓠接蔓青。鄉路漸迂違小雀，道心猶昧愧流螢。高軒閒砌逢秋潔，誰對流霜話曉屏。

旅館與鄰人麥樸生夜話

故里已應無第宅，異鄉今始見鄰人。疎籬濁酒驚初定，高閣明燈話重陳。階下暗蟲愁往事，枕邊黄葉夢歸身。亂離舊業知誰在，共道飄零淚滿巾。

醴泉帖故人謝溶所遺每一展觀輒爲愴然

故人遺帖留殘匣，幾度臨書似舊時。懶拙已忘王衛法，淒涼徒有范張悲。墨痕尚憶師秦漏，石拓猶聞辨宋螭。今日清齋想奇字，玉樓天上勒新碑。

送何兵曹拜命赴端州行在

新加露冕拜綸絲，遠水寒山木落時。天子刻期傳詔誥，三軍指日罷旌旗。思鄉欲上高崧路，望闕先扳古桂枝。别後若逢佳節近，數叢黄菊擬東籬。

無題

越國相思楚水涯，江蘺如箭柳如絲。雲迷巫峽神娥去，水緑湘潭帝子悲。漢苑蘭生人已寂，洞庭木落鴈先知。佩蘅誰向芳洲遠，寥落靈均一帙辭。

春樓

緑屏春曉露珠稀，地盡南天草木葳。石角柳芽風不到，小窗梅綻雨初微。身隨玉液尋仙侣，手撚沉香事小妃。碧草遠郊人寂處，開簾唯見燕雙歸。

春盡

故園綠滿春將盡，野路初晴雀正飛。細草落花殘雨濕，小荷抽葉午風微。山深夏木鵑啼急，巷寂紅榴日照暉。願及芳時須一醉，獨攜尊酒送春歸。

落花

東風惻惻雨凄凄，飄斷殘英蝶欲迷。無數踏歸青草路，有時浮出武陵溪。深宮盡日同人淚，荒苑無聲伴鳥啼。聞道洛城春日好，明朝期發杏園西。

贈江村馬巡司

越國才名舊有華，身爲微吏滯天涯。重門石壁春流水，獨樹寒江晚閉衙。金馬幾年煩獻策，棘林何處更開花。嶺雲潭月深相憶，農伴歡鉏今萬家。

送王邑宰佐宣城郡

紫泥初拜諫書清，善政絃歌在武城。五馬近依新雨露，三年從拂舊塵纓。南來崇嶺千峯出，北望衡陽數鴈征。此去裁詩秋正好，謝公樓上月初明。

登閲江樓

古臺搖落對長洲，極浦寒山返映樓。官渡亂鴉喬樹晚，夕陽黄葉海天秋。層巒逼立峯皆見，石塔遥臨影盡流。賓客莫辭連夜飲，前途還有木蘭舟。

宿黄氏園亭

輕舟欲泊日黄昏，愁絕青袍有淚痕。林壑未忘同逸興，水雲猶自繞孤村。塗當海國易流滯，人在天涯空夢魂。春草閉門花欲發，卧看蝴蝶到西園。

秋日山中

青門楊柳漸稀疏，醉倚江樓月上初。南浦秋殘多墜露，衡陽鴈盡不飛書。千家寂静砧逾切，四壁蕭條貧自如。誰念山中松桂滿，探玄空負子雲居。

再過白衣寺元約上人山房

重訪支公叩上方，數欄花木閉禪房。舊栽松菊侵山徑，新種梧桐近井牀。僧定蟬聲連静室，鶴歸松色帶斜陽。浮生但覺身無住，唯看青山憶故鄉。

秋日晚郊詠歸

楓葉紛紛落逕繁，遊人望望下郊原。歸雲挾杖過山磵，落日題詩倚竹園。孤鷺遠翻秋浦静，亂鴉頻聚夕陽喧。夷猶月上蓬蒿處，長笛一聲城外村。

山影

碧峯巉岦影沉沉，盡日晴軒得半陰。仄劈嶙峋圖屋角，寂銜空翠落波心。似因臨寫窺高下，欲仰儀型想靜深。遙憶香爐腳邊寺，一巒殘照倚風吟。

城影

遙陰兀兀在城濠，一帶因山影愈高。倒照宿烏連埤堄，趁涼歸卒繞周遭。晝承古木臨偏巷，夕轉荒郊落野蒿。漠北塞垣孤障在，雲黃沙白更蕭騷。

贈莫先生

亂離多籍老儒冠，一宦曾經海島寒。對案齋心猶苜蓿，逢人變色是波瀾。詩篇遺興多容易，世路無心不覺難。近愛禪門好消落，擬將心境問求安。

贈郭亦知參軍

盛朝身屬郵亭長，越嶺燕臺走馬聞。壁滿題詩當路客，堂多勒銘教兒文。重輜幾散黃巾柵，深巷閒拖白練裙。昨約林僧掃園徑，半庭殘葉落紛紛。

戲贈黄塾師

問年惟數六身知，貌欲龍鍾學守雌。石磴結罏供酒饌，書堂擊鼓集童兒。汲春婦没無相謫，社臘孫强每後隨。當日里閭喧笑處，醉歸多唱步虚辭。

贈劉落石憲副歸荆南

十年旅宦夢潛溪，亂後歸帆路不迷。鸜鵒硯攜端水署，橘橙家到洞庭西。栽菱渡口來漁父，釀秫廚邊臥鹿麛。誰候太常齋滿日，叩門壺榼手親攜。

挽臺設師

尚憶溪橋遇我師，自挑衣履到山時。久諳細行勞皆喜，遠赴檀那病不辭。寒骨似霜流輩服，夜壇無食野魂悲。供親捆屨終難待，幾日春絛爲倒吹。

山中懷舊遊

書劍論交兩不成，思君愁劇尉佗城。人逢故里空分手，夢繞寒林恍隔生。逝者苦多存者少，中年堪念少年情。時來賴有忘懷處，月共川潮夜夜平。

春日村郊

刺桐鮮映綠槐芽，春水初平海堰沙。江燕掠泥尋舊壘，山櫻成子落餘花。雨殘時見桑梯倚，林外遙逢酒旆斜。最愛村原寒食候，雜香晴徑野人家。

何石人倣王叔明筆作畫贈余入匡山竟不果行題此

住山煩爲寫山容，半幅陰晴壑萬重。風過泉聲來絶壁，雲疏鶴影落高松。清齋似對西林客，落日疑聽北嶺鐘。何事鄉園留滯久，石橋邊畔草茸茸。

酬黎務光養痾海雲寺以余營亡友李仲藏喪還見示之作

清羸得靜在雲林，藥碗繩牀近樹陰。懇向醫王頻接足，寂依禪子與棲心。疎籬槿吐傷榮促，曲岸波迴感逝深。幾日浮生同愴恨，獨吟君句夕陽沉。

雷峯山寮寄徐四同

自住上方聊寄跡，山窗長在竹竿邊。昨來是處秋風好，憶爾生時明月圓。捧橘定知懷袖闊，食梨應喜弟昆連。偶拈茗碗生閒思，卻記前年共酒筵。

詠井

惜此井泉長不改，寒光迴出碧梧疏。苔床蛙鮒資清滲，石甃朝昏上氣虛。漣漂漫隨孫楚賦，清瀅空冷傳咸居。年來頻夢城東宅，貧巷蕭條自晏如。

送足兩師之嘉禾請藏卻還廬山棲賢寺

癯然鶴骨若爲支，又向秋風話遠離。遙請梵書來藏閣，便從匡嶽臥茅茨。吳謳越榜添吟韻，瀑雨松濤助寂思。夢裏溪山成獨送，暮天愁擬碧雲期。

贈蜀中喻勝力居士

頰邊聳帶蜀中山，鬢腳言從亂後斑。未到漢原悲舊國，纔離海島似生還。一篙綠水尋僧遠，半榻疏鍾到夢閒。莫厭虛房強留住，半生曾幾住人間。

羅浮沖虛觀

仙宮長掩煙霞裏，絕磴纔攀屧欲輕。龍虎氣藏山殿冷，蝌魚書瘗石壇傾。胎禽日永棲還去，靈藥林深死又生。猶有成鱗兩松樹，側臨丹井勢崢嶸。

秋江蕭寺寄謝法航

閒操一勺挹滄溟，寺外秋潮没遠汀。雲映蜃樓鄰島市，波深龍室傍函經。鶴歸樹碧搖煙月，魚怕燈明誤水星。謝客此時閒蠟屐，可堪思詩滿東亭。

送人歸閩中

閩山粵水無多異，爲積覊愁始欲歸。離緒暗滋傷逝惡，客心長計浪遊非。從經海島詩偏怪，欲別林僧話轉稀。世故爲儒誰可奈，蒼蒼苦覓舊漁磯。

寄頓公

鴈帶餘聲入海煙，霜林空末望高天。愁團半是送行日，閒詠偏多寄遠篇。枕畔湖山風葉攪，書邊意況雪花濺。春來縱有鶯尖惠，不得橋邊招隱泉。

送張堯山歸杭州

往歲言歸計未成，今秋始得挈家行。張衡久有歸田願，王粲知無戀客情。去日海帆同燕渺，到時江岸與潮平。湖邊若果添三徑，莫吝雙魚寄遠聲。

秋朝山寮柬黎務光

山寮村館共秋朝，數里疏林葉似燒。架積遺書從許借，吟同小隱不須招。蓼紅野艇回孤棹，霜白行人過板橋。欲拉支公尋寂寞，恐埋蹤迹入漁樵。

重過徐四同宅

宅舍重過又一時，對君諸弟黯然悲。論交既是中年分，學道空多後日期。風閃疏燈回舊榻，月移寒橘落秋池。直傾一夕無窮淚，不待鄰家短笛吹。

送石鑒大師住棲賢

本師疇昔幽棲地，杖拂親承出庾關。側聽道聲喧法窟，共推骨相稱奇山。钁頭有法提應俊，茅屋隨時結豈難。千七百人看滿會，肯令庸質老南蠻。

出家日自嘲

蹉跎到此竟何爲，纔擻塵緣萬事宜。已覺形容除俗態，任教顛倒落僧祇。眼昏且喜經文大，鬢禿如藏臘序卑。四十披緇誰謂老，只應精猛事吾師。

故交屈指復誰存，似我餘灰尚足論。於世已慚微友道，入山偏覺謬師恩。時擎粥钵煙村外，閒放樓團水石根。從此名山高頂上，一憑筋力恣孤騫。

戲效杜體

陶公茅齋垂柳長，臥疾已過園林芳。水淺漸忘越舟楫，山深每有秦衣裳。灑桑野老開蠶屋，薰樹兒童換蜜房。巡食沙渠一白鷺，忽衝煙雨過橫塘。

千佛道場即事

錦角旛旍噴沫煙，栴林龍象率陀仙。覯成萬象金光湧，禮遍千名梵響圓。花樹齊□催百鳥，香渠分供出諸天。蕭郎夙慧多生事，眼見池開上品蓮。

送人歸宿五羊驛因憶匡山感而成夢

海門送别帆檣去，瓶笠閒投邸閣開。客半羊腸關路至，貨多蚌腹海濱來。心懸河嶽前期遠，影落河山夢斷回。卻似津梁疲馬道，霜橋殘月曉雞催。

贈前憲副湯惕庵

籜冠麻服混埃塵，座上猶欽嶠嶽身。千里海津逢故吏，一肩行橐倩鄰人。殊方案牘誰相問，舊國瓜園且自貧。廬頂蒿茆吾欲剪，潯陽蹤跡可能頻。

訪甘竹黄符升村居

一笠隨舟漲易乘，故人門巷隔崚嶒。仍緣舊刺通身姓，乍出疎籬訝遠僧。齋後折蔬勞静瀹，窗前積翠引頻登。慣同文字攄幽抱，誰論詩情澁未能。

黄某邀同過公子黄符讓卻贈

蕙英本出崇蘭幹，鵷翼原留老鳳紋。獨上危樓欣勝日，深垂綃幕較奇文。雨過檜樫煙全碧，花落池塘水半芬。十里滄波南北阮，乍憑諸從一尋君。

南海神祠

百川亦匯歸南海，望秩靈祠自歷朝。石鐫鳳書苔蘚駁，像垂龍袞水雲飄。波鳴海市晴輸稅，霧捲鮫宮夜貢綃。日暮商飆動林木，鼓聲催起海門潮。

達奚司空像

樹老庭荒不記春，天朝裳服儼遺身。空悲鄉國生翰鳥，似立朝門待舌人。燈火青熒通晦夜，廊龕寂歷罥絲塵。從今斷卻當年恨，海舶無因過此津。

碧鑒溪泛舟

帶郭人家野靄間，一溪深棹不知還。雲晴近海低成雨，水色連莎淡到山。好影入詩愁不盡，歡心着事累終閒。他年若別高峯去，定向漁翁占一灣。

阿大師應請瓊州書到卻寄

槐竹陰陰已夏居，客來喜得海南書。藤蘧白滿安禪榻，椰葉青疏挂錫廬。擊水時聞軒翼鳥，怪松新識豎鬚魚。從師欲問寒暄意，塞北厓南話一如。

塔影

檻戶淩虛影倍長，羲和高臬候青陽。涵燈未透琉璃影，浮水初吰舍利光。風到草間吹欲轉，日中沙界跡偏藏。焰埃幻滅勞相問，惟向清陰禮法王。

宿華首閣

石路回斜樹影重，月臨高閣罷昏鐘。山銜古寺秋初半，葉滿虚廊露正濃。南嶺宿雲籠翠草，東溪瀑水映疏松。睡醒卻悟身何處，四百峯中此一峯。

客舍夢故山寄無師

漸逼秋風客思催，夢魂猶憶在香臺。山頭野鶴歸松處，門外江潮帶雨來。地竹叢枝滋暗筍，龕燈微燄到明灰。山中長老頻相念，誤覷閒窗日幾迴。（以上清徐作霖、黄蠡海雲禪藻集卷三）

（李君明整理）

全粵詩卷七九四

釋今攝

今攝（一六一八—一六八六），字廣慈。番禺人。俗姓崔。參天然，即披緇依三十年。居侍寮最久，後充雷峯監院諸職。清聖祖康熙十四年（一六七五），離亂中入淨成侍天然。十九年（一六八〇）付法偈，越六年示寂。著有巢雲遺稿。事見清宣統番禺縣續志卷二七。

秋蟬

爲愛清秋白露時，滿腔積緒向誰披。乍依紅葉任舒卷，長噪碧雲遠險夷。殘月曉風偏入夢，登山臨水倍堪思。不須切切頻相告，自有知音過子期。

絕塵高蹈一身輕，濁世徒勞怨獨清。長挹金風資冷韻，只茹珠露謝貪名。曉飛自愛雲山勝，晚噪如聞天籟聲。不似芳時鶯語巧，三秋常有雪霜情。

秋月

一輪高挂五峯前，雲散長空正可憐。白與金河同混派，不教玉殿重含煙。孤蹤掩映澄潭底，疏影朦朧瘦竹邊。寄語煙波垂釣叟，蘆花堪繫月明船。

送陸亦樵上白崖

步入東南翠靄重，白崖深處霧煙封。金鵝咫尺通三疊，玉練千尋並五峯。學易欲隨才子後，讀書偏傍謫仙蹤。他年副墨藏名壑，百變風雲共淡濃。（以上徐作霖、黄蠡海雲禪藻集卷一）

（李君明整理）

釋今覞

今覞（一六一九—一六七八），字石鑒。新會人。本姓楊，名大進，字翰序。鼎革後遂謝諸生，明桂王永曆十四年（一六六〇）落髮雷峯，為天然第二法嗣。著有石鑒集、直林堂全集。清光緒廣州府志卷一四一有傳。

訪亦庵中千上人

維舟西昌城，秋色淨閒閑。去城未里餘，一閣搖霄漢。悠然水竹居，清況亦云罕。閣中虛且閒，回轉恣登覽。低揖紫袍峯，前趨若下坂。俯影入横塘，浮光上朱檻。複道迂小樓，夾花明幽棧。危橋柏徑深，曲渚秋雲綻。蒼茫不可窮，矚空真如幻。中公此坐臥，亦既適以衎。相逢更揚眉，放懷共疏散。長嘯夜月孤，策杖江天晚。應嗟華亭翁，覆船未成懶。三峽余隱淪，亦自笑擔板。且勿復多言，饑索香廚飯。

贈謝振萬

土室白雲封，尋僧一短笻。高懷寒浦月，清論夜堂鐘。世事已如此，浮生未易逢。匡廬飛瀑處，還有六朝松。

棲賢除夕

雪淨高樓迥，燈明梵宇空。山中猶記臘，世外亦成翁。自惜壯心暮，徒嗟吾道窮。敢云丘壑臥，足紹古人風。

仁化江口寄丹霞澹公

高住丹霞去，名山自昔傳。江邊開洞壑，天半見林泉。竹塢清霄夢，梅花石屋禪。我來尚行役，空自望雲煙。

寄別何石人

十年離亂昔同憂，此日成僧憶舊遊。每值好秋憐獨坐，何人明月共登樓。舊村到處空青草，故老只今誰白頭。聞寺相期不相過，鄱陽余又棹孤舟。（以上清黄登嶺南五朝詩選卷一三）

（史洪權整理）

羅浮雨中游寶積寺

巨壑沈空濛，雨勢來不止。欲頓肩輿遊，登臨興方始。稍晴策疲夫，烟雲辨杪樹。蒼翠忽遠叢，蓊然附石齒。泥濘澀迂途，精神已先至。人影在松關，恍與白石侶。虹氣蒸高霞，倏爾羣山紫。不畏攀陟艱，翻驚心眼異。入門見新築，高下稱人意。密竹覆古幢，斷碑倚靈字。盤笋呈山情，茶香發泉味。坐餘霽色來，嶂巒遂位置。會上飛雲巔，一笑凌天地。

羅浮黃龍洞貽六震

積草滋長雲，冥冥連絕壑。圓峯倚空懸，兩水挂其角。疑是鬥巨龍，噴薄明珠落。我欲馭風上，震慴遯猿玃。云有天華宮，荒苔久寂寞。上人今誅茅，寄託息魂魄。侶虎共高寒，呼鬼恣笑謔。靜聽梅村雞，閒就朱明雀。堅僻離情塵，不憶覓常樂。我聞道人心，寂喧皆寬綽。人間雖茫茫，蒼天但漠漠。且學雲居膺，不思善與惡。

羅浮華首臺

古臺華首見高原，傑閣雄居勢自尊。列嶂千重成翠幕，分流兩澗夾雲門。碧天海色浮山雨，赤石晴霞映曉暾。祖塔洞天風木在，瞻依徒自愧兒孫。

羅浮沖虛觀

鐵笛梅花洞口寬，畫梁烟鎖御書寒。末蟲有意緣符竹，仙鶴何心立古壇。明月自來浮赤水，鈞天誰復奏黄冠。空餘蝴蝶叢丹竈，肯信人間一夢殘。

歸雷峯與同學諸子

邨寺空工樂事兼，今來重訪野情添。新成高閣能臨水，舊種松枝已過簷。秋入平林猶有葉，塔迷烟雨尚留尖。倦遊真有鄉園戀，一枕寒潮夢亦甜。

舟次江門

蓼花秋水淨沙汀，紫水歸帆一棹輕。海月夜寒鄉國夢，榜歌初認土人聲。斷崖葉向烽臺落，衰草牛穿破屋行。十載滄桑成往事，荒烟無處不情生。

順昌旅泊

沙汀寒月泊孤舟，漁笛蠻歌動旅愁。兩岸山光趨石瀨，千家燈火出城頭。自憐去住同春夢，真愧浮沉狎海鷗。想到匡廬深雪裏，火爐吟咏有同遊。（以上清溫汝能粵東詩海卷九八）

寄別岡城諸子

不盡分攜意，江干憶此時。方憐車馬送，未作別離詩。暖日移雲影，蘆花間鴈兒。山堂風雨夜，遠夢故人期。

過安慶

雉堞迢迢據上游，滄溟無際碧天浮。海連淮甸吞遙島，山甕長江湧巨樓。百戰旌旗新壁壘，六朝烟雨舊沙洲。我來此地多清興，添盍行吟答野謳。

重陽前一夕與黎寅仲陳錫君王人十諸子集海雲寺步月

故人遙集海雲隈，林下幽尋破徑苔。山寺杖藜沿澗岸，隔坡回首見樓臺。鐘連落葉兼秋遠，鴈逐寒潮帶月來。無限詩情吟不盡，重陽明日菊花開。

留別粵中諸子

江岸楊花已滿林，片帆遙指古田陰。長途未習蠻溪語，別舫偏憐粵客吟。閒按水程尋古驛，靜依沙渚數棲禽。浮生蹤跡真如幻，不用驪歌百感深。

答林芥庵太守

生平傲骨不隨人，宦海飄蓬一任真。欲作比丘還被謗，力辭太守只安貧。采芝舊圃思廬嶽，垂釣青溪憶富春。往昔勝遊成遠夢，羅浮煙雨幾回新。

清遠晚泊即事

綠楊帶岸草如煙，三月晴光薄暮船。山寺隔陂清磬遠，人家臨水列燈懸。戍樓畫角催寒漏，賈客琵琶醉夜絃。惟有老僧禪坐穩，獨燃殘燭荻洲邊。

過吳雲御太史村齋

翰林家食自來清，三徑遥尋獨出迎。草履籜冠居士服，疎燈寒雨故人情。酒酣白髮誇元亮，瓜熟青門憶邵平。女嫁男婚今已畢，肯將廬嶽聽泉聲。（以上清顧嗣協岡州遺稿卷六）

粵江即事

庾關望迢迢，峽江去何極。以此爲新遊，悠然歡所歷。東水下建瓴，風帆若馳翼。沿流出怪峯，列樹隱危石。撫景欲知名，耳目費應接。頻指問舟人，厭予還緘默。語笑成獨情，微吟見天則。

題贛州光孝寺廉泉

古寺石亭陰，一泓乃幽旨。皓月光與涵，清風澹相倚。渠汲鳴轆轤，搖湛自澄止。厥稱曰廉泉，嘉名世所異。廉貪各有受，此泉原無已。廉固非所欽，貪亦何足恥。不易夷齊心，豈洗盜跖耳。涓涓惟自知，消息絕終始。臨流發浩歎，相憐獨我爾。

遊小孤山

彭郎渡頭浪拍拍，小孤江心勢仡仡。龍口吞天騎二妃，飆輪電馳喧河伯。洪濤怒濺彩霞濕，洄流倒捲琉璃碧。妝臺落影夾長鏡，鸕鷀拖魚上巖石。腥風忽起嗚嗚聲，一片江雲如瀉墨。欲泊扁舟不可前，庵僧引纜度危級。青林迂徑曲朱闌，魂繞斷崖疑兜率。肅然斂慮萬情忘，怪殺征帆名利客。

陪郭適庵方伯遊匡廬

匡廬高高不可極，積氣天近寒雲值。晴空風雨飄長虹，掩映光連湖水碧。香爐日暖赤霞明，禹碣蒼崖青蘚匿。我曾浩蕩縱襟期，憑虛不覺心魂歇。方伯奇情天外開，降靈嵩嶽見弘才。暫假東山恣遊屐，南歷三湘北五臺。潯陽兩度訪廬山，玉淵潭水照心顏。不惜招攜方外侶，野田麋鹿喜追攀。白鶴棋聲泉石裏，柴桑人家明滅間。遂淩絕頂馳逸駕，疊壁高奇競叱咤。奔激洪濤萬木聲，旋風吹盡層巒下。浮雲走處巨石移，咫尺丹梯不敢跨。天池寺，佛手巖，清江九派過征帆。山前山後圍松杉，且攜明月臥蘿庵。閑枕清風酒半酣，峴山真笑羊公憨。方伯言，余側耳，嗒然喪我忘非是。七十東坡閒羡此，蝴蝶栩栩誇莊子，將閒索閒何足齒。圯橋已進老人履，東山忽爲蒼生起。把臂一笑聊相視，林響齋鐘我說止。

涉園歌

少年抗志羡羲農，北窗一枕淩高風。近來廬嶽恣遊屐，愛殺靈運讀書石。走盡天涯返嶺南，聞説新興有老憨。自愛蔣生三徑僻，不辭五嶽向平貪。曬書白眼意落落，銜杯皓首發鬖鬖。見我捧腹大吟笑，攜我散步金魚潭。何處琴聲喚魚出，梧葉青青陰白日。碧池破碎花影移，高高亭上柳花溢。爲我自誦遊山詩，願得遊山年百一。又云我死名山中，碑題某人某日卒。身既死矣安用名，荷鋤飲酒笑劉伶。劉伶飲酒不拚命，死後未肯忘其形。公不忘形應不死，昨夜驚聞猿鶴語。山靈引例作移文，百歲名人放歸里。我亦從容許猿鶴，誇公誠有好丘壑。涼於水處寬衣裾，陳摶夢裏華胥國。几一張，琴一床，壁上題詩三兩行。萬里山川在跬步，涉園何必讓柴桑。五男兒並列階墀，一齊歌舞學斑衣。不費籃輿過籬菊，雖無五嶽亦便宜。我言此事正公意，恰被老僧窺破矣。猶言矍鑠走康莊，潘公南圃誇高趾。

秋簾

疏結瀟湘靜，高懸庭館幽。但能留好月，不惜卷簾鉤。山暝花無影，霜寒人在樓。所耽惟寂樂，清夢共悠悠。

秋蟬

絕壑遙憐爾，蕭條碧樹陰。危冠如有意，薄翼自成吟。身與秋枝淺，聲連煙月深。臨風斷續聽，誰識倚闌心。

賦得河上逢落花

飛花吹不盡，蕩漾空江湄。落處無人見，沿流獨去遲。芳情縈弱草，香氣結寒澌。正有尋春者，茫茫河上期。

自棲賢谷尋如是上人院

尋幽不出谷，沿路踏溪陰。忽入源泉處，蒼然一徑深。石橋通藥圃，竹塢接花林。自可忘人世，如君高隱心。

小孤山題二妃祠

危石江心出，疏林見畫堂。雲煙媚帝子，風雨怒彭郎。水落山容靜，天空鶴影翔。妝臺對碧蘚，無復擁霓裳。

望小孤山

小孤南望水滔滔，風起帆飛急遠舠。木葉欲陰山閣露，春潮初長石門高。曾遊古洞多棲鶴，舊識船僧棹晚濤。卻憶昔年留宿處，獨吟江月不知勞。

清遠峽

風日暝暝草樹隈，峽江長望獨徘徊。青開石壁分天出，白湧銀條裂地來。波撼斷崖喧鳥雀，影涵山寺見樓臺。客帆來往知何極，一聽猿啼情自哀。

峽江卻寄頓修姜山時二公先余度嶺

峽江幾日漲流澌，空水茫茫一棹時。急雨獨侵蓬竇入，好風偏到客帆遲。綠莎寒繞沙鷗夢，白石遙明江女祠。卻憶故人庾嶺上，梅枝新月好吟詩。

山中看桃花

獨樹垂垂雲外栽，赤霞晴映興悠哉。經年林下開偏早，一日門前看幾回。無事不妨移榻坐，有誰還肯踏花來。武陵好事曾知否，洞口空疑鎖綠苔。

研鄰 爲蕭孟昉題

名園高館舊風流，傍宅門通竹木稠。曲徑有花皆向牖，遠山無面不宜樓。白連江水心情迥，青入書帷翰墨秋。人地幽奇千古事，天南誰復有林丘。

入姑蘇

秋風放棹闔閭城，水國雲帆一月程。岸葉欲飛黄日落，棲鴉寒噪早潮生。地過建業連山少，江入閶門渚水清。風景不堪今古恨，淒涼空感子胥名。

經見峯灘尋靈樹禪師舊址

巑岏千疊枕長河，土室蕭條帶緑蘿。龍象不來行徑没，牛羊歸去野煙多。終憐勝地埋芳草，誰道遺風逐逝波。無限樵歌催落木，高天翹首意如何。

偕程臨文大觀上座登望湖亭並此言别

微茫煙雨暗沙汀，干羽龍舟出渺冥。歸棹恰逢端午節，閒心一上望湖亭。坐中好友難爲别，薄暮驪歌不可聽。惆悵此心何所似，高秋曾否扣柴扃。（以上清徐作霖、黄蠡海云禪藻集卷一）

（李君明整理）

袈裟嶺

疊嶂趨澗谷，一嶺袈裟名。年年顔色處，秋風錦繡屏。（廣東文物卷二圖版一一二）

（陳永正整理）

釋今帾

今帾（一六一八？—一六九〇），字記汝。新會人。原姓潘，名楫清，字水因。諸生。將應鄉試，適以憂解。服闋，棄諸生，從天然老人受具。明桂王永曆十五年（一六六一）爲雷峯典客，後隨杖住丹霞，充記室，再從老人住歸宗。清聖祖康熙二十四年（一六八五），老人入涅，復返雷峯。二十九年還古岡，訪尋故舊，忽示微疾，端坐而逝。著有借峯詩稿。清同治番禺縣志卷四九有傳。

登雷峯作

崆峒列神鼎，八公授丹經。往來有鸞鶴，未若茲峯名。名峯匪在大，亦匪諸仙庭。瑤草雖不謝，玉樹任長菁。竺國表靈鳥，少室固神坰。地德豈殊衆，紀堂賢聖興。四七與二三，西東作典型。慈流別五派，洞水奔南溟。蕩蕩歸汾岐，環抱奇峯青。瑞光薄三界，法潤普羣靈。昔我一來遊，瞻睇默含情。見花識優曇，酌水味香泠。日暮下山去，山在胸中横。既薄隱松柏，仍羞逐市城。束身今再來，高步陟雲屏。雄峯法王踞，四顧空青冥。俯視人間世，奔馬無暫停。學道苦不早，日月徂以征。稽首大山王，泫然涕泗零。誓將衣線身，學山到山巔。

隨本師赴古岡請舟中作

岡州有流水，昨日送我舟。言投金粟地，長別海中鷗。何期未四旬，還尋舊釣遊。江花似笑人，鳧鴈嘲中洲。一訝來何早，更問何所求。豈知學地人，舉動戒專由。我師受此請，命侍巾瓶頭。大道無真俗，分別匪所侔。借路令還家，鄉國如莊馗。此意無人知，東風吹蜃樓。

與石鑒大師夜話書呈二十二韻

堂虚寒月斜，禪靜孤燈趣。與爾共經行，話余歸得路。硯田懷舊春，竹榻依遲暮。非具三生緣，寧邀五濁度。初生尚無爲，百憂旋相遇。玉塞限冥鴻，金鐸危宿鶩。離騷不可消，痛飲亡所懼。擊筑和悲歌，吹簫入市聚。猖狂弗顧人，涕泣頻因兔。屠狗屢追遊，咀茹廢詩賦。詎知伯玉非，但使灌夫酗。風雅且云亡，死生胡解怖。毒龍瞋咒聲，醉象恣狂步。衣縱有神珠，劍幾非武庫。雲迷劇可憐，月愛恒多護。鮑叔知夷吾，劉公容狄傅。未足踰高深，爲是拔淪痼。浣彼瓦缶陋，登諸瑚璉富。還拈柏子提，希見桃花悟。污染出玄泥，鈐錘求密布。饑施玉髓丸，渴待金莖露。擊竹會有期，良宵永無負。

對陳喬生夜話

破我燈前夢，憐君此日身。多才羞再仕，虚税食難貧。鐵硯耕何補，焦琴典更頻。無任憔悴意，天地一孤臣。

坐到無聊處，長歎憶往時。忘言同執卷，欣賞復新詩。世亂銷風雅，情深結夢癡。幸餘今夜月，還與話心期。

和會公青苔

茸茸滋碧蘚，無處不傷魂。舊恨空階色，新愁細雨痕。綠疑初草嫩，紅襯落花繁。誰向遺宮見，能忘昔日恩。

送郭南耕之嘉興

送送紅梅驛，行行檇李春。殷勤尋骨肉，辛苦向風塵。歲月天邊暮，關河雪影新。煩君慎來往，早慰住山人。

出家

纔解超塵便杖藜，此身前後隔雲泥。傳書何必中郎女，脫俗應辭萊子妻。仙字藏多從飽蠹，曉鍾疏處亦聞雞。鹿門山遠休惆悵，言念尸饔未許攜。

乾坤龍戰幾彫傷，三十爲儒鬢已霜。落葉易歸根底冷，好花難問眼前香。故投方丈求真性，羞把文章媚後行。此別萬峯人世斷，家書休寄白雲鄉。

百里江門雨雪封，逡巡十日見雷峯。孤舟未到橋邊寺，隔浦先聞嶺上鐘。童子迎風開晚徑，闍黎支杖出深松。相看話我來何暮，壞色條衣代蚤縫。

華梵名言底不同，咒聲初學苦難工。六經章句曾多讀，一會楞嚴失辯聰。擔板幾能知道妙，偷心疑弗與禪通。藥王故爲醫分別，呑吐教如栗棘蓬。回看藝苑似華宮，趺坐燃燈夜夜同。今日話頭提柏子，當時心上靜雕蟲。觀空一念齊今古，幻有千詞不露風。聞說文人多慧業，依稀前世亦禪翁。

夢張百淇

不除豪氣讓名流，已着袈裟萬慮休。使酒灌夫曾誤學，搥琴安道敢同儔。新來解破三般惑，那肯還添一段愁。夢裏故人誰是幻，忽驚鐘斷悟浮漚。

黎方回務光兄弟至

少年同學欵茅茨，愁思潸然欲語遲。乍見一驚新耳目，關情頻歎舊鬢眉。休於象服論今昔，且愛書齋接水湄。從此柳門深掩着，月明乘興得敲推。

燈闌

明滅孤檠剩一身，花殘時似可憐春。釭昏雨氣紅將褪，壁帶寒煙暗欲勻。風葉夜猿愁並悄，女蘿山鬼若爲鄰。上林鴈足懸知好，黯淡無因得認真。

贈俞賡三

憐君萬里得爲官，亂後文章只自寬。儋耳志成雙鬢改，峨眉家在獨歸難。卜居亦種鄉園樹，訪古多尋梵刹竿。正是愛閒閒便是，隨方九節鑿龍灘。

蚊

小小沙蟲羽翼成，羣飛盈野復盈城。逢人更會饒長舌，入隊公然接短兵。堂下儼行燕客刺，帳中還學楚歌聲。窮簷爲爾難安枕，蛛網徒開一面生。

鼠

夜行晝伏黠何深，卦象孤陽覆二陰。社畏灌燒偏解託，藤愁中斷苦相侵。欺人硯左常偷水，鑽壁燈寒轉弄琴。底事永州家易主，依然猖獗到如今。

蠅

青蠅無地不營營，鶴館雲房亦寄情。懷妒屢窺簾幕靜，含污偏點几筵清。香聞辟穢腸應斷，甘爲嘗羹命較輕。去去豈須尋寂寞，膏粱羼處盡微生。

喜陸孝山太守重遊丹霞

宰官難見得閒身，幾度空山訪隱淪。彩筆遍題丹嶠石，布帆兩挂錦江春。溪光有影窺微雨，鳥性無機狎貴人。一宿東風芳草外，庭花如夢又重新。

喜沈融谷茂才重入丹霞

許詢自昔稱山侶，近喜文星接遠蹤。芳徑暮沿春澗雨，碧溪清度石樓鐘。已看巖下叢生竹，卻數雲邊舊到峯。題壁預知投老處，沃州無事問深公。

壽蕭孟昉

深臥羅浮五十春，才名方外早曾聞。每遲高士吟楮葉，更喜閒僧語石雲。藥圃影連祇樹秀，梵書文映鳳池芬。青山幾處慚生客，故作芝歌遥贈君。

贈熊燕西

五色肝腸絕點氛，翩翩絕世幾如君。時危自守何妨拙，身隱翻憐善用文。篆體工爲周太史，詩才逸是鮑參軍。茅茨近對寒溪結，共喜開門笑白雲。

壽祖印公五十初度

久聞名岳買峯頭，半百猶難遂隱謀。靈藥活人頻欲施，空齋傍郭自成幽。白雲有待歸巖岫，文露長應潤石樓。愧我下山逢誕日，囊無一物獻嵩丘。

壽李潛夫八十初度

九山雲外儼蓬瀛，中有仙人煉鶴形。問字滿攜延命酒，揮毫多著養生經。身閒高臥松陰翠，年老長看桂樹青。向日伯陽今再見，騎羊東漸即滄溟。

答人

詩篇多謝遠咨詢，讀罷翻教愧此身。緣薄久虧叢席望，才疏惟愛住山貧。白雲谷裏初無我，黃葉溪邊定有人。勝事到來消息盡，寒巖枯木不知春。

苦雨

雷先驚蟄暗經春，野老傳聞果是真。黑雨連旬復連月，綠莓侵榻又侵人。靜煨牛火支寒骨，動借漁簑覆病身。最惜東溪老田父，杏花時節不成畇。

採茗分寄友人

雨積今年採茗遲，晚山新綠更芳菲。不辭雲路石頭滑，且得春林雀舌肥。入碗露光輕泛碧，對人風味靜含緋。清新遙共支公賞，寄助高吟莫厭希。

初歸雷峯

山光別我十三年，得得歸來話舊緣。高閣幾重新近水，小松千樹已參天。休驚歲月將人老，且伴巖花盡日禪。回首初時發心地，又隨飛鶴繞林煙。

山樓病日對木棉花

高閣春深控遠煙，木棉如火在窗前。臨風幾處燒寒食，冬日多情照病眠。飽看信能同服藥，遨遊真欲挾飛仙。因君頻及人間世，剩水殘山薄暮天。

王暖村慧則兄同赴梁王顧觀梅之約予擬偕行不果别後有懷

美人家住木灣西，十里梅開雪作堤。花骨頻年勞寄夢，詩腸今日斷分攜。舟行東浦迎香暗，路接羅浮隔岸迷。苦憶參橫寒月下，輸君吹笛過前溪。

子規

故國繁華事已非，殘魂終日惜芳菲。落花處處啼無盡，舊苑年年恨不歸。烏道夢回雲樹遠，雒陽聲斷翠煙微。何當春暮憐飄泊，獨吊天涯血滿衣。（以上清徐作霖、黄蠡海雲禪藻集卷三）

望長老峯

山中長老何年住，寶髻雲衣自儼然。孤岫遠分靈鷲脉，諸峯羣繞石頭禪。銜花鳥宿青螺上，撥草人來黄葉邊。終古攀躋誰得似，一時翹首欲無言。

紫玉臺

相陪龍象上高臺，下界羣巒拱上台。紅日背山移午食，白雲沈石冷蒼苔。幾家城郭千山外，一鏡江河萬派回。讀罷殘碑餘夕照，隔林猿鶴自成哀。

繞海螺山

欲遶洪巖作畫觀，杖藜還下碧雲端。探泉漫指南湖勝，看瀑猶疑山雨殘。一笠晚烟林壑迴，半檐斜照石巢寒。樵吹處處催歸路，回首層陰萬木間。（以上清陳世英丹霞山志卷一〇）

（李君明整理）

釋今身

今身（？—一六九四），字非身。新會人。俗姓劉，原名彥梅。清聖祖康熙七年（一六六八）棄諸生，登具丹霞，侍天然老人于歸宗。晚隱蒼梧龍化七寺。三十三年（一六九四）示寂。事見海雲禪藻集卷三。

別黎慧劍

意氣生平重，其如此夕何。世難知己少，時亂一身多。別路蟲聲切，長江鶴唳和。莫辭他日晤，千里遠相過。

送陳長卿還閩

寒林蕭瑟動離愁，落日那堪送舊遊。千里遠來披野雪，一冬歸去逐沙鷗。山煙片片迎征騎，梅雨霏霏點客舟。自後欲知重過晤，南臺深處一丹丘。

題野人山莊

編茅築屋枕溪旁，半畝桑麻半畝篁。弄石老猿通野語，帶雲歸鶴唳清商。窗臨碧澗爐添火，門掩寒巖簟自涼。白髮山翁歌白雪，疏林寒月落橫塘。（以上清徐作霖、黄蠡海雲禪藻集卷三）

（李君明整理）

釋今壁

今壁（？—一六九五），字仞千。東莞人。俗姓溫。弱冠出世，習毘尼於鼎湖。聞天然禪師倡道雷峯，徒步歸之。禪師一見知爲法器，許以入室。清聖祖康熙七年（一六六八）元旦，與澹歸禪師同日付囑。三十四年（一六九五）冬，分座海雲。未幾示寂。清光緒廣州府志卷一四一有傳。

秋夜有懷

落盡秋林葉，千峯掩一關。暗泉聞斷壁，寒燒見空山。可待頭垂白，方知身是閒。獨憐漁浦月，照我幾時還。

登海螺巖

截斷雲根路欲窮，層巒步步入寒空。百年蹤迹登臨外，萬里關河指顧中。陽鴈叫霜過北浦，曉梅含蕊候春風。杖頭到處誰今古，雲月溪山各異同。（以上清黃登嶺南五朝詩選卷一三）

（史洪權整理）

芳草

年年二月便芳菲，極浦斜陂望欲迷。曉露垂青官道濕，暮煙籠翠野塘低。誰家好句生春夢，何處多情礙馬蹄。莫向東風怨離別，王孫歸後亦萋萋。

寒食

野寺寒山天一涯，深春遲日柳風斜。每逢禁火憐佳節，卻對殘煙惜暮花。蝴蝶夢中誰作客，杜鵑聲盡不還家。因人吟望成惆悵，虛擲浮生負歲華。

鴈影

楚天霜淨落秋曛，鴈影隨聲翻塞雲。有跡沉波疑帶恨，無心嘶水欲生紋。月廻沙渚光難度，風隔蘆花靜不聞。千載擬歌湘浦客，幾人江畔悵離羣。

書夢

溪月山花亦自真，鄉園多似昔時春。不疑鄰火燒紅葉，但整麻衣揖故人。行徑苔深煙跡冷，南湖雨過水聲新。漁歌隱聽斜陽外，千頃滄波一夢身。

送劉明府歸吉安

孤舟誰念客途難，千載身名繫一官。野寺暮尋疏磬外，故山青隔遠雲寒。蓮花有社何年結，江月同君今夜看。聞道永新遺業在，才華知不負文安。

除夕

鬢髮垂垂對歲闌，春光隱隱逼林巒。殘陽度竹煙將暖，半夜聞鐘聲尚寒。多病已拋身外計，得閒猶是眼前安。年華又向明朝起，重把雲山次第看。

送都寺旋公歸雷峯

故山南去思依依，苦行終身願不違。紅葉霜餘孤嶼靜，碧流天末一帆歸。定因夕照移堤柳，應爲新樓改竹扉。易見堂前相憶處，幾多詩句入玄微。

壽蕭孟昉

欲將風雅壽華簪，誰向春浮共此心。別有文燈傳鷲嶺，不教蝶夢到雞林。山留海鶴栽松偏，石鑿春泉得月深。我亦多情雲外侶，畫堂他口會相尋。

喜陸孝山太守重遊丹霞賦贈

東風去歲識雄州，山寺重逢今日遊。芳草煙深迎白鹿，射堂春暖訪丹丘。雲封澗壑旌幢濕，雨宿林花夢寐幽。想憶舊題應有賦，不妨添記石西樓。

沈融谷重遊丹霞賦贈

空山閒長石苔錢，兩度因君掃徑煙。爲愛林光尋宿雨，共看潭影話前年。千峯鳥道攀雲翼，一榻春燈對夜禪。此會已同宗炳社，東林長待後來緣。

晚步松嶺

翠蓋稜稜欲待誰，澗前巖畔自相宜。常因薄暮尋孤韻，獨倚高林寄遠思。聲裏每驚風度早，影邊休恨月來遲。春花莫競催芳草，寒壑還應雪後知。

法堂

畫棟朱楹敞翠岑，迢迢煙水到來親。門當曉日銜山影，座擁香雲隱玉輪。古柏逾深千嶂色，碧桃初暖一簾春。可堪往事重追憶，寒夜泠泠立雪人。

篻竹坡

半里扶疏蔭石屏，青蔥誰識歲寒情。欺霜不與松爭老，拂霧偏宜月共明。紫籜暗垂丹嶂暮，翠煙斜映碧川晴。臨流似憶孤舟客，時倚江風作雨聲。

遶丹霞山

愛山不惜尋幽遠，路繞洪崖翠色深。隔塢聽猿寒歷歷，帶雲看樹晝森森。飲溪兩度探泉脈，寄影三時息石陰。回首海螺峯頂月，何人同照住山心。

初入丹霞奉書雄州因呈陸孝山太守

沃州不費買山錢，刱舍山陰慕昔賢。峯影靜宜新雨後，澗聲寒愛暝鐘邊。閒情獨捲西窗幔，春興誰尋二月天。遠寄白雲師有命，殷勤直謁使君前。

送友

一笠隨身恣遠遊，半巖煙雨宿丹丘。曾同雪夜來伊浦，又趁霜鐘別沃州。黯黯青山人獨去，迢迢寒影水空流。玉潭風急松聲暮，滿壁紅霞映石樓。

酬施仲芳

相對真堪物外知，半簷垂柳論文時。情多逸興陶潛韻，詩羨高懷謝朓詞。斷酒喜尋蓮社客，看雲仍有菊花期。石堂風動西池月，應笑匡牀枕獨揩。

酬澹歸法兄見贈之作 時同付囑

青山滿眼隔年春，一造桃花兩度新。何幸隨聽芳草語，不妨同是報恩人。作家喜見楊岐富，對客慚招雪竇頻。有贈頓忘言外意，感將懷抱向予真。

壽敬人上座六十初度

短髮長眉一衲輕，古榕深屋老閒情。不知歲月歸何處，聊共雲山樂此生。白晝聽潮滄海遠，中宵看月草堂清。一千七百無今日，人世猶傳寶掌名。

贈林育長總戎

曾將肝膽許先皇，一代英雄獨擅場。帳底軍聲嚴細柳，劍光雄視起韶陽。風前校武旌旗壯，醉裏尋僧竹院涼。能使笑談清瘴海，九成臺上月蒼蒼。

贈莫勵伯廣文

湟水舊稱冠蓋地，鐸聲今見曲江濱。鮫人亦喜忘心樂，海客同安卻餽貧。花落濕雲春後夢，柳分新暑晝前身。射堂風月今宵滿，獨許支公識許詢。

送陳長卿還八閩

嶺樹吹寒動早梅，好山那惜暫徘徊。難教雲水留君住，先問舟航何日來。松徑未深終有待，石池雖淺更須開。聞鍾應不同元亮，肯信溪橋長綠苔。

同記汝長老長至晚步

薄暮長陂林悄悄，短筇遲影髮蒼蒼。羣陰消盡人同老，一氣潛生天漸忙。學雪梨花偷試白，宿梅春鳥誤啼黄。無端惱亂東溪竹，葉葉西風背夕陽。（以上清徐作霖、黄蠡海雲禪藻集卷一）

初入丹霞

三十餘年勞夢寐，此心惟許此山知。護生隄外欣逢處，長老峯前獨立時。遶壑光廻晴雪迴，散花香滿寶幢垂。幸陪龍象榮何極，共睹人天九會期。

紫玉臺

石籀何人鎸玉臺，松杉歲歲老巖隈。一林霜月猿聲冷，千古煙霞鶴夢回。白社有緣酬惠遠，文章無價慰宗雷。登高更莫勞雙眼，多少閒情付刼灰。（以上清陳世英丹霞山志卷一〇）

（李君明整理）

釋今辯

今辯（一六三八—一六九七），字槃說。番禺人。俗姓麥。明桂王永曆十四年（一六六〇）雷峯受具，清聖祖康熙二十四年（一六八五）主海雲、海幢兩山。三十六年（一六九七）示寂長慶。清同治番禺縣志卷四九有傳。

奉和本師天老人詠棲賢牡丹

絕世芳菲未易同，高枝閒放萬峯中。不緣杏日矜名苑，別有天香起閬風。倚檻曉隨春露泠，和雲深隱夕陽紅。靈山百萬逢今日，感歎重拈印碧空。

癸亥初春與諸同學遊三昧澗分得吟字

輕風晴日蕩寒陰，共拂春衣向碧岑。擲石傍村童子戲，逢人覓路麥苗深。漏天界斷三峯影，曲澗縈紆一杖尋。不覺山鐘催日暮，歸途猶得共長吟。

壽蕭孟昉

柳溪絃管響通津，云是先生嶽降辰。入座名賢聯海國，投機高論起山人。雲移梵影松陰轉，簾捲仙花玉盞頻。丹嶠月深螺渚夢，枝頭應帶石門春。

初入永寧呈諸護法

東林蓮社此重開，千里閒招野鶴來。自顧情疏慚遠遁，同深法喜仰宗雷。香花勝事無今古，雲水清規費剪裁。高誼更期忘主客，往還隨我漫浮杯。

與蕭簡庵明府話舊

三生石上舊知音，江寺初開借論心。懷抱不隨人事改，頭顱休訝雪霜侵。從前宦海能無累，向去雲山亦易尋。大有忘言相慰處，閒中過我且長吟。

乘涼鳳凰山

古觀新庵咫尺間，清風何處意相關。東林白業原無累，北郭黃冠亦自閒。一派松山青突兀，半邊煙水碧潺湲。物情變幻誰長短，臺榭依然鳳不還。

遊劉仙巖

步入仙宮鳥道平，門開碧落睹雲迎。綠蘿高帳談偏劇，白石閒炊韻自清。壁滿篇章增嶽色，江環巖壑隱灘聲。劉郎此日無尋處，鶴影松陰動客情。

登獨秀峯

翠微孤聳隱重城，臨桂登臨倍動情。千載藩屏歸洞壑，萬家煙火似升平。南薰想像亭猶在，北極空濛日自明。誰道滄桑多變易，秋山如畫晚江晴。

次山腳壁間韻

一峯高鎖不從今，豪貴亭臺世共欽。登眺此時隨極目，笙歌何日斷清音。風飄碧瓦垣多缺，草滿瑤階樹少陰。勝事已空山獨秀，層崖夕照紫雲深。

謁虞山祠

灕江秋謁上皇祠，今古平觀世未移。民愠此時無用解，天風何事尚頻吹。山連韶石雲歸晚，雨暗蒼梧鴈度遲。洵是垂裳能至治，一回瞻仰不勝思。

次韻酬王智幢

別揭香臺榜上名，鏡花溪月任相爭。眠雲客冷人間世，留髻僧高物外情。繞砌碧流秋水淨，入簾翠黛曉峯清。隨時了得安心法，婚嫁徒忙笑尚平。

送純牧大師卜隱衡岳

昭江握別問行藏，瓢笠飄然入楚鄉。應爲石光身世幻，還憐霧隱道風長。虛舟笑我中流滯，矯翮同誰天外翔。錫卓嶽雲追往哲，等閒煨芋亦清香。

過戎墟七寺貽非身耆宿

晚泊蒼梧春雨晴，曉過七寺水雲清。門環空翠饒山色，社集羣英不世情。法運豈應長寂寞，真風原可遠流行。隨緣隱顯前賢事，珍重巖阿道易成。（清徐作霖、黄蠡海雲禪藻集卷一）

雪鴻居士偕諸護法入山遊興既倍羣賢留題復邁前哲小作誌喜

嶺表無山水，丹峯尚可遊。百重環錦嶂，千仞起蜃樓。話月松苔古，披雲鳥道幽。賢豪饒逸韻，登眺自優悠。

好處留題徧，篇章滿畫圖。高深今始盡，俊逸向來無。頑石開生面，春花發朽株。誰知造化手，竟與巨靈符。

初入丹霞

何處晴巒聳梵宫，杖頭遥指隔寒空。石關深隱千峯日，華蓋低垂萬壑風。花落層崖香雨散，雲沉蒼樹碧烟叢。幸隨龍象同高步，一會靈山信異同。

望長老峯

孤高迥出青霄上，萬岫千山落暮鴉。自有鶴翎垂石髮，還將雲影作袈裟。峯邊晚翠停寒月，天外殘陽起夕霞。曠刼胷懷今日事，十年魂夢未全賒。

篻竹坡

千株拂石碧巖西，一路晴陰信杖藜。柳浪半乾清籟發，蕉衣碎剪綠天齊。閒僧問影月初上，歸鳥尋枝雪後低。莫到空林求口實，從來不受鳳凰棲。

登海螺巖

深山更有山深處，萬道洪崖鳥道通。古洞梅花同雪白，傍巖楓葉染霜紅。千峯隱映斜陽裏，一鴈低徊薄霧中。此日從師何所有，烟寒樹老日空濛。

龍王閣

半巖深鎖一重樓，檻外山光靜入眸。霧捲疎簾香篆落，波澄寒日錦鱗浮。細風谷口爲雲少，薄雨池邊出石幽。還待春霖看潤澤，莫愁寥寂碧峯頭。

繞海螺巖

閒隨杖笠繞晴川，翹首螺城天際懸。長短蒼藤穿暗石，淺深丹嶂落寒泉。谿花踐踏雲移處，麥飯團圞鳥宿邊。歷歷溪山逢舊路，疎鐘人外佛燈前。（以上清陳世英丹霞山志卷一〇）

（李君明整理）

釋今足

今足（？—一六九七），字一麟。高要人。俗姓陸。諸生。清聖祖康熙十六年（一六七七）受具，走吳越秦晉，所過大刹無不遍参諸方大老。三十六年募緣返粵，歸省墓田，偶病而終。事見海雲禪藻集卷三。

擬禮五臺途中阻雪止宿郵亭庵

象王宫起太行西，突兀當空雪不迷。十里香花趨磴道，一肩雲水宿招提。寒燈共聚南詢客，土堗遥聽北戍雞。無限廢興塵刹事，明朝思問老闍黎。

奉和靜成牡丹

天與芬芳色奪妍，含風和露靜娟娟。無言自吐馨香意，微笑誰知婀娜傳。不入御園催麗句，獨臨精舍映枯禪。高枝若使能移接，繞座繁英出檻前。

柳溪訪角子大師

深隱何嘗混鹿羣，一灣流水一鬘雲。溪邊菜葉誰曾見，屋後瓜畦半自耘。雨過疏林無虎跡，春回空谷有蘭芬。休將道眼輕塵刼，行見鐙王座欲分。（以上清徐作霖、黃蠡海雲禪藻集卷三）

（李君明整理）

釋今摩

今摩（一六二八—一六九八），字訶衍。番禺人。俗姓曾，名琮。天然函昰禪師子。諸生。明桂王永曆四年（一六五〇）受具雷峯，清聖祖康熙三十七年示寂。事見清宣統番禺縣續志卷二七。

寄旋庵都寺

春葉聊將寄遠懷，秋雲留取覆空齋。憐予抱病埋匡嶽，念汝情深在海涯。石坐定忘潮到腳，人來應對月西階。每從庾嶺僧歸寺，盡說辛勤費草鞋。

送石鑒法兄領衆棲賢

十年叢席未成林，分座能忘豎草心。滿院松杉堂構在，一家巖壑隱居深。風晴磐石看雲起，月湧長溪共雪吟。勝事每慚予在後，枯藤縆壁好相尋。

九日送足公請藏

登高四望菊花開，黯黯離情天際來。雲水十年同海寺，巾瓶此日向吳臺。吟依古驛江猿宿，力任瑤籤白馬回。頻病豈堪言遠別，況逢佳節益徘徊。

失題

三十年來輔洞宗，懸河高論五更鐘。紉蘭久在千峯裏，折蕙徒傷短日中。書史尚懷當日節，山川難

覓舊時蹤。同門一慟尋常事，愁見豐狐舉眼逢。（以上清徐作霖、黃蠡海云禪藻集卷一）

（李君明整理）

全粵詩卷七九五

釋今嵓

今嵓，字山品。番禺人。俗姓李。明桂王永曆元年（一六四七）從天然禪師脫白，居雷峯。清順治十二年（一六五五）度嶺，遊天台，住靈隱，遍參諸方。禮繼起禪師，嗣臨濟宗。事見海雲禪藻集卷二。

得須公棲賢寺信

卜得巖居好，耕耘傍楚空。書傳千里外，事在一山中。守夏暮雲白，綻衣秋葉紅。還聞嶽僧說，近略把詩攻。

送定公往怡山

秋色正搖落，君行多苦辛。野航違冷溆，旅館托何人。帶月過庾嶺，披星出劍津。明年寒食節，啼鳥莫傷神。

寄薛劍公

笠杖日蕭索，高吟魄轉清。捲簾望秋月，竟夕倚秋聲。世累隨時遣，神仙待晚成。西風山氣早，惆悵鐵橋情。

刈稻南畝柬諸子

衣食妨修道，躬耕嶺下陂。夏畦勞行者，秋穫倩沙彌。每得野中趣，都忘心所悲。故人如有假，莫惜慰相思。

閒居寄匡廬兄弟

老衲棲遲自不凡，烏藤拄杖布褊衫。塵沙靜去眼觀樹，風雨忽來身倚巖。行處潤苔紛屐跡，課時枝鳥下經函。山中兄弟如相憶，應爲燒燈禮佛銜。

遙題車明經紫芝洞

白鶴峯前居士奇，一經抛卻學餐芝。焚香求道自朝夕，閉戶著書忘歲時。竹密定抽冬日筍，松高應結萬年枝。將期挂席論心事，先對西風寄所思。

送李明府

藍田日暖賦歸耕，冠蓋蕭蕭出鳳城。令署罷來巾幘懶，家山夢去馬蹄輕。秋過庾嶠輕裝束，雪至吳江得性情。獨有長亭歌別者，日憑高處望行旌。

丁酉人日東梁芝五

今年人事如花好，此日襟期似樹高。樹下觀心初葉發，花邊問影異香陶。微風動水魚龍滑，細雨鳴簷燕雀號。傳語伯鸞春色早，讀書應着錦宫袍。（以上清徐作霖、黄蠡海雲禪藻集卷二）

（李君明整理）

釋今應

今應，字無方。番禺人。俗姓許。明桂王永曆三年（一六四九）出世受具，爲雷峯監院。事見清宣統番禺縣續志卷二七。

夏日訪友人館時途中聞警

偶自山中出，尋幽到藥欄。夕陽斜帶雨，林木易生寒。隔岸風煙異，孤笻去住難。移時即分手，江路水漫漫。

燈夕雨

微雨偶然至，朔風還復吹。夜深幽思遠，寒入瑣窗知。雪水烹新茗，燈花剪舊枝。何妨今夕興，共話月圓時。

中秋偶作

寒巖老去不知秋，水淺溪清亦自流。荒草獨留風力勁，黄花何喜客情愁。松間月出人探少，桐井寒深茗飲休。自與青山相對久，西堂鐘起未回頭。

元旦漫題

春輝初試小樓西，暖日籠雲亦易低。谷鳥變聲知律轉，寒花弄色與人齊。窗含淑氣鑪煙迴，簾捲東風野靄迷。山院曉來無別事，新詩吟就竹間題。（以上清徐作霖、黄蠡海雲禪藻集卷二）

（李君明整理）

釋今全

今全，字目無。番禺人。俗姓許。明桂王永曆七年（一六五三）脱白受具，繼無方應公爲監院。事見海雲禪藻集卷二。

秋曉泛舟

曉逐輕舟出，煙村日未紅。垂條低古柳，殘葉散疏桐。篷捲初秋雨，山還太古風。海門生白浪，一棹水雲空。

夜泊白石憶英目青居士

懶任扁舟泊，天涯寄此身。野煙侵薄夢，白石憶同人。九曲空流水，繁音隔世春。夜深寒欲至，鳴鶴一聲頻。

初夏病起同梵音公坐玉淵潭

久病成疎懶，忘機日枕流。好花猶共嘯，春鳥尚能留。對坐宴危石，臨風足古丘。薄寒動歸思，前路水西頭。

過古安弔季叔行人見海公

夢斷圍棋秋復秋，堪憐屐齒折高丘。怨驚短棹魂遊處，空見長江水自流。漠漠關山懸北薊，濛濛煙雨鎖南洲。好將往事超生死，莫向皇華憶舊遊。（以上清徐作霖、黃蠡海雲禪藻集卷二）

（李君明整理）

釋今白

今白，字大牛。番禺人。俗姓謝，原名湊霄。諸生。明桂王永曆七年（一六五三），皈天然禪師薙染登具。十年，值雷峯建置梵刹，工用不貲，白發願行募，沿門持鉢十餘載，叢林規制次第具舉。一夕行乞，即次端坐而逝。事見清宣統番禺縣續志卷二七。

準提閣

高枕孤峯清夢餘，風光依舊滿西湖。雲霞舒卷自朝夕，山水參差誰畫圖。晴日鏡中浮百雉，春煙橋外染千株。人間好景知何限，纔入閑僧眼便殊。

永福寺

鵝湖湖面水爲波，搖曳東風軟似羅。永福門前看若此，朝雲山下又如何。黄金勝地應難借，白首春光不易多。四十餘年成底事，好將殘夢付藤蘿。

朝雲墓

朝雲暮雨古今同，湖上誰憐白首翁。悔不當年勤種柳，直教此日盡垂風。風前弱草千莖勁，雨後花枝一樣紅。幾箇雲邊揮淚畢，獨懸枯眼到鴻濛。

李公堤

橋南橋北幾灣清，花發橋西春鳥鳴。翠篠數行依岸淨，青菰幾點與雲平。煙艇釣殘今古夢，晚鍾敲斷去來情。青山一幅幸無恙，莫遣平湖風浪生。

浮橋春雨 興寧

江流上下不沾塵，竹翠連空足幾人。微雨一橋春興好，東風兩岸水痕新。青山曲曲懸歸路，綠樹重重引去津。自是閒身好爲客，江關無恙往來頻。

春經白寒兔

自陷隍至通判府多峻嶺，中有大澗，泉行石上，如雷奔雪飛，土人呼爲白寒兔，從嶺路上俯視萬仞，亦奇觀也。

數里雷霆喧白晝，一溪風雨洗晴春。千年樹下未歸夢，萬仞峯頭欲老身。流水無心尋杖笠，雲霞有影伴閒人。高低曲折山前路，又遣芒鞋入世塵。

潮城閏三月

韓江東望水連天，海燕南歸又一年。世外有僧非佛骨，人間無欲是神仙。陰那萬仞真慚愧，瓶水千株也大顛。閒閲三春又三月，青山無恙且安禪。陰那山祖師號慚愧，在程鄉。大顛祖師於潮陽山中植龍荔千株，置一銅瓶，日灌溉之，株盡而瓶水不竭。

初夏開元寺寒雨寫懷

細雨當樓一榻深，樓前草色淨沉沉。閒中倍念勞生事，冷處偏宜老衲心。古殿且看千眼佛，高山休撫伯牙琴。莫疑當暑餘寒意，炎熱須教雪滿襟。

開元寺長廊觀馬

牝牡驪黄畢竟空，空餘殘影臥松風。側身古殿如天上，高步長廊似夢中。寢食何曾知作佛，晨昏那復辨聞鐘。笑看我亦愚癡甚，百事無能於汝同。

荔枝詩十首　選四

潮城荔少不佳，偶憶廣州荔熟時，作荔枝詩十首。

誰教枝上火離離，水北山南盡一時。稚子村邊閒拍手，老僧橋上獨支頤。潮來帶雨風先覺，荇葉藏雲水不知。欲問幽棲最幽意，紅霞深處竹枝詞。

如何盛夏忽嚴霜，豈有紅霞護雪香。可是世間頻苦熱，不妨隨處現清涼。青袍白馬晨光薄，水樹雲林午夢長。拾得懸冰方染齒，不知煩暑幾時忘。

水玉爭傳裹絳紗，天涯稀見漫相誇。於人暫得消懷抱，似我那堪挂齒牙。夢裏幾曾移漢苑，鏡中何處覓潘車。應知嶺外原無樹，認得清甜遍海涯。

前村昨日見花開，屋後今朝摘幾回。只恐眼前紅易盡，忍思盤上雪成堆。悲心於爾非憐色，慷慨逢人倍護才。此日枝頭須認取，莫教空樹始徘徊。（以上徐作霖、黄蠡海雲禪藻集卷二）

（李君明整理）

釋今印

今印，字海發。順德人。族姓梁，原名瓊，字之佩，更名海發。諸生。明桂王永曆十一年（一六五七）皈天然落髮受具。明桂王永曆十二年（一六五八）隨師還粵，頃復返廬山掌記室。天然老人遺參諸方。至楚黄見天章和尚，一語遂契，付以大法，命居西堂。清光緒廣州府志卷一四一有傳。

將入匡廬留別諸同學

自昔無家受館餐，如今行腳不爲難。身如落葉東西泊，心共浮雲淡泊安。芳草有情遮遠道，麻衣無淚別江干。十年始醒溪山夢，斗覺辭君兩脇寒。

送劉長孺攜家歸龍川

霍山山下是蓬廬，半課耕耘半讀書。彭澤還存三徑菊，華陽歸去一巾車。落帆鷗鷺迎新侶，入里兒童指舊居。池上故交零亂散，他時魂夢亦應疏。（以上清徐作霖、黄蠡海雲禪藻集卷三）

（李君明整理）

釋今四

今四，字人依。新會人。俗姓張，原名聖睿。諸生。年三十餘出世，禮樅堂禪師薙染。明桂王永曆十一年

（一六五七），皈華首老和尚受具，充記室，出爲海幢典客。及石鑒和尚分座棲賢，以監院副之。後以母老歸養，竟坐化於象嶺下。事見海雲禪藻集卷三。

與楊無見諸子初入羅浮路憩明月寺

久夢羅浮路，今朝信杖藜。泊舟明月見，頫首白雲迷。曲徑枯藤繞，奔流亂石低。仙靈肯遲我，蹤跡鐵橋西。

夜入棲賢

夜入棲賢谷，心知招隱泉。長橋金井上，寒月玉潭邊。歸計從今日，高風憶往年。松門猶半啓，待我一燈懸。

曉起望五老芙蓉諸勝

貪看玉芙蓉，推窗當曙鐘。月留三峽澗，雲合七賢峯。皓影須臾出，山光次第逢。空天憑五老，誰肯復相從。

送友人

幾年同採越山薇，此去天涯欲息機。黃菊滿籬人獨遠，白雲當路鴈同歸。秋風拄杖還登嶽，夜雨孤帆下釣磯。雲水故交輕一別，暫時相失莫相違。

飛來峽

嶽僧行傍水雲間，七十青峯夾綠灣。好夢正懸三峽澗，賞心先得二禺山。軒轅竹外低帆影，蕭寺碑前拂蘚斑。更爲榴花尋五色，斷崖攀盡不知還。（以上清徐作霖、黃蠡海雲禪藻集卷三）

（李君明整理）

釋今做

今做（一六〇九—一六六九?），字敬人。番禺人。族姓陳，原名虬起，字智藏。諸生。明桂王永曆十二年（一六五八）始薙落受具於雷峯。後居丹霞，因病辭歸雷峯，未幾坐蛻。清同治番禺縣志卷四九有傳。

送見一桃公還匡廬

歸時春草綠，還日菊花黃。千里匡廬道，一年來去忙。與師期不負，別我語難忘。未得相從處，臨期思更長。

初入丹霞

丹崖崒嵂意中傾，親到方知分外明。千仞懸崖通一線，四山羅列湧孤擎。樹如荒薺臨川口，地本蓮花載化城。最是晚來霞蔚起，重重古錦裹崢嶸。（以上清徐作霖、黃蠡海雲禪藻集卷三）

（李君明整理）

釋今稚

今稚，字聞者。番禺人。俗姓蘇。明桂王永曆七年（一六五三）出世，十二年（一六五八）登具，執侍丈室三十餘年。事見海雲禪藻集卷二。

入嶺途中書事

誰道僧閒僧未閒，一年三度大庾關。松花飱盡饑驅去，荷葉衣單寒欲還。挂角寺邊愁落日，湞陽峽裏照衰顔。秋風豈爲傷行路，只爲參師泉石間。（清徐作霖、黄蠡海雲禪藻集卷二）

（李君明整理）

釋今龍

今龍，字枯吟。茂名人。禮石波禪師受具。明桂王永曆十三年（一六五九），參天然于雷峯，爲典客，隨入丹霞。會石鑒禪師分座怡山，奉命以監寺輔行。洎石公退院，從福州往參天童，當機大悟，木陳和尚付以大法。尋示寂天童。著有詩稿。事見高雷旅港同鄉會高雷文獻專輯。

初入丹霞

崢嶸象駕跨千峯，舉首彌天花雨濃。世外幾年馳遠夢，關前此日聽疏鐘。雲中疊閣分多處，眼下青山知幾重。頓釋百城煙水恨，而今高卧罷行蹤。

晚步松嶺

懶慢山翁無定禪，放情幽處一盤旋。晚鐘始度疏林外，霜月微升碧嶂邊。歸鳥避人過遠樹，侍童改火汲新泉。扶筇獨倚松屏望，石屋柴門鎖暮煙。

龍王閣

一閣淩空下有泉，高盤長卧足忘年。人中現小時歸鉢，屈處旋伸或在天。春夏不營新窟宅，飛潛只愛舊山川。即今若問龍何去，白晝焚香僧默然。（以上清黄登嶺南五朝詩選卷一三）

（史洪權整理）

山居雜詠

吾道久寂寞，愛此林無喧。不聞野干吼，祇見象王尊。鉢洗龍湫怒，藤支鳥道翻。香泉一掬飲，已覺清心魂。

月出鷺性悅，自忘清影孤。溪風颯然至，掃我林間枯。兀坐草芒伏，振衣雲點無。石梁横巨壑，不用一枝扶。

萬籟此中寂，吾心自杳冥。窗臨流水遠，榻對亂峯青。橡栗供朝爨，瓶盂濯晚汀。巖前拂危石，枯坐自喃經。

送仞千大師還雷峯西堂

下山分手即乘船，歸去春雷振法筵。一象自奔員嶠月，雙鵰曾運海螺天。雲垂大海蕤千朵，月落同風印大川。從此野干應避路，堂堂直闢洞宗禪。

九成臺寄懷廣州諸同學

刺桐花落翠華翹，天樂猶傳下九霄。想得芙蓉開水驛，自多龍象渡仙橋。樹中樓閣藏煙雨，鏡裏帆檣阻暮潮。千古揮絃何日再，月明江上聽吹簫。

峨嵋山僧寄笻竹杖同賦

霜根劚得換枯藤，點破峨嵋六月冰。深伴團瓢依曲蝨，扶看瀑布上崚嶒。煙霞拂拭交湘客，風雨飛來寄嶽僧。宜近石頭聽說法，捧持童子髮鬅鬙。（以上徐作霖、黄蠡海雲禪藻集卷二）

望長老峯

蕩漢摩雲接上方，須彌何事獨稱王。頂門不鑿通天路，足下能開選佛場。喜得羣峯同法侶，常將大地作禪牀。真風浩浩誰堪比，惟有山高與水長。

紫玉臺

崇臺蒼翠映晴空，好鳥窺人啄落紅。紫玉松篁疑畫裏，別傳山水占南中。擁雲坐上三竿日，乘月行吟萬壑風。勝概盡歸襟帶下，登臨一會許誰同。

篔竹坡

此地幽清故築居，捲簾終日興蕭疎。住山不覺三冬盡，採笋偏宜二月初。雪竹尚堪遲舊社，石田端爲養閒鋤。夕陽斜透菁葱影，扣杖呼童灌圃蔬。

登海螺峯

臨崖盡訝路如懸，纔入關門氣象全。拾栗偏分持草士，看梅忽遇散花天。煙雲出没歸巖下，洞壑高深在眼前。不見法螺吹起處，風雷合沓動山川。（以上清陳世英丹霞山志卷一〇）

（李君明整理）

釋今邡

今邡，字姜山。新會人。俗姓莫，原名微，字思微。諸生。明桂王永曆十四年（一六六〇）落染受具。清聖祖康熙七年（一六六八），爲雷峯監院。後居福州長慶坐化。事見海雲禪藻集卷二。

詠流泉

源出自何峯，涓涓總不窮。幽厓聲已冷，曉日色全空。淅瀝深林裏，瀠洄曲澗中。靜同秋月迴，瀟灑和松風。

韶石舟中寄諸同學

積雨淹江暗，江流漲不消。舟中經累日，山上望連宵。知有前期在，終疑後會遙。離羣猶未遠，旅況已難調。

乞食逢故人

江路相逢處，山村乞食年。可憐皆老大，猶幸得生全。舊業干戈後，歧途杖笠邊。他年廬阜上，期爾續前緣。

潮陽庵贈空上人

草閣俯前川，憑崖只數椽。路連峯頂寺，廚引澗中泉。白日龕燈徹，清宵梵響圓。聞師耽寂寞，住此已多年。

歸舟晚泊登峯望家山

停棹寒江日欲斜，竹林煙暝有人家。燎原野火明深岸，宿浦漁舟膠淺沙。密樹疊成濃黛色，高峯遠出隱紅霞。雲山未易輕言別，纔溯洄流興已賒。

寄懷梁學下

尋常哀樂與君同，回首鄉園忽夢中。雲水十年仍浪跡，故人一別已成翁。畫堂高柳迎春綠，古寺寒燈靜夜紅。最是情塵空未得，頻將山札寄梁鴻。

酬文公和韻

飄然一鉢入甌閩，挂錫西林冬又春。萍水有情歡似舊，碧雲飛處韻長新。尋常掩室逢人少，分外披襟寄語頻。一曲滄浪持贈我，朗吟𤇆艇向芳津。

過訪龔半千高齋分賦

竹園數畝石城西，甪里先生此卜棲。白葉箕傳歡有子，素絲琴斷久無妻。眼前陵谷看如幻，筆底雲山路不迷。朝市似容高臥穩，故令門巷草萋萋。

立秋前二日喜掃公偕半千鐵夫、一公過訪

旅況蕭條對野蒿，方袍籜弁喜相遭。廾桐欲墮清秋近，塵尾閒搖緒論高。六代樓臺多感慨，三山煙雨重揮毫。從來海內知名士，一見閒僧賦興豪。（以上清徐作霖、黄蠡海雲禪藻集卷二）

（李君明整理）

釋今二

今二，字一有。新會人。俗姓陳。諸生。明桂王永曆十五年（一六六一）從天然禪師受具，往來匡廬、丹霞，卒於清遠。事見海雲禪藻集卷二。

寄懷家揚

扶胥一室倚南天，憐爾幽棲近海邊。雲影破簾窺皓月，江聲入樹散鳴蟬。漁翁夜起聞清咒，野鶴寒歸習定禪。翻憶去年風雨夕，笠瓢來趁賈人船。（清徐作霖、黄蠡海雲禪藻集卷二）

（李君明整理）

釋今莖

今莖，字具五。今從弟。俗姓李，原名龍子，字田叔。明思宗崇禎十二年（一六三九）舉人。兄弟皆從天然禪師講學課藝，明桂王永曆十五年（一六六一）薙染受具。事見清宣統番禺縣續志卷二七。

祝髮詩

萬事煙銷不復言，此身何幸得生存。辭家直欲超三界，焚草無由到九閽。雲外飛鴻離竭澤，水邊鵁鳥喜依原。曹溪咫尺門前路，一上雷峯溯洞源。（清徐作霖、黄蠡海雲禪藻集卷二）

（李君明整理）

釋今回

今回，字更涉。東莞人。侍郎王應華仲子，原名鴻暹，字方之。諸生。其父與天然禪師爲法喜之交，回少聞道妙。清聖祖康熙四年（一六六五），在雷峯落髮受具，執侍左右，隨師住丹霞，尋升記室。一日過溪，褰裳就涉，至中流遇江水暴漲，漂没巉石之下。清光緒廣州府志卷一四一有傳。

紫玉臺

高臺矗矗到無塵，大地風烟净不聞。松氣鮮新昨夜雨，竹光深淺下方雲。西看江水兩杯瀉，北望林巒幾鴈羣。金錫獨摇天外影，更無人處自朝曛。

晚步松嶺

虬枝百尺自干霄，傍石蟠空屬後凋。孤幹詎欺天畔雪，倚風先起海門潮。雲垂寶蓋陰層疊，月滿龍鱗影動摇。物外山中堪賞處，孤筇無伴意蕭蕭[一]。

［一］此句丹霞山志卷一〇作『且隨梅竹入霜朝』。（以上清黄登嶺南五朝詩選卷一三）

（史洪權整理）

贈識庸師

遠公棲隱杜柴扃，雲木森森背古城。居士少過誰結社，祖庭長住獨持經。磬聲斷續月光上，木榻幽深佛火明。客邸逢君知舊識，一聞高論便心傾。

贈何叔蓮秀才

青春雋氣幾如君，高絕眉稜海岳雲。想有文章干縣令，相逢行李在江濆。蕙蘭入筆香圖畫，蝌蚪探奇石籀文。還擬芳蹤追白社，宗雷居士舊同羣。

過端州峽同仞闍黎

頻年瓶笠皆無定，一夜輕帆渡峽來。峯勢似窺江路盡，舟行始覺畫屏開。巖雲夜度侵衣冷，猿狖聲多入棹哀。乞食棲棲任途路，暫同吟詠一徘徊。

乞食新興道中

兩日舟行半日程，萬峯谷裏一溪明。淺流力盡篙工役，長路心孤旅夢生。簷燕語當爲客日，塞鴻飛動故山情。何堪蓬轉慚生計，猶笑逢人識姓名。

謁龍山國恩寺

蕭森古寺對空山，六代真源仰聖顔。池水尚流曾浴處，居人誰掩舊柴關。青林古木三春裏，晴日高榮一照間。何限荆榛虛悵望，白雲無恙向人間。

茶山贈葉山主

元度曾聞愛學頑，情同支遁共青山。長因結屋依雲際，便擬禪心出世間。坐石月窺人外白，枕流泉落夢初閒。雷峯尚有商量處，那得遲君一掩關。

題七星巖

郭北山南石似星，停雲冉冉鬱冥冥。含光不照諸天界，垂象長留萬古名。竹閣月高空宇白，石湖春盡野蘋青。情知客路終歸去，聊倚東風話翠屏。

喜崔劍良諸公見過

江村宅近溪東寺，逸興相過易往還。習靜愛尋初隱地，苦吟長喜野僧刪。鳥移高樹迎人語，月上寒堂供客閒。我欲留君君不住，暮雲愁送下溪山。

憶鐵機師父

交誼似君凋落盡，爲僧此日感重萌。長因遺草添新恨，更值清吟愴舊情。墟壟鹿歸秋草没，紙窗雲去月華生。傷心逝者如流水，寒夜哀懷寐不成。

壽張康之居士

早歲論功重禁垣，投閒久矣樂丘園。鄰人已忘將軍貴，蓮社今推大士尊。廿載壯心虛夢幻，一經家學付兒孫。長生詎羡彭籛術，日對優曇靜掩門。

受具後作

不那勞生與世違，名山新着比丘衣。風霜古殿聽鐘起，鳥雀柴門乞食歸。病骨漸蘇依好友，禪心無恙得忘機。寄書故舊無勞問，猶有僧閒學采薇。

病中

病卧秋山秋已深，石泉松磴夢空尋。方嗟抱瘧兼旬苦，又值輕霜九月侵。蛩響暗淒初永夜，燈明懸映此時心。自憐近僻多堪笑，癯極支頤尚苦吟。

還舊里示玄之弟

山中別汝今差長，及我歸時事事新。草字愛工先子業，律詩初學盛唐人。齋心漸向青蓮社，避世難辭漉酒巾。竹策簑衣吾輩事，幾時婚嫁了餘因。

廣惠菴喜諸兄弟見過

蕭寺經時誰更尋，獨行荒徑獨長吟。鳴鴉數點夕陽下，寒磬一聲秋院深。身世幻中當日夢，溪山塵外此時心。故園猶有舊兄弟，言詠還來過北林。（以上清徐作霖、黃蠡海雲禪藻集卷二）

望長老峯

攀躋不及畫難成，俯仰儀容儼典型。霜月暗高初定夜，石泉流響六時經。丹峯幻出青螺髻，寶几誰憑紫玉屏。任去古今還底事，一回瞻睇夢全醒。

登海螺巖

步出孤高四望窮，萬山千壑此稱雄。幽探忽到雲關外，殘夢空生石榻中。別澗盡餘苔蘚綠，隔溪虛映雪花紅。吾師到處誰同到，躡迹還當屬數公。

繞丹霞山

峯前峯後許相從，踏徧洪崖面面同。放腳不知青嶂盡，杖藜隨意白雲中。行依映掩千林雪，歸繞蕭森萬壑風。信步溪山原不異，幸陪巾錫共從容。（以上清陳世英丹霞山志卷一〇）

（李君明整理）

釋今鷙

今鷙，字慧則。番禺人。樂說和尚仲兄。諸生。原名向高，與兄舒齊名。世亂，隱居山野，教授生徒自給。清聖祖康熙四年（一六六五）受具，充丹霞化主，頃侍天然老人于歸宗。十四年，歸雷峯，典客六年。時福州長慶叢席久虚，紳士再三懇老人主法，領之，遣鷲入閩。會老人退休浄成，遂留長慶守待。至老人入寂後，歸雷峯坐蜕。事見清徐作霖、黄蠡海雲禪藻集卷三。

次韻答謝宛在時歸海雲

身共寒雲入庾關，海天棲泊是家山。病來鍵戶三秋寂，老去休心盡日閒。猶喜故交飛尺素，時吟高詠落前灣。池蓮風起霜鐘動，莫惜巾車時往還。

初春登馭濤閣分得寬字

閒從支許倚危闌，澹蕩春風縱目寬。東注洪波歸控馭，北迷煙樹望瀰漫。侵雲雙塔崚嶒出，背日千帆轉側看。今古滄桑成夢幻，畫圖舒捲且盤桓。

壽監院應公

僧多六十作閒人，君正勤勞在六旬。心等虚空無彼我，病除四大益精神。可知難處真如幻，莫作歧看冤亦親。吾道埋頭風雪下，不須颺頌落聲塵。

晚步松嶺

依依巖畔挺虬姿，猶愛寒雲戀舊枝。小立斜陽離幻境，抗懷千古在斯時。蟬吟風葉如知晚，鶴啄霜毛亦覺衰。賸有枯藤長作伴，竹坳松島一支持。（以上清徐作霖、黄蠡海雲禪藻集卷三）

晚步松嶺

喬喬巖畔挺幽姿，落日留暉影半垂。此子獨宜丘壑裏，傲人偏在雪霜時。濤生江水酬風葉，鶴帶晴雲宿雨枝。寂寂頓忘寒到骨，一聲清磬最相思。

登海螺巖

百尺層梯鳥道難，置身如在碧霄端。回頭只益羣峯小，絕頂惟餘一逕寬。負翼嶺邊雲已盡，御風亭下日俱寒。相將更欲騎龍尾，直上天門仔細看。

繞丹霞山

偶隨缾錫繞丹霞，望入南湖野興賒。洞壑高低俱石骨，溪橋深淺只霜花。赤城絕漢侵雲直，綠玉澄潭映日斜。言息松陰還送目，幾聲樵唱逐歸鴉。

初入丹霞

奇峯列嶂渡江來，曲澗流花古未開。纔聽松聲連梵唄，忽看雲氣隱樓臺。三關直上雙行壁，四水初逢一渡杯。過得石梁懷抱盡，此身真不到塵埃。

望長老峯

此峯何代得僧名，翹首徒深仰止情。月上一輪雖見相，泉驅萬壑不聞聲。影分紫玉低羣岳，勢入丹霄控太清。爲問何人窺絶頂，山根時有白雲生。

紫玉臺

天半香臺隱翠岑，倚闌極目意蕭森。數竿雨竹生朝爽，幾點烟松入幕陰。一棹鴈飛蒼嶼遠，三商人坐白雲深。石屏認取當年字，蘚剝苔封直至今。（以上清陳世英丹霞山志卷一〇）

（李君明整理）

釋今從

今從，字浄起。番禺人。俗姓李，二嚴大師長子，原名雲子，字山農。貢生。從素持梵行，居俗時與天然禪師結浄社。清聖祖康熙五年（一六六六）始隨禪師薙染，命典教授。清陳伯陶編勝朝粵東遺民録卷四有傳。

海珠寺

微茫雲海一珠浮，中有仙家十二樓。紅蓼斜連楓葉寺，緑榕低護木蘭舟。採芳客至昌華苑，拾翠人歸花渡頭。夕梵晨鐘鳴底事，一蓑江上獨夷猶。（清溫汝能粵東詩海卷五五）

贈何浄德

經術逢時早避秦，遨遊早已得閒身。庭前雙鳳能娱老，雲外飛鴻不傍人。居士久推蓮社長，古風猶見葛天民。門臨江水通漁父，大石垂竿學渭濱。

東官留別諸舊友

亂來人事益蕭條，八載重過意未消。泉路故交留語別，陌頭公子倦行佻。萬家痛飲萑苻恨，百里愁看草木凋。此別幾能相聚首，遲君應立虎溪橋。（以上清徐作霖、黄蠡海雲禪藻集卷二）

（李君明整理）

釋今龍

今龍，字角子。新會人。俗姓黄，真佛今如子。九歲成僧，後爲天然和尚第七法嗣。繼石鑒今覞主棲賢法席。清聖祖康熙三十七年（一六九八）自棲賢移丹霞，繼主海幢。著有語錄行世。事見冼玉清冼玉清文集下編。

初入丹霞

此山先住人先住，今古還他長老知。寶几高臨嵐嶽靜，香幢繚繞海雲隨。孤峯壁立霜天迥，萬壑晴陰鐘梵遲。丹梯有路從登陟，撥草瞻風應爲誰。

法堂

一法何曾到碧岑，高堂長敞舊名林。廡下盡歸龍象位，棒頭誰會祖師心。香雲隱隱非煙上，幢影垂垂拂石蔭。冠冕人天應自昔，丹霞重見柏庭森。

望長老峯

溪山雲月古今同，長老何曾異别峯。突屼倚空青嶂外，崢嶸無路碧烟重。石影自臨松頂月，江聲只接下方鐘。亭亭曉夕惟瞻仰，舉目羣巒未易從。

紫玉臺

紫玉臺高霜葉衰，何人憑望獨徘徊。雲山纍纍看今古，鴻鴈年年自去來。江水遠連烟樹没，梅花空傍石床開。高吟更有閒情在，遮莫寒鐘向暮催。

晚步松嶺

清羸真覺鶴形同，爲愛寒枝夜月中。露濕麻衣驚暮色，身隨雲影怯霜風。人閒貞幹成孤韻，石上垂陰借遠空。翠實不堪持寄贈，微微秀葉許相從。

篔竹坡

何年栽竹竟成陰，摇落誰云换古今。月色來侵寒鵲影，風聲吹入夜猿心。綠條抽笋含霜嫩，黄葉迎春裛露深。殿掩疎鐘人定後，閒隨高步一微吟。

芳泉

踏澗尋源未許知，泠泠清韶滴方池。只教茗盌供僧話，莫遣谿流動客疑。月中照影藏身拙，潭上行吟得句遲。惟有丹山空一味，寒雲石乳好相思。

登海螺巖

洪巖誰作海螺名，吹起寒風萬壑生。古木參天遲曙色，野猿啼霧入秋聲。行看石乳飛花滿，坐倚松陰宿鶴驚。更欲濫遊情未倦，摘茶聊共石泉烹。

龍王閣

親到龍潭龍不現，獨留高閣在雲間。雲流下界春霖滿，龍隱晴空石燕還。日映簷櫨天上闕，風搖巖竇水中山。孤峯盤結他年事，宣老于今尚未閒。

遶丹霞山

欣隨杖履出叢坰，腳下浮雲隱石屏。人喧長薄江聲雜，錫近空林鳥語停。陟險不由橋上路，愛陰聊息樹邊亭。還山又是從頭上，一望寒烟天地青。

次劉五原見寄韻

遺民風雅在，何日過丹山。石徑曾頻掃，柴門竟不關。海螺巖月靜，長老鬢眉斑。不負當年願，東林去又還。松梢挂白月，潭下影微微。汲水烹新茗，裁雲補舊衣。空山懸竹榻，竟夕倚柴扉。寄語宗居士，何妨拂釣磯。本來無一物，寧用厭繁華。但得心空第，何妨鏡裡花。東溪雲入定，西嶺日將斜。破衲終無補，勞生祇自嗟。渴想青蓮甚，每承閬苑詩。相期緣有待，先遣夢通知。應念三生石，曾開雙鏡池。荷花昨夜放，懷抱益悽其。

初秋劉石臺舟過丹霞水漲溯流見懷次韻

秋陰迢遞映嶒嶒，出郭仙舟到未曾。已掃荒臺遲上客，何當白雪寄閒僧。江邊細雨宜停棹，雲際孤峯喜共登。幾度幽懷徒引領，令人相望在高岑。寒巖古木動高秋，望入雲端意莫收。一宿未能傾契闊，三生何處話沉浮。擬將良夜深投轄，卻憶清風獨掩樓。何事豪吟歸興促，空餘明月照峯頭。（以上清陳世英丹霞山志卷一〇）

（李君明整理）

釋今但

今但，字塵異。新安人。住羅浮山華首臺，為天然和尚第九法嗣。事見清宣統東莞縣志卷七四。

初到梅花莊口占寄諸法侶

老人峯下鐵橋邊，曾有仙人舊置田。莊號梅花亦清趣，不妨身作老南泉。
烟嵐重疊數峯紆，阡陌相連百畝餘。陌外溪流鐵橋水，尋常策杖意多舒。
一丘一壑正相宜，水秀山清慰所思。塊石枕頭何代事，寥寥古道憶吾師。
幕天席地即繩床，微月峯頭助夜光。擁毳坐來羣動息，安心似不費商量。
雨過土竈猶流水，日上茅茨未起烟。早炊還到午炊熟，飲啄隨時但聽天。（清溫汝能粵東詩海卷九八）

（李君明整理）

釋今佛

今佛，字千一。新會人。俗姓李。諸生。禮華首老和尚剃度受具，充芥庵監寺。後事天然老人，爲棲賢典客。卒於丹霞。清光緒廣州府志卷一四一有傳。

遊羅浮合掌巖

連峯疊翠與雲齊，中有前時隱士溪。千歲未歸華表鶴，一灣長繞紫芝畦。隴頭但見秦人少，山角空聞謝豹啼。幾度臨風倍惆悵，不禁吟到夕陽西。

仙山如畫染煙嵐，暫得登臨結葦衫。古徑寒香梅綻雪，飛空靈籟瀑穿巖。一枝渺渺窮雲竇，五色熒熒發石函。長路盤桓歸已晚，滿天霜月照松杉。（清徐作霖、黄蠡海雲禪藻集卷二）

（李君明整理）

釋今端

今端，字毫現。新會人。俗姓蔣。晚隨天然主法丹霞，推爲龍護園主。久之還雷峯，休老而終。清光緒廣州府志卷一四一有傳。

贈監寺應公

山前花木漸成陰，知是吾師灌溉深。纔着大衣稱典客，忽聞高行管叢林。身如秋鶚終朝運，貧似寒螿竟夕吟。慚愧暮年無一事，飽餐香飯感慈心。

題龍護園

嶺雲深鎖一庵孤，路入丹霞暫宿餔。到粤漸探珠翠穴，出關先問鳳凰都。天寒野岸呼猿狖，煙雨荒林弔鷓鴣。暮鼓晨鐘吾底事，幾驚勞旅歎窮途。（以上清徐作霖、黄蠡海雲禪藻集卷二）

（李君明整理）

釋今錫

今錫（一六一一—一六七六），字解虎。新會人。俗姓黎，原名國賓。諸生。少有出世之志，遇天然老人即求脱白受具。初爲海雲典客，後爲海幢監院，尋遷都寺。清光緒廣州府志卷一四一有傳。

海雲春日

融融春色海雲東，峯點青螺曉日籠。樹裏樓臺斜間緑，水邊欄檻烱高紅。松聲謖謖聞清梵，香氣微微逗晚風。佇立溪橋心已遠，不知身在畫圖中。（清徐作霖、黄蠡海雲禪藻集卷三）

（李君明整理）

釋今普

今普，字願海。廣州人。俗姓朱。求天然老人出世受具，入侍丈室，充丹霞化主，後歸終雷峯。事見清徐作霖、黄蠡海雲禪藻集卷三。

露珠

荷瀉曾疑合浦飛，那知出處亦微微。青蓮花裏重逢易，紅雪爐中乍見稀。蘭麝香氛垂素幕，珊瑚枕冷掩層幃。任教玉線穿難就，何況羅珍袖得歸。

梅影

獨坐三更對紙屏，漸移疏影立中庭。驀驚水墨圖皚壁，忽訝寒雲渡遠汀。燈下豈能藏瘦骨，風前誰與辨真形。因思此夕羅浮夢，月落空林正欲醒。

爲丹霞一衆募布

誰憐一衆苦寒侵，猶着生衣縮項深。偏袒右肩還立雪，露穿雙肘獨行吟。休言遊手空擎钵，長望慈雲覆短衾。巖畔向陽如挾纊，況施千丈被遙岑。（以上清徐作霖、黄蠡海雲禪藻集卷三）

（李君明整理）

全粵詩卷七九六

釋古卷

古卷，字破塵。從化人。俗姓鄧，原名璁。諸生。明桂王永曆三年（一六四九）從天然禪師剃落，隨入雷峯。因求道過苦，遂以病蜕。事見清徐作霖、黄蠡海雲禪藻集卷二。

王澹子居士新葺野愕亭成招集同賦

未許言高隱，茅亭置水鄉。選苔先覆地，借竹遠臨牆。辯古藏俱出，談空興倍長。因僧汲西澗，竟夕發茶香。

山中早秋

山中暑初退，一雨便成秋。峯影當窗落，泉聲繞榻流。吟興爲菊早，病起送人遊。萬籟此時動，予將何所求。

送曹源公遊西樵卜隱

雲中雞犬似仙鄰，欲掃何峯可避塵。谷口片霞窺過客，松間微月照幽人。竹香晚食尋燒筍，花落行

單羨積茵。想得到時衣履濕，滿山紅雨杜鵑春。（以上清徐作霖、黃蠡海雲禪藻集卷二）

（李君明整理）

釋古汝

古汝，字似石。瓊山（今屬海南）人。十歲衣緇，明桂王永曆十三年（一六五九）登具。事見清徐作霖、黃蠡海雲禪藻集卷二。

紫玉臺

洪崖百尺仰晴峯，映日含煙出半空。愛景獨尋臺上路，探奇那避石頭風。青山特矗浮雲外，江水平連遠樹中。古寺疎鐘催暮色，寂寥楓葉染天紅。（清徐作霖、黃蠡海雲禪藻集卷二）

晚步松嶺

青青如蓋覆山巔，白鶴高飛雲滿川。石老年年仍密葉，江清夜夜隔深烟。半簾疎映投林客，一榻寒驚叫月鵑。日暮裴回思古處，雪霜真只愛癯仙。

登海螺巖

青螺不住海門東，倒卓爲巖插碧空。留得江雲侵澗白，尚餘蜃氣雜霜紅。鐘聲過處落危石，雪意開時度軟風。俯視千山烟樹遠，未知誰臥石樓中。

繞丹霞山

相隨復自丹霞下，遍繞羣巒入細看。絕壁過烟依石斷，洄溪透草積雲寒。傍巖蒸黍呼樵客，倚樹烹泉避急湍。風景不當歸自得，晚江流照一峯乾。（以上清陳世英丹霞山志卷一〇）

（李君明整理）

釋古電

古電，字非影。新會人。俗姓李。幼隨母出世，依天然老人，明桂王永曆十五年（一六六一）登具，清聖祖康熙十年（一六七一）住歸宗，復行募吳越。比還雷峯，屬典庫藏。居棲賢，獨肩常住之務。老人入涅，未蒙記莂，樂說勸梓其石窗草行世。示寂棲賢，世壽五十五。清光緒廣州府志卷一四一有傳。

春日山居

谷口殘雲斷，花間每獨憑。清風來短徑，初日照疏藤。綠樹黃鸝過，丹崖白鹿登。山中何所伴，惟此日爲朋。

夏日山居

清涼誰不惜，林下獨攜笻。峽徑無驚犬，深潭有臥龍。嶺頭雲寂寂，橋畔水淙淙。閒倚石臺上，微風吹古松。

秋日山居

樹裏南湖白，階前野菊黄。不因看好景，何事下禪牀。望月霄旻浄，澄心身世忘。悠然寒夜永，亭畔落微霜。

冬日山居

雪霽千峯白，寒光照草堂。圍爐燒榾柮，背日補衣裳。境寂心逾澹，情枯道亦忘。柴門終日掩，無事但焚香。

宿準提庵和異峯大師韻

禪室東山下，蓬門一徑幽。風生明月夜，露下碧梧秋。地僻煙光遠，堂虚鶴影投。高僧留翰墨，清和滿齋頭。

遊五老峯訪澤山大師

結宇五峯間，高深盡日閒。湖光晴入戶，雲影冷藏山。偷果猿頻到，銜花鳥不還。幽棲蹤跡絶，何幸得追攀。

江右舟中偶作

斷岸依殘驛，寥寥一葉偏。生涯憐此日，心緒憶前年。霜落空花散，光浮水月圓。孤懷何所寄，掯枕伴鷗眠。

同塵異大師作金聲兄春日登丹霞對現臺

無事共躋攀，春臺坐不還。風驅江瀨湧，苔蝕石紋斑。出岫雲藏寺，臨流花繞山。鐘聲催落日，憑眺更乘閒。

過春浮園

多少名園付刼灰，春浮花木獨長開。門臨碧水煙霞繞，路夾蒼松猿鶴來。石檻迂回縈古蘚，竹林深淺隱高臺。亂餘相對幽巖壑，翻惜當年鼓樂催。

旋菴老宿新築幽居賦贈

山窗斜傍綠陰開，樹色連煙過水來。口暮獨尋花徑去，潮平時見釣船回。簷前野果分僧供，砌下秋葵爲客栽。老大幽懷同少壯，夜深還上妙高臺。

遊錢塘西湖

二月錢塘花滿堤，六橋春色接城西。羣鷗避雨投荷葉，細草和煙没馬蹄。杖笠徘徊朱檻晚，樓臺依舊白雲齊。閒遊卻起滄浪思，應買湖邊何處棲。

秋日喜黎寅仲張靜山謝胤伊謝振萬諸公過宿雷峯

何人乘興遠相尋，山寺披雲話古今。觀世獨憐當日事，神交猶憶十年心。鴻過碧落風生座，鶴宿松梢月在林。卻喜羣賢同雅集，夜深憑檻一長吟。

雷峯寄不挂雲兄

珠江山寺兩忘機，一別經時坐話稀。舊圃夜欄花盡落，新秋寒渚月初輝。廊西習靜塵緣少，殿外孤行燈影微。昔住禪房頻爲掃，遲君時望釣魚磯。（以上清徐作霖、黄蠡海雲禪藻集卷三）

（李君明整理）

釋古通

古通，字循圓。順德人。俗姓梁，原名國楨，字友夏。諸生。世亂隱居於鄉。清聖祖康熙四年（一六六五）受具，未幾充雷峯下院主。後坐蛻山中。清光緒廣州府志卷一四一有傳。

初住雷峯下院寄秋渠兄

鼓角喧填異上方，閉門曾不減清涼。閒階雨過苔侵榻，破屋風篩樹覆牆。乞食千家分鑠釜，降心半偈倚繩牀。莫辭鴈翅城邊路，小院梅花正早芳。

蒙許休老雷峯

鬖鬖白髮一函經，曳杖還山惜暮齡。空負鞭長徒策蹇，卻慚綆短慮羸瓶。遙看樓外松添翠，近對窗前竹愈青。堪笑此中陪我老，昂藏孤鶴自梳翎。（以上清徐作霖、黄蠡海雲禪藻集卷三）

（李君明整理）

釋古行

古行（？—一六七六），字克躬。順德人。循圓通公族弟。入雷峯脱白受具，清聖祖康熙十五年（一六七六）坐化。清光緒廣州府志卷一四一有傳。

還棲賢留别諸同學

微茫春樹隔晴川，獨立津頭覓渡船。荒戍尚懸高柵火，寒原那有傍村煙。亦知長路艱難苦，更念空山寂寞禪。此日分鐘離院後，斷鴻斜日泊江天。（清徐作霖、黄蠡海雲禪藻集卷二）

（李君明整理）

釋古詮

古詮，字言全。番禺人。俗姓黄。從天然老人薙染受具，特命詮領華首院事。以疲勞咯血，病蜕於華首。

清同治番禺縣志卷四九有傳。

華首臺

錦屏開傑閣，山到此彌尊。八百仙人宅，三千龍象門。雙溪分復合，四壁寂還喧。大好安禪定，因之溯洞源。

天華宮

中原方逐鹿，地築假王宮。碣臥黄龍背，階藏朱草叢。松釵霑露滑，竹粉墮霜風。共選幽巖歇，頹垣吟夕蛩。

朱明洞

巨石當門闢，猶存古洞名。洑流聲漸細，靈窟地俱平。老鶴窺人起，奇花別俗生。林間朱果落，遺核又將萌。

沖虛觀

葛仙仙履在，此地已成塵。客尚求丹竈，仙宜笑俗人。橙花閒砌落，竹鹿野田馴。辟穀無勞問，青房原不貧。

見日菴

上界鴻濛異，三更日漸升。星河猶在樹，川嶽已如蒸。藉草眠當露，燒枯凛若冰。天雞初發候，攬袂欲晨興。

夜樂洞

天風吹萬竅，坐聽辨鈞天。卜晝辭瑶席，良宵出管絃。吹笙自緱嶺，鼓瑟來湘川。迥異人間世，應爲何代仙。

大小石樓

過此峯逾峻，峯形隱石樓。丹梯無路入，碧牖不知秋。怪樹如人立，潔雲似水流。若非鸞鶴背，安得陟丹丘。

卓錫泉

靈泉臨皓月，空水共圓明。一掬能探砥，千瓢任取盈。飲思仁智力，沁得夢魂清。挹取軍持下，能令煩熱輕。

延祥寺舊址

皇唐崇象教，金地此中開。撫景尋塵跡，何年飛刼灰。青烏猶選勝，白馬不奔回。自有重興者，應須乘願來。

梅花村

恍惚香風過，攜筇意悄然。一陂芳草地，數里夕陽天。疏影消殘雪，多情立晚煙。美人清夢斷，誰擁白雲眠。（以上清徐作霖、黄蠡海雲禪藻集卷二）

（李君明整理）

釋古蔭

古蔭，字覆人。香山（今中山）人。俗姓梁。禮天然老人受具。初領點座，尋遷副寺，勤勞一十八載。以積勞咯血終，世壽五十六。事見清徐作霖、黄蠡海雲禪藻集卷三。

春日送塵公大師住華首臺

名山久待闢煙霞，況是吾宗第一家。塵拂錦屏開罨畫，龍歸黄洞散天花。不經刼火長松直，獨抱高風毒鼓撾。仙日擬尋堂構地，杖頭憑指路欹斜。

秋鐘

露濃雲重漏初長，一點寒鐘出上方。松鶴醒回潭底夢，野猿驚破嶺頭霜。悠颺暗度隨秋水，濩落頻驚在夜涼。最是龕燈孤影下，聲聲喚起鐵肝腸。

送東水師住芥庵

小院雖涼亦祖庭，翠苔行掃石苔青。園垂野果山神供，窗動高吟水鶴聽。村近修篁穿露筍，庵猶一芥聚浮萍。全憑粥飯招龍象，始信名山到處靈。（以上清徐作霖、黃蠡海雲禪藻集卷三）

（李君明整理）

釋古易

古易，字別行。番禺子。俗姓崔。族本儒家，與從父廣慈大師同師天然老和尚。逮終養後，挈其婦與一女一子相繼稟具。初爲雷峯殿主，遷典客，尋掌書記。尊禮旋菴湛公，恩如父子。臨化以手枕臥，順適而終。清道光廣東通志卷三二八有傳。

過友人山房

數載匡山去，涼襟始共披。窗虛惟獨坐，病起稍吟詩。藥火分霜氣，巖花帶晚籬。一般寥廓意，能得幾人知。

除夕

數聲山鳥變，春色滿林巒。寒夜坐將半，疏鐘聞未殘。身閑多事外，計拙一生安。明日年華改，詩情恐未闌。

春曉

松花深閉戶，山色銷寒煙。無事惟甘拙，何心學懶禪。雨餘芳草夢，月落子規天。堪愧龍鍾叟，春來多晏眠。

掃花

榮落皆如幻，何曾生寂寥。高香仍帶露，紅影不污潮。水閣人煙迥，山庭鳥語驕。春光當自娱，明日又花朝。

晴窗

幾度雨初歇，虚窗晴轉幽。鳥啼當竹戶，花上隔溪樓。地僻成深隱，春殘憶舊遊。今宵還有月，清影滿床頭。

移居甲子春作

轉覺成幽趣，生涯到處閑。溪雲分半榻，野鶴共三間。門向疏疏竹，窗臨淺淺山。客仍頻遠過，差不厭癡頑。

草屋頻遷次，東風值早過。耳慚聾太晚，髮喜白偏多。潭靜鴈無影，春歸鶯自歌。浮生惟一笑，不必問如何。

林吐微微綠，山回黯黯春。藥欄隨地得，詩思逐時新。瘦影堪誰似，孤懷只自真。呢喃雙燕子，感激伴閑身。

山中菊花

爲愛高秋意，亭亭水一湄。寒光難入譜，秀色自成籬。逸士分栽處，閑僧採服時。山居真不易，相對足棲遲。

不寄在籬下，披離自不羣。一秋無過客，空谷獨逢君。葉覆煙全碧，花饒水半芬。登高重九近，誰共酌秋雲。

秋夕遣興次願公韻

頗得幽棲趣，看山擁敝裘。寒潭初過鴈，紅葉欲遮樓。雲水自爲適，煙霞又入秋。與君深夜裏，清思共悠悠。

舟次江南

挈笠乘潮去，逢幽便放篙。水痕侵鶴跡，莎色上僧袍。勝事閒偏得，興來吟轉高。前村知不遠，隱隱出蓬蒿。

夏日送含嶼上人歸杭州

十年頻結識，兩粵遍曾遊。欲返吳門去，苕溪枕碧流。荷風生旅夢，荔雨濕行舟。從此應多作，相思南海頭。

題融虛師禪居

閒同溪上住，流水夾窗分。麗句頻貽我，高懷每感君。曬經愛山日，移石掃秋雲。早晚行吟處，松陰與鶴羣。

春日喜不挂師還山

別來頻問訊，雲水不離身。舊隱喜歸日，疏林又值春。連朝花氣早，入夜雨聲新。無限相親意，幽居恰近鄰。

偶成

昨因多病悟閒身，不到頹齡作老人。昨歲花開今日樹，新年鶯語昔時春。常逢友至資清論，輒把詩吟得爽神。一領紙袍一藜杖，嘲風嘯月未全貧。

春日偶成

經時何事苦吟生，薜徑遲徊覓句行。二月東風催鳥語，一橋春水照人清。柳枝乍長連虛閣，雲影閒拖出短楹。無限幽懷徒自寫，昨宵猶喜鶴來聲。

本潔師山房

閒居移得自溪西，夾路幽香異草齊。山枕舊窗林鶴近，壁留新句野人題。松枝靜覆安禪處，石井斜當種藥畦。誰說地偏來客少，苔痕不斷杖頭泥。

春日書懷

小閣長開接海煙，高虛無際思悠然。多時臥疾逢人少，盡日閒吟祇自憐。暗數梅花過二月，偶拈芳草憶前年。生涯剩有巾瓢在，名嶽終期猿鶴邊。

酬謝鄺門見寄

頻年轉見故人疏，來往惟君每起予。閦入早秋憐善病，溪流黃葉念幽居。田園久復謀猶拙，花木閑栽貧自如。昨過山中談野事，喜添佳句寄雙魚。

送善孝師還棲賢

昔歲還山已過期，此行正值早秋時。隨身惟有一寒衲，清詠無如此別詩。楓葉乍紅湖月待，梅花纔放嶽猿知。他年若擬誅茆處，金井泉頭慰所思。

贈尹恒復中翰

早聞嘉遁辭芸閣，長羨風流一布袍。林叟慣尋詩興逸，嶽僧頻訪道情高。管教白髮饒秋鏡，別有丹砂勝綠醪。知是羅浮題已遍，三朝曾不出蓬蒿。

子規

春歸黯黯若爲情，獨向青山徹夜鳴。故苑幾回芳草没，錦江依舊暮潮生。煙消深樹藏難定，花落殘紅悵未平。莫道空齋高臥穩，分明聽得一聲聲。

寄麥大車

亂後相期未易逢，廿年曾記話從容。春花輒掃門臨水，曉夢頻醒犬吠鐘。深谷未成投老計，舊溪仍媿寄孤蹤。遲君更有幽懷在，倚杖斜陽數遠峯。

過訪含嶼上人溪樓有贈

一從飛錫到招提，每試冬泉擬雪溪。笑我得閒多病後，感君高誼共幽棲。道情是處甘寥寂，詩思無時不品題。山色滿樓相過近，刺桐花下柳橋西。

同謝鄴門道長山中晚望

瘦筇破笠共攜持，猶是紅芳三月時。數里石橋嘗遠訊，一春閒寺始相期。最憐舊壘歸江燕，忍聽斜陽叫子規。盡日與君吟眺處，獨慚疎懶不成詞。

暮春謁海幢阿大師影堂

竹簾仍捲海濤春，竟夕低徊獨愴神。風殿泠泠金磬靜，月樓漠漠翠煙新。壁懸舊拂閒棲鴿，架積遺書暗鎖塵。此地從來稱法窟，到來誰不慕天親。

春日集海幢丈室呈樂和尚

海煙晴捲法堂開，詞客相過次第裁。野寺正當逢上巳，疎鐘頻得共登臺。風回鶴影移吟榻，泉帶荷香入茗杯。自此芳蹤追白社，同羣還是舊宗雷。

冬泉

卜泉曾見問幽林，鑿破雲根噴雪深。清洌已流千古潤，徘徊遍想昔年心。潮來亦許寒聲應，月過何妨倒影侵。自是不愁詩思渴，因君吟到夕陽沉。（以上清徐作霖、黃蠡海雲禪藻集卷三）

（李君明整理）

釋古邈

古邈（一六四九—?），字覺大。番禺人。俗姓羅。童年出海幢，求阿字大師剃染受具。天然老人還雷峯，入侍丈室。後奉命之福州長慶，暫充典客。竟以病入涅。著有閩中吟草一卷。事見清宣統番禺縣續志卷二七。

早春臥病鄺檗菴磊園書寄山中道侶

自從違舊侶，池館少相尋。抱疾兼爲客，祛愁強獨吟。乳禽啼舌變，寒柳發春陰。久負閒宵集，草堂清夜深。

白雲景泰寺

入盡翠微路，松門面面開。自無塵跡到，空見白雲來。勝概知何代，登臨未欲回。風泉如有意，曲曲下巖隈。

遊羅浮回宿憩錫院

中宵獨不寐，萬象總蕭然。隔水來寒磬，西峯落夜泉。月高霜氣重，風急鴈聲偏。明日羅浮路，回看何處邊。

掃花

濃濃開更落，寂寂復相親。猶自憐殘蕊，那堪踏作塵。拂來春帶恨，飛去蝶傷神。閒砌幾回掃，東風最惱人。

留別高雲客

欲理還山楫，秋風葉正飄。長憐談劇省，又作別離遥。帆影分烏石，湖光到紫霄。幾時尋舊約，攜手藹雲橋。

海雲山樓春霽

海天不盡高樓接，風物依依入望寬。新柳拂橋摇緑水，野雲歸户失朱欄。杜鵑聲裏終何恨，蝴蝶枝頭也解歡。珍重春光澄霽好，幾人乘興共盤桓。

送允執上人歸揚州

歷歷秋山滿眼清，維揚千里羡孤征。野行覓句隨流水，旅宿安禪對月明。驛路菊黄霜漸冷，長江楓落鴈初横。廬峯舊有他年約，莫便橋西遂隱名。

暮秋寄光半師

搖落平林一逕虚，鹿麋相伴獨吟徐。清泠遠水歸寒澗，蒼翠羣峯入小廬。地僻經秋人跡絶，天寒昨夜鴈聲初。疎籬開盡重陽菊，不見支公半載餘。

奉和老和尚梅影

瘦骨横斜夕照中，依林傍砌意何窮。漫將幻質憐冰雪，卻厭繁華惹蝶蜂。遲月入樓香尚遠，倚風臨水色全空。當時不與羣芳競，顧影甯辭雨露同。

一自孤山多逸興，何如此夕最堪思。板橋霜滑花開後，茅屋燈殘月上時。獨放狂歌憐好景，誰將幽夢破空枝。寒巖雪夜須珍重，雲外孤蹤未易期。

過中宿峽

百尺嵯峨兩岸齊，舟人報道是清溪。風高煙盡帆檣出，日午峯回峽影低。林映佛燈疏磬度，崖懸春樹野猿啼。綠波青草深深棹，恰似桃花客路迷。

姑蘇懷古

山圍長郭水臨門，想見當時勝事繁。草木枯榮歸曉露，市朝遷變問高原。幾年已泄夫差恨，終古難招伍相魂。顧我閒遊雲水伴，短笻何事立黄昏。

還山留别曾常仲

跡同孤鶴亦言歸，多半生涯在翠微。便趁秋風攜箬笠，遙尋落葉到山扉。榕城衰草客心怯，劍浦寒流帆影稀。更有前頭懷抱在，月明清夜憶玄暉。

己未除夕

草草年過三十餘，今宵又是一年除。浮沉底事堪誰論，落莫閒情亦自如。城漏倚風催短臘，山光隨雪到寒廬。頻添榾柮擁爐坐，不覺鐘聲報曉初。

春日客怡山東高雲客陳子盤

久客誰當問此心，日長搔首獨成吟。林邊雨過煙光淡，殿角霜餘柏影深。孤鶴不妨憐淺草，野雲何必戀高岑。西郊近已無戎馬，宗許乘春或可尋。

九日寄陳子盤兼呈社中諸公

原草離離帶曉霜，鴈聲初度海天長。孤藤每獨登高頂，令節何人到上方。松葉有風堪自愛，菊花無酒也須嘗。龍山絕倒東籬劇，肯信林巒幽趣強。

詠菊

仄徑荒林寄一枝，幾回榮落負東籬。碧天鴈過情何限，紅葉霜深意自奇。帶月似懷高士恨，倚風仍惜白雲期。蕭蕭向晚憐清影，靜夜幽香欲待誰。

滿抱冰心獨不知，寒窗疏雨好相期。既同荒草棲籬落，寧忘深雲戀石墀。孤影鬬霜凡幾度，叢英浥露亦多時。天邊已自成三逕，豈必長歌歸去辭。（以上清徐作霖、黄蠡海云禪藻集卷二）

（李君明整理）

釋古毫

古毫，字月旋。海幢解虎錫公之子。齠齔從頂湖棲壑和尚落髮受具。還住海幢，執侍阿字大師丈室，尋爲典客。事見清徐作霖、黄蠡海雲禪藻集卷三。

送光泮尊宿遠遊

雲路渺無際，師遊何處山。故林今日别，高興幾時還。春色五湖上，風光兩足間。當憐明月夜，空自掩柴關。

晚過湛公山院

暮雲生遠壑，偶步到禪關。野鳥歸林靜，疏鐘入夜閒。拂琴鳴怪石，乘月坐空山。高興不成寐，焚香笑語間。

送池月上人住滘溪精舍

知師常習靜，不欲市廛喧。自闢精廬隱，相連野老村。竹門當浦岸，潮水入田園。對此幽棲事，無妨寄一言。

題安期巖

跨鶴人何去，求仙事孰論。澗蒲猶石上，瓜棗但名存。巖下衆峯小，雲中此地尊。焉知壺裏外，别有一乾坤。

送會木上人

何事百城去，知君意自深。未到無行地，難忘去住心。春花開岸影，溪水度雲陰。莫向高峯上，令人不可尋。

海幢鷹爪蘭

移來何處此花神，半畝濃陰寂寂春。蓮社千年留勝跡，天香萬里動遊人。連雲覆石蒼苔古，當暑舒英玉爪新。不是精藍收拾得，王孫終誤醉芳塵。

華首臺禮空和尚影堂

四壁蕭蕭影尚遺，焚香獨拜不勝悲。蝸牛跡滿翻經石，蟢子羅張入定帷。山裏樓臺仍舊日，堂前松柏長新枝。獅絃欲聽知難得，惟有寒風徹夜吹。（以上清徐作霖、黄蠡海雲禪藻集卷三）

（李君明整理）

釋古雲

古雲，字雲庵。增城人。俗姓周。諸生。從今無出家，後繼阿字主海幢寺。年八十八入寂。清同治番禺縣志卷四九有傳。

羅浮詩

高高萬仞濕衣寒，天外孤筇不怕難。絕壁眼空低盡放，平崖魂倦繞初安。啼殘山鳥人偏老，摘得琪花興自寬。且把雲庵籠日影，好聲吟與葛洪看。
藥生樵徑不知名，石澗潺潺盡日聽。萬壑繞衣沾老桂，二樓閃眼小重溟。雲中古觀珠花樹，松下香臺貝葉經。猿聽鶴歸無限意，人間誰是夢初醒。（清溫汝能粵東詩海卷九八）

（李君明整理）

釋古義

古義，字自破。新會人。俗姓盧。出世丹霞，歷諸上剎，皆典重職。晚隱新州竹院，瓶笠蕭然，意泊如也。後聞角子繼席丹霞，策杖來歸，竟終於丹霞。清光緒廣州府志卷一四一有傳。

渡鄱陽湖

日色蓬窗靜，風生枕簟涼。十年湖海志，半笠水雲鄉。故國懷人遠，閑吟笑我狂。扁舟廬岳去，挂席過鄱陽。

酬同學

僻性耽泉石，空山樂歲時。雲霞憑作伴，麋鹿許相期。春暖花開早，堂深日上遲。箇中無限意，端的少人知。

桐山寺訪雲相老師

曲逕幽棲處，登臨興有餘。溪雲雙眼闊，庭竹一林虛。野蘚半侵戶，清泉直到廚。頓令心地冷，意欲傍鄰居。

過玉華精舍訪慧達上座

十年同學在，半笠到西山。獨念相思苦，都忘行路難。風生雲影碎，雨過水聲潺。對此幽棲事，商量好閉關。

望夫石

佇望何時了，相思不計年。芳華空自惜，尺素向誰傳。細雨曾和淚，冰心對所天。肝腸如鐵石，風月自娟娟。

登祝融峯

層巒峭壁好摩天，四面雲峯斷復連。夏帝碑藏蟲篆古，寅賓日出海邊懸。遥看峻嶺應回鴈，欲過危橋去會仙。千載猶聞黄獨美，幾人能繼懶殘禪。

清遠舟中

十載荷衣多遠遊，孤城薄暮自維舟。煙飛水面全籠樹，月落潭心不礙流。坐久空聞風撼石，更闌無語被蒙頭。箇中消息如何會，鷗鳥忘機最好儔。

呈惟聖老和尚 老人開法雞足三十餘年，今歸隱衡陽

雞足山中舊草堂，名聞海内震諸方。如今老眼青尤白，曩昔風流卷欲藏。没腳馬曾跨宇宙，無絃琴豈别宫商。明年不負衡山約，到此忘機欲歇狂。（以上清徐作霖、黄蠡海雲禪藻集卷三）

奉和籀書周大士十首

拉伴乘秋興，尋幽入洞天。良緣應有定，旨趣别無傳。掃石猶堪坐，空山久待賢。自慚僧老大，難說道真詮。

登臨皆俊逸，談笑見英豪。載酒非躭飲，捫蘿不憚勞。沿崖疑路險，開眼覺天高。斟酌長松下，前

堤盡種桃。

商宮憐古調，白髮怕臨流。欹枕三巖石，尋源一葉舟。夜寒驚北斗，吟詠□西樓。共看丹山月，新弦欲上鈎。

仰止推英絕，才華冠世雄。多君真法喜，憐我寄詩筒。買隱慚支遁，高懷見庾公。閒身天際外，心眼覺虛空。

莫笑鶉衣結，寒來便負暾。桂枝香欲動，陽焰影頻翻。冷眼曾空世，忘機亦灌園。寥寥泉石下，有客到蓬門。

孤峯雙眼闊，松竹一林虛。瀟灑真無着，幽尋興有餘。烹茶敲石栗，粗糲獻酸菹。德味渾忘澹，驕人氣盡除。

宗炳風流在，尋僧到上方。逍遙盤石上，靜對菊花香。慧日虹橋映，秋風錦水涼。幸逢高士過，笑傲興偏長。

登山還有興，晚屐怕橋危。野拙狂尤懶，寒生涕任垂。登樓宜極目，下榻憶當時。晤對情無盡，清言慰所思。

共道西巖好，明朝最上登。尋山洵有約，撥草得無曾。古徑從雲臥，新詩共客徵。閒吟聊自適，跌宿信烏藤。

白雲橫谷口，暮鳥不知還。樹影侵階綠，苔錢點石斑。扶筇過竹院，倦眼厭塵寰。莫負片鱗月，何時更入山。

錦巖夜月

千年古洞誰開闢，造化原無斧鑿痕。石上藤蘿懸澗闊，林間花影拂欄干。紙窗夢覺渾生白，午夜風清不計寒。更喜高懷彭澤宰，攜琴分賦碧雲端。（以上清陳世英丹霞山志卷一〇）

（李君明整理）

釋古奘

古奘，字顧來，小字拾影，號影堂。新會人。俗姓湯。參角子禪師，改名古奘。著有虛堂詩集、蠹餘集。清光緒廣州府志卷一四一有傳。

山行

出門無定所，一路喬松陰。流水道人意，青山太古心。偶然乘興往，不覺入雲深。獨坐發長嘯，蕭蕭風滿林。（清溫汝能粵東詩海卷九八）

（李君明整理）

全粵詩卷七九七

釋慧度

慧度，程鄉（今梅州梅縣）人。龍巖寺僧。事見溫汝能粵東詩海卷九八。

山中逢故人

如何山不老，鬚鬢白成銀。試問香山社，于今尚幾人。（清溫汝能粵東詩海卷九八）

（李君明整理）

釋霽月

霽月，嘉應（今梅州）人。雨花寺僧。事見清溫汝能粵東詩海卷九八。

雨花庵題壁

一僧一蒲團，鐘動衆僧坐。日暮經梵聲，松風相與和。于此得清閒，胡受俗塵挫。興生即可遊，神疲即可臥。人生天地間，但勿作昏惰。書此告後人，萬慮庶可破。（清溫汝能粵東詩海卷九八）

（李君明整理）

釋慧機

慧機，嘉應（今梅州）人。靈光寺僧。事見清溫汝能粵東詩海卷九八。

遊陰那詩

衆壑含清暉，晨夕朔風泠。扶杖展健步，遂上諸峯頂。翹首望雲關，恍惚散仙騁。我心如木枯，況獲茲幽境。理感興自超，不關衆山靜。日暮踏下山，斜陽照孤影。叩扉聞清鐘，猛然發深省。（清溫汝能粵東詩海卷九八）

（李君明整理）

釋印元

印元，字亦那，又稱萍叟。海陽人。事見民國溫廷敬潮州詩萃閏編卷一。

重遊東巖

重來不見主人顏，只見松梢鶴自還。煮茗昔曾眠怪石，吟詩今又叩禪關。天低青入煙中樹，雲濕光連水上山。卓錫泉香千古異，洞門空鎖白牛閑。（民國溫廷敬潮州詩萃閏編卷一）

（李君明整理）

釋超雪

超雪，字宜白。海陽人，原籍福州。創竹林庵於西郊。事見民國溫廷敬潮州詩萃閏編卷一。

韓山亭

集仰小亭間，幽人獨往還。風微花氣足，樹密鳥聲閑。魚躍有源水，雲登無盡山。騁懷神自遠，萬彙各開顏。

秋懷

比來秋落寞，高枕菊花前。古木收殘雨，疎籬宿冷煙。三山人自遠，千里恨難傳。何處砧聲急，悠悠到耳邊。

寄陳延煜文學

同在乾坤內，何曾有別離。川原人自隔，魂夢客多疑。野趣憑誰話，寒花托使遲。山房懸一榻，待汝夜裁詩。

詠梅

風霜盈草莽，獨出占春芳。閑卉肥何益，清姿瘦不妨。林花方匝匝，風景自蒼蒼。每作羅浮想，夢回襲暗香。

秋雲

出没難留跡，去來不自任。繁生疑有蒂，隨處見無心。石塢封寒翠，松門落片陰。金風吹正急，飛逐九皐禽。（以上民國溫廷敬潮州詩萃閏編卷一）

（李君明整理）

釋德薪

德薪，字起南。海陽人。得法崆峒，晚歸潮，建華嚴庵於西郊。著有刼灰詩文集。事見民國溫廷敬潮州詩萃閏編卷一。

鼓山喝水巖

劃破青山劈箭來，冷然一喝忽飛回。截流機峻吹毛利，逐浪聲消刼石灰。空有煙霞同寂寞，絕無丘壑起喧豗。松門落得幽閑甚，爛熳黄花覆緑苔。

馬聘三司馬同許野公別駕過訪和韻

撩人好句帶煙霞，何幸相將薜荔家。荒徑掃除無剩葉，空林點染尚餘花。廚中盤供惟燒筍，竹裏濤聲只煮茶。但得騷人頻過往，當年白社莫相誇。

余自虔入閩贈明府張次元一律後公寄我以詩蓋悔黑海之飄溺而世網之難出也然順水張帆每蕩神志惟逆風按棹益驗骨力歷觀古錐無不從荆棘林中打開通天大路乃依前韻復成一首答之

何物幻成性與名，世人於此枉鍾情。應同鴻羽雲間發，莫作萍蹤浪裏行。廬嶽移來山有色，西江汲盡水無聲。回思不是他家事，定可將心舊處明。（以上民國溫廷敬潮州詩萃閏編卷一）

（李君明整理）

釋源昆

源昆，字澹邃。海陽人。住海豐萬壽寺。事見民國溫廷敬潮州詩萃閏編卷一。

漂母祠

王孫艱一飯，千古數豪英。不識封侯相，焉成漂母名。施時無復念，報者亦常情。一片祠前月，悠悠淮水聲。（民國溫廷敬潮州詩萃閏編卷一）

（李君明整理）

釋海會

海會，字曰睿。海陽人。住東皋尺隱。事見民國溫廷敬潮州詩萃閏編卷一。

次陳心之陳比之二居士過訪東皋韻

結屋離人境，時看雲去來。新花迎客笑，一徑為君開。茶煮春前水，芋搜劫後灰。莫言村寺僻，握手步松臺。（民國溫廷敬潮州詩萃閏編卷一）

（李君明整理）

釋定祖

定祖，峽山寺僧。事見清溫汝能粤東詩海卷九八。

瓊島

松關風掩白雲開，春暖壺天萬象回。花落莫隨流水去，恐教漁父問津來。（清溫汝能粤東詩海卷九八）

（李君明整理）

釋行敏

行敏，字惺學。羅浮僧。事見清溫汝能粤東詩海卷九八。

華首臺

有約羅浮不易逢，偶來林下問仙踪。遥看茂樹餘千麓，初入名山第一峯。華首已非昔日會，緇流猶

撞舊時鐘。浪遊欲極溪巖勝，竹杖憑須化作龍。（清溫汝能粵東詩海卷九八）

（李君明整理）

釋寒山

寒山，錦巖西庵僧。清光緒廣州府志卷一四一有傳。

巖庵靜悟

重巖我卜居，鳥道絶人跡。庭際何所有，白雲抱幽石。住茲凡幾年，屢見春冬易。寄語鐘鼎家，虚名定何益。

出生三十年，常遊千萬里。行江青草合，入塞紅塵起。鍊藥空求仙，讀書兼詠史。今日歸寒山，枕流兼洗耳。

獨臥錦巖下，蒸雲晝不消。室中雖䨴𩅦，心裏絶喧囂。夢去遊金闕，魂歸度石橋。拋除鬧我者，歷歷樹間瓢。

自樂平生道，烟蘿石洞間。野情多放曠，長伴白雲閒。有路不通世，無心孰可攀。石牀孤夜坐，圓月上寒山。

千雲萬水間，中有一閑士。白日遊青山，夜歸巖下睡。倏爾過春秋，寂然無塵累。快哉何所依，靜若秋江水。

憶昔過逢處，人間逐勝遊。樂山登萬仞，愛水汎千舟。送客琵琶谷，攜琴鸚鵡洲。焉知松樹下，抱膝冷颼颼。（清溫汝能粵東詩海卷九八）

（李君明整理）

釋南野

南野，峽山寺僧。事見清溫汝能粵東詩海卷九八。

宿飛來次韻

嶺南多勝蹟，此地最幽深。殿角空天外，風泉落石音。猿啼山有月，花笑客無心。不盡登臨興，憑高幾度吟。（清溫汝能粵東詩海卷九八）

（李君明整理）

釋性曉

性曉，豐順寶林寺僧，籍未詳。事見民國溫廷敬潮州詩萃閏編卷一。

寳林寺六景

飛來鐘

曾聞大地出胞胎，驀地洪音震蟄雷。唤醒定中霜夜夢，卻疑獅子復飛來。

初有潭

何年潭水翳林間，今有清光見此山。一任風來波不起，潭心可似老僧閑。

一線泉

泉與曹溪一樣深，紆回一線出幽林。世人不解清清意，抛卻源頭向外尋。

桃花溪

清閑未許住深山，手種桃花溪幾灣。回顧落花紅片片，不隨流水到人間。

聞經石

無論晨鐘午磬時，堂前惟恐聽經遲。世間那有癡如石，住在深山已不癡。

擲錫峯

曹山萬仞翠巃嵸，再進竿頭路可通。昔日隱峯何處去，空留一錫白雲中。（以上民國溫廷敬潮州詩萃閏

編卷一）

（李君明整理）

釋代賢

代賢，明思宗崇禎間僧。

暉吉大居士遊陰那招韻

紫氣翩翩入翠巒，千峯掩映出林看。鳥鳴荒徑誰知曲，星聚雲間應識官。石火烹茶談古事，泉聲和韻起新歡。山靈歌舞君留帶，琴鶴相隨上急灘。（明李士淳等編陰那山志卷三）

鄧羽

鄧羽，南海人。明初官青陽知縣。後為道士，隱居武當之南巖，自號松石道人。不知所終。著有觀物吟。

事見清溫汝能粵東詩海卷一〇〇。

暢情

花無長在樹，人無長在世。有花須當賞，有酒須當醉。秋霜上鬢來，春風吹不去。

絕句

人生天地長如客，何獨鄉關定是家。爭似山翁隨所寓，年年處處看梅花。（以上清溫汝能粵東詩海卷一

〇〇）

（李君明整理）

梁珍

梁珍，順德人。明神宗萬曆間羅浮山道士。

題羅浮合掌巖高數百丈

嶙峋怪石聳仙山，禮盡諸天肯信頑。欲證三生歸佛國，漫參二體破塵寰。池邊洗衲苔侵袖，巖下有洗衲池。壁上蒸霞暮掩關。翹首巨靈堪仰止，尋常邱壑自應删。（明郭棐、清陳蘭芝嶺海名勝記卷一三）

（陈永滔整理）

羅素月

羅素月，博羅人，一作東莞人。入羅浮山為女道士，嘗募種梅千本于梅花村，雅能詩。事見清溫汝能粵東詩海卷一〇〇。

落梅

為憐清浄出塵中，喜逐仙山午夜風。弄玉去時雲暗淡，飛瓊下界月朦朧。冰魂臥骨全真性，絕島荒郊入化功。鐵笛吹殘人在否，依然深鎖蕊珠宮。

羅浮蝶

浪說衣冠幻化成，翩翩莊夢信虛情。繞林五彩來天上，吸盡人間露氣清。

詠鶴

遊遍芝田與九皋，滄江養就雪霜毛。樓中若遇仙吹笛，飛上雲霄萬丈高。

梅花村

麻姑仙窟鮑姑山，鳳子翻飛遠嶠還。玉女峯頭人冷笑，杜蘭香去嫁人間。[一]（以上清溫汝能粵東詩海卷一〇〇）

［一］清陳伯陶浮山志卷三作『蛾眉纖月上仙山，坐聽天風過佩環。玉女麻姑都冷笑，杜蘭香去嫁人間。』

贈鐵橋道人

仙郎昨到洞天時，花下閒拈筆一枝。收拾春山漫歸去，豈應窗下畫娥眉。（明張穆鐵橋集卷末）

石洞

水疑天際來，聲自雲間起。耳根本無塵，對此何以洗。（清陳伯陶浮山志卷三）

（李君明整理）

曹仙姑

曹仙姑，籍住未詳。事見清溫汝能粤東詩海卷一〇〇。

贈鄒葆光道士

羅浮道士真仙子，躍出樊籠求不死。冰壺皎潔水鑒清，洞然表裏無塵滓。叱咤雷霆發指端，鹹邪役鬼篆飛丹。朝吞露氣松窗暖，夜禮星辰玉簡寒。琴心和雅胎仙舞，屏絕淫哇追太古。幽韻蕭深海島風，餘音繚繞江天雨。真居僻在海南邊，溪上簾櫳洞裏天。靈鳳九苞飛檻外，珍禽五色舞花前。金絲島露紫河車，青霓跨嶺鐵橋斜。羅浮自古神仙宅，萬里來尋況是家。我昔閨中方幼稚，當年曾覽羅浮記。形質雖拘一室間，精魄已出千山外。如今親見羅浮人，疑是朱明降上真。劍氣袖攜三尺水，霞漿杖挂一壺春。松姿鶴步何蕭散，風調飄飄驚俗眼。吾師出處任高情，止則止兮行則行。富有溪山寧顧利，貴懷道義不干名。我今寄迹都城裏，門外喧喧那入耳。上床布被日高眠，不為公來不能起。問公去速來何遲，得接高談幾許時。白雲偶向帝鄉過，去住無踪安可期。我亦韶華斷羈紲，何異飄蓬與翻葉。相逢邂逅即開顏，禮樂何曾為吾設。志同笙磬合宫商，道乖肝膽成胡越。相近未必常往還，相遙未必長離別。翩然孤鶴又南征，寄語石樓好風月。（清溫汝能粤東詩海卷一〇〇）

（李君明整理）

峽山中仙

峽山中仙，籍住未詳。事見清溫汝能粵東詩海卷一〇〇。

櫟社

遠自羅浮巔，弭棹返凝碧。有木卷且樛，高可百餘尺。託生名山阿，結根古磐石。歲寒積風烟，可屈不可易。垂垂廣畝陰，匠石不察識。不為明堂用，遂免斧斤戚。撫爾興長謠，托爾施枕席。處夫不才間，爾真吾友籍。

獅子石

既不射為虎，又不叱為羊。遂化為獅子，據此山之陽。何不往兜率，一吼醒迷方。會挾廣成輩，煮為五岳糧。

眺虛巖

但聞笙鶴音，迴與塵凡隔。橫玉弄寒雲，萬里天一碧。（以上清溫汝能粵東詩海卷一〇〇）

（李君明整理）

無名仙

無名仙，籍住未詳。事見清溫汝能粵東詩海卷一〇〇。

題丹竈

仙翁元不死，遺跡儼然存。伏虎看丹竈，靈虬護洞門。人間惡風日，物外好乾坤。便欲辭塵網，來茲養道根。

東坡釣磯

學士南遷極海濱，曾于此地數投緡。等閑不遣風流盡，片石猶存鳥篆新。

化樂臺

說到生公講後經，蛟龍夜出石潭聽。驪珠正照維摩室，優鉢花開蘭葉青。

雲壑石壁

崖石勢欲落，令人發怪想。載拜濡玄雲，顏之衣裙上。（以上清溫汝能粵東詩海卷一〇〇）

（李君明整理）